LA SOLEDAD DEL PERRO

Si tienes un club de lectura o quieres organizar uno, en nuestra web encontrarás guías de lectura de algunos de nuestros libros. **www.maeva.es/guias-lectura**

JULIO CÉSAR CANO

LA SOLEDAD DEL PERRO

MAEVA | NOIR

ISBN: 978-84-19110-76-3
Depósito legal: M-58-2023

Diseño e imagen de cubierta: MAURICIO RESTREPO sobre imágenes de iStock y © COLLABORATION JS/TREVILLION IMAGES
Ilustración del logotipo de la serie: © RAI ESCALÉ
Fotografía del autor: © ANA PORTNOY
Preimpresión: Gráficas 4, S.A.
Impreso por CPI Black Print (Barcelona)
Impreso en España / Printed in Spain

A Esther y Julia.
Juntos somos invencibles.

Escenarios de la novela

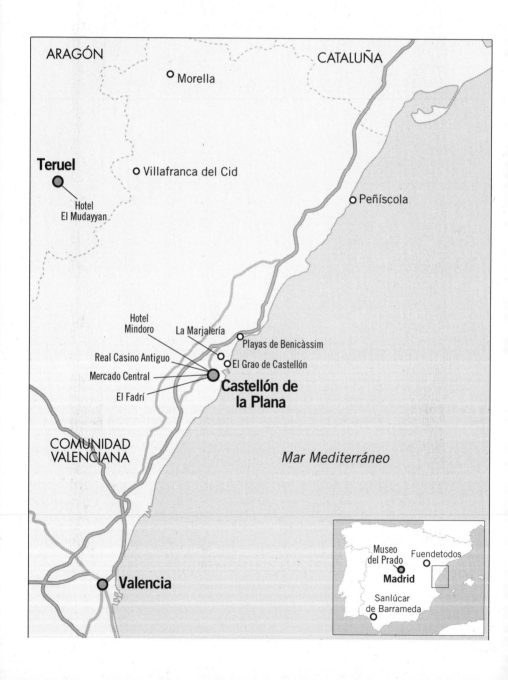

«Nadie se conoce. El mundo es una farsa,
caras, voces, disfraces; todo es mentira.»

Francisco José de Goya y Lucientes

«Francamente, no veo nada sucio en el deseo
de ganar lo más posible y cuanto antes.»

El Jugador
Fiódor Dostoievski

SENTÍA UN MIEDO atroz. Una sensación lúgubre que lo paralizaba. La incertidumbre se cernía al caer la noche y se acentuaba al despuntar el día. Miedo de las sombras y las luces. Tenía miedo de no saber a qué temía. Terror al olvido y a la soledad. Miedo a lo desconocido.

LAS IMÁGENES PARECEN *tan reales que le sorprende que no se materialicen. Las ve pasar ante sus ojos como si se tratara de una película inédita, como algo ajeno, como si él mismo no fuera el maldito protagonista de la historia.*

Su padre está borracho. Su madre tira de él, lo arrastra por la acera. Quiere llegar a casa cuanto antes para librarse del bochorno que la acosa. Soporta estoicamente las miradas reprobatorias, la conmiseración de los que se cruzan en el camino y la lástima que sus ojos proyectan. «Pobre mujer», lee en los labios de una anciana que pasea un perrillo tan viejo como ella. Su padre es un hombre alto que pesa lo suyo. Llevarlo a empujones hasta el piso supone un gran esfuerzo. Su madre lo ha hecho en demasiadas ocasiones, a juzgar por la cara de hartazgo y desesperación.

El vecino del entresuelo vive solo, su esposa murió dos años atrás. Recordaba el luto y el trasiego de las vecinas para llevarle alimentos cuando se negó a comer. Sale al descansillo al oír el estrépito. Se apoya en la barandilla y resopla. Es corto de estatura, pero tiene la espalda ancha y sus brazos son fuertes. Se sube las mangas de la camisa por encima de los codos y baja deprisa los cuatro escalones.

Agarra al borracho con decisión y entre los dos lo cargan como un fardo inerte en el ascensor. Suben hasta el tercer piso y repiten la maniobra en sentido inverso. El vecino sabe que el mayor de los problemas no es el alcohol que el hombre ingiere sin medida; aquello es solo una consecuencia más de su verdadero problema. Y, por

eso, cuando ayuda a su mujer a llevarlo hasta la habitación de ma-
trimonio y lo dejan caer en la cama, le pregunta:

—¿Por qué juegas? ¿Por qué apuestas el dinero de tu familia?

Con la voz más clara de lo que cabría esperar en su estado de
embriaguez, el hombre responde:

—Con apuestas es todo más divertido.

A continuación, cierra los ojos, echa la cabeza hacia un lado y
comienza a roncar.

Un niño, que resulta ser él mismo, observa la escena desde el
umbral. La penosa imagen de su padre representa todo lo que no
debería ser cuando fuera mayor. El problema es que él se siente
atraído por aquello. Y su madre teme que se convierta en lo mismo.
O quizá en alguien mucho peor.

Cuando el vecino se retira y ella lo acompaña hasta la puerta
para darle las gracias, el niño se acerca al lecho en el que su padre
duerme la borrachera. Se sienta a lado de la cama y lo observa con
extraña admiración.

—Papá... —le susurra. El padre mueve la cabeza y abre unos
ojos hinchados—. Hoy he apostado en el colegio.

El hombre sonríe con la boca torcida y un hilillo de saliva le cae
por las comisuras.

—Habrás ganado, ¿no?

—He perdido... —admite cabizbajo.

El borracho se incorpora con dificultad hasta sentarse en la
cama.

—Ven —le dice, y el niño se acerca.

Y entonces, sin previo aviso, le propina un bofetón tan violento
que consigue tirarlo al suelo. De forma instintiva, el niño se lleva
una mano a la oreja.

Un zumbido penetrante le perfora el oído. Un dolor que nace en
el tímpano y termina en la parte superior del cerebro. Un pitido
largo y agudo, persistente, insoportable.

El padre se desliza hasta quedar de nuevo tumbado y vuelve a
cerrar los ojos. Ronca, como antes, pero el hijo ya no lo percibe.

Sin retirar la mano de la oreja golpeada tuerce el cuello por
efecto del dolor. Y se da cuenta de que ya no puede oír.

1819

Francisco José de Goya y Lucientes

La Quinta del Sordo

TENÍA SETENTA Y tres años, estaba sordo, enfermo y decepcionado con el horizonte político del país cuando adquirió una casa próxima al río Manzanares. Para decorar los muros interiores pintó al óleo paisajes rurales, ambientes campestres que modificó brutalmente un año después hasta convertirlos en imágenes terribles de muerte y desolación. Un panorama tétrico poblado de seres desquiciados, de monstruos psicóticos, de locos grotescos, decrépitos y decadentes. El resultado fueron catorce obras en las que el genio plasmó su dolor y desesperanza. Nacieron así las llamadas *Pinturas negras*. Utilizó recargadas masas de materia para eliminar las amables pinceladas originales hasta convertirlas en el catálogo más sobrecogedor del arte español. La violencia, la soledad, el abandono o la tristeza lo llevaron a crear sombrías visiones de una alta complejidad, enigmas pictóricos jamás resueltos; una serie de pinturas adelantadas a su tiempo en las que el terror juega su baza más destacada. *Saturno, Duelo a garrotazos, El aquelarre, Dos viejos comiendo, Las Parcas…*, hasta completar las catorce obras maestras entre las que destaca, por su aparente simplicidad, la llamada *Perro semihundido*.

En el cuadro se distingue a un can atrapado entre empastes de tonos marrones, del que únicamente vemos la cabeza de perfil y un solo ojo con el que mira aterrorizado algo que quizá se encuentre más allá de los límites del marco. No hay amo del perro en la pintura, tampoco ningún depredador. Sin embargo, el miedo queda patente en su sobrecogedora mirada. ¿Qué teme el perro? ¿Qué fuerza cautiva su atención? ¿Está atrapado o simplemente se oculta de un poder espectral? Tierra, humo, ceniza, barro… ¿Qué asedia al animal? ¿Qué implora? ¿De qué sería capaz para liberarse de semejante trance?

Goya se llevó el enigma a la tumba. Tal vez fuera lo mejor para las nuevas generaciones ávidas de arte; de lo contrario, hubiera quedado resuelta una de las más grandes incógnitas de la pintura española, y los innumerables visitantes del Museo del Prado no podrían apostar qué fenómeno hostiga a ese perro atrapado en un mundo de infinita soledad.

1

Jueves, 20 de noviembre de 2008
Madrid

LA PERSISTENTE CORTINA de lluvia imprimía una pátina brumosa a la vasta edificación del Museo Nacional del Prado. A las ocho y media de la tarde las salas estaban por fin vacías de visitantes; sin embargo, no era precisamente el silencio lo que reinaba en el edificio. Personal de limpieza, vigilantes de seguridad, técnicos de mantenimiento y los últimos guías transitaban por los pasillos, satisfechos tras haber concluido otra jornada laboral. En el exterior, un grupo rezagado de turistas disparaba fotografías al amparo de los paraguas, resistiéndose a abandonar el extraordinario edificio.

En la sala donde se exhibía el conjunto de las escenas pertenecientes a la obra de Francisco de Goya, popularizada con el nombre de *Pinturas negras,* había más ajetreo del habitual. Media docena de operarios, acompañados de otros tantos profesionales del transporte de obras de arte, trabajaban bajo la supervisión del conservador de Patrimonio Nacional para adecuar el traslado de una de las pinturas hasta Castellón de la Plana, donde sería expuesta en el Real Casino Antiguo de la ciudad. La inusual iniciativa estaba patrocinada por Carlos Sorli, un acaudalado empresario castellonense con una dilatada trayectoria como coleccionista de arte.

Un guía especializado en las *Pinturas negras* frunció el ceño; los compañeros estaban convencidos de que en su fuero interno estaba en total desacuerdo en que el museo sucumbiera a los caprichos de un ricachón.

Examinó el cuadro con verdadera admiración, como si fuera la última vez que lo pudiera contemplar. Se trataba de una de las pinturas que habían formado parte de la decoración de la Quinta del

Sordo. De no haber sido por la intervención de un pudiente barón francés que decidió rescatarlas antes de que la casa fuese derruida, se hubieran perdido para siempre. Las pinturas significaron un cambio importante respecto a los anteriores trabajos de Goya; reflejaban su estado de ánimo en aquella época. Cada una de las pinturas se identificaba con valores o sentimientos negativos.

—Todo listo —escuchó que alguien decía a su espalda—. Cuando quiera llevamos la caja al camión.

—Adelante —confirmó el conservador, tres pasos más allá.

Las palabras lo sacaron de sus cavilaciones. Contempló la sólida caja metálica en cuyo interior se encontraba la pintura en la que Goya había empleado pigmentos ocres y un acusado tono enigmático y pesimista. Como el que revoleteaba en su interior. Como la pugna entre un mal presagio y una buenaventura.

—Claro, a los cincuenta y tantos ya nada debe ser lo mismo, ¿verdad?

La voz de la joven sonó como el látigo del verdugo en el cadalso.

Estaban en un bar de la calle Alcalá, junto a la Casa Árabe y el Parque del Retiro. El local pretendía ser moderno y, a juzgar por la clientela, el mobiliario y los precios lo habían conseguido. Monfort había hecho un comentario trivial sobre que a su edad convenía dosificar las emociones. Sonaba un disco de Diana Krall que hubiera preferido escuchar sin interrupciones. Le gustaba disfrutar de la música, y si le hablaban no lograba concentrarse ni en una cosa ni en la otra. Y por esa razón había perdido el compás del piano y el ritmo de la conversación.

Era joven y muy atractiva, llevaba el pelo recogido y con ello acentuaba un perfil delicado y sensual. Tenía los ojos grandes y oscuros, y una mirada líquida que intimidaba a cualquiera. Su tono de voz era monocorde, gesticulaba ostentosamente al hablar y trataba de elevar el volumen por encima de la cantante canadiense. Ya le había advertido a Elvira Figueroa que no era buena idea elegirlo precisamente a él para que la acompañara, pero la jueza había hecho caso omiso.

La sobrina de Elvira vivía en Madrid. Acababa de romper con un novio que le había sido infiel con su mejor amiga. Relató con toda suerte de detalles innecesarios la forma en que los sorprendió en la cama que ambos habían compartido horas antes. A continuación, narró lo que ella misma tildó de «verdadero infierno», pero que en realidad se trató de una retahíla de insultos y una profusión de reproches para acabar en una impetuosa reconciliación a base de sexo sobre la isla de la cocina y un fin de semana en un hotel de lujo en Londres. Aunque, según sus propias palabras, al volver del viaje se la volvió a pegar.

Dio un golpe sobre la mesa tras soltar lo que pensaba de aquel que le había jurado amor eterno y medio local se volvió a mirar. Olía a perfume sofisticado, vestía marcas de renombre y lucía un moreno envidiable, pese a estar a finales del mes de noviembre en un Madrid que no superaba los cuatro grados.

Monfort levantó las manos apelando a la calma. Apuró de un trago el whisky que quedaba en el vaso. Una lástima desperdiciar de tal forma un excelente Macallan Double Cask de doce años.

—¿Te apetece cenar con nosotros? —le preguntó, arrepintiéndose inmediatamente en cuanto hizo un gesto afirmativo con la cabeza. El problema no era ella. Hubiera sido una excelente compañía para cualquiera que no fuera él.

Había quedado con Elvira en aquel lugar cercano al hotel en el que se alojaban, pero se retrasaba de forma alarmante. Madrid era, a aquellas horas, una ciudad tomada por los amantes de la gastronomía, y conseguir mesa para cenar se antojaba poco menos que una odisea. Confiaba en que lo hubiera hecho ella.

Se excusó con el pretexto de salir a fumar, y cuando estuvo en la calle la llamó.

—¿Dónde estás? —le preguntó.

—En un puñetero taxi —profirió Elvira—. Aunque parece que todo el mundo ha decidido coger uno a la misma hora que yo. ¿Qué tal con Adelaida? —Monfort reprimió el exabrupto y observó a la joven dentro del local, que en ese momento regresaba de la barra tras pedir otro whisky para él y lo que iba a ser su tercer mojito.

—Ah, bien, bien… —Aquella respuesta que igual podía dar a entender que estaba encantado, o todo lo contrario.

—Te habrá puesto la cabeza como un bombo de Calanda con su novio mujeriego y ricachón.

—No, qué va… —Mintió, y escuchó la risotada al otro lado del teléfono; el taxista se habría salido del carril al oírla, pensó.

Mientras sostenía el teléfono pegado a la oreja y del interior del local le llegaba la voz de Diana Krall, observó a la sobrina de Elvira entrechocar el cristal de su vaso con el de un joven que se le había acercado. A continuación, Adelaida bebió de la pajita del mojito hasta que los carrillos se estrecharon dejando a la vista unos provocativos labios fruncidos. El joven mutó el semblante; la noche había empezado bien.

—¿Dónde has reservado para cenar? —preguntó Elvira.

Joder, confiaba en que ella se encargaría de eso. Al fin y al cabo, él se había brindado a acompañarla por la convención de magistrados a la que debía acudir, y además había accedido a quedarse con su sobrina mientras solucionaba unos asuntos en el ministerio. Esperaba que lo tuviera todo debidamente programado, tal como acostumbraba. Y eso incluía la cena.

—¿Te parece bien en Casa Lucio? —improvisó.

—¡Perfecto! —exclamó Elvira rememorando los míticos huevos estrellados, los callos a la madrileña o la perdiz estofada, platos insignes del castizo restaurante—. Me muero de hambre. ¿A qué hora vas a reservar la mesa?

El intenso frío de Madrid desapareció de repente. Monfort cambió el peso de un pie a otro, consideró el lío en el que se había metido y cómo iba a arreglárselas para salir de él. Reservar allí una mesa para el mismo día era una utopía. Consultó la hora en su reloj de pulsera: eran las ocho y media.

—A las diez —volvió a improvisar.

—Estupendo. A ver si consigo llegar a tiempo de una vez y me tomo algo con vosotros antes de ir a cenar—. ¡Oye! —Se dirigió ahora al taxista de forma categórica—: ¿Se puede saber qué haces? Te he dicho a la calle Alcalá, no a Pernambuco; no des rodeos ni hagas cosas raras. Cuando tú naciste yo ya cerraba los bares de esta ciudad.

En el célebre restaurante de la Cava Baja no había mesa libre para cenar. Cuando ya estaba a punto de agotar el repertorio de milongas decidió que debía atajar de forma drástica, a menos que quisiera quedar como un papanatas poco galante y embustero.

—Verá… Le llamo en calidad de acompañante de la magistrada doña Elvira Figueroa. Llamo de su parte y, que quede entre usted y yo, ella ha olvidado hacer la reserva. Suele ir a su bendita casa con otros altos cargos del Ministerio de Justicia, ya sabe… —Si lo hubiera tenido delante habría acompañado sus palabras con un guiño; sin embargo, lo que escuchó fue un silencio demasiado prolongado.

—Déjeme ver… —dijo el hombre con tono de hartazgo, haciendo excesivo ruido al pasar las páginas de lo que debía ser el libro de reservas—. Lo siento, hoy es del todo imposible, hay lista de espera y no se nos permite hacer excepciones, entiéndalo.

—Ya, pero… entiéndame usted a mí —insistió Monfort con el horizonte de la cena plagado de nubes grises—. Ella espera que consiga la reserva.

El hombre exhaló un suspiró al otro lado de la línea telefónica.

—No puedo, de verdad. Me sabe mal, ya me gustaría poder atenderle, créame. Llaman muchos clientes con el mismo problema y no nos queda otro remedio si no hay mesas libres. —Tenía un ligero deje aragonés. Sus palabras eran sinceras, y quizá por ello le salió de forma natural el acento de su lugar de origen.

Estaba a punto de darle las gracias de todos modos y colgar cuando se abrió la puerta del bar y Adelaida apareció en el umbral con su nueva adquisición masculina.

—¡Inspector Monfort! —gritó—. ¡Quiero presentarle a un amigo!

—Un momento, que estoy al teléfono —dijo con cierta aspereza; hubiera preferido que la joven no pregonara su cargo en público.

—¿Inspector Monfort? —Escuchó ahora de boca del encargado de Casa Lucio, que no había cortado la comunicación.

—Sí, soy yo —admitió sorprendido.

—¡*Jodó*! ¡Haber empezado por ahí!

Monfort estaba aturdido. Temía perder la oportunidad de quedar como un caballero invitando a Elvira al famoso restaurante, y encima Adelaida esperaba que estrechara la mano de aquel que, en realidad, hubiera preferido estrechar la cintura de avispa de la joven.

—¡Mi hermano es el subinspector Solano! —continuó el hombre del restaurante—. Sé que fueron compañeros en Barcelona. Me habló mucho de usted en su día. ¡Qué fuerte! ¡Vaya casualidad!

Al ver que Monfort se inclinaba por continuar con la llamada, Adelaida optó por arrimarse al joven, regresar al interior y olvidarse de las presentaciones, al menos de momento.

El inspector conocía bien al subinspector Solano, de la Jefatura de Policía de Vía Laitena, en Barcelona. Habían trabajado en un buen número de investigaciones. Un compañero ejemplar y expeditivo con el que había resuelto algunos casos complicados. Era un aragonés de pura cepa que no echaba de menos su tierra porque vivía como si nunca hubiera salido de allí. Se trataba del mismo policía que colaboró con Monfort cuando, en uno de los casos en los que se ocupaba en Castellón, le pidió que investigara los pasos de un sospechoso en Barcelona. El sarcasmo y la ironía de Solano no tenían rival, y su apetito voraz sorprendía al inspector cada vez que debía invitarlo a comer tras haberle echado una mano.

—¿Sigue ahí? —preguntó el de Casa Lucio.

—Sí, claro, pensaba en su hermano. ¿Qué tal está?

—Pues bien, pero se pone de mala leche cada vez que los médicos le advierten que deje de comer como un animal si no quiere acabar antes de hora en el cementerio de Torrero.

Monfort sonrió. Se refería al histórico camposanto de Zaragoza. Se imaginó al subinspector describiendo las delicias de un jugoso cordero lechal que los aragoneses sabían preparar, según él, como nadie más en el mundo.

—Me alegro de la coincidencia —aseveró Monfort—. Dele un abrazo de mi parte cuando hable con él.

—Lo haré, no lo dude, le tiene en gran estima. Nos pega la paliza con las batallitas que se corrieron juntos en los barrios chungos de Barcelona.

Monfort volvió a sonreír. Fantaseó con un rostro parecido al de Solano, pero vistiendo la chaquetilla blanca de Casa Lucio.

—Bueno, dejemos de *charrar* —advirtió el hombre con su característica entonación. —¿A qué hora quieren venir a cenar y cuántos son?

—A las diez. Tres personas. —Lo dijo a toda prisa y contuvo la respiración al obrarse el milagro.

Tras despedirse con el ánimo de saludarlo personalmente, colgó y encendió otro cigarrillo del que se creía merecedor. Tenía los dedos helados. Quería hacer tiempo fumando mientras Adelaida mostraba su repertorio de posturitas al joven que en ese momento ocupaba su taburete. Su Macallan, aguado por la espera, había quedado relegado a ser un mero espectador.

Un taxi frenó bruscamente junto a la acera y lo sobresaltó. Se abrió una de las puertas traseras y del interior surgió la figura imponente de Elvira Figueroa, que con su porte caldeó el tramo entre el bar que pretendía ser moderno y la cercana Puerta de Alcalá.

En el interior, Diana Krall susurraba a los oídos de los bebedores *Just the way you are*. Tal como eres.

EL APARTAMENTO SE hallaba en el número seis de la calle de la Farmacia, una estrecha vía que comunicaba las populares calles de Fuencarral y Hortaleza, a escasa distancia de la bulliciosa Gran Vía madrileña.

Sergio Bayo colgó el abrigo en la percha de la entrada y encendió una lámpara de pie que apenas ofrecía una luz tenue. El apartamento estaba sumido en un enorme caos. Esparcidos por la estancia había todo tipo de utensilios de pintura y algunos caballetes en los que reposaban lienzos sin terminar. Por el suelo había soportes para esbozos rápidos, ceniceros atestados de colillas o cajas de cartón de comida preparada, de pizzas, en su mayoría que habían acabado siendo utilizadas como improvisadas paletas para pintar. En las paredes había reproducciones de obras clásicas clavadas con chinchetas. Sacó una cerveza de la nevera, la abrió y medió la botella de un solo trago. A continuación, prendió un cigarrillo. La cocina, meramente testimonial e insertada en un mueble de fornica barato, dejaba a las claras la necesidad de una limpieza a fondo. La pila contenía vasos y platos con restos de comida de días atrás.

Extrajo una lámina del interior de un tubo de cartón. La fijó en un bastidor y la colocó sobre un caballete junto a uno de los cuadros inacabados. Representaba el *Perro semihundido* de Goya. Observó la reproducción por tiempo indefinido, caviloso, escrutando hasta el último detalle.

Era su obra preferida de entre todas las que ocupaban sus días como guía en el museo. Jamás se cansaría de admirar los trazos que muchos calificaban de sencillos y que, sin embargo, eran todo lo contrario. Era una pintura enigmática, convulsa, revolucionaria para la época. Algunos expertos en arte creían que la expresión del cánido podría representar la soledad. Él pensaba, además, que la figura encarnaba rendición, tristeza y humillación. Una terrible sumisión. El miedo en todas sus acepciones.

La noche avanzaba con sigilo y los escasos momentos de silencio colmaban de matices el desordenado apartamento. Sin dejar de admirar aquello que tenía delante, escuchó su propia respiración, luego una puerta que se abría en un piso superior para cerrarse a continuación; después el trajín del ascensor, como una bestia mecánica incapaz de descansar. Una pareja discutía en la calle, sus voces se acercaron y pronto se perdieron hasta enmudecer en un eco irreconocible. La noche tenía sus propios sonidos, también intervalos de silencio, algunas sorpresas y un escaso sosiego. El destello ambarino de las farolas del exterior proporcionaba un extra de genialidad a la obra. ¿Qué observaba el perro? ¿Adónde dirigía su temerosa mirada? Raras veces un solo ojo había transmitido tantas incógnitas.

Sergio Bayo consultó la hora. El furgón con el cuadro estaría ya en la carretera, de camino a Castellón de la Plana.

Llamaron al teléfono móvil. No se sobresaltó. Cumplir lo pactado no le había supuesto un gran esfuerzo, ni riesgo tampoco. Confiaba en sí mismo. Conseguiría dejar atrás aquel lugar infecto. Y, sin embargo, le temblaron las manos cuando atendió la llamada.

HACEN APUESTAS. *Se trata de un juego que le enseñó su abuelo materno, un militar siciliano enviado por la Italia fascista de Mussolini para combatir contra las tropas republicanas en la guerra civil española.*

Escupen en una de las caras de la moneda que cada uno sostiene en la mano hasta dejarla impregnada de saliva; a continuación, las depositan en el suelo por la parte seca y se tumban bocabajo para observar lo pringosas que están. Es verano y cientos de moscas revolotean a la sombra. Guardan silencio absoluto para no espantarlas. Ganará el que en su moneda se pose la mosca y quede atrapada por la viscosidad de la saliva. El ganador se llevará su moneda y las de los demás. Por supuesto, gana él. Tiene la suerte de cara. Recoge su moneda y las de los otros, las frota contra el pantalón para eliminar la saliva y se las guarda en el bolsillo. Luego se marcha satisfecho, una vez más.

Es solo un chaval, pero ya le gusta apostar con dinero cuando juega. Piensa que es más divertido, que tiene más emoción. Recuerda las palabras de su padre, a quien espía a través de la cristalera cuando lo ve en el bar solicitando cambio al camarero y pidiendo que vuelva a llenarle el vaso. Un solo cubito, ron blanco hasta cubrir el hielo y medio botellín de refresco de cola. Luego lo ve regresar a la máquina tragaperras ignorando todo a su alrededor: en una mano lleva el recipiente de plástico con las monedas de veinticinco pesetas y en la otra la bebida. Utiliza dos taburetes: uno para sentarse y el otro como apoyo para el vaso y las monedas.

Doscientas monedas, cinco mil pesetas. Cuando la cantidad perdida asciende a veinticinco mil y llega el quinto cubalibre, empieza a trastabillar y balbucear. A continuación, lo que llega es el deshonor y la vergüenza.

Una hora y media más tarde sigue espiándolo tras los cristales. Su padre tiene los dedos ennegrecidos por el contacto con las monedas sucias. Se busca en los bolsillos. Ha perdido todo lo que llevaba. Está tan borracho que no consigue mantenerse en pie. Se le doblan las rodillas y las postra en el suelo. Un camarero acude en su ayuda.

Hace un movimiento con la intención de entrar en el bar para ayudarle, pero en ese momento llegan dos de sus amigos. Uno de ellos propone un juego. Le parece disparatado y un tanto macabro, aunque acepta en cuanto conoce la recompensa que se llevará el que gane la apuesta.

2

Viernes, 21 de noviembre
Castellón de la Plana

EL FURGÓN PROCEDENTE de Madrid descargaba su valiosa mercancía a las puertas del Real Casino Antiguo de Castellón.

El traslado no era una tarea sencilla. Ernesto Frías, el conservador de Patrimonio Nacional, había viajado con el cuadro para velar por su integridad. Era el procedimiento habitual al tratarse de un efecto tan valioso. La mudanza de una obra artística requería de una esmerada planificación para evitar cualquier percance durante el viaje. El furgón debía circular prácticamente a la misma velocidad durante todo el trayecto, sin sobrepasar los noventa kilómetros por hora. Había sido escoltado y localizado en todo momento a través de un GPS.

Antes de su partida, el cuadro había sido envuelto en un tejido neutro para evitar contaminaciones externas e introducido en una caja metálica hecha a medida, ignífuga y climatizada. Una verdadera caja fuerte.

Una importante presencia policial, la interrupción del tráfico rodado y el cierre de las calles adyacentes a los peatones dejaban constancia de que algo trascendente se estaba fraguando en el emblemático enclave de la ciudad. Nunca antes una obra de arte de semejante relevancia había sido expuesta allí.

Todo destacaba en la fachada del Real Casino Antiguo. Sin embargo, era la gran torre erigida en una de las esquinas la que acaparaba las miradas de los transeúntes, la que le otorgaba al edificio una impronta singular, con su balaustrada en altura y el tejadillo a cuatro aguas rematado por una enorme veleta que indicaba los cuatro puntos cardinales. El resto de la fachada estaba construido de forma escalonada; su altura se reducía hasta llegar al nivel de dos plantas y finalizaba en otra torre de menor altura, pero de proporciones más amplias que se asomaba a un fresco jardín interior.

Remodelado en el año 2003, era un magnífico ejemplo de edificio señorial con cierto aire de palacio de campo centroeuropeo, convertido en una de las joyas arquitectónicas de Castellón. Pintado en tonos amarillo pajizo, y tras la restauración de las molduras que adornaban la multitud de ventanales y balcones que se asomaban a la Puerta del Sol, el edificio había conseguido erigirse como uno de los iconos más fotografiados por aquellos que visitaban la capital de la Plana.

El interior era todo aquello que cualquier amante del arte y del buen gusto hubiera admirado. En la primera planta se encontraba el salón central, con balcones orientados a la fachada principal, decorado con cortinajes en colores bermellones, estucos labrados e iluminado con lámparas de araña de exclusivo cristal. La sala debía albergar el cuadro de Goya durante los días de la exposición organizada por Carlos Sorli.

—¡No abran la caja hasta que venga el señor Sorli! —espetó a los transportistas el que parecía estar al mando en el local.

El conservador de Patrimonio Nacional se dirigió al hombre.

—Debemos abrirla, certificar que no ha sufrido ningún daño durante el viaje, fijar el cuadro con sumo cuidado en los anclajes de la pared y comprobar que las luces directas no le afectan ni estropean la correcta visión para el público. Es más, para ser completamente estrictos debería pasar una pequeña cuarentena antes de ser expuesto.

—Pues yo tengo órdenes de que no abran la caja hasta que venga don Carlos.

En aquel preciso instante irrumpió en el salón central un grupo de personas ataviadas elegantemente y una docena de periodistas que portaban cámaras con la intención de inmortalizar el momento.

Entre las personalidades se encontraba el alcalde de la ciudad acompañado por varios concejales, el presidente de la Diputación Provincial y los que debían de componer su séquito habitual; una representación del Gobierno de la Generalitat Valenciana con la consejera de Cultura al frente, críticos de arte, galeristas, empresarios, representantes del mundo de la cultura castellonense y el rector de la Universitat Jaume I, además del obispo de Segorbe-Castellón y dos militares vestidos con trajes de gala repletos de condecoraciones.

UNA HORA MÁS tarde de la prevista para la inauguración, Carlos Sorli seguía sin aparecer y el cuadro permanecía dentro de la caja blindada. El empresario y mecenas de la exposición no contestaba a las llamadas en ninguno de los números de teléfono en los que solía estar localizable. Alguien telefoneó a su esposa, que argumentó haberlo visto marcharse de casa a primera hora de la mañana. En la empresa nadie tenía noticias de él.

—Abrid la caja. No esperamos más —decidió con rotundidad el conservador dirigiéndose a sus hombres.

El revuelo en el salón era considerable. Los entendidos en arte contemplaban embelesados el procedimiento del conservador de Patrimonio Nacional como si se tratara de un ser superior, una eminencia a la que no dejaban de lisonjear.

Las personalidades murmuraban y se arremolinaban en grupos. Cuando la pintura estuvo fijada a la pared, los periodistas abandonaron precipitadamente el lugar con un suculento titular en mente.

Carlos Sorli

DIRIGÍA JUNTO A su esposa una de las firmas más prestigiosas del sector cerámico de la provincia de Castellón. Se trataba de una empresa familiar sita en lo que antaño fueron plantaciones de naranjos de sus antepasados. Se arrancaron de cuajo los frutales y se sustituyeron por naves coronadas por las humeantes chimeneas de los hornos; la tierra de cultivo se convirtió entonces en oro cerámico.

Carlos Sorli siempre había sido rico. Hijo único en el seno de una familia de gran tradición agrícola, su padre fue el fundador de una de las cooperativas agrarias más importantes de la comarca de la Plana Baixa. Sus cultivos de naranjos se extendían abarcando parte de los términos municipales de Onda y Vila-real. La exportación de cítricos a Estados Unidos y al norte de Europa supuso la reconversión de una actividad meramente familiar y se transformó en una caudalosa fuente de ingresos. Feliciano Sorli, instalado en la opulencia que le otorgaba su negocio, vivía junto a su esposa y su hijo en un palacete que otrora fuera una alquería en mitad de una exuberante plantación de naranjos que le confería al lugar una imagen de postal de otras latitudes; un vergel digno del más idílico enclave paradisíaco.

Los padres de Carlos no escatimaron a la hora de proporcionarle los mejores estudios. Cursó la carrera de Empresariales en la Universidad de Valencia con el fin de hacerse cargo del negocio familiar en un futuro no muy lejano.

En las noches de asueto en las que su ocupación residía sobre todo en visitar los oscuros bares del barrio del Carmen de la ciudad del Turia, conoció a un estudiante de Bellas Artes con el que pronto estableció una amistad férrea que cambió parte de su vida y de sus gustos personales.

Fue en el tercer año de carrera cuando planteó a su padre compaginar los estudios de Empresariales con los de Bellas Artes, influenciado por todo lo que aquel amigo inseparable le había transmitido. La sorpresa del padre fue mayúscula: un hombre anclado en el pasado que veía en los gustos de su hijo quizá una cierta desviación de su hombría. Pero Carlos Sorli se lo tomó a risa y decidió hacer lo que le daba la gana, que no era otra cosa que estudiar aquello que le había levantado la pasión y el ánimo en los últimos tiempos.

A diferencia de su camarada, afianzando en el arte de los pinceles, a Carlos le era negado el don de la pintura. Sin embargo, su fascinación era tal que sus escasas dotes frente al lienzo no le supusieron una frustración, sino todo lo contrario. Aprendió de arte todo lo que jamás hubiera imaginado que se podía aprender. Visitó las mejores pinacotecas de Europa, y en un tiempo récord se hizo un experto en la pintura de todos los tiempos.

Cuando en alguno de aquellos bares se emborrachaban hasta perder el control, fantaseaba en voz alta con convertirse en un mecenas, dirigir las mejores galerías del país, abrir salas de subastas repartidas por las principales capitales españolas. El dinero no le suponía un problema, el legado de su familia era lo suficientemente holgado como para no preocuparse por la limitación de sus sueños.

Con las dos licenciaturas bajo el brazo regresó a Castellón. Sus padres organizaron una cena de gala para celebrar el brillante final de carrera del hijo pródigo. Y fue allí donde conoció a Estela Sachs, la mayor de dos hermanos de una familia castellonense, conocida por poseer una de las más poderosas industrias cerámicas del país.

La predilección por las obras de arte y las visitas a los mejores museos quedaron interrumpidas por la esbelta silueta de Estela, que acaparó toda su atención y borró de un plumazo las pasiones que Carlos había adquirido en los años universitarios.

Tras un corto noviazgo, propiciado por un inesperado embarazo, se vieron inmersos de pleno en los preparativos de la boda. Dicen que el amor es ciego y, a decir verdad, Carlos y Estela hicieron desaparecer todo lo que existía a su alrededor para concentrarse en amarse sin que les importaran los comentarios de ambas familias.

Y lo que sucedió fue que los padres de ambos negociaron la tala de los naranjos para convertir los cultivos en fábricas de azulejos que, estaban convencidos, serían un mejor futuro para los jóvenes tortolitos y lo que venía en camino.

En apenas dos años, Carlos Sorli aparcó su afición por la pintura, vio crecer a su hija y se convirtió en uno de los más importantes empresarios cerámicos, aconsejado en todo momento por su esposa y su suegro.

Su amigo del alma, su inseparable compañero de bares y estudios, de lienzos y óleos, se borró como se borra una mancha de un cuadro: cubriéndola con una gruesa capa de pintura para que no volviera a aparecer.

El negocio cerámico crecía de manera exponencial, la provincia de Castellón se había erigido como la gran potencia europea del sector. Jubilado el suegro, Carlos y Estela se hicieron con el mando de la empresa y su cuenta bancaria se engrosó de tal forma que empezaron a aburrirse. La codicia y el antojo hicieron el resto.

En su piso, frente al edificio de Correos de Castellón, la subinspectora Silvia Redó trataba de colocar cinta de aislamiento en las ventanas que daban a la calle, que por viejas no cerraban todo lo bien que sería deseable para que el calor generado por el obsoleto sistema de calefacción no se esfumara por las rendijas. Los que decían que en Castellón no hacía frío no estaban en sus cabales, pensaba tiritando. Cada vez que pegaba el burlete adhesivo se despegaba a los pocos segundos, se retorcía, se ensuciaba y quedaba inservible. A sus pies yacía parte del rollo cuyos restos se le pegaban en las suelas. Tras conseguir aplicar el aislante en la puerta del balcón, pasó la mano para comprobar que el aire no se filtraba en la estancia. Para su desesperación constató que una fría corriente seguía haciendo acto de presencia, y además la puerta no cerraba como antes por el grosor del burlete. Golpeó con rabia la madera. Arrancó de un tirón la cinta adhesiva que se quedó pegada a sus manos.

Trató de lanzarla al suelo y pisotearla, pero lo único que consiguió fue arrastrar con los pies los restos del rollo. Apoyó la cabeza en el gélido cristal y lloró, aun sabiendo que sus lágrimas nada tenían que ver con las ventanas, ni con el burlete, ni tampoco con el frío de la ciudad.

Lloraba por el agente Robert Calleja, por quién si no. Recordó aquel día del mes de julio, cuando en presencia de Monfort recibió la terrible noticia que luego se convirtió en una de cal y otra de arena. La vida y la muerte, el optimismo y la desolación, como una moneda que solo tuviera dos caras, o únicamente dos cruces.

Había leído en una guía de viajes que lo primero que llamaba la atención al llegar a Cádiz era la luz. Quizá fuera por el Atlántico, tal vez por encontrarse tan al sur; seguramente por ambas cosas y la suma de algunas más. El caso es que allí el cielo irradiaba una luz generosa, impoluta, excesiva en pleno verano, tan azul como pocas veces había visto, y eso que ella era valenciana y de luz sabía un rato desde el mismo día en que nació. La misma persona que había escrito lo de la luz afirmaba que la risa era algo que contagiaba a los visitantes, una especie de gen que vinculaba a los gaditanos, que los hacía más felices y que se transmitía a los turistas; que no se conocía la razón, pero que nada más llegar a Cádiz uno se hartaba de reír. El caso es que cuando Silvia llegó solo tenía ganas de llorar.

La subinspectora no tenía el placer de conocer a la madre de Robert, no la había visto jamás y él apenas le había hablado de ella; pero cuando estuvieron la una enfrente de la otra se fundieron en un abrazo y ambas mujeres dieron rienda suelta a una unión de cabellos, a un roce de mejillas y a una comunión de lágrimas.

Robert Calleja estaba vivo. Aunque no había tanta diferencia entre estar muerto y lo que se vislumbraba a través del cristal que comunicaba el pasillo con la restringida zona de Cuidados Intensivos del Hospital Virgen del Camino de Sanlúcar de Barrameda.

Decir que aquel que respiraba de forma artificial, ensartado por tubos y cables conectados a máquinas sofisticadas que trabajaban sin descanso por mantenerlo con vida era Robert, era mucho decir. Lo único que quedaba visible desde su posición era una mano inmóvil pegada a un costado de su cuerpo y un tórax que subía y bajaba de manera antinatural.

En cuanto el comisario le comunicó la noticia partió sin dilación. Tomó un avión desde Valencia hasta Sevilla, pero la sorpresa le llegó en un mensaje de texto durante el trayecto en taxi a Sanlúcar de Barrameda. Rogó al conductor que se detuviera en el arcén y salió disparada para hincarse de rodillas entre los matorrales y vomitar lo poco que había comido desde su salida de Castellón.

Robert estaba vivo. El estado en el que fue hallado y la velocidad con la que se propagó la noticia dio lugar al equívoco que había trascendido a la policía.

El agente Calleja había regresado a Sanlúcar de Barrameda tras la resolución del último caso en Castellón. Tenía pendiente una aclaración con Ángel, el que había sido su pareja hasta hacía pocos días. Robert creía que no lo hizo del todo bien, que podía haber zanjado la relación de una forma menos traumática. Era de la opinión que no hacía falta enfrentarse para que cada uno continuara con su vida de la mejor forma posible. Ángel cuidó de él cuando estuvo en el hospital, pero aquello no le daba derecho a seguir desconfiando de forma sistemática, a seguir alimentando aquella sarta de celos que se habían enredado de forma fatídica en sus vidas y que se le antojaban imposibles de desenmarañar. Aun así creía que le debía una explicación, un abrazo antes de seguir su propio camino con quien quisiera, sin que nadie tuviera que juzgarlo por ello.

Cuando los efectivos de la ambulancia medicalizada se personaron en el domicilio, Robert estaba muerto, esa fue la primera noticia. Tras un esfuerzo titánico, el equipo de urgencias logró que recobrara sus constantes vitales, pero había pasado demasiados minutos sin vida, sin que el oxígeno regara su cerebro, y por eso estaba como un vegetal mortecino enchufado a un riego artificial.

Ángel se había quedado con el viejo piso que ambos compartieron en la calle Bretones, en pleno centro histórico de Sanlúcar de Barrameda, muy cerca del Mercado de Abastos y de la bulliciosa plaza de San Roque, donde Robert solía desayunar una tostada con jamón cortado a cuchillo en el emblemático bar Juanito.

Aquel día, a su regreso a Sanlúcar, Robert estaba acodado en la barra del bar con una copa de fino amontillado. Se sentía nervioso, ensayaba lo que iba a decirle a Ángel. Le ofrecieron tortilla de camarones, croquetas de corvina, *papas aliñás...* pero tenía un nudo en el estómago. Rehusó la invitación, apuró el vino y salió dispuesto a aclarar las cosas.

El hogar que ambos decoraron con gusto estaba hecho un desastre. Se respiraba un ambiente a rancio, y a la mala leche que Ángel destilaba por todos sus poros. No aceptó las palabras afectuosas. Los celos le habían carcomido el alma y lanzó contra Robert un rosario de insultos y calumnias infundadas. Trató de calmarlo, que dejara de gritar, de humillarlo y de humillarse a sí mismo; nada de todo aquello tenía sentido, habían roto la relación, nada más en el fondo; unos años de convivencia que él había decidido atajar porque no quería seguir viviendo bajo las constantes amenazas que Ángel vertía sin motivo alguno.

Cuando se dio cuenta de que no iba a conseguir nada, por mucho que apelara a la calma y al sosiego de una conversación racional entre dos personas, decidió darse la vuelta y marcharse de aquel piso en el que ya no quedaba ni rastro del amor compartido.

Y fue entonces, estando de espaldas mientras abría la puerta, cuando empezaron a lloverle los golpes en la cabeza sin que pudiera hacer nada por defenderse.

Según el informe médico inicial, Robert había recibido un desproporcionado número de impactos en la cabeza, propinados con una pesada figura decorativa de metal. Supuestamente, el agresor le golpeó en primer lugar en la parte posterior de la cabeza y cuando Robert cayó al suelo se ensañó sin piedad. Además de las graves lesiones internas, fue intervenido de urgencia para reconstruirle la nariz y se temía por la visión en uno de sus ojos.

—Me temo que no son buenas noticias —comunicó la doctora a unos padres encogidos y temblorosos—. Además del hematoma subdural por contragolpe, tiene edema cerebral causado por una lesión traumática.

—¿Se lo puede traducir? –intervino Silvia, que aguardaba un metro por detrás de unos padres que no entendían una sola palabra de aquel diagnóstico dado en mitad del pasillo.

—Claro que sí, discúlpenme. Los golpes le han causado sangrado e hinchazón cerebral; ahora hay otra inflamación y nos preocupa que pueda mover el tejido cerebral, lo que sería muy grave.

—¿Y hay que operarle? —se le ocurrió preguntar al padre con las pocas fuerzas que le quedaban.

—Estamos ya con el preoperatorio.

—¿Y después qué le pasará?

—Recomiendo el coma inducido —aseveró la doctora.

—¿Y eso por qué? –preguntó ahora la madre de Robert.

—Porque con el coma inducido se disminuye la actividad, se reduce la hinchazón y el cerebro puede sanar más rápido.

—Vale —respondió la mujer sin convencimiento. El marido le echó un brazo por encima de los hombros atrayéndola hacia sí.

—Hay algunos riesgos —prosiguió la doctora—, como la reducción de la consciencia.

—¿Quiere decir que podría seguir inconsciente después de retirarle la sedación? —cuestionó Silvia.

—Así es. Siento no poder darles mejores noticias en este momento. Deben darnos su autorización. El tiempo juega en contra.

—¿Autorización? ¿*Pa qué*? —preguntó el padre—. Si cree que lo mejor es eso que dice, nosotros no tenemos más *na* que decir.

Eran unos padres como otros cualquiera, que se habían dejado la piel para que sus dos hijos tuvieran un futuro próspero. Óscar, cinco años menor que Robert, abrazó a sus padres tras rellenar el formulario de conformidad para el asunto del coma inducido. El hijo menor de los Calleja había decidido quedarse en Sanlúcar de Barrameda y estaba predestinado a continuar en el puesto de verduras y hortalizas que la familia regentaba desde hacía muchos años en el mercado.

Silvia se quedó. Solicitó un permiso al comisario Romerales que aceptó a regañadientes, pues sabía que de negarse a la petición podría liarse la de San Quintín. Buscó un hostal en el centro, pero los padres de Robert no consintieron de ninguna forma.

—Si *mi* Robert se despierta y *s'entera* que has *dormío* en una pensión… Quita, quita, ni hablar, tú te vienes *pa* casa, *quilla*.

A la madre de Robert no se le podía llevar la contraria en materia de hospitalidad con aquellos que creía que formaban parte de su familia, aunque Silvia supiera que iba a pasar poco tiempo en la habitación que tan generosamente le había sido ofrecida. Dormir se había convertido en una gesta imposible, y más ahora que el fantasma del agresor la reconcomía por dentro.

A las horas de visitas permitidas iba al hospital, y cuando no estaba allí colaboraba con la policía en la búsqueda de Ángel, que tras perpetrar el brutal ataque desapareció como si se lo hubiera tragado la tierra.

La policía desplegó un amplio dispositivo para detenerlo. Se mantuvieron vigilados los puertos y aeropuertos más cercanos, así como las estaciones de trenes y autobuses. Todo fue infructuoso en los primeros días, los más importantes para detener a un sospechoso. Se interrogó a los familiares, amigos, personas de su entorno, compañeros de trabajo y vecinos, pero nadie sabía nada de aquel que había golpeado salvajemente al que fuera su pareja. En los barrios Alto y Bajo de Sanlúcar el estupor corrió como la pólvora, y cualquiera de los que se apostaban en los bares de la ciudad que vio embarcar las primeras misiones en busca del Nuevo Mundo le hubiera retorcido el cuello a Ángel. En la concurrida plaza de San Roque, al fresco de la tarde, los parroquianos formaban corrillos y el tema de conversación era acerca del *malaje* que había herido al mayor de los Calleja, los del puesto de verduras, una familia querida por todos allí.

—¡Maldita sea su estampa! ¡Por San Lucas Evangelista que si se arrima por aquí le cortamos los huevos! —exclamó el camarero de una taberna mientras servía bebidas en la terraza.

Pasó el verano y la búsqueda de Ángel no dio resultados. Había desaparecido de la faz de la tierra o, como sospechaba Silvia, podía estar escondido en cualquiera de aquellas casas de paredes encaladas, en la trastienda de alguno de aquellos bares en los que la manzanilla corría como el agua de las fuentes. No podía haber escapado tan fácilmente, los férreos controles en los principales puntos de viajeros era destacado, pero el sujeto no aparecía por ninguna parte. Algunos efectivos barajaban la posibilidad de que hubiera cruzado el estrecho y se hubiera adentrado en Marruecos. Cuando Silvia pensaba en esa posibilidad se le venía el mundo encima.

Frustrada y hundida, personal y profesionalmente, no tuvo más remedio que regresar a Castellón antes de que el comisario Romerales la relevara de su cargo.

La salud de Robert seguía sin dar noticias positivas.

3

Sábado, 22 de noviembre

HUBO UN TESTIGO. Se trataba de un hombre de unos cuarenta años que hacía deporte junto al tramo de la autopista comprendido entre Benicàssim y Oropesa del Mar.

—El Porsche Cayenne iba a toda pastilla —afirmó—. Debía ir por lo menos a doscientos kilómetros por hora. Me he quedado embobado, iba como una flecha. Lo más fuerte es que circulaba en dirección contraria. Saqué el teléfono móvil, pero antes de decidir dónde debía llamar ha embestido de frente al coche pequeño. El castañazo ha sido impresionante, como una bomba. No he oído que frenara, solo el trompazo descomunal, un ruido que todavía me resuena aquí. —Se tocó la cabeza.

En el otro vehículo, un Ford Fiesta, viajaban una mujer y un niño. La carrocería del Porsche resultó bastante indemne para lo que cabría esperar en un impacto de tal calibre, mientras que el Ford quedó reducido a un amasijo irreconocible.

El testigo aseguraba haber visto a un hombre salir a gatas del interior del Porsche y cojear por el arcén hasta colarse por un agujero de la valla de la autopista.

—Se trata de un kamikaze —informó el agente de la Guardia Civil de tráfico a través de la radio de su moto.

El Porsche Cayenne era un vehículo al que habían borrado el número de bastidor. Uno de esos coches caros, sustraídos y manipulados con la intención de venderlos por la mafia de algún país del este de Europa. El pequeño Ford Fiesta era propiedad de una mujer de treinta y seis años con domicilio en la ciudad de Castellón. El pequeño que viajaba en el asiento trasero, debidamente anclado en la sillita obligatoria, tenía cinco años. Ambos fallecieron de forma súbita tras la brutal colisión.

Eran las nueve de la mañana y el lugar se convirtió en un hervidero de gente: Guardia Civil, Policía Nacional, dos grúas, una dotación de bomberos, dos ambulancias y un equipo forense. Desviaron el tráfico, pero los conductores aminoraban la marcha para curiosear. Los agentes se afanaban por poner orden y restablecer el tráfico cuanto antes.

Hacía frío y las nubes bajas enmarañaban parcialmente el lugar de la autopista donde había ocurrido el accidente.

Los agentes Terreros y García, de la Policía Nacional de Castellón, interrogaron al testigo. Terreros estaba visiblemente molesto; García suponía que no había dormido bien y que trabajar en sábado le costaba cada vez más.

—¿Y tan lejos estaba usted que no ha tratado de acercarse al hombre del Porsche? —inquirió Terreros.

—Tampoco estaba tan cerca…

—Ni tan lejos si pudo ver lo que dice con tanta precisión.

—¡Joder! —Masculló el hombre—. A ver si aún me la voy a cargar yo. He visto el accidente; el cabrón ese del cochazo iba a toda hostia en dirección contraria. No creo que se hubiera equivocado, sino iría más lento, o circularía por el arcén, o al menos con los cuatro intermitentes en marcha. Después del trompazo lo he visto salir del coche a gatas y ponerse en pie. Cojeaba por el arcén. He gritado por si necesitaba ayuda, pero entonces ha aligerado el paso y luego ha desparecido por un agujero de la tela metálica que limita la autopista.

—¿Dónde estaba usted exactamente?

—Allí arriba —señaló una pequeña loma.

—O sea, que en cuatro zancadas hubiera estado delante del sujeto y le podía haber visto la cara.

—O me podía haber dado una paliza, ¿no te jode?

Los agentes comprendían al testigo. Mucho había hecho quedándose y llamando al 112 para informar del suceso.

—¿Qué piensas? —preguntó Terreros a García cuando estuvieron a solas.

—Que cuando Monfort se entere de que un kamikaze ha matado a una madre y a su hijo, va a sacudir la provincia entera hasta que no quede ni una mota de polvo por investigar debajo de ninguna alfombra.

COMO SI EL destino jugara a su antojo y la distancia no supusiera impedimento alguno para sus caprichos, a Monfort le causó incertidumbre aquello que el guardia de seguridad del Museo del Prado le había comentado.

Por la mañana, tras la opípara cena que consistió en una antología de los platos más laureados de Casa Lucio y una más que interesante charla entre el mesonero segoviano y la locuaz Elvira Figueroa, se despertó solo en la habitación del hotel con vistas al Parque del Retiro. Quedaba, eso sí, su fragancia femenina; además de su ropa interior colgada de una silla y la luz del baño encendida, señales inequívocas del poco apego a ciertas normas éticas convencionales. Monfort se sentó en la cama. El dolor de cabeza era soportable; los buenos caldos propiciaban resacas más saludables, en el caso de que tal definición fuera válida para justificar el exceso. Se preparó una taza de té con el hervidor dispuesto junto a la cafetera que ya había sido utilizada por Elvira. Corrió la tupida cortina y una luz mortecina invadió la estancia. Allí abajo, las copas de los árboles del parque regalaban notas de mil tonalidades distintas. Abrió el ventanal y el ruido del tráfico de la ciudad le recordó dónde se encontraba. Escurrió la bolsita de té con los dedos y dio un sorbo con satisfacción. Encendió un cigarrillo con precaución de echar el humo por la rendija abierta y leyó la nota de Elvira. Decía que estaría ocupada hasta bien entrada la tarde; le aseguraba que lo había pasado genial, y entre paréntesis ponía que también después de cenar. Se excusaba y le recomendaba pasear por Madrid, hacer una visita al cercano Museo del Prado y comer en Lhardy un cocido como Dios manda.

Le hizo caso y se acercó al prestigioso museo, al que no había vuelto desde hacía tantos años que ni siquiera recordaba cuántos. Lo suyo fue una visita frugal, por decirlo de alguna forma, un paseo distendido entre fastuosas obras de arte. Había tanto público contemplando *Las meninas* que tuvo que sortear un mar de cabezas, casi todas de rasgos orientales, hasta conseguir un lugar desde donde poder admirar la fabulosa pintura. Pasmado frente al cuadro, con las manos entrelazadas a la espalda y moviendo la cabeza de un lado a otro para conseguir distintos encuadres visuales, constató que se trataba del triunfo absoluto de la pintura ilusionista. Después continuó la visita hasta que llegó a la sala donde se exhibían las llamadas *Pinturas negras* de Goya. Monfort se sintió un tanto abrumado. Si aquel que plasmó aquellas señas de terror y amargura era el mismo que pintó *Las Majas*, estaba claro que en aquellos cuadros ensombrecidos había volcado toda su mala sangre.

En un lugar preferente de la sala había un espacio vacío poco antes ocupado por un cuadro. Miró la ficha, pero estaba en blanco.

—Se han llevado al *Perro* —dijo una voz detrás de él. Era un guardia de seguridad del museo, un hombre fornido de tez amable y aspecto bonachón.

—¿El perro? —preguntó Monfort convencido de que quedaría como todo lo contrario a un conocedor de la obra del genio aragonés.

—Bueno, en realidad se llama *Perro semihundido*, aunque nosotros lo llamamos *El perro*, para abreviar.

—Ya —fue todo lo que se le ocurrió decir, aunque dejó patente que no sabía de qué hablaba.

—Lo debe haber visto mil veces; es esa pintura en la que un perro mira asustado. Esta es una de las salas más visitadas del museo y el cuadro uno de los más fotografiados. Espere… —le dijo, y en cuatro pasos se plantó frente a un pequeño armario empotrado en la pared del que extrajo un folleto—. Mire —dijo cuando volvió a su lado—. ¿Lo había visto antes, verdad?

Monfort sostuvo el tríptico entre los dedos. Claro que lo había visto, aunque en aquel momento no lo recordara. Hizo el gesto de devolvérselo.

—Quédeselo, no importa —terció el guardia—. Si Sergio estuviera aquí le daría una clase magistral.

—¿Sergio?

—Es el guía especializado en Goya. Lo sabe absolutamente todo sobre él.

—Pues me hubiera encantado coincidir —añadió Monfort con cortesía—, quizá en otra ocasión.

—El caso es que debería estar aquí. Es puntual como un reloj suizo; el primero en llegar y el último en irse. Estos cuadros son como su familia. Entre usted y yo —bajó el tono de voz—, creo que está un poco obsesionado.

—En fin, muchas gracias, volveré otro día.

—Claro que sí —aseveró el guardia con una amplia sonrisa—, vuelva cuando quiera. Seguramente me encontrará por aquí: Juan Vilchez, para servirle. Por cierto, ¿vive usted en Madrid? Lo digo porque hay ciertos horarios en los que la entrada es gratis.

—No. Vivo en Castellón —respondió y le cruzó el pensamiento la habitación del hotel Mindoro como un sinónimo de hogar que en realidad no lo era.

—Anda, qué casualidad, de Castellón. Precisamente de allí es Sergio.

—Vaya, sí que es una coincidencia —atinó a decir para salir del paso.

—Pues todavía hay otra más —anunció el guardia haciéndose a un lado para que un grupo de visitantes accediera a la sala—. Se han llevado el cuadro del *Perro* a una exposición en Castellón de la Plana.

—En ese caso iré a verlo cuando regrese.

Abrevió la visita al museo apremiado por las ganas de fumar y al salir telefoneó a Lhardy, el mítico restaurante de la carrera de San Jerónimo que Elvira le había recomendado; pero estaba completo para el servicio del mediodía. Era un restaurante de gran belleza que conservaba una atmósfera evocadora. Aunque en realidad Monfort era más mundano y menos sofisticado que todo aquel romanticismo gastronómico y literario, y comer allí, solo entre tanta majestuosidad, no le apetecía nada; pensó también que quizá se le apareciera a la mesa el espíritu de Azorín, cliente asiduo de la casa, y no estaba para semejantes sobresaltos. Así que, sin pensarlo dos veces, caminó en sentido contrario los quince minutos que separaban el Museo del Prado del cercano paseo de Recoletos, donde se encontraba el Café Gijón. Al igual que Lhardy, atesoraba una significativa historia literaria, aunque desde el punto de vista de una época en la que resguardarse junto a un café era casi como poseer un hogar caliente y confortable.

Punto de encuentro de los intelectuales de la época, el Café Gijón había servido de inspiración a diversos escritores que retrataron las miserias del Madrid de la posguerra, y era mundialmente conocido por ser el hipotético escenario de *La Colmena* de Camilo José Cela. Con sus tradicionales mesas de mármol y los característicos asientos tapizados en rojo, Monfort se sintió reconfortado nada más entrar. El homenaje al cerillero, Alfonso González Pintor, le dio la bienvenida: «Aquí vendió tabaco y vio pasar la vida Alfonso, cerillero y anarquista», rezaba una placa en su honor.

De primero pidió albóndigas de bacalao y a continuación un cocido completo: sopa con fideos cabello de ángel, garbanzos, repollo, patata, zanahoria, chorizo, morcilla, longaniza, tocino, tuétano de vaca, jamón y costilla; y un rioja adecuado para trasegar con semejante exquisitez. Había más clientes como él, comiendo en solitario, a su aire, meditabundos, lacónicos. Personajes extraños si uno se disponía a analizarlos al detalle. La deformación profesional lo llevaba a escudriñar aquellos rostros cansados y ojerosos, pura demagogia. Lo que allí había era empresarios abrumados por los pagos, comerciales inquietos revisando los mensajes de sus teléfonos móviles con la esperanza de un jugoso pedido, oficinistas de la zona y algunos turistas que, cámara en ristre, se fotografiaban en el lugar donde, en los años previos a la Guerra Civil, se reunían clientes ilustres como Federico García Lorca, Celia Gámez o Enrique Jardiel Poncela.

Con la excusa de poder fumar pidió que le sirvieran el café en la terraza dispuesta en el bulevar. Hojeó distraído un periódico manoseado y se dejó llevar por la sobremesa de una pantagruélica comida. Pidió otro café y apuró otro cigarrillo, incluyendo en esa ocasión la compañía de dos dedos de whisky de malta.

Ya lo decía Francisco Umbral: «Madrid es una excusa para contar historias».

La llamada entrante lo devolvió al mundanal ruido de la capital. Era el número de su padre. Su cerebro daba bandazos, convirtiéndolo en un extraño y, al segundo siguiente, en el ser más cuerdo del planeta. Era la asistenta la que estaba al teléfono, tal como esperaba.

—Hola, ¿sucede algo?

La simple aparición de aquellos dígitos en la pantalla suscitaba todo tipo de sensaciones, y casi ninguna era positiva. El anciano podía darle un susto morrocotudo en cualquier momento. Hasta la fecha, a parte del caprichoso funcionamiento del cerebro, su salud seguía siendo de hierro, pero ello no le eximía de caerse o de sufrir un infarto, un ictus o cualquier otra cosa que dejara al viejo tieso como la mojama.

—¡Ay, Bartolomé!

Llevaba tantos años en la casa que no era solo alguien que prestara sus servicios a cambio de un sueldo, sino que se había convertido en la persona más importante e imprescindible en el hogar de los Monfort Tena.

—A su padre se le ha metido en esa cabezota suya que quiere ir al pueblo —dijo con su marcado acento latino, cargado en esta ocasión, como en tantas otras, de hartazgo y pesadumbre.

—¿A Villafranca del Cid? –preguntó Monfort, aunque obviamente no valía la pena formular tal cuestión.

—¡Como sea que se llame ese condenado lugar! —exclamó con gran desprecio, como si ella fuera de Nueva York y ellos de un poblado indígena—. Lleva repitiendo lo mismo desde hace cuatro días.

Monfort apuró de un trago el poco whisky que quedaba en el vaso. La tentación guio su mano hasta la cajetilla de tabaco, pero se hizo el fuerte y la retiró a tiempo. Trató de conseguir que la asistenta se calmara a base de buenas palabras, que entendiera que estaba lejos, que no podía hacer mucho más que intentar hablar con su padre y que los astros se alineasen para otorgarles el beneplácito de una conversación civilizada.

—Se lo paso —dijo ella sin más, zanjando cualquier atisbo de cordialidad.

—¡Llévame al pueblo! —exigió el anciano con su voz recia de mando, creyéndose en el derecho absoluto de que se cumpliera su deseo de inmediato.

—¿Qué tal, papá?

—Mal, muy mal. Estoy mal.

—Pues yo te escucho alto y claro, como si fueras un general en activo.

—Gilipolladas.

—Vamos, ¿qué te ocurre?

—Esta, que no me hace caso.

—«Esta» tiene un nombre.

—Ya, pero no me hace caso. Y, mientras no me haga caso, la ignoraré.

—¿Cómo puedes decir que no te hace caso?

—¡No me hace caso!

—No te excites, papá, no creo que sea bueno para tu…

—¿Tú también?

—Yo también, nada. ¿Qué necesitas?

—Irme al pueblo, ya te lo he dicho. Llévame allí o dile a esta que me meta en un tren que vaya hasta Castellón y luego vienes a buscarme a la estación.

—¿Un tren a Castellón? —preguntó Monfort, sopesando por primera vez la posibilidad de aquella petición.

—Sí, ¿te crees que soy tonto? Ya sé que no hay tren hasta Villafranca del Cid. Menuda mierda de combinación que tiene el puñetero pueblo, siempre ha sido igual. Si se complicaba un parto, para cuando llegaban a un hospital decente o bien la criatura ya sabía andar o se había quedado en el camino.

Monfort decidió dejar de lado por el momento el tema del modo de locomoción.

—Pero la casa hace años que está alquilada…

—Ya no.

—¿Cómo que no?

—Se marchan.

—¿No los habrás echado? ¿Puedes hacer eso?

—Puedo hacer lo que me dé la gana. Es mía, ¿no? Pues eso. Los llamé y los invité a que se fueran.

—¿Y ya está?

—Y dale, mira que eres pesado, hijo.

«Vaya con el anciano cascarrabias», pensó.

Él se había interesado por una vistosa edificación ubicada en la misma calle. Una vivienda regia con aires modernistas que lo había cautivado en sus fugaces visitas al pueblo. Llamó por teléfono en varias ocasiones al número que aparecía en el rótulo de la fachada, hasta que por fin una mujer le devolvió la llamada para decirle que la casa ya estaba vendida. Monfort no supo si aquello le había decepcionado del todo; en realidad, la idea de adquirir una casa allí se debía más a aquellos aspectos que le hubiera gustado compartir con su esposa que por ganas de enfrascarse en la aventura de reformar un inmueble en un lugar que le traía demasiados recuerdos. Y no siempre buenos. Sabía que arrancarse de una vez el estigma de la fatalidad era lo más adecuado, que el pasado debía quedar relegado a un tiempo vivido en el que quizá fue más feliz. Pero el presente era lo que le tocaba vivir y no había otra que seguir adelante, aprovechar lo que el destino le proporcionara y agarrarse con fuerza a la realidad. Ahora era su padre el que lo devolvía de nuevo a las calles de la población.

—¿Bartolomé? ¿Dónde estás? —gritó más que preguntó su padre.

—Aquí —respondió, guardándose para sí que se encontraba en Madrid, en la terraza del Café Gijón, frente al majestuoso palacio del Marqués de Salamanca, con el vaso de whisky vacío y el cambio de la cuenta de la comida sobre un ajado platillo de color rojo. Añadió un par de euros como propina y se puso en pie con la intención de coger un taxi.

—¿Qué hacemos? —le preguntó su padre tras un intervalo de espera que apenas duró un par de segundos, pero que le pareció una eternidad.

—¿Qué hacemos de qué?

—De lo de ir al pueblo. Yo pienso ir.

—¿Quieres que te vaya a buscar a Barcelona?

—¿Te crees que no puedo viajar sin tu ayuda?

—Pues entonces no se hable más —respondió Monfort. No tenía sentido seguir con la discusión—. Lo organizo todo y cuando la casa esté lista te aviso. Llamas a un taxi para que te lleve a la estación de Sants, me informas del tren en el que vas a venir y yo te espero para llevarte a Villafranca del Cid. ¿Es eso lo que quieres?

Su padre carraspeó ligeramente. El problema era que ya había olvidado de qué estaban hablando. Forzaría la memoria hasta conseguir recordar la conversación con su hijo. Cualquier cosa antes que preguntarle a la asistenta y quedar como un viejo senil.

Tras despedirse de su padre y ajustar algunos detalles con la asistenta, se subió a un taxi libre. En el interior del habitáculo quedaba un poso de olorcillo a marihuana. El conductor era un joven que ocultaba los ojos tras unas gafas de sol que no eran necesarias en aquel Madrid de cielo plúmbeo. Le indicó el nombre del hotel en el que se alojaba. En la radio sonaba un tema de los Rolling Stones. El conductor subió el volumen mientras se incorporaba al tráfico de la ciudad.

—¿Le importa? —preguntó mirando por encima de las gafas de sol a través del retrovisor.

—Al contrario —respondió Monfort.

Se acomodó en el asiento y llamó a Elvira.

—¿Estás en una discoteca? —preguntó ella.

—Es un taxi. ¿Y tú?

—En el hotel. Acabo de llegar, he terminado antes de lo previsto. Eso que suena a semejante volumen, son...

—Los Rolling Stones.

—Ya —dijo Elvira—. ¿Y la canción?

—*Start Me Up*.

—Enciéndeme —tradujo en voz alta el título de la canción.

—En cuanto llegue al hotel —respondió él.

SERGIO BAYO PENSABA con detalle en lo que había presenciado el día anterior, cuando, acodado en la barra de una pequeña cafetería frente al imponente edificio del Real Casino Antiguo de Castellón, asistió a la descarga del cuadro.

Había un considerable despliegue policial y las calles permanecían cortadas, tanto para el tráfico rodado como para los viandantes. Tras pagar la consumición se dirigió con paso firme hasta la puerta de acceso del edificio. Un guardia de seguridad apostado en el umbral le preguntó a dónde se dirigía. Sin que le temblara la voz, dijo que formaba parte del equipo de transporte del Museo del Prado y le mostró su acreditación de guía para que el guardia solo se fijara en el membrete. Subió los escalones de dos en dos hasta llegar al salón del que procedía el bullicio de las personas reunidas. Se mezcló entre los que hacían corrillos y cuchicheaban entre sí para pasar desapercibido. Había políticos, fáciles de reconocer por sus gestos grandilocuentes, y la caterva de acompañantes que asentían en todo momento; entendidos en arte, también reconocibles por sus palabras, y algunos militares vestidos de gala que exhibían sus condecoraciones. Procuró no entablar conversación alguna, no quería que los operarios advirtieran su presencia, ya que podrían reconocerlo del museo. Varias personas permanecían atentas al hombre que estaba al mando del desembalaje del cuadro. Se trataba del conservador de Patrimonio Nacional que había viajado desde Madrid, a quien conocía bien. Este se debatía con el responsable del Casino, que se negaba a que el acto diera comienzo sin la presencia del mecenas que, por lo visto, nadie sabía dónde estaba. Los fotógrafos de la prensa captaban de forma poco disimulada la discusión, y cada pocos segundos un político se acercaba a la escena para preguntar por el motivo de la tardanza en la inauguración.

Finalmente, y tras una larga demora amenizada con algunas palabras de reprobación y muchas llamadas telefónicas, el cuadro se extrajo de la caja blindada y se conectó al sistema de seguridad. Lo fijaron a la pared y fue debidamente iluminado. Hubo aplausos deslavazados por la ausencia de aquel que había propiciado semejante evento jamás visto en la ciudad.

Sergio Bayo observó el cuadro desde lejos con absoluta fascinación. Se pasó la lengua por los labios secos y luego desapareció tal como había llegado: como un intruso.

LA HERMANA DE uno de los dos amigos que van a buscarlo tiene un perro al que cuida con exagerado mimo, como si se tratara de un bebé. Es uno de esos perritos pequeños y peludos, como una bola de algodón, un cachorro comprado en una tienda de mascotas por el que su padre desembolsó una buena suma de dinero. Un regalo por acceder con excelentes calificaciones a la carrera de Medicina de la que tanto alardeaban sus padres en el vecindario. Su hermano le tiene tirria. Una envidia insana que trata de sofocar con mil y una putadas dirigidas a una hermana que no para de restregarle sus logros de niñata mal criada.

La apuesta consiste en esconderse y que el perro dé con ellos. Ganará aquel al que el animal encuentre primero. Para atraer su atención, cada uno llevará un trocito de carne que actuará como señuelo. Lo cruel del asunto es que la carne está ligeramente manipulada. «Solo un poco, para que se encuentre mal, pero que no se muera», asegura el hermano de la dueña del perrito, que se cree un experto en esos asuntos, pero que en realidad no tiene ni idea.

Para llevar a cabo su atroz apuesta sustrae del garaje veneno para ratas que su padre esconde en lo más alto de una estantería. Mezcla el raticida con trozos de pollo que coge de la nevera y aprovecha que su hermana ha salido con unas amigas para llevar a la mascota hasta el bosque. Primero le dan un montón de vueltas para marearlo y luego lo dejan suelto mientras corren a esconderse. Una vez agazapados en el lugar que han elegido, empiezan a llamar al perrillo que, desorientado, corretea alegre en una u otra dirección *sin saber con exactitud adónde debe dirigirse. Pese a su inocencia, el animal tiene buen olfato y no tarda en dar con uno de ellos. De un bocado se traga la porción de carne envenenada. Él es el ganador, el mismo que suele ganar siempre las apuestas; el que tiene la suerte de cara, el que imita a su padre, el jugador.*

Sale satisfecho de su escondite sujetando al perro en alto con una mano en señal inequívoca de victoria.

En ese momento el animalillo empieza a convulsionar como si le faltara el aire. Tras varias arcadas consigue vomitar un fino hilillo de baba y los amigos creen que con eso es suficiente para recuperarse; pero sus quejidos se acallan por completo hasta que echa el cuello hacia un lado, lanza un suspiro que en realidad es un estertor, y cierra los ojillos para siempre.

4

Domingo, 23 de noviembre

TRAS DESAYUNAR EN la habitación del hotel, con Elvira todavía dormida sin que nada ni nadie perturbara su descanso, Monfort bajó a la calle a fumar. Un viento frío y el cielo encapotado le dieron los buenos días. Había sido una noche memorable. Tras recordar la discografía de los Rolling Stones, con especial hincapié en la letra picante de alguna de sus canciones, decidieron salir a probar las tapas de un bar cercano que les habían recomendado en el hotel. Era uno de esos sitios de moda en los que, en torno a una mesa alta, servían propuestas gastronómicas de nombres rebuscados e imposibles de memorizar, como «taco de rabo de toro cocinado a baja temperatura en un adobo de chile guajillo, polvo de hoja de aguacate y puntos de emulsión de cítricos».

Se acordó de su padre y de lo que hubiera opinado al leer el nombre del plato.

La conversación con su padre le había aguado un poco la cena. Elvira intuyó que pasaba algo y no paró hasta que él le contó con detalle lo que habían hablado, o más bien lo que su padre le había ordenado. Ella se rio sin recato, con la copa de rioja en una mano y el tenedor cargado de rabo de toro en la otra.

Su carácter abierto y positivo hacía que Monfort se sintiera bien. Ella opinaba que si el hombre quería ir al pueblo debía hacerlo, y ni él ni nada en este mundo debían impedírselo. «Si quiere ir, que vaya, no sé dónde está el problema», repitió la frase en unas cuantas ocasiones, siempre con la voz demasiado alta. El estupendo vino propiciaba la repetición de frases y el volumen elevado.

La mezcla de rabo de toro y chile guajillo no fueron de su agrado, pero sí aquella selección de carnes de vacuno que pidieron después y que ellos mismos asaron a su antojo en una tabla de pizarra dispuesta sobre la mesa. La segunda botella de vino se vació antes de lo esperado y Elvira bromeó con el camarero joven y sofocado. «Con esos ojos deberían contratarte en un harén», le había dicho. El barbilampiño hubiera preferido perder parte del sueldo por no tener que servir aquella mesa, pero la jueza y su sed insaciable lo instaban una y otra vez a acercarse hasta el incómodo taburete que presidía con sensualidad.

Para ella el tema de su padre estaba zanjado. Monfort debía regresar a Castellón para acompañarlo hasta Villafranca del Cid. No le llevó la contraria. Ella era capaz de fletar un avión privado para que se largara de allí aquella misma noche, pero él no quería dejar escapar el embrujo de aquellos ojos que pedían más carne poco hecha.

Pagaron la abultada cuenta, acorde con la sofisticación del lugar y su emplazamiento, y agarrada del brazo de Monfort repartió sonrisas por el local en el que tardarían tiempo en olvidarla.

El resto de la noche fue lo realmente memorable.

Apagó la colilla en el cenicero dispuesto junto a la puerta del hotel con la intención de regresar a la habitación. Puso el teléfono en marcha. Tenía una llamada perdida de la subinspectora Silvia Redó y varios mensajes del comisario Romerales. Sus escritos no solían auspiciar nada bueno, y por eso decidió escuchar la voz de Silvia antes que leer las faltas de ortografía del comisario.

—Buenos días, jefe. —Había algo en su voz. El saludo quería ser jovial, pero no lo conseguía del todo. Monfort se alegró de escucharla.

—¿Qué tal?

—Será mejor que vengas cuando puedas. ¿Te ha llamado Romerales?

—Tengo tres mensajes, pero no los he leído.

—Han matado a una mujer y a su hijo —soltó de golpe.

—¿Cómo ha sido? —la tentación de un nuevo cigarrillo atenazó la mano libre.

Ella guardó silencio. Era una policía experimentada. Había visto de todo en sus años de servicio, no se amilanaba, no le temía a nada. En ocasiones Monfort opinaba que tenía los nervios de acero. Se la imaginó cerrando los ojos y acomodándose un mechón del cabello tras la oreja.

—Di lo que sea, Silvia. ¿Quién ha sido? ¿Quién los ha matado? ¿Qué les ha pasado?

—Ha sido un kamikaze. Una apuesta. Un tipo que conducía por la autopista a toda velocidad en dirección contraria.

A Monfort se le hizo un nudo en la garganta y los recuerdos se le agolparon en el estómago. Entendió de repente lo extraño de la llamada, las palabras de Silvia expelidas como un arma arrojadiza. Habría pensado la forma de decírselo, pero había optado por la más directa. No había otra manera.

—¿Y cómo sabes que era una apuesta?

—Había una nota en el interior del coche en la que ponía los kilómetros que debía recorrer y el valor del premio en caso de conseguirlo.

Un conductor kamikaze, una apuesta, una nota que probaba el hecho de conducir en dirección contraria. Todo corrió hacia atrás en el tiempo. Visualizó a su mujer, muerta sobre el asfalto de la autopista, cubierta con una manta térmica mientras el viento que la mecía provocaba sonidos siniestros. Las sirenas de las ambulancias ululando en la noche, el serrín pretendiendo borrar la sangre derramada. Violeta había muerto de forma caprichosa. El destino, aquello en lo que él creía poco, había propiciado que el sujeto se cruzara en su camino. Apenas le faltaban doscientos metros para salir de la autopista, y con ello hubiera permanecido viva; quizá habrían tenido hijos, con seguridad él se dedicaría a otra cosa, y no a aquello de ver muertos tirados en el suelo, a desvelar la identidad de los asesinos de personas como su esposa o como la mujer y el niño de los que hablaba Silvia. La había perdido a manos de un kamikaze y entonces se había hecho policía, y luego, como otra vuelta cruel del destino, al salir de la academia y empezar a despellejar las calles en busca de malhechores, se había ganado el sobrenombre de Kamikaze. Si los que le colgaron el apodo hubieran sabido realmente lo que sentía cada vez que escuchaba aquella palabra, no la habrían pronunciado jamás.

Sacudió la cabeza y se presionó el puente de la nariz con las yemas de los dedos índice y pulgar. Aquello que le acababa de contar Silvia era un nuevo caso, no el de su esposa, por mucho que se le pareciera, por idénticas que fueran las formas y el desenlace. Pero supo desde aquel puñetero momento que le iba a costar Dios y ayuda discernir entre una cosa y la otra.

—¿Lo habéis cogido? ¿Está herido? ¿Muerto?

—Se ha escapado.

Y la actitud positiva que había sentido al despertar se hizo añicos en un segundo.

La exposición estaba siendo todo un éxito. Un acontecimiento nada habitual en la ciudad de Castellón que había levantado la expectación que sin duda merecía. El cuadro de Goya había suscitado el interés de todo tipo de público: entendidos en arte, amantes de la cultura en general, o simplemente curiosos que se acercaban hasta el Real Casino Antiguo con la intención de admirar aquella obra del maestro aragonés del que en los últimos días se hablaba sin cesar en los medios locales.

En el Salón Central, además del célebre cuadro, se había dispuesto una serie de reproducciones de obras del pintor, enseres que en teoría le habían pertenecido, así como una colección de grabados taurinos que Carlos Sorli había adquirido a lo largo de sus años como marchante de arte.

El mecenas dejó claro desde el primer momento que la exposición debía ser gratuita; él correría con los gastos del local y del personal de seguridad que debía custodiar la obra día y noche. Según sus propias palabras, que en ese momento le recordaba el encargado del casino a un cariacontecido comisario Romerales, que había acudido con su esposa en calidad de visitante: «Nadie ve más allá de sus pantallas de móvil. Si cobramos no vendrá ni un alma». Y gracias a su generosidad, la regia escalera que ascendía hasta el Salón

Central era un constante ir y venir de castellonenses atraídos por el evento.

Sorli no había escatimado para llevar el cuadro a Castellón; tampoco se amilanó a la hora de contratar servicios de publicidad. Mandó anunciar el evento colgando faldones en las farolas de toda la ciudad y carteles en los paneles publicitarios; contrató cuñas de radio en las emisoras y concedió, días antes a la inauguración, una serie de entrevistas donde manifestó que aquella era una oportunidad única para contemplar una obra de arte de semejante magnitud.

El problema era que nadie sabía dónde estaba Carlos Sorli.

La esposa del comisario, aburrida de la perorata de los dos hombres, se excusó para poder ver la exposición a sus anchas.

—¿Y qué coño quieres decir? —preguntó Romerales al encargado del majestuoso edificio, con la confianza que les otorgaban más de veinte años de amistad—. En su casa sabrán algo de él, ¿no?

—Eso es lo más grave desde mi punto de vista: que nadie sabe nada.

—¿Tiene esposa?

—Sí, y no veas qué mujer, por cierto.

—Yo no veo más mujer que la que ya conoces —bromeó el comisario—. ¿Y qué dice ella? Es demasiado tiempo sin saber nada de su marido.

El encargado se encogió de hombros y dejó vagar la mirada sobre la muchedumbre que abarrotaba el salón, como si ya estuviera a otra cosa, como si aquello de lo que hablaban ya no fuera asunto suyo.

—Pues eso tendrás que aclararlo tú —dijo al fin—, que eres el jefe de la poli. A mí lo que me preocupa es que toda esta «broma» que ves —prolongó la barbilla en dirección al público presente— hay que pagarla, y fue con el señor Sorli con quien se pactó el precio de cesión de la sala.

ROBERT HABÍA EMPEORADO. Fue la madre del agente quien le comunicó la noticia a Silvia, y cada una de sus terminaciones nerviosas palpitó a la vez. Los médicos habían recomendado mantener la calma. Debían analizar aquel cambio súbito. Por el momento no había nada más. Esperar. Y rezar, según la madre.

Lo único que había sido capaz de hacer desde que recibió la llamada fue ponerse en contacto con Monfort para que volviera a Castellón. Cuando le informaron de lo del conductor suicida, supo que el comisario le pediría a ella que se encargara de llamarlo.

Intentaba relajarse leyendo una novela protagonizada por el inspector Leo Caldas, pero no era capaz de concentrarse y la dejó abierta, bocabajo, sobre la mesa que había frente al sofá. Los acontecimientos se le amontonaban en la cabeza, pretendían meterse a empujones para ganar notoriedad, para situarse en primer lugar. La atormentaban, y era como si pudiera verlos físicamente: un problema detrás del otro, queriendo ocupar un lugar privilegiado en su cerebro. Se tumbó en el sofá, pero antes de que pasaran cinco minutos se incorporó de nuevo, como si estar echada la mareara. Volvió a las páginas del libro, deseaba que el lacónico proceder del policía gallego la sumiera en la calma que tanto necesitaba, pero no había forma. Nada lograba proporcionarle un ápice de paz y sosiego.

Consultó el teléfono móvil. Había un mensaje de Monfort que no había leído. Era corto y conciso: «Nos vemos mañana en la comisaría».

Y algo sucedió de repente en su interior, en su estómago, o quizá en sus amígdalas no operadas, que hizo que se sintiera un poco mejor, y los fantasmas que se agolpaban como la cola de gente en un cine un día de estreno se disiparon por arte de magia. Quizá fuera la perspectiva de un nuevo trabajo junto al inspector, o el regreso a algo parecido a la rutina.

Buscó un cedé en la estantería y lo colocó en el reproductor. Era un álbum titulado *Blood & Chocolate*. Seleccionó una canción: «Tokyo Storm Warning».

«La muerte usa un gran sombrero», cantaba Elvis Costello.

5

Lunes, 24 de noviembre

ERAN TAN SOLO las ocho y media de la mañana y Estela Sachs permanecía sentada en el despacho del comisario Romerales. El jefe de la policía se sentía incómodo ante su presencia y era más que probable que ella notara semejante simpleza masculina. Compareció en el viejo edificio de la ronda de la Magdalena con un hombre al que presentó como su secretario, asesor y ayudante, y que resultó ser un abogado de Castellón que, tras cerrar su propio bufete, había pasado a trabajar a tiempo completo para la familia de Carlos Sorli.

—No nos han presentado antes —dijo ella al acceder al despacho, como si todo dependiera de ello—. Soy Estela Sachs, la esposa de Carlos Sorli, de Azulejos Sorli-Sachs.

El «hombre para todo» que la acompañaba se llamaba Enrique Correa. La mano que la esposa de Sorli le tendió al comisario por encima de la mesa estaba enfundada en un guante caro que se le ajustaba como una segunda piel.

Estela Sachs vestía un traje de chaqueta y pantalón de color negro ceñido a su esbelta figura. Sobrepasaba los cincuenta; sin embargo, los avatares del tiempo no habían hecho mella en su cuerpo y, de haberlo hecho, ella misma se habría encargado de ponerle remedio. Lucía un peinado impecable. Pese a la hora temprana, el maquillaje era tan perfecto que parecía recién salida de un centro de belleza. Tenía un rostro sencillo, pero bello que adornaba con unos labios pintados de rojo intenso. Sus ojos, verde esmeralda, lanzaban destellos en el desangelado despacho del jefe.

Enrique Correa era mayor que ella. Vestía un traje azul de una calidad visiblemente inferior al de su acompañante. Tenía mucho pelo y una barba que se debía haber afeitado medio dormido, a juzgar por los rodales que le deslustraban ciertas partes del rostro.

Correa y Romerales rellenaron a conciencia el formulario por la desaparición de Carlos Sorli, de quien no se tenía ninguna noticia desde la mañana del viernes. Y pese a aquella circunstancia anómala y preocupante, sobre todo por la inauguración de la exposición de la que era artífice, a su esposa no se le habían quitado las ganas de seguir aparentando.

—¿Y cómo no han dicho nada hasta ahora? —preguntó el comisario.

Esposa y asalariado cruzaron una mirada. Estela Sachs frunció el ceño como si tratara de recordar algo en concreto. El abogado posó una mano en el brazo de ella para que no dijera nada. Romerales siguió a lo suyo.

—¿Cree que su ausencia podría estar relacionada con la exposición de la que su marido es el principal responsable?

—Mi marido es un caprichoso —apuntó Estela Sachs zafándose de la mano de Correa—, siempre lo ha sido. Es un gran entendido en arte. Tiene una trayectoria ejemplar en el mundo de la pintura, pero está obsesionado con Goya y, de forma especial, con ese cuadro de la exposición. No ha parado hasta conseguir traerlo a Castellón. Es de la opinión que la gente de aquí sabe poco de arte, y que deberían admirar una obra maestra como esa. Yo —dijo acercándose un poco más a la mesa, como si quisiera contarle al comisario alguna confidencia—, habría preferido que se le hubiera metido entre ceja y ceja traer otros cuadros de su pintor preferido: *Las Majas*, por ejemplo; habría dado en el clavo si se hubiera expuesto aquí alguna de esas dos pinturas. Se lo dije, pero él no me hace caso en esas cosas, cree que soy una pueblerina.

A continuación, se replegó adoptando una postura que pretendía albergar tristeza, pero que en realidad resultaba petulante. Exhibió algunos gestos que debía tener estudiados: un movimiento hacia delante, otro hacia atrás, una mano cubriéndose los labios y al momento atusándose el pelo.

—¿Su marido ha desaparecido en alguna otra ocasión?

Tal vez Estela Sachs no contaba con que ir a una comisaría para poner una denuncia sobre un marido que lleva días sin dar noticias daría lugar a una serie de preguntas por parte de los profesionales. Quizá la esposa de Carlos Sorli no había caído en que le preguntarían sobre aspectos de su matrimonio que podían resultarle incómodos. No podía ser tan ingenua y creer que aquello sería como firmar un cheque en una tienda de moda de una calle céntrica de Castellón, donde se la reverenciaba al cruzar el umbral. O eso, o su «perrillo faldero» no la había prevenido de tales situaciones embarazosas.

MONFORT FUE DIRECTAMENTE al Instituto de Medicina Legal de Castellón. Durante el trayecto desde Madrid habló por teléfono largo y tendido con el comisario, pero nada más llegar a la ciudad llamó al forense Pablo Morata para interesarse por las autopsias de la madre y el niño fallecidos en la autopista.

Morata y el comisario Romerales eran buenos amigos. Tenían más o menos la misma edad, compartían gustos similares y en ciertos aspectos parecían mimetizarse el uno con el otro; sin embargo, el humor del patólogo no tenía comparación con el semblante adusto y casi siempre apesadumbrado del comisario, que jamás alcanzaría una mínima cota del buen talante que destilaba el doctor ni aunque naciera veinte veces. Monfort sabía que solían quedar los fines de semana para cenar con sus respectivas esposas.

Pablo Morata era toda una institución en su especialidad médica. Algunos centros importantes del país se habían interesado por obtener sus servicios y no habían escatimado en sus ofertas, pero Morata no quería abandonar la ciudad, y cuando le preguntaban por ello esgrimía que a su esposa le beneficiaba el clima benigno de la provincia.

Cuando el forense salió al pasillo tras recibir el aviso de recepción, vio a Monfort avanzar a grandes zancadas, rígido como un perro de presa. Con su altura y aquel número de pie que calzaba, el suelo parecía temblar bajo sus pies. El comentario ácido que Morata hubiera soltado en cualquier otro encuentro se convirtió en un apretón de manos serio y formal. El doctor conocía la triste historia de la esposa de Monfort, fallecida en la autopista tras el brutal impacto contra un suicida que conducía en dirección contraria con el único objetivo de ganar una sucia apuesta.

—Tras la colisión —le informó el forense—, sus cráneos resultaron muy afectados; el edema cerebral es la causa principal de los fallecimientos. Hay otros detalles que afectaron a sus organismos —agregó—, pero básicamente es eso. En los dos casos se da la misma circunstancia. No creo que se dieran cuenta de nada. Los bomberos tuvieron que afanarse en la extracción de los cuerpos. No había resquicio alguno por donde sacarlos. Del coche no quedó más que un amasijo de hierros —hizo una pausa—. Treinta y seis años ella y cinco el niño. Una salvajada.

Monfort guardó silencio y tensó la mandíbula. Morata se percató de ello y decidió no seguir hurgando en la herida que nunca había cicatrizado en el corazón del policía.

—¿Quieres tomar algo? —propuso afable. Monfort negó con la cabeza y la fina línea de sus labios indicó que prefería largarse de allí cuanto antes. Estrechó con fuerza la mano que le tendió Morata y volvió sobre sus pasos en busca del coche que había dejado mal estacionado en la acera del Hospital Provincial de Castellón, aquel que parecía una catedral y en cuyas entrañas se hallaba en aquellos momentos la cara más horrible de la muerte: la de un niño y su madre víctimas de un malnacido. Morata cuidaría de ellos, aunque la vida de ambos se hubiera esfumado ya. El forense era el párroco del sótano de aquella basílica de aspecto afrancesado que albergaba la lucha por la vida y la escenificación de la muerte.

—EL PUTO KAMIKAZE, el empresario desaparecido y el agresor de Robert, que sigue libre como un pájaro.

Monfort enumeró con los dedos de la mano los tres asuntos en los que creía que debería ocuparse en los próximos días. Se había dejado otra cuestión no menos importante, al menos para él: su padre, al que había convencido para que retrasara su llegada algunos días más con la excusa de solucionar ciertos asuntos burocráticos de la casa de Villafranca del Cid. La salida del inquilino que la habitaba había sido relativamente sencilla tras un acuerdo no del todo económico, aunque su padre, de forma perentoria, le había dicho: «Lo que haga falta y no se hable más». Pero todo aquello no se lo había mencionado a Silvia, bastante tenía con los consejos de Elvira.

—¿Necesariamente en ese orden? —preguntó la subinspectora observando los dedos de la mano de Monfort. Sin aguardar respuesta alguna añadió—: Si fuera tú diría que no debemos mezclar churras con merinas.

Estaban en una cafetería cercana a la comisaría. Ella tomaba una de aquellas infusiones que a él le ponían los pelos de punta. Hubiera preferido un trago y un cigarrillo, pero no era la hora más indicada para que Silvia le echara el sermón.

Le habría dicho que estaba muy atractiva. Que el terrible incidente de Robert no había perjudicado su aspecto. Estaba cansada, falta de horas de sueño, preocupada en exceso por el estado del agente y las consecuencias que podría comportar el tiempo enchufado a una máquina que le daba la vida de forma artificial. Pero aquella mañana estaba radiante. Ella ocupó casi una hora en relatarle los efectos resultantes del ataque del que había sido la pareja de Robert. Lo había molido a palos, literalmente. Silvia habló de celos desmedidos, de enajenación mental, de salvajada inmunda. La policía de Sanlúcar de Barrameda continuaba sin tener noticias del paradero de Ángel, y Silvia dio fe de que habían trabajado al máximo en la búsqueda del agresor. «Ya habrá insistido ella en que no hayan dejado de buscarlo», pensó Monfort. Él sabía, sin temor a equivocarse, que lo habría buscado al margen de la policía, que habría llamado a todas las puertas donde pudieran saber algo de él, que habría indagado sin ahorrar esfuerzos para encontrarlo antes que sus colegas gaditanos. El caso es que el energúmeno seguía libre y aquello la machacaba.

A ella no le había pasado por alto que Monfort tenía la cabeza en otro lugar, que estaba tenso y nervioso. Intuía que era por el asunto del kamikaze.

Entraron en la comisaría con los asuntos revoloteando sobre sus cabezas, aunque la prioridad fuera distinta para cada uno de ellos.

El comisario estaba de mal humor.

—Si quieres encargarte del caso del kamikaze puedes hacerlo, siempre que encuentres antes al empresario. Carlos Sorli es la preferencia ahora. Otros trabajarán en el caso del conductor suicida. Es imprescindible avanzar en el caso de la desaparición de Sorli antes de que la prensa empiece a hincarle el diente a la noticia y la convierta en un suceso mediático. ¡Y no se hable más!

Sobre la mesa del comisario había varios periódicos locales que hablaban de la no comparecencia del artífice en la inauguración de la exposición. Algo muy extraño, sin duda alguna. No era normal que el promotor de tal evento estuviera ausente en el momento de las fotografías, las felicitaciones y los apretones de manos, y menos en una ciudad como aquella.

Monfort sopesó que si solucionaba pronto el caso del millonario que se había volatizado por arte de magia podría ocupar su tiempo en lo que de verdad lo acuciaba, y por eso se dirigió con Silvia hasta el casino, lugar que conocía por su magnífica selección de maltas escocesas.

Accedieron por el coqueto jardín reconvertido en terraza, donde una emisora local había dispuesto un set en el que un presentador hablaba vigorosamente a su audiencia sobre pintura y arte en general, y sobre Goya en particular. Junto al locutor, dos hombres eran preguntados de forma simultánea.

Un heterogéneo grupo de personas se arremolinaba a escasos metros sujetando copas anchas de cóctel. El brebaje tenía color anaranjado, pero Monfort dudaba que se tratara de zumo de naranja sin más.

—Es agua de Valencia —confirmó Silvia leyéndole el pensamiento—. Un combinado a base de cava, zumo de naranja, vodka y ginebra.

Monfort arrugó el entrecejo cuando una camarera que portaba una bandeja repleta de copas les ofreció la popular bebida. Silvia sonrió para excusarlo y rehusó la invitación.

El presentador del programa de radio entendía de arte. Entrevistaba con talento y sagacidad a un conocido pintor local y a un reputado galerista de la ciudad. La charla versaba sobre la sencillez abrumadora de una de las grandes obras maestras de la pintura española y el hipotético momento en el que Goya había dejado de pintar por encargo para hacer lo que seguramente le apetecía de verdad.

El pintor local respondía con rapidez, adelantándose al galerista, tratando de hacerse un hueco en el programa y que se escuchara su voz; pero sus respuestas divagaban un tanto y en ocasiones el presentador se percataba de que no había atendido a la pregunta en cuestión. Por su parte, el galerista era un tipo calmado que contestaba despacio a las cuestiones del presentador haciendo pausas, dejando espacios en silencio, algo tan inusual en la radio, consiguiendo con ello el efecto que deseaba obtener.

Monfort tiró ligeramente del brazo de Silvia para abandonar el jardín y dejar a aquellos dos en su disputa por el protagonismo radiofónico, pero en ese momento el presentador hizo un comentario que los detuvo.

—Sabemos que Carlos Sorli, promotor de esta exposición única en nuestra provincia, es un gran conocedor de la obra de Francisco de Goya. Sus esfuerzos para conseguir que el cuadro *Perro semihundido* haya llegado hasta aquí deben de haber sido titánicos. Jamás Castellón ha tenido el honor de acoger una obra de semejante importancia. Sorli ha propiciado que los castellonenses tengan el privilegio de admirar esta obra y además lo ha hecho de manera que la visita sea gratuita, que el ciudadano no tenga que desembolsar ni un céntimo para admirar una pintura universal. ¿Creen ustedes que el público sabrá agradecer tal gesta? ¿Corresponderá Castellón con su generosidad?

El pintor local hizo una seña para tomar la palabra, pero de su boca no salió ni una palabra, como si se hubiera quedado bloqueado. Tras cinco segundos de pausa eterna para un programa de radio, fue el dueño de la galería quien habló.

—En efecto, Carlos Sorli es un experto en la obra del maestro aragonés y hay que agradecerle que el cuadro esté aquí, eso nadie lo pone en duda, pero debería venir a saludar a los que tenemos los pies en la tierra y trabajamos duro para que el arte sea una realidad en una provincia como esta todos los días del año.

—Quizá prefiere permanecer en el anonimato ahora que su nombre está en boca de todos por razones obvias —agregó el pintor local cerrando su alocución con un guiño.

El presentador, curtido en lances como aquel, agradeció la presencia a los invitados y sin dejarles añadir nada más dio paso al espacio publicitario que alimentaba las arcas de la emisora.

Silvia y Monfort ascendieron por la escalera de mármol hasta el gran salón en el que se exponía el cuadro de Goya junto a los distintos objetos que componían la exposición. La sala albergaba a un buen número de asistentes pese a ser lunes al mediodía. Sin lugar a dudas, la iniciativa de Carlos Sorli resultaba todo un acontecimiento para Castellón.

Al fondo, rodeado por una nube de gente, se encontraba el cuadro protagonista de la exhibición. Iluminado con luz tenue, con los focos dispuestos de forma estratégica, el cuadro adquiría un halo extra de misterio. Lograron situarse por delante del grupo de personas que admiraba los detalles de la pintura. Se quedaron paralizados, uno al lado del otro con sus brazos rozándose. Una cosa era verlo en un folleto, en un libro o en la televisión, pero desde allí, a apenas dos metros de distancia, el cuadro cobraba vida. Parecía una ventana abierta al desasosiego y a la soledad.

—Cuánta tristeza —apreció Silvia en voz baja—. Pobre animal, dan ganas de ayudarlo a salir de ahí.

Monfort recordó al guardia de aspecto afable con el que había hablado en el Museo del Prado. «Se han llevado al *Perro*» le había dicho cuando él se fijó en el espacio vacío donde antes había un cuadro. «Lo debe de haber visto mil veces; es ese cuadro en el que un perro mira asustado.»

Elvira Figueroa lo había animado a visitar el museo. Se había quedado petrificado frente a *Las meninas* de Velázquez y a continuación, dando tumbos sin dirección concreta, había llegado hasta la sala que albergaba las *Pinturas Negras* de Goya, donde faltaba el lienzo que ahora acaparaba toda su atención.

«Si Sergio estuviera aquí le daría una clase magistral sobre el cuadro», le había comentado el vigilante del museo antes de que Monfort abandonara el lugar.

Silvia le propinó un ligero codazo para que volviera al presente. A su lado se encontraba el encargado del Real Casino Antiguo, la persona que había negociado la exposición con Carlos Sorli y a quien habían ido a ver.

Por una asociación de ideas, Monfort recordó una canción de Los Secretos: *Colgado.*

Colgado a sus caderas me fui olvidando de quién era,
Me fui quedando a un lado, vencido por mi propia guerra.
Me quedé como un cuadro a su pared pegado.
Que nada tiene que hacer salvo seguir colgado.

6

Invitar a cenar a Silvia Redó era sumamente agradable. No le molestaba escuchar sus parrafadas sobre gastronomía, paraísos vinícolas y establecimientos en los que comer bien sin que el engaño fuera una constante.

En el restaurante Eleazar cumplían los cánones que Monfort exigía a una casa de comidas: la carne estaba en su punto y el vino a la temperatura óptima. Trinchó con soltura el chuletón, que presentaba un aspecto formidable, con las tres tonalidades imprescindibles de un gran producto tras su elaboración: el tostado exterior con aspecto de costra, a continuación, el medio centímetro de color gris y, para finalizar, el rojo intenso del interior.

Hablaron de Robert, del periplo de Silvia en Sanlúcar de Barrameda, de las angustiosas noches de hospital, de la familia destrozada por los acontecimientos y de las noticias poco halagüeñas para la salud del compañero.

Brindaron por los días vividos junto a él, por los casos resueltos, por su impronta y su gracejo inconfundible al hablar. Bromearon por la sorpresa al descubrir sus preferencias en cuanto al sexo, también por el cariño que siempre le dispensaba a ella, hasta tal punto que había llegado a confundir tal afecto con un incipiente enamoramiento.

Silvia se puso colorada al recordarlo. Tenía facilidad para ello, era algo que le sucedía a menudo y que evidentemente no podía remediar. Le fastidiaba sobremanera, pero le resultaba inevitable. Al menos Monfort no se lo recordaba, como otras personas que solían incidir en aquel detalle involuntario y con ello no hacían más que acentuarlo.

—Habrás vuelto del revés todo Sanlúcar en busca de su agresor —dijo Monfort convencido de ello.

Silvia relató, obviando algunos detalles escabrosos que se guardaría para siempre, su periplo por los lugares más sórdidos del panorama delictivo de la provincia. Rememoró encuentros con una serie de personajes dignos de las peores pesadillas a los que había visitado en los barrios más conflictivos de Cádiz, Jerez de la Frontera y otras poblaciones que algunos confidentes a los que había sobornado le indicaron. Se desplazó hasta Sevilla, donde en Las Tres Mil Viviendas, ese lugar en el que la mayoría de los servicios públicos no suelen adentrarse si no cuentan con protección policial por temor a las amenazas y agresiones, había tenido la percepción de haber encontrado una pista plausible que al final había resultado ser un mero engaño para sacarle el dinero. Todos los esfuerzos habían resultado infructuosos: Ángel parecía haber desaparecido de la faz de la tierra.

—Podías haber dicho que eres fan del grupo Pata Negra. Igual te hubiera abierto alguna puerta —bromeó Monfort en alusión al grupo fundado por los hermanos Raimundo y Rafael Amador en el polémico barrio sevillano, allá por 1978.

Tras la cena insistió en acompañarla hasta su casa, que se encontraba a muy corta distancia, frente al edificio de Correos de Castellón, aquella especie de fortaleza de falso estilo mudéjar situada en el centro de la ciudad.

No hubo invitación a café o a una copa, aquello tan usual que podía haber hecho para que él subiera a su piso. Se despidieron hasta la mañana siguiente; él le deseo un feliz descanso, ella no supo contestar, convencida de que conciliar el sueño sería difícil una noche más, en la que los fantasmas acecharían las cuatro paredes de su habitación. Monfort estuvo inquieto durante el mínimo instante de la despedida, y ella supo a ciencia cierta que, igual que podía regresar hasta el hotel, podía tener un cometido entre ceja y ceja que quisiera resolver en soledad, tal como le gustaba hacer en demasiadas ocasiones. Decir algo más o proponer cualquier otra cosa carecía de sentido cuando la mirada del inspector vagaba sin una respuesta concreta, al menos para ella.

Subió al piso. Lo primero que hizo fue poner el equipo de música en marcha, buscar un cedé, introducirlo en el aparato, seleccionar una canción y darle volumen.

Sí, le gustaba Pata Negra; se sabía las letras de memoria. Ni siquiera había pensado en ello cuando estuvo en el sur. O, mejor dicho, en el infierno del sur que había descubierto.

> Y pasa la vida, pasa la vida.
> Pasa la vida y no has notado que has vivido cuando…
> Y pasa la vida, pasa la vida.
> Tus ilusiones y tus bellos sueños, todo se olvida.

Monfort se subió al Volvo para dirigirse al barrio marítimo de la ciudad. El Grao, a ciertas horas de la noche, adquiría una fisonomía diametralmente opuesta a la ofrecida bajo la luz del día. Las sombras se alargaban, los silencios susurraban tras las ventanas y en cada esquina parecía acechar una nueva aventura.

Sería por la proximidad del mar y el olor a salitre que impregnaba sus calles, por el semblante de unos hombres forjados a base de duro trabajo en el puerto o por el apiñamiento de sus habitantes en viejos pisos separados por enclenques tabiques que no disipaban la actividad del vecino. El Grao era un barrio portuario como tantos otros en el mundo, una singular mezcla de culturas, señas de identidad determinadas por un modo de vida donde la noche intimidaba al foráneo y desinhibía al temerario.

Recordaba un bar corriente en cuyo sótano se jugaba a las cartas con apuestas que podían comenzar siendo inofensivas hasta convertirse, avanzada la noche, en verdaderos descalabros monetarios para aquellos que osaban traspasar la frontera.

—¿Qué le pongo? —preguntó con gesto hierático una mujer tan entrada en años como en carnes cuando el inspector se apoyó en una barra de aluminio limpia como los chorros del oro. Apenas había cuatro o cinco clientes, todos mayores de sesenta años, con aspecto de preferir estar allí que con sus respectivas familias. No había comunicación entre ellos. Tenían la mirada perdida y parecían estar sumidos en sus pensamientos. De vez en cuando alguno de ellos soltaba algún graznido, palabras incomprensibles para cualquiera que no fuera uno de ellos, a las que otro parroquiano respondía con un sonido similar. Luego volvían la vista a la nada o a sus bebidas: botellines de cerveza o copas de coñac. Y se hacía de nuevo el silencio, roto únicamente por una gran pantalla de televisión anclada a la pared en la que se ofrecían resúmenes de partidos de fútbol.

Monfort se acercó un poco a la mujer.

—Quiero bajar —dijo.

—¿Y quién lo quiere?

—Yo.

—¿Tiene ganas de guasa?

—No. Quiero jugar una partida —insistió.

La mujer carraspeó. De la parte interna de la barra sacó un vaso de tubo en cuyo interior había un refresco de cola y una rodaja de limón. Dio un trago y a Monfort le llegaron los efluvios de la ginebra.

—¿A quién conoce? —preguntó tras devolver el vaso a su escondite.

—A nadie. Pero me han dicho que me voy a divertir.

—Para divertirse hay otros lugares.

—Ya, pero me han dicho que aquí también lo haré.

—¿Y cómo sé que no es un poli?

—¿Tengo pinta de eso?

—Sí.

Monfort lo sabía, era consciente de ello y en demasiadas ocasiones le había causado serios problemas. Se echó a reír para disimular. Uno de los hombres bajó el periódico que estaba ojeando para mirarlo por encima de sus sucias gafas de montura metálica.

—Si fuera poli no habría venido solo —dijo al final.

La mujer se encendió un cigarrillo, aspiró una primera y honda calada y exhaló ruidosamente.

—Para bajar tiene que dejar cien euros de depósito.

—¿Por si rompo algo? —inquirió Monfort.

—No, por si se lo rompen a usted.

EL SÓTANO ESTABA concurrido. Había cuatro mesas en funcionamiento y en todas se jugaban partidas de cartas. No había billetes sobre los tapetes, solo fichas de colores como las de las atracciones de la feria. En dos de ellas jugaban cuatro hombres y en las otras dos eran seis los jugadores que componían la partida. No vio a ninguna mujer en los bajos del bar; todos eran varones de mediana edad bastante bien vestidos. Algunos llevaban corbatas cuyos nudos habían aflojado. Flotaba una densa nube de humo de los cigarrillos que rellenaban las uves formadas por los dedos de los jugadores. Un joven vestido con chándal servía las bebidas detrás de una improvisada barra, mientras que un hombre de unos cincuenta años, desde un lateral del mostrador, cambiaba billetes por fichas a los clientes.

Alrededor de las mesas había curiosos que seguían el desenlace de las partidas y propinaban palmadas en la espalda a los que ganaban o consolaban a los perdedores. En la sala había una mezcla de tensión y divertimento. Pocas palabras y menos risas. Comentarios en voz baja, el sonido de los mecheros prendiendo los pitillos, el tintineo del hielo en los vasos, los golpes de los jugadores al descargar sus cartas sobre la mesa y el murmullo del final de la partida, cuando el ganador recogía, barriendo con la mano hacia sí, las fichas obtenidas tras vencer la apuesta. La sensación de que una simple chispa podía provocar un incendio.

—Un whisky —pidió Monfort al del chándal de la barra.

—¿JB, Ballantine's, DYC...?

—Da igual —dijo, pese a que no le daba lo mismo en absoluto.

El hombre que administraba las fichas se le acercó. Le hizo una señal al joven para que se retirara en cuanto terminó de servirle la bebida. Era un hombre alto y robusto, con una panza considerable que amenazaba con reventarle los botones de la camisa. Lucía un bigote poblado y sus ojos eran negros como el carbón, al igual que su pelo, teñido con alguna sustancia pegajosa.

—Soy Ezequiel Ramos —le tendió la mano. Una mano grande, de dedos grandes y uñas largas.

Monfort secundó el saludo sin revelar su nombre. Puede que el del hombre tampoco fuera verdadero.

—¿Ha venido a jugar?

—Depende de lo que se entienda por jugar.

La mueca del tipo era digna de un gánster. O al menos eso habría practicado frente al espejo.

—Aquí se juega a muchas cosas.

—Yo solo veo a gente jugando a las cartas.

—Es un comienzo —concedió—. Pero puede pedir algo más…

—¿Arriesgado? —conjeturó Monfort.

El hombre sopesó la respuesta. Se masajeó la barbilla con una mano y le hizo una señal al camarero, que acudió veloz con una copa vacía y una botella de coñac. Tras servirla, se marchó.

—¿Es policía?

—Si fuera poli ya habría llamado a una patrulla.

Una nueva sonrisa torcida. Un trago largo que debió de entrarle como el agua clara, pues no mutó el semblante ni un ápice.

—Tiene planta para serlo.

—Dejémoslo en que soy un tipo de la calle que ha venido a buscar algo.

—¿Y cree que ese algo está aquí?

—Puede. Pero no estoy seguro.

—¿Y entonces?

—Busco otro tipo de apuestas.

—¿Tiene dinero?

—Eso no es problema.

—Pues entonces está en el lugar correcto. ¿De qué se trata?

Monfort se llevó el vaso a los labios.

—Apuestas en la carretera —reveló sin apartar la vista del hombre.

El sujeto no pudo evitar un carraspeo delatador. Se encogió de hombros y apuró el coñac haciendo ruido al chocar el cristal de la base de la copa contra la barra.

—Tengo que seguir a lo mío —hizo el gesto de regresar a su lugar de cambio de fichas por dinero en metálico.

—Kamikazes —soltó Monfort—. Coches de lujo circulando en dirección contraria por la autopista.

—No sé de qué me habla.

—Sí que lo sabe —atajó el inspector—. Coches robados y puestos a disposición de gente que quiere apostar mucha pasta. Tantos kilómetros recorridos sin chocar contra nadie, tanto dinero ganado.

—Eso aquí no lo tocamos —la voz del hombre era distinta. Se atisbaba el germen del miedo.

—Pues dígame dónde.

—No tengo ni idea. Aquí se hacen partidas inocentes. Un poco de dinero, pasan el rato, unos ganan y otros...

—A la pregunta de antes... —lo interrumpió Monfort.

—¿Cuál de ellas? —suspiró el hombre, al que dos gotas de sudor le empezaban a aflorar en la frente.

—Ya sabe cuál.

—Sabía que era policía —murmuró.

—Solo dígame dónde tengo que ir. Por quién debo preguntar. Y luego me largaré.

—Y mañana me cerrarán el local —añadió.

—No si me dice la verdad.

—¿Y qué verdad quiere?

—La suya.

—¿La mía? ¿Cómo sabe que lo que le diga será lo cierto?

—Porque, si no me dice la verdad, además de cerrarle el garito le cortarán los huevos en el talego alguno de los que se dejaron el dinero de su vida aquí. Ya me encargaré yo personalmente de anunciar su llegada al «hotel».

EL PERRO ESTÁ *muerto. Tratan de reanimarlo como han visto hacer*
en la tele, pero el animal es muy pequeño y, más que ayudarlo,
acaban de rematarlo con los apretones en el delicado cuerpo del
cachorro.

Aterrado, el hermano de la dueña empieza a gritar como un
poseso hasta que él lo sujeta del cuello y le propina dos bofetones
que le dejan los dedos marcados en las mejillas.

Entierran al perro en un lugar donde la tierra está más suelta.
Él lleva la iniciativa, los otros dos están tan asustados que no ati-
nan. Excavan con las manos, se lastiman los dedos y las uñas se les
quedan ennegrecidas. El agujero no es muy profundo, el perrillo
tampoco es que sea tan grande. Tapan el socavón con los pies. A
toda prisa y en silencio van a lavarse las manos a una fuente que
queda junto al camino de las casas. El que había ideado la apuesta,
que acaba resultando una broma pésima, llora desconsolado. El
tercer amigo trata de animarlo, pero no lo consigue. Él piensa que
son infantiles, que no merecen su amistad, y decide que esa será la
última vez que acceda a sus juegos pueriles.

Cuando llegan a las casas, el hermano de la dueña del perro les
advierte que no digan nada sobre el asunto o su padre lo matará.

Él sonríe, se lo ha puesto en bandeja. Ha ganado, merece la
recompensa prometida, el verdadero motivo de la apuesta. Y lo dice.

—*O recibo lo que prometiste para quien ganara o se lo cuento*
primero a tu hermana y luego a tu padre para que te mate.

7

Martes, 25 de noviembre
Sergio Bayo

EL TRABAJO COMO guía externo en el museo lo mantenía ocupado. Era imprescindible sentirse activo. Aunque el precio por el que se ofrecía no era gran cosa, las propinas de algunos visitantes eran demasiado jugosas como para no estar al tanto de cuando entraban por la puerta. Se sentía cómodo entre la majestuosidad de las obras de arte, pero en ocasiones notaba que le cercenaban la vida poco a poco, que no había hecho otra cosa más que rendirse a los pies de aquellos autores que parecían revivir a través de sus cuadros.

Cuando llegó a Madrid la ciudad le proporcionó un anonimato que entonces ansiaba, pero con el que ya no creía sentirse tan ufano. Habitaba en soledad aquel minúsculo apartamento del centro, en una estrecha calle que olía a orines y donde a menudo debía sortear las jeringuillas utilizadas por los que se acurrucaban en los oscuros portales que permanecían abiertos por la noche. Reconocía que su vida se había vuelto tan miserable como la de los drogadictos que decoraban las calles del viejo Madrid. Solo se sentía realizado cuando pintaba, o en el momento en que uno de aquellos turistas doblaba un billete y se lo introducía en el bolsillo de la chaqueta tras haber escuchado con atención todo lo que sabía de Goya, todo lo que había aprendido sobre el genio aragonés.

Tenía predilección por los cuadros que Goya pintó en las paredes de la Quinta del Sordo, en especial por el llamado *Perro semihundido*. Desde muy joven se había sentido fascinado por la imagen del animal atrapado en aquella amalgama de ocres. Quizá se tratara de una admiración desmedida o de un análisis demasiado concienzudo; el caso es que el cuadro pasó a formar parte de su propia existencia.

Cuando los visitantes del museo contrataban sus servicios, el recorrido se detenía de forma especial en esa pintura. Era allí, frente al perro, cuando dejaba escapar todo el saber pictórico que atesoraba en su interior.

Aceptó el reto por la suma pactada. Que la exposición temporal fuera en Castellón, su ciudad natal, de la que se había marchado tanto tiempo atrás en busca de una soledad curativa, fue el detonante para que decidiera seguirlo de cerca sin ser visto, velar por él, convertirse en su fiel escudero. Tenía sus motivos. Y orgullo también.

MONFORT DETUVO EL coche en la puerta del piso de Silvia a las ocho y media de la mañana. No pensaba contarle dónde había estado por la noche. Quizá más adelante necesitara de su ayuda, aunque por el momento mantendría la boca cerrada sobre lo que el dueño del local clandestino del Grao le había contado.

Dos minutos más tarde apareció la subinspectora. Abrió la puerta del acompañante y se subió al vehículo; le preguntó qué tal había pasado la noche y su sonrisa matinal iluminó el habitáculo.

En la radio sonaba una canción de Lou Reed: *Walk on the Wild Side*. Eso era lo que él había hecho por la noche: pasear por el lado salvaje. Pero no se lo iba a explicar. Le reconfortó su olor característico, femenino y especial; una mezcla de destellos de sol y fragancias cítricas, una delicia para el sentido olfativo, un soplo mediterráneo entre tanta negrura y ofuscamiento personal.

—Durmiendo como un bebé —respondió Monfort, y ella se llevó un mechón de pelo dorado tras la oreja.

—Qué suerte —respondió Silvia con tal escepticismo que no necesitaba de más palabras.

Vestía un pantalón vaquero gastado, jersey de cachemir ajustado al cuerpo y una cazadora corta de cuero.

LA CASA DE Carlos Sorli era una mansión de principios del siglo XX totalmente reformada y convertida en un palacete digno de admiración. Estaba situada en la avenida de Vila-Real, al norte de la ciudad, que tras la reconversión de las calles del sector y la construcción de unos grandes almacenes se había revalorizado de forma notoria. En aquel tramo existían un buen número de viviendas similares; sin embargo, la del empresario destacaba por su opulencia. Construida al estilo de las propiedades valencianas de la época, la vivienda de Carlos Sorli presentaba un frontal con terrazas, columnas y regias escaleras que ascendían a ambos lados de la fachada hasta la enorme puerta principal. Dos torres con sendas cubiertas a cuatro aguas y tejas de colores daban impronta y carácter al lugar. Una verja de hierro forjado dejaba a la vista la elegancia de un jardín mimado con esmero, en el que un estanque central era el motivo principal. Los muros de la casa estaban adornados con azulejos típicos de Castellón, con profusión de colores añiles y blancos. Las ventanas lucían persianas antiguas enrollables que le otorgaban un aire campestre.

Tras aparcar el coche llamaron al interfono y la puerta se abrió sin que nadie respondiera al otro lado. Cruzaron el jardín y subieron las escaleras que llevaban hasta la sombreada terraza repleta de confortables sofás y sillones de mimbre vestidos con cojines mullidos.

Estela Sachs aguardaba bajo el marco de la puerta que daba acceso a un espacio abierto hasta el techo, donde la luz se filtraba a través de grandes cristaleras de colores que le proporcionaban al espacio cientos de tonalidades caprichosas. No llegaron a entrar en la casa. Tras las debidas presentaciones, la mujer les hizo una señal con la mano para que tomaran asiento en uno de aquellos sofás de la terraza. Los cojines todavía estaban húmedos a causa del rocío matinal. En Castellón era habitual que las mañanas fueran frías, y la cercanía al mar le confería a la ciudad un ambiente húmedo que podía permanecer hasta bien entrada la mañana. Cuando las posaderas de Monfort notaron la frialdad del asiento supo que para Estela Sachs no eran tan bienvenidos; quizá no estaban a su altura en cuanto a elegancia y poder adquisitivo.

La señora de la casa tomó asiento en un sillón. Vestía un pantalón holgado de color negro y un jersey beis de lana gruesa con las mangas tan largas que le cubrían parte de las manos, y que solo dejaban a la vista unos dedos adornados con demasiados anillos de oro.

Era atractiva y la edad, fuera la que fuese, no había hecho mella en su cuidado cutis, acentuado por unos toques de maquillaje y pintalabios. Cruzó las piernas y se retorció los dedos de las manos en un gesto inequívoco de nerviosismo.

—Mi marido ha desaparecido —anunció. Como si aquello fuera un descubrimiento que hubiera hecho aquella fría mañana.

Silvia dejó escapar un ligero suspiro que no le pasó por alto a la mujer. Tomó la palabra.

—Desde el viernes, si no tenemos mal entendido.

—Así es.

—¿Y no le resulta extraño que desde ese día nadie haya sabido nada de él? No estuvo presente en la inauguración de la exposición que ha organizado. ¿No se puso en contacto con usted para decirle que no acudiría a tan importante evento? Supongo que una cosa así no se organiza de un día para otro, como para que no tenga importancia que el promotor esté o no en el acto de apertura.

Estela Sachs descruzó las piernas y las volvió a cruzar en sentido contrario. Con los dedos de la mano derecha hacía girar un grueso anillo que tenía una brillante piedra engarzada.

—Claro que me resulta extraño, por eso estuve ayer en la comisaría con nuestro abogado. ¡Y ya sé que no estuvo en la maldita inauguración! Si se hubiera puesto en contacto conmigo no estarían aquí, ¿no le parece?

—Ya, pero aun así nos parece mucho tiempo desde el viernes hasta hoy, que es…

—Martes —resolvió Monfort, que hubiera aceptado un café si se lo hubieran ofrecido. La humedad en el trasero se iba transmitiendo al resto del cuerpo—. Vamos a hacer un repaso, si le parece bien. ¿Su marido durmió en casa el jueves por la noche?

—Sí.

—¿Y el viernes por la mañana se marchó?

—Sí.

—¿En su coche particular?

—Sí, supongo. El coche no está en el garaje.

—¿Dónde cree que fue?

—Pues no lo sé; a la empresa, seguramente. No suelo coincidir con él por las mañanas. Se levanta muy temprano y no desayuna en casa. Se va a la oficina o a sus historias, no me lo cuenta.

—¿A sus historias? ¿Qué historias?

Estela Sachs negó con la cabeza.

—Sus exposiciones, conferencias sobre arte, subastas… O el tema de la exposición, como ya saben. Ya le comenté a su jefe en la comisaría que mi marido es un gran aficionado a la pintura.

—Para ser un aficionado del nivel de su marido debe hacer falta mucho dinero —opinó Monfort.

La mujer sopesó la respuesta, pero esta no tardó en llegar.

—A mi marido no le supone ningún problema, si es a eso a lo que se refiere.

Pese a que la esposa de Carlos Sorli pudiera parecer una ama de casa rica que solo se dedica a ver florecer los grandes macizos de hortensias que decoraban el jardín, o gastarse ingentes cantidades de dinero en tiendas de moda, Monfort estaba convencido de que estaban frente a una mujer calculadora y pragmática. Interpretaba a las mil maravillas el papel de esposa al margen de las tribulaciones y caprichos de su marido.

—Les debe ir bien con la empresa, pese a la crisis que tenemos encima.

—Usted mismo lo ha dicho. La fábrica funciona de maravilla, gracias a Dios. Mi marido, aunque esté mal decirlo, triunfa en todo aquello que se propone.

Monfort sabía que la mujer escondía un sinfín de historias que poco a poco irían saliendo a la luz. Ni Carlos Sorli era solo un empresario victorioso, ni ella una mera beneficiaria del fruto resultante.

—No hay triunfo mayor que el del exceso —apostilló Monfort.

La mujer pareció meditar lo que había dicho el policía. Quizá le costara comprenderlo. Pero lo haría.

Silvia tomó el relevo después de que Monfort se reacomodara en el sofá, en una señal evidente de que la entrevista no había llegado a su fin.

—Díganos cualquier cosa que crea que puede ayudarnos a dar con el paradero de su marido. ¿Suele ausentarse sin previo aviso?

—Lo ha hecho alguna vez, pero nunca tantos días. Es un tanto descuidado para algunas cosas. Puede tomar un tren a Madrid o Barcelona y no caer en que no me ha avisado. Pero al cabo de unas horas recibo una llamada o un mensaje.

—Pero no es el caso —puntualizó Silvia—. Organizó una exposición única en la ciudad. Ha conseguido traer un cuadro de Goya. Imagino que es algo poco habitual.

Estela Sachs se atusó el pelo; hizo un gesto de coquetería con las manos y se incorporó en el sillón arqueando la espalda para mostrar su espléndida figura.

—Les voy a ser sincera.

—La sinceridad aligera la carga —sugirió Monfort, que acompañó sus palabras con una impostada sonrisa de seductor. Quizá solo se lo pareció, pero advirtió un ligero rubor en las mejillas de la mujer que tenía enfrente.

—Aunque en la actualidad nuestro matrimonio goza de buena salud, mi marido y yo no siempre hemos estado todo lo unidos que deberíamos. Durante algún tiempo vivimos bajo este mismo techo, pero cada uno hacía su vida. A mí me ahogaba su predilección por la pintura, que estaba por encima de todo. Y… digamos que él tampoco aprobaba mi manera de llevar las cosas.

Los policías no dijeron nada. Era la mejor forma de que continuara.

—Yo vengo de una familia de empresarios de la cerámica. Me he criado en ese ambiente, sé tanto de azulejos como el que más. La familia de Carlos se dedicaba al cultivo de cítricos. Tenían plantaciones de naranjos que con el tiempo se convirtieron en la fábrica que ahora dirigimos. Lo que pasa es que a él nunca le gustó este mundo empresarial, es un soñador; nosotros tocamos más con los pies en el suelo. Sin embargo, el dinero obtenido en la empresa le iba de perlas para su afición al arte: comprar cuadros, organizar exposiciones, etcétera. Y llegó un momento en el que yo no estuve de acuerdo.

—¿Y discutían por ello? —preguntó Monfort.

—A veces.

—Bueno, no es tan grave —banalizó el inspector tratando de imprimir algo de humor al asunto, pero consiguiendo el efecto contrario.

—No le veo la gracia. Además, todo eso se acabó —parecía arrepentirse de aquel alarde de sinceridad que no llevaba a ninguna parte.

Silvia no sabía cómo acabaría aquella conversación, pero se temía que no demasiado bien.

—Vamos a llamar a todos los empleados para tomarles declaración —informó la subinspectora—. Intentaremos que se haga de forma discreta. Esperamos que la prensa se contenga a la hora de difundir la noticia, pero ha sido demasiado escandaloso que no asistiera a tan importante inauguración; la verdad no tardará en salir a la luz. Debe ayudarnos. Quizá sepa algo que nosotros deberíamos conocer como, por ejemplo, dónde suele ir, con quién se relaciona o si alguien le puede desear algún mal.

—Les haremos llegar una lista de lugares y de personas con las que mantiene contacto, aunque mi marido es un hombre de gustos normales. Su única pasión es el amor que siente por la pintura, por el arte. La casa parece un museo.

—¿Alguna amante? ¿Alguien especial?

—¿Mi marido? —Estela Sachs no reprimió una sonrisa burlona; sacó pecho para lucirlo y se mordió el labio inferior—. Mi marido está enamorado de sus cuadros, de los que tiene y de los que le gustaría tener.

—Y usted —intervino Monfort—, ¿por qué no fue a la inauguración?

Pareció sopesar la respuesta, medir las palabras.

—Se lo acabo de decir; es él quien está enamorado de sus cuadros, no yo. Es a Carlos al que querían ver allí.

Quedaron en que les enviaría a la comisaría el listado del que habían hablado. Monfort le hizo saber que deberían volver a verse; Silvia añadió que si alguien se ponía en contacto se lo comunicara de inmediato. Finalmente le transmitió el compromiso de encontrar a su marido sano y salvo. Se despidieron con un apretón de manos y salieron de la lujosa villa que la familia Sorli Sachs había construido, quizá más para lucimiento ante los demás que para su propio disfrute.

Las primeras horas en la desaparición de una persona son vitales para trazar las directrices a seguir. Por las palabras de su esposa se deducía que ni siquiera estaba segura de que se hubiera marchado de casa el viernes por la mañana. Afirmaba que la noche del jueves había dormido allí, pero era posible que no durmieran juntos. Había pasado demasiado tiempo desde entonces. Podía estar muy cerca, pero también muy lejos. Sano y salvo, o todo lo contrario.

A priori pensaban lo mismo sin haberlo pronunciado siquiera. Carlos Sorli había sido secuestrado y el responsable no tardaría en dar señales para reclamar un suculento rescate. Era la mejor opción que podían barajar para alguien que no daba señales de vida en tantas horas.

Estela Sachs no lo había dicho todo aún. De eso también estaban convencidos.

—¿Tú crees que nos ha contado la verdad? —preguntó Silvia cuando ya estaban en el interior del coche.

Monfort observó las dos torrecillas de tejados puntiagudos que decoraban el palacete.

—La verdad no importa, importan las apariencias —sentenció mientras veía a través del retrovisor un Maserati de color amarillo que salía del garaje de los Sorli, con un hombre al volante.

De pie, con las manos hundidas en los bolsillos, observaba el panel de salidas y llegadas. La estación de trenes de Castellón ofrecía poco que destacar. Era una estación moderna, pero de un moderno poco agraciado, anodino y desangelado. En el exterior, dos «gorrillas» se afanaban por captar la atención de los conductores que buscaban un aparcamiento libre. Los creadores de aquella estación, además de su cuestionable gusto arquitectónico, parecían haberse olvidado de dotarla de un estacionamiento en toda regla. Monfort había dejado el Volvo en una de las plazas reservadas a los vehículos de alquiler.

Fuera hacía frío y dentro se respiraba un ambiente nocivo, una mezcla de espacio cerrado y maquinaria; también de gasoil y de viajeros cansados. Reprimió la intención de salir a fumar cuando se anunció la llegada del Euromed procedente de Barcelona. Dos minutos después, como una culebra metálica, el tren se detuvo en el andén con su habitual recital de sonidos.

Monfort se apoyó en la barandilla y estiró la cabeza con la intención de descubrir la figura encorvada de su padre entre la maraña de viajeros que descendían de los vagones. Aguardó a que apareciera por la escalera mecánica, que como una bestia sumisa acompañaba a los usuarios desde las entrañas de la tierra hasta la parte superior de la estación. Se despistó un instante al mirar a un grupo de turistas que seguían a un guía que los alentaba a darse prisa. Esbozaba una sonrisa permanente, pero su tono no dejaba de ser imperativo y le recordó a un militar que disfruta dando órdenes a diestro y siniestro.

—¡Hijo! —bramó una voz grave cargada de recuerdos.

Se volvió a mirar, casi avergonzado por haberse distraído.

Con la ayuda de un bastón, Ignacio Monfort caminaba hacia él. Dos pasos por detrás, la sufrida asistenta arrastraba dos grandes maletas de ruedas. Monfort calibró el lío que se le avecinaba. Abrazó a su padre, que por suerte manifestaba una súbita lucidez. La asistenta llegó a donde estaban los dos hombres resoplando como una mula de carga. Monfort se agachó hasta llegar a su altura y la besó con cariño en ambas mejillas.

—¡Ay, señorito! —suspiró ella acariciándole el brazo.

Por más años que hiciera que estuviera con ellos y que le manifestaran en todo momento que formaba parte de la familia, Aniceta Buendía seguía hablándoles como si vivieran en una hacienda colonial. Era una mujer hecha a sí misma, curtida en su juventud por la terrible realidad de su país natal y realizada como mujer libre en el hogar de los Monfort Tena. Era una más de ellos. Una trabajadora incansable y perfeccionista. Cariñosa y testaruda a partes iguales, se había encargado de llevar la casa junto a Yolanda Tena hasta que esta falleció. Y ahora, con el hijo de la señora siempre lejos de la casa y el patrón con la cabeza más lejos que cerca la mayoría de las veces, Aniceta le había prometido al inspector que no los dejaría en la estacada. Monfort la quería como se quiere a un familiar entrañable, como a la gran mujer que era.

—¿Qué tal el viaje? —le preguntó.

—No me hable, no me hable… —respondió ella negando con la cabeza.

—Me puedo hacer una idea.

—Ya le digo yo que no.

—Tengo el coche cerca —anunció con la intención de escapar de los reproches de la mujer. Y sin más dilación agarró las dos maletas, haciéndolas rodar por el sucio suelo de la estación.

Aniceta Buendía guardaba una sorpresa.

—Espere un momento, que falta…

Se volvió sorprendido.

—¿Quién…?

De la escalera mecánica surgió una figura tan delgada que una bocanada de aire proveniente del subsuelo podría haberla lanzado contra el techo de la estación. Apenas llevaba equipaje, tan solo una holgada bolsa de viaje con un estampado de motivos florales muy británico. Una agradable sonrisa adornó las arrugas de su rostro al ver la cara de sorpresa de Monfort.

—¡Bartolomé! —exclamó la abuela Irene con su voz balsámica y aterciopelada. Las siguientes palabras fueron como una caricia de mar y un abrazo de fina arena. Así era ella. Llevaba impregnadas en su carácter las señas de identidad del lugar en el que vivía: la solitaria cala cercana a Peñíscola, el lugar que había elegido para retirarse del mundanal ruido. Y de la gente también.

Una vez que el equipaje de los tres estuvo dentro del maletero, se enzarzaron en una discusión sobre quién ocupaba el asiento del copiloto; pero la abuela Irene zanjó la polémica sentándose ella y amarrando su huesudo cuerpo con el cinturón de seguridad. Durante el principio del trayecto, el padre de Monfort y la asistenta provocaron nuevos altercados, hasta que el anciano dejó de hablar de repente y se quedó dormido sin más preámbulo. Entonces Irene le relató la razón de que estuviera allí.

Como solía hacer de manera regular, había telefoneado a Aniceta para interesarse por la salud del viejo gruñón, que era como se refería a Ignacio Monfort. La asistenta le contó el plan que se disponían a llevar a cabo y le pidió a Irene que intercediera para que aquello no ocurriera —a la mujer le horrorizaba la idea de trasladarse al pueblo del señor y tener que dejar la ciudad—. El problema surgió cuando Irene trató de convencer al viejo Monfort y, en contra de lo que esperaban, este se empeñó en hacer una parada en la estación más cercana a Peñíscola para hacerle una visita y de paso poder disfrutar de un delicioso arroz con bogavante en el restaurante del hotel Tío Pepe, donde el anciano había pasado unos días junto a su esposa antes de su muerte.

Irene no recordaba con exactitud si había sido por los ruegos del viejo, casi sollozos en realidad, o por qué otro motivo, pero había accedido a meter cuatro cosas en su bolsa de viaje y acompañarlos hasta Villafranca del Cid. Puede que fuera por el vino que acompañó el ágape en el venerado restaurante peñiscolano, pero no había sido capaz de negarse a la petición. Quizá también tuvieran algo que ver los exagerados gestos de súplica de Aniceta Buendía.

Irene era la abuela de la malograda esposa de Monfort y la mejor amiga de su madre. Tras la inesperada muerte de Violeta Fortuny, la esposa de Bartolomé, y la terrible debacle que el suceso supuso en la familia, Irene decidió retirarse a una vieja casa a los pies de la recóndita playa de Pebret, en la sierra de Irta. Ignacio Monfort la quería como a una hermana. Él era un hombre adusto y un tanto insoportable en demasiadas ocasiones, pero su rostro reflejaba felicidad cuando ella estaba presente.

—¿Y qué vas a hacer allí con estos dos? —preguntó señalando con el dedo pulgar por encima del hombro a los que ocupaban la parte trasera del coche, que ahora, mientras ascendían el puerto de Ares, dormían a pierna suelta—. Se llevan como el perro y el gato.

—En el fondo se quieren mucho —resolvió Irene.

Monfort respiró profundamente. El tramo de carretera entre Ares del Maestrat y Villafranca del Cid le fascinaba. Disminuyó la velocidad y se regocijó con el paisaje. La vista del pico Penyagolosa, los interminables muros de piedra en seco, las ovejas diseminadas como figuras sobre una alfombra ondulada y el viento que mecía los rastrojos lo hacían sentirse insignificante, pero en paz consigo mismo.

La casa que había visto nacer a Ignacio Monfort estaba en la calle Mayor, la vía que vertebraba el casco antiguo de la población y donde se podían ver buenos ejemplos de modernismo arquitectónico. Los inquilinos, que habían accedido a marcharse tras una compensación económica, la habían dejado en buen estado.

Tras acomodar a los nuevos moradores, comprobar que todo funcionara correctamente, dar algunos consejos y también ciertas advertencias, comenzaron a proponerle una serie de disparates que no pensaba atender en aquel momento. Monfort se despidió de los que le recordaban que la vida se podía alargar, y que le empujaban a pensar que él mismo llegaría a convertirse en su viva imagen.

—¡HAY QUE ENCONTRARLO como sea! —bramó el comisario Romerales refiriéndose a Carlos Sorli.

Monfort le acababa de relatar la visita a Estela Sachs.

—Dime por dónde quieres que empecemos. ¿Con quién quieres que hablemos? ¿Tienes un plan?

—¡No me jodas ni me hagas preguntitas irónicas! Sal a la calle, investiga, pon la provincia patas arriba si es necesario; tiene que estar en algún sitio. Y no pierdas el tiempo con el caso del kamikaze, deja eso para otros. La única prioridad para ti es Carlos Sorli, nada más.

—Me ha quedado claro.

—Monfort… por favor —Romerales bajó el tono—. Encuéntralo o nos echarán la culpa si le ha pasado algo.

—¿Crees que es un secuestro?

—Tiene mucho dinero. Y lo peor es que todo el mundo lo sabe. Esta ciudad es pequeña y algunos empresarios del sector no suelen ser tan discretos como deberían.

—¿Quién es su mujer?

—Ya la has conocido.

—Sí, pero te lo pregunto a ti. ¿Quién es? ¿De dónde ha salido? ¿Hasta dónde es verdad lo que cuenta?

El comisario hizo unos movimientos para intentar relajar la base del cuello y las cervicales. A continuación, se reacomodó en la silla de su despacho y señaló la cafetera.

—¿Quieres café?

—Ya veo que tienes cosas que decirme. El caso es que me temo que lo que vas a contarme sobre ella también lo sabe todo el mundo.

Romerales conocía la versión popular de aquel matrimonio. Lo que se hablaba de ellos en el ambiente empresarial y también en la calle; lo que contaban sus empleados, los que los admiraban y los que les tenían envidia malsana. Sabía, porque era *vox populi*, quién era ella y quién era él, de dónde provenían y lo que había reportado la unión de las dos familias.

Cuando Romerales terminó de describir aquella especie de soporífero serial televisivo, Monfort salió a la puerta de la comisaría y encendió un cigarrillo. Exhaló la primera calada y se recreó mirando la punta incandescente del pitillo.

El comisario estaba convencido de que Carlos Sorli había sido secuestrado y que su esposa no tardaría en recibir una llamada solicitando un rescate cuantioso. A Monfort se le ocurrían otras posibilidades; pero claro, no se las había contado al jefe, más que nada para que pudiera dormir tranquilo.

La RECOMPENSA ES *ver desnuda a la hermana de su amigo a través de un agujero de la pared, que comunica el cuarto de baño con un trastero al que se accede desde la calle.*

Al principio hizo como si aquello le pareciera una tontería, como si no fuera suficiente pago por la apuesta ganada. Pero el asunto es que está loco por ella. Es algo mayor y cree que nunca se fijará en él, pero la observa cuando está cerca y se le eriza el vello cuando escucha su voz.

Está apostado en el lugar indicado sin hacer el menor ruido. Contiene la respiración. Según las indicaciones, la joven se da un baño los viernes por la tarde, antes de quedar con sus amigas.

Una vez se hizo el encontradizo cuando la vio salir de una tienda. De manera torpe tropezó con ella y estuvo a punto de que cayera al suelo. «¿De qué vas, chaval?», lo increpó, y su voz todavía resonaba con una mezcla de desprecio y conmiseración.

Es la chica más guapa que ha visto jamás. Con su melena rubia que reposa en unos hombros bien torneados. Tiene los labios grandes y seductores, y cuando los frunce el mundo se desquebraja a sus pies. Se aplica sombra de ojos para parecer mayor y luce vestidos ceñidos que catapultan su figura hasta provocarle los más bajos sentimientos. ¿Cuántas veces ha corrido hasta su casa preso del deseo irrefrenable y se ha encerrado en el lavabo? En esos momentos íntimos cierra los ojos y la ve frente a él. La imagina tendiéndole los brazos para que la abrace y acaricie hasta el último rincón del paraíso que le supone su cuerpo.

Siente que le falta el aire cuando oye la puerta abrirse al otro lado y se enciende una luz. Cierra un ojo y con el otro mira a través del agujero. Es ella. Viste un albornoz de color rosa y lleva el pelo recogido en un moño alto. Abre el grifo de la bañera y el ruido del agua le proporciona cierto alivio, pues enmascara el sonido de su respiración excitada. La joven se sienta en un taburete mientras se llena la bañera. Vierte en el agua algo que extrae de un bote de cristal. De un bolsillo del albornoz extrae un cigarrillo liado que prende con parsimonia. Pronto le llega el olor de la marihuana. Se excita al verla aspirar una calada larga, tragarse el humo y expulsarlo despacio hacia el techo. La bañera se colma de espuma y siente la humedad que reina al otro lado de la pared. Fuma con elegancia, sentada con las piernas cruzadas que se revelan por la abertura de la prenda.

Se acaricia los tobillos, se masajea los pies y luego los dedos, uno a uno, despacio, como en un acto cargado de liturgia. Otra calada, y el humo desprendido se mezcla con el vapor que invade la estancia. Teme, por un momento, que la condensación le impida verla con claridad. Ella se pone en pie y aplasta la colilla del porro en un pequeño cenicero de metal. Ahora la ve de espaldas frente al espejo, al que le pasa la mano para eliminar el vaho. Se desabrocha la cinta que sujeta el albornoz, que queda abierto. Ve sus pechos reflejados en el cristal. Se echa la prenda hacia atrás ligeramente y sus hombros quedan al descubierto. Él no puede más y dirige una mano a la entrepierna. Y entonces ella se gira y por fin se desprende de aquello con lo que va vestida. Su cuerpo queda a la vista, aunque sea a través del agujero en el que tiene clavado un solo ojo. Mira con fascinación sus curvas, el busto, la cintura, los muslos… y aquel objeto del deseo de su acaloramiento, un triángulo perfecto que se le antoja lo más hermoso del mundo. Ella se agacha, cierra el grifo y se introduce despacio en la bañera. El agua le cubre el cuerpo. Sus manos desaparecen hacia un lugar fácil de imaginar. Arquea la espalda y gime ligeramente.

Él está a punto de dejarse vencer, de que se precipite de forma súbita aquello que intenta retrasar.

Y de repente oye algo extraño. Un sonido que no procede del cuarto de baño, sino del trastero oscuro en el que permanece escondido. Es la puerta que se abre de golpe provocando un estruendo. Aterrado, se sube los pantalones y busca con la mirada un lugar para ocultarse, pero es imposible. La figura que se recorta bajo el umbral de la puerta es la de un hombre que ocupa casi todo el espacio y que con su envergadura apenas deja entrar la luz del exterior. Hasta que presiona el interruptor y prende la luz amarillenta de una bombilla polvorienta.

Descubre con pavor que quien lo ha sorprendido es el padre de la joven. El hombre entra en el trastero. De su boca brotan insultos. Se quita el cinturón que sujeta sus pantalones. Lo dobla por la mitad y lo empuña como un arma. Se acerca. Las vejaciones que suelta van acompañadas de esputos que salen de su boca y brincan bajo el haz de luz. Y cuando lo tiene delante comienza a propinarle golpes con el cinto en todo el cuerpo. Suenan como chasquidos, como latigazos.

Ha perdido la cuenta de los azotes; el hombre es fuerte y parece no darse por satisfecho pese a que él ya no se mueve. Está en el suelo, vencido, cubriéndose la cara con los brazos, pero aun así los verdugazos le alcanzan la mejilla y el oído por el que no puede oír. Implora perdón. Le dice que lo siente, que era un juego. Y los fuetazos se multiplican con rabia renovada.

Mira de reojo hacia la puerta. Y lo que ve le duele más que los correazos.

Lo que le causa dolor es ver a su amigo apostado en el quicio de la puerta. Y la cruel sonrisa que adorna su rostro.

8

Miércoles, 26 de noviembre

La Marjalería de Castellón era un humedal de aguas subterráneas circundado por pequeñas acequias que, tras verter sus aguas en otras de mayor tamaño, desembocaban en el mar. Unas ochocientas hectáreas de terreno en las que en la actualidad abundaban parcelas descuidadas donde iban a parar todo tipo de escombros. Pese a ello, subsistían algunos campos de cultivo y un buen puñado de casas unifamiliares que sus propietarios habían construido en su día de forma casi artesanal. En el pasado, el ecosistema había estado compuesto de una pequeña laguna separada del mar por una fina línea de arena. Seguía siendo un lugar lleno de vida, con una rica vegetación acuática y un considerable número de aves migratorias.

Era demasiado temprano y la luz del sol apenas se dejaba notar. Había escarcha en las lindes de los estrechos caminos que bordeaban las acequias de aguas turbias. Monfort observó una bicicleta oxidada parcialmente sumergida. Silvia hizo un comentario sobre la cantidad de mosquitos que habitarían el lodazal en verano. Olía a agua estancada y a hierba mojada. La proximidad con el barrio marítimo del Grao le confería al lugar un aire aciago. Era como estar en plena naturaleza, pero con los bloques de pisos a escasos metros de allí.

Media docena de personas rodeaba dos potentes focos que iluminaban el cadáver de un hombre. Tenía las piernas sumergidas en el agua hasta las rodillas, de manera que daba la impresión de que las tenía amputadas. Vestía traje y una corbata aflojada que dejaba a la vista los tres primeros botones de la camisa desabrochada. Presentaba mordeduras, supuestamente de ratas, en cuello, manos, orejas y mejillas.

Silvia y Monfort saludaron al forense, el doctor Morata.

—¿Habéis traído traje de baño? —preguntó el patólogo con su ironía habitual.

Tres agentes de la policía científica delimitaban la escena con sumo cuidado para no interferir en las posibles pistas.

—¿De qué ha muerto? —preguntó Monfort.

—Ahogado. A simple vista no presenta heridas, salvo el festín que han intentado darse los congéneres de *Pixie y Dixie*. Lleva muerto varios días, no demasiados, aunque lo sabremos con exactitud cuando lo traslademos. Debe de haber estado sumergido hasta que han bajado las aguas.

Silvia se calzó unas botas de agua y se puso sobre la ropa un buzo blanco que le tendió un compañero. Descendió a la acequia, al lugar lleno de fango en el que reposaba el cuerpo, y comenzó a buscar en los bolsillos de la americana.

—¿Lleva documentación? —preguntó Monfort desde el camino.

—Sí —respondió ella—. Pero ni rastro de un teléfono móvil que seguramente llevaba con él.

Monfort le hizo un gesto con la cabeza para que hablara.

—Vas a flipar.

—Menuda novedad. Venga, suéltalo ya.

—Se llamaba Ernesto Frías.

—¿Y?

—Según esto —enarboló una acreditación— trabajaba en el Museo del Prado como conservador de Patrimonio Nacional.

En Madrid nadie había echado en falta a Ernesto Frías. Le fue concedido un permiso que debía comenzar tras el viaje a Castellón para supervisar el traslado del cuadro de Goya. Frías informó sobre la necesidad de tomarse unos días de descanso y la responsable del departamento se los había concedido.

Ernesto Frías había nacido en Buenos Aires en 1962. En la juventud se trasladó a Madrid para estudiar Bellas Artes e Historia del

Arte gracias a una sustanciosa beca que le habían concedido en Argentina. No estaba casado y vivía solo en un confortable ático del barrio de Salamanca.

Su única familia era una hermana mayor que recibió la noticia con gran estupor, y que en aquellos momentos preparaba su viaje a España para hacerse cargo de la trágica muerte del hermano.

Doctor en Historia del Arte y graduado en Restauración por la Escuela Superior de Restauración y Conservación de Madrid, era toda una eminencia en su especialidad. Entre sus actividades más reconocidas destacaba la puesta en marcha del espacio «Goya, de Fuendetodos a Burdeos», trabajo con el que había conseguido un puesto como conservador en el Museo del Prado, donde en la actualidad se ocupaba de varias colecciones.

—Que se han cargado a un crack —resolvió el inspector Tello, de la Jefatura Superior de Policía Nacional de Madrid, cuando acabó de leerle a Monfort los datos que había recabado en un tiempo récord.

—¿Han registrado ya la vivienda? —preguntó Monfort apagando la colilla del cigarrillo a medio fumar.

Tello soltó un bufido.

—Estamos en ello. Dame un poco de tiempo. Habéis encontrado el cadáver esta mañana, son las seis de la tarde y mira todo lo que he averiguado. Por cierto, he enviado un primer informe al antipático de tu jefe por correo electrónico. Oye, el mismo cascarrabias me ha dicho que has estado por aquí hace poco.

—Sí, ya sabes, de Madrid al cielo.

—Si con el cielo te refieres al infierno ese que debes de haber visto esta mañana, prefiero la contaminación de la capital.

Omitió decir que había estado en el Museo del Prado, que había sido allí donde se había enterado de la noticia de la exposición del cuadro en Castellón. Le daba mucha rabia no estar en Madrid y ver dónde vivía la víctima para poder hacerse una composición más acertada de cómo era en vida.

—Mantenme informado cuando hayáis acabado de registrar su casa. Preguntad a los vecinos, conocidos, etcétera.

—¿Crees que tiene algo que ver con la exposición de Castellón a la que fue por encargo del Prado?

—El mecenas que organizó el evento ha desaparecido —soltó Monfort.

Se oyó un silbido prolongado a través de la línea telefónica.

—Ponte las pilas, Tello, hazme el favor. Cuanto antes sepamos más sobre ese hombre, antes daremos con el asesino.

—¡Joder! —exclamó el policía madrileño—. Algunas personas no cambian nunca. Lo haré, no te preocupes, seré tus ojos aquí.

—Y yo te deberé un favor.

Tello dejó escapar una risotada.

—Tengo pensado pasar unos días en vuestro soleado paraíso mediterráneo. Entonces podrás devolverme el favor invitándome a una comida en el restaurante que más te guste, que seguro será el mejor —se despidió jocosamente.

Monfort pulsó la tecla roja del altavoz del teléfono del despacho de Silvia para dar por finalizada la conversación.

—¿A qué se dedica un conservador de Patrimonio Nacional? —preguntó la subinspectora.

Monfort se había informado.

—Su trabajo consiste en custodiar una colección que le ha sido asignada. Debe asegurarse de que se mantenga en óptimas condiciones; que esté convenientemente expuesta en un museo o almacenada bajo los requisitos correspondientes. Se encarga de la documentación y catalogación, así como de inventariar de forma periódica las obras que están bajo su protección. Y, por supuesto, tal como es el caso que nos atañe, el conservador debe velar en todo momento por la seguridad y el buen estado de las obras en el caso de un traslado entre museos o a exposiciones temporales. Es probable que sean más cosas, pero es lo que he entendido leyendo en internet.

—Estoy fascinada de lo que eres capaz con la tecnología a tu servicio —bromeó Silvia.

El comisario Romerales entró en el despacho sin llamar a la puerta.

—¡Os quiero en mi despacho ya! ¡Y estoy harto de repetir que no se puede fumar! ¡Menudo tufo hay aquí adentro!

—Tres frases exclamativas —soltó Monfort—. La cosa promete.

Cuando Silvia y el inspector entraron en el despacho del jefe ya se encontraban en su interior los agentes Terreros y García, y el forense Pablo Morata. Romerales sujetaba un fajo de folios que enarbolaba ostentosamente provocando el movimiento del aire.

—¡Me cago en la madre que me parió! —gruñó el comisario.

—Sí, la cosa se presenta movidita —susurró Silvia secundando el comentario anterior de Monfort.

—¿Te pasa algo? —inquirió Romerales.

—No, no, qué va, hablaba sola.

—Pues venga, menos rollo y vamos al lío. Morata, procede.

El patólogo carraspeó antes de comenzar su locución.

—No hemos terminado el análisis de forma definitiva, aunque podemos asegurar que la víctima falleció por ahogamiento el domingo, o sea, hace cuatro días. Debió morir por la tarde o a primera hora de la noche. Lo sumergieron en el agua de forma violenta, las marcas en los hombros y en el cuello al hacer presión para que mantuviera la cabeza dentro de la acequia no dejan duda alguna. Las ratas se cebaron con él. Si no hubiera bajado el nivel del agua, habría tardado más tiempo en ser descubierto y lo habrían devorado por completo; ahora solo quedarían los huesos y la ropa hecha jirones. Esos bichos son capaces de comerse un equipo de fútbol al completo si disponen del tiempo necesario. Por suerte, el sistema de riego de la Marjalería hace que las aguas suban o bajen en las acequias mediante un antiguo sistema de esclusas.

—¿Cómo crees que llegó hasta allí? —preguntó Monfort.

—Le habían anudado las muñecas con un trozo de tela, un trapo, algo así. Lo que pasa es que el nudo no sería muy fuerte y se deshizo en el agua.

—¿Y ya está?

—Presenta una marca en la nuca. Una marca inconfundible.

—¿El cañón de una pistola?

—Tú lo has dicho.

—Así que fue hasta la acequia encañonado —intervino Romerales algo más tranquilo—. Atado y con una pistola clavada en el cogote.

—Sí, eso es —confirmó el forense.

—Y dices que murió el domingo por la tarde o a primera hora de la noche.

Morata afirmó con la cabeza.

—¿A qué hora se hace de noche? ¿A las siete?

—A las cinco y media ya empieza a oscurecer —matizó Silvia—. De todas formas, tuvieron que llevarlo en coche cerca de la acequia, y luego caminar el trayecto hasta donde lo ahogaron. Nadie se pasea por ahí con un tipo atado y a punta de pistola.

Monfort sonrió con disimulo y al comisario no se le escapó el detalle.

—¿De qué te ríes? —preguntó Romerales molesto.

—De nada, disculpa.

Monfort se acordó del bar del Grao en cuyos bajos se jugaba de forma clandestina. Y sobre todo del personal que lo frecuentaba. Se encontraba a poca distancia de la zona lacustre donde habían hallado el cadáver. Apostaba que tampoco hubiese sido tan descabellado que alguien caminara por la calle a punta de pistola. La cuestión era si quien lo viera llamaría a la policía.

—Te veo cachondo, no sé, debe ser que te hace gracia el montón de historias que se nos amontonan. Mira, a mí, sin embargo, se me está poniendo una mala leche que no veas.

—A ti lo que te preocupa de verdad es alguna llamadita de los de arriba —dijo Monfort poniéndose en pie para acercarse a la pizarra donde Terreros y García habían preparado un primer esquema de los hechos—. Cuando trascienda la noticia de la muerte del conservador de Patrimonio Nacional que trajo el cuadro para la exposición financiada por el magnate desaparecido se te va a acabar el rollo. —Hizo el gesto de pasarse el pulgar por la garganta.

Ahora fue el forense el que dejó escapar una risita. Silvia intercedió.

—En un bolsillo llevaba una tarjeta que corresponde a una habitación del hotel Turcosa, que está en el Grao, a poca distancia de donde hemos encontrado el cadáver. Hemos llamado al hotel —miró a Terreros y García para dejar patente que habían sido ellos— para dar orden expresa de que nadie entre en la habitación hasta que vayamos. Ha ido una patrulla para precintar la puerta de la estancia, por si acaso.

Mientras los policías hablaban, escribían, borraban y volvían a escribir en el encerado, Monfort recreó de nuevo el lugar del crimen.

Se trataba de un lugar no tan apartado. Había algunas construcciones cercanas, casas construidas por sus propietarios en los tiempos de asueto, utilizadas, con total seguridad, como el lugar en el que preparar una suculenta paella familiar los domingos y días festivos. Varios agentes comandados por Terreros y García habían hablado con sus propietarios sin que nadie aportara ninguna noticia sobre el suceso.

—Hay un pequeño espacio de tierra que comunica la carretera con el camino que lleva hasta la acequia —informó Silvia—. Hay marcas de neumáticos de coches que los compañeros están analizando, pero tardarán en darnos algún resultado. Hay demasiadas marcas y lo prioritario es saber cuáles son las más recientes.

Los agentes Terreros y García habían dividido la pizarra en dos partes. Una destinada a la desaparición de Carlos Sorli y la otra para el asesinato de Ernesto Frías.

—Carlos Sorli tiene una hija —dijo Terreros—. Estudia en Estados Unidos.

—Es lo que tienen los ricos —añadió García.

—La madre no nos habló de ella —intervino Silvia.

—No le preguntamos —dijo Monfort.

—Estela Sachs tiene un hermano menor que actualmente vive con ellos —aportó la subinspectora tras consultar en su ordenador portátil—. Eso tampoco lo mencionó.

Monfort recordó el Maserati amarillo que había visto a través del retrovisor cuando abandonaron la casa. Más tarde se encargaría de ello.

—Bueno, vamos a ordenar esto, que me está empezando a doler la cabeza —advirtió el comisario Romerales.

Fue Monfort quien tomó la palabra en pie, junto a la pizarra.

—Carlos Sorli organiza una exposición en Castellón. Se trata de una obra de Goya que se expone en el Museo del Prado. El día de la inauguración no aparece por ningún lado. Su mujer dice no saber nada de él y, aunque asegura que pasó la noche en Castellón, por sus palabras sabemos que el desaparecido entraba y salía sin que su esposa estuviera al corriente en todo momento. Tienen una hija, pero no sabemos si ha sido informada de la desaparición; supongo que la madre se lo habrá dicho, pero, visto lo que ha tardado en dar la alarma de que su marido había desaparecido, no sé yo. La cuestión es que el mecenas se ha volatilizado. Y es de lo más extraño, dado el evento que se traía entre manos. Le pedimos a Estela Sachs que nos hiciera una lista de los lugares a los que Sorli solía ir, también de las personas con las que mantenía un contacto más estrecho. En cuanto llegue me avisáis.

Silvia levantó el brazo antes de hablar.

—Lo que está claro —señaló la pizarra— es que lo que une a esos dos es el tema de la pintura expuesta en el Real Casino Antiguo.

El forense se puso en pie. Le esperaba un cadáver cuya disección debía arrojar alguna pista más y allí ya no pintaba nada. Se despidió de todos y salió de la sala sin añadir nada más.

—¿Qué propones que hagamos? —le preguntó Romerales a Monfort.

—Que Terreros y García organicen las entrevistas con el entorno de Carlos Sorli. Que le pregunten a su esposa por la hija y que averigüen todo lo que puedan sobre la empresa y las costumbres del desaparecido.

—¿Sin esperar ese listado que ella ha dicho que nos mandaría?

—Sin esperar. Cuando llegue lo comparamos con lo que hayamos descubierto. Anticipémonos, esa es mi propuesta. No le demos tiempo para pensar. No puede ser tan difícil escribir cuatro nombres en un papel y enviarlo a la comisaria para que los polis encontremos a su marido.

Romerales se pasó la palma de la mano por la cabeza y soltó uno de sus característicos bufidos.

—Y luego, ¿qué? —preguntó.

—Luego a calmar a la prensa, a gestionar los disparates y a hacer de jefe, que es lo que eres. Nosotros —dijo señalando a Silvia— vamos al hotel en el que se alojaba Ernesto Frías.

ERA DE NOCHE cuando aparcaron frente al hotel del Grao. Monfort se había alojado allí en alguna ocasión. Se trataba de un lugar agradable siempre que el tiempo acompañara. Recordó el restaurante Rafael, a escasos metros de allí, una casa especializada en arroces y mariscos donde comer representaba mucho más que el simple hecho de alimentarse.

El hotel se encontraba frente al puerto y el olor del mar flotaba en el ambiente. El tiempo había cambiado. Soplaba un viento despiadado que pondría de mala leche al mejor de los humoristas. Las barcas de pesca amarradas en el puerto se mecían con fuerza a causa del vendaval. Quizá allí estuvieran acostumbrados, pero a Monfort le crispaba sobremanera. Entraron en la recepción, donde los recibió un ambiente cálido y apacible. El director del hotel aguardaba su llegada y les tendió la mano con gesto serio; tenía cara de dudar sobre si debía darles el pésame. De lo que Monfort estaba seguro era de que estaba realmente preocupado por cómo iba a afectar aquel desagradable suceso al buen nombre del establecimiento, y en particular a su trabajo como director.

Los acompañó hasta la cuarta planta. En el trayecto en el ascensor Silvia le preguntó por el huésped: si habían notado algo extraño en él o si había subido con alguien a la habitación.

—Ya le he comentado a su compañero por teléfono que apenas habíamos cruzado cuatro palabras con ese hombre. Hizo la reserva a través de nuestra página web hará cosa de un mes. Por supuesto, he hablado con los trabajadores que han podido establecer conversación con él, pero todos coinciden en que era un hombre callado y amable. Entraba y salía, como es habitual. Nada de horarios extraños. Tampoco recuerdan que llegara acompañado en ningún momento.

—¿Sabían a qué había venido? ¿Hizo algún comentario al respecto?

El director se encogió de hombros.

—Tenemos muchos huéspedes que vienen por trabajo: comerciales y empresarios, asistentes a congresos, ferias y demás. No tenía pinta de estar de vacaciones, ya ven cómo está el tiempo por aquí estos días.

En la puerta de la habitación que había ocupado Ernesto Frías se apostaba un agente que retiró el precinto de la entrada. El director acercó una tarjeta a la cerradura y abrió haciéndose a un lado.

Era una estancia amplia, con una cama doble de gran tamaño y una enorme cristalera que daba a una terraza con unas vistas fantásticas. La habitación estaba en impecable estado de revista.

Silvia se dirigió al director.

—No toque nada, por favor. Y no pase dentro del todo —le señaló un punto en el suelo—. ¿A qué hora limpian las habitaciones?

—Depende de los huéspedes, pero en este caso la camarera de piso la arregló a las doce y media del mediodía, después de que el ocupante saliera y dejara la señal en el pomo de la puerta para que se limpiara.

—¿Y ya no vino más por aquí?

—Nadie lo vio entrar después. Según el personal de la cafetería, bajó a desayunar a las nueve de la mañana y después regresó a la habitación hasta que se marchó a la hora que les he dicho.

Silvia miró a Monfort y este negó con la cabeza. Quedaban allí los enseres del fallecido, pero las posibles pistas se podían haber ido al garete tras la minuciosa limpieza.

La subinspectora accedió al cuarto de baño. Se puso unos guantes de látex e inspeccionó los artículos que Ernesto Frías llevaba escrupulosamente bien ordenados en el interior de un neceser. Nada que destacar: un peine, espuma de afeitar, cuchillas, bálsamo para después del afeitado, un cortaúñas, tapones para los oídos, un blíster de paracetamol y una caja de preservativos.

Con la ayuda de su propio bolígrafo, Monfort pasó las páginas del libro que Frías tenía en la mesita de noche: *Las cenizas de Ángela,* de Frank McCourt. Esperaba encontrar alguna anotación en el punto de libro, pero era uno de esos marcapáginas de publicidad de otros libros y no había nada en él digno de mención. En el cajón de la mesilla de noche había un cargador de teléfono móvil. Nada más. La otra mesilla estaba vacía. Sobre el escritorio encontró folletos turísticos de Castellón, lugares para visitar y restaurantes en los que disfrutar de la gastronomía del lugar. Ernesto Frías era un asceta, pensó.

Silvia abrió el armario y examinó la ropa que colgaba de las perchas. Una americana negra y una chaqueta de más abrigo. Tres camisas blancas completamente anodinas y dos pantalones que parecían recién planchados.

—¿Los han planchado aquí? —le preguntó al director, que enseguida negó con la cabeza.

—Era un tipo pulcro como pocos —agregó Monfort—. Si vieran cómo tengo yo la habitación… Daría mucho trabajo a la poli si me sucediera algo —bromeó.

De la parte baja del armario, Silvia extrajo una pequeña maleta con ruedas. La puso sobre la cama y la abrió. En su interior había calzoncillos y camisetas, dos jerséis, uno de ellos grueso, unos pantalones de pana, unas zapatillas de deporte dentro de una bolsa, un pijama, una bufanda y dos corbatas. En el fondo de la maleta había una carpeta de gomas.

—Mira esto.

Monfort, que trasteaba con el mando a distancia de la tele en busca de algún canal de noticias por si ya había trascendido el suceso, se volvió enseguida.

La carpeta contenía información relevante acerca del traslado del cuadro de Goya a Castellón. Las complejas instrucciones de transporte, el contrato de exposición firmado por los encargados del Museo del Prado, por el mismo Ernesto Frías y por el organizador de la exposición, Carlos Sorli. Las cláusulas de exhibición ocupaban unas veinte páginas y otras tantas daban todo tipo de detalles sobre la magnitud de la obra que había sido trasladada.

Una gaviota se posó en la barandilla de la terraza. Algunas plumas se le erizaron por la acción del viento. Resistía estoicamente los envites agarrada al frío metal. Sus ojos escrutaban el interior de la habitación. Tenía un pico fuerte, de color amarillo, y un bello plumaje blanco y gris. Monfort se acercó despacio a la cristalera. Abajo estaba el puerto pesquero, con sus embarcaciones amarradas pintadas con vivos colores. También el edificio del Real Club Náutico de Castellón y los pantalanes que se mecían a merced del fuerte viento. Más allá divisó las grúas y los depósitos del importante puerto comercial del que la ciudad podía sentirse orgullosa. A lo lejos un mar plomizo, y más allá nubes que se fundían con el mar. La gaviota emprendió el vuelo provocando gran estrépito con su aleteo y se perdió entre la maraña de mástiles de las embarcaciones de recreo.

Pensó que tal vez, por alguna razón, Carlos Sorli había acabado con la vida de Ernesto Frías y después se había marchado en alguno de aquellos enormes buques de carga que todos los días partían del puerto. Era solo una hipótesis, una elucubración, poca cosa más.

—Necesito saber con el mayor detalle posible todo lo que hizo Ernesto Frías en los últimos días, antes y después de su viaje a Castellón. Dónde estuvo, con quién habló, todo, cualquier cosa, lo más insignificante puede ser vital.

Aunque parecía que hablaba solo, Silvia sabía que sus palabras iban dirigidas a ella. Debían conocer los pasos que había dado la víctima antes de caer en la trampa de su agresor. Por fin mantendría la mente ocupada.

Monfort devolvió la carpeta a Silvia y observó la habitación una vez más. Ernesto Frías era un hombre escrupulosamente ordenado y limpio, quizá demasiado. La mesa de la terraza se movía por la acción del viento que, lejos de cesar, arreciaba con dureza. El pesado cenicero de cristal estaba vacío. Le entraron unas ganas tremendas de fumar.

—Que nadie entre en la habitación —le ordenó al director del hotel, que aguardaba en silencio donde le habían indicado—. Silvia, diles a los compañeros de la Científica que vengan ya. A poder ser, que no sean más de dos. Esto es muy pequeño para que monten uno de sus circos.

—Pero… —intervino el director del hotel— la habitación precintada y la policía rondando por aquí no causarán muy buen efecto en los clientes.

—Dé gracias de que el asesino no lo mató en la habitación. Entonces sí que causaría mal efecto.

—De acuerdo, si no queda más remedio… —claudicó el director.

—Vámonos —dijo Monfort a Silvia saliendo de la habitación sin más dilación.

La subinspectora ordenó al agente de guardia que volviera a precintar la puerta y que no entrara nadie más que los de la Científica por orden expresa del inspector.

—¿Dónde vamos? —preguntó Silvia cuando ya estaban en la calle y el inspector prendía el ansiado cigarrillo haciendo pantalla con las manos para que el viento no se lo impidiera.

—A comprobar quién salió ayer del garaje de los Sorli con el epítome de la elegancia automovilística italiana.

Lo QUE VE ahora es un hombre. Es él, que ha pasado de niño a adulto en apenas unos cuantos fotogramas de esta película tan real de su propia vida. Atrás quedan los juegos casi inocentes, las apuestas gamberras entre adolescentes. Ahora dilapida lo que gana en salas de bingo, en casinos cuando reúne más dinero. Ha descubierto los juegos online que antes no existían, y que se van abriendo camino a toda velocidad para arruinar los bolsillos y los cerebros de los incautos. Se ve jugando en timbas clandestinas a altas horas de la noche, con demasiado alcohol y abusando de la cocaína. Nadie lo conoce allí, se consuela de manera infantil. No podría soportar que su madre lo viera en semejante estado.

En una nueva imagen se ve en un lujoso casino, rodeado de gente vestida de etiqueta. Él mismo lo hace de forma elegante, con chaqué y pajarita. Juegan a la ruleta. La magia del movimiento de la rueda lo tiene hechizado. El croupier lanza la bola a través del resalte y esta gira por la madera mientras empuja el plato interior en dirección contraria. Al perder velocidad, la bola cae y entra en una de las casillas correspondiente a un número que designa al ganador. Es en el tres rojo donde se detiene la bola marfilada. Es su número. Mira alrededor. Los compañeros de mesa lo agasajan con palmadas en la espalda y sonrisas complacientes. Se oyen aplausos de los espectadores que aguardan en pie detrás de los jugadores. Dos mujeres extremadamente bellas se acercan y lo felicitan. Le susurran al oído. Quieren champán, y algo más. Admira sus escotes, sus sensuales caídas de pestañas, el perfume que emana *de sus cuerpos enfundados en vestidos provocativos. Se sientan a su lado y le acarician las manos y los brazos mientras el* croupier *lanza de nuevo la bola.*

Lo siguiente que ve es un callejón oscuro que huele a basura. Está sentado en el suelo, con la espalda apoyada en la pared desconchada. La pajarita desabrochada, el traje ajado. Hay restos de vómito a su lado. Lo ha perdido todo. No queda ni rastro de los aplausos ni del sonido de la bola al rozar la madera pulida de la ruleta. Tampoco de las bellas damas que prometían grandes aventuras. No queda nada. Solo la imagen de un perdedor. Recuerda las palabras de su padre: «Con apuestas todo es más divertido». Y tampoco queda ni un ápice de eso. Solo un recuerdo amargo y la cruda realidad. Se odia por lo que ha hecho. Siente desprecio y soledad. Y un miedo atroz a lo que sucederá en las próximas imágenes.

9

Jueves, 27 de noviembre

HABÍA DORMIDO MAL. Las botellas del minibar no habían sido de mucha ayuda para conciliar el sueño reparador que necesitaba. No se sentía con fuerzas ni para bajar a desayunar. Eran las siete y media de la mañana y los acontecimientos se agolpaban en un cerebro entumecido por el alcohol y la nicotina.

Recordó la visita. El tipo era un auténtico gilipollas. Uno de esos millonarios aburridos que dilapidan su dote en antojos de toda índole. A este, evidentemente, le había dado por los coches y la fiesta nocturna.

Ricardo Sachs era el hermano menor de Estela Sachs, la esposa de Carlos Sorli. Dar con él había sido sencillo. Bastó con una llamada a la comisaría para que localizaran un imponente Maserati GranTurismo Sport V8 de color amarillo. El propietario del llamativo vehículo se encontraba frente a un conocido bar de copas del centro de Benicàssim. Tenía el trasero apoyado en el lateral del coche, sujetaba un vaso de tubo en la mano y charlaba con una mujer que tal vez era demasiado joven para él. Monfort y Silvia se habían presentado mostrándole sus acreditaciones. La chica se había excusado antes de regresar al interior del local.

Ricardo Sachs era delgado, alto y tenía buen aspecto. Lucía una generosa mata de pelo canoso y desprendía un recargado olor a perfume masculino. Las arrugas le conferían un atractivo del que era sabedor y que exhibía con orgullo. Vestía pantalón de pana marrón de una marca cara, zapatos cómodos de piel y una chaqueta de cuero negro brillante. Había continuado apoyado en la carrocería amarilla con las piernas cruzadas a la altura de los tobillos y había escrutado a Silvia de arriba abajo para desnudarla con los ojos; no cabía duda alguna de su nivel de imbecilidad.

Monfort señaló el deportivo.

—Por lo menos tendrá trescientos caballos.

—Cuatrocientos sesenta —rectificó altivo—. Cuatro mil setecientos centímetros cúbicos. Ocho cilindros. De cero a cien en apenas cinco segundos. ¿Han venido a hablar de coches?

El inspector sonrió. Luego añadió sin más:

—¿Por qué no nos habló de usted su hermana?

—Tal vez se avergüence del hermano díscolo —respondió el hombre para hacerse el gracioso—. En todo caso deberían preguntarle a ella.

—¿Trabaja en la empresa familiar?

—Eso dicen.

—¿Vive con su hermana y su marido?

—Estoy reformando un apartamento aquí, en la playa. Mientras tanto me prestan una habitación con vistas al jardín hasta que esté terminado. Mi hermana es muy generosa.

—¿Qué tal se lleva con su cuñado?

—¿Carlos?

—Sí, claro. ¿Su hermana tiene algún otro marido?

—Mire, no sé qué quieren. Estela está muy preocupada. Yo creo que Carlos debe de estar pegándose una buena juerga por ahí. Ya aparecerá.

—¿Suele ausentarse de esta manera?

Ricardo Sachs se encogió de hombros y volvió a mirar a Silvia.

—No tengo especial relación con mi cuñado. Sale y entra a su aire. Lo mismo hace en la empresa. Mi hermana es una buenaza. Irá directa al cielo.

—¿Tiene usted algún problema con él?

—¡Qué va! —exclamó con sorna—. Somos familia.

—Y su hermana, ¿qué tal se lleva con su marido?

—Yo en temas de alcoba no me meto. —Dejó escapar una sonrisilla—. Aunque en el caso de esos dos debería decir «alcobas».

Silvia se impacientaba. En absoluto le gustaban aquellos rodeos, ni los circunloquios innecesarios. Monfort se dio cuenta y dio un paso atrás con la intención de que ella soltara lo que quería decir.

—Es usted un guasón —disparó la subinspectora—. Hemos venido hasta aquí porque su hermana no lo mencionó cuando la entrevistamos. Algunos agentes están hablando ya con los trabajadores de la empresa, los conocidos y las personas afines a Carlos Sorli, y mire qué casualidad que a su hermana se le olvidó decir que usted vivía con ellos.

Ricardo Sachs descruzó las piernas y dejó de apoyar el trasero en la carrocería del carísimo coche. Incorporado se le veía más alto aún de lo que parecía en un primer momento.

—Yo no sé nada.

—¿Sabe de alguien que le desee algún mal a su cuñado? ¿Algún enemigo? ¿Alguien que se la tuviera jurada? ¿Tiene la más remota idea de dónde puede estar? Cualquier cosa, por nimia que le parezca, puede ser vital para encontrarlo.

—No tengo la menor idea de qué puede haber ocurrido.

—¿Cree que su repentina desaparición puede tener algo que ver con la exposición que él mismo ha organizado?

El hombre fijó su atención en un grupo formado por cuatro mujeres que accedían al local. Parecían divertidas, como si celebraran un cumpleaños o una despedida de soltera, o tal vez festejaran un divorcio.

—Supongo que sí —respondió Sachs cuando las mujeres estuvieron dentro—. Si no, a santo de qué iba a montar semejante tinglado para luego no ponerse las medallas de las que sin duda se cree merecedor. Y ahora, si no quieren nada más, preferiría otro tipo de compañía.

El centro de Benicàssim era un conglomerado de calles estrechas y recoletas plazas que le conferían a la población un aspecto rústico y acogedor. El aprecio de sus habitantes por la decoración de las fachadas y la construcción de nuevos inmuebles que respetaban la arquitectura popular había conseguido frenar el incoherente estilo mediterráneo donde en demasiadas ocasiones prevalecía el mal gusto. Benicàssim era un pueblo agradable que por momentos recordaba a enclaves de las Baleares o la Costa Brava catalana.

De buena gana Ricardo Sachs hubiera invitado a Silvia al asiento de atrás de su provocativo coche. El paradigma de la elegancia italiana, según Monfort. Pero a ella aquel tipo de personajes le producían cualquier cosa menos atracción. Y así se lo hizo saber mientras le tendía una tarjeta con su nombre y número de teléfono, por si recordaba algún dato que fuera relevante para dar de una vez con el paradero de su cuñado.

—Nos vamos a tener que ver de nuevo —le dijo—. Puede que más de una vez. Incluso es posible que tengamos que pasar horas juntos, el uno frente al otro, en la misma habitación, contándonos confidencias sin que nadie nos moleste. —Hizo una pausa antes de resolver el asunto—. Y no será en un hotel, ni siquiera en un bar como ese, sino en el calabozo de la comisaría.

Del interior surgió la voz de Franco Battiato y su popular *Centro de gravedad permanente*.

> Busco un centro de gravedad permanente
> que no varíe lo que ahora pienso de las cosas, de la gente.
> Yo necesito un centro de gravedad permanente
> que no me haga cambiar nunca de idea,
> sobre las cosas, sobre la gente.

Ricardo Sachs enmudeció. Su verborrea de ligón madurito con el bolsillo lleno se vino abajo. Se guardó la tarjeta en el bolsillo de una cazadora de cuero que hubiera ido más acorde con alguien veinte años menor. Sin despedirse, caminó hacia el interior del local como si un canto de sirenas reclamara su atención.

Silvia no estaba satisfecha, más bien todo lo contrario. Se mordió el labio inferior y su tez enrojeció de forma notable. Solo ella sabía lo que en otras circunstancias hubiera hecho con aquel fanfarrón.

A Monfort no se le pasó por alto la ligera cojera que Ricardo Sachs pretendía disimular; seguramente tampoco a ella. Ya habría tiempo para compartir teorías. Por el momento, prefería no cambiar su centro de gravedad permanente.

De vuelta a Castellón había dejado a Silvia en su casa, con el firme propósito de reunirse a primera hora de la mañana y poner en orden aquel desbarajuste de ideas que ambos habían tratado de procesar durante el camino, aunque la irritación de Silvia por las palabras y miradas indiscretas del hermano de Estela Sachs era de tal calibre que se había mantenido en silencio durante casi todo el trayecto. Cuando se bajó del coche le ofreció subir a comer algo. Aunque no habían cenado, ella no tenía más hambre que la de haberle partido la boca a aquel vanidoso.

—Gracias, no te preocupes —se excusó Monfort a través de la ventanilla bajada—. Nos vemos mañana. Olvida al tipo y descansa. El mundo está lleno de pretenciosos, pero a este le bajaremos los humos más pronto que tarde.

Ella no dijo nada más y sacó la llave para abrir la puerta del inmueble. El edificio de Correos estaba iluminado, parecía un edificio medieval. A Silvia le hubiera gustado estar en aquella época y que a Ricardo Sachs le hubieran cortado la cabeza. O, mejor dicho, los huevos.

Monfort recordó también que luego, cuando llegó al hotel, había asaltado el minibar y, una vez que el alcohol hubo invadido sus terminaciones nerviosas, había llamado a Elvira Figueroa, que ya estaba de vuelta en Teruel. Habían charlado, bebido y brindado a distancia. Le había contado la desaparición del mecenas de la exposición de Castellón y la muerte del conservador del Museo del Prado. Evitó hablarle del kamikaze, solo nombrarlo le producía dolor y rabia.

—Te recomendé ir al museo… —suspiró la jueza.

—Y estuve en esa sala —la interrumpió—. Había un espacio vacío en el lugar que ocupa normalmente el cuadro que ahora está aquí.

—Los fantasmas te persiguen.

—Es probable —admitió él abriendo la que iba a ser la penúltima minibotella—. ¿Qué tal por Teruel?

—Ya conoces el refrán: «Jamón de Teruel, jamón de reyes». Es lo primero que he hecho nada más llegar: comer jamón. —Monfort no conocía el refrán, pero sí la calidad del producto estrella de la provincia—. Ahora, en Madrid, les ha dado por las excentricidades gastronómicas y el puñetero *brunch* triunfa por todo lo alto —pronunció el vocablo inglés con acento exagerado—. Por cierto, Adelaida me ha dado recuerdos para ti.

—¿Cómo le va?

—¿Te acuerdas del tipo que estaba con ella en aquel bar cuando llegué en el taxi?

Monfort lo recordaba perfectamente.

—Ha sucumbido a los encantos de mi sobrina.

—No me extraña —afirmó él.

Guardaron silencio unos instantes. Elvira soltó lo que estaba pensando.

—Así que ahora todo gira alrededor del cuadro ese del perro asustado, de un desaparecido y de un cadáver. Y ambos están conectados por obra y gracia de Goya. Menuda papeleta.

A continuación, la jueza comentó que Goya había nacido en Fuendetodos, una pequeña localidad zaragozana a poca distancia en coche desde Teruel. Elvira había visitado el lugar en cierta ocasión cuando ya residía en la ciudad de los amantes. Le pareció un lugar estratégico, casi con la misma distancia desde Madrid que desde Castellón; una conexión excelente entre la meseta y el mar. Fue un pretendiente del juzgado quien la llevó hasta allí. Después de visitar el pequeño museo sito en la casa natal del pintor, la había invitado a comer a un mesón cercano. Tras el ágape, el aspirante a Casanova había querido convidarla también a compartir lecho en un hostal de carretera. Y lo que ocurrió a continuación fue digno de una comedia protagonizada por Andrés Pajares y Fernando Esteso. La jueza se negó a regresar con el sujeto y se largó con un camionero que hacía la ruta entre Zaragoza y Valencia, que accedió a hacer una parada en la capital turolense.

Cuando colgaron, Monfort ya no había podido pegar ojo; las anécdotas de Elvira daban para largas noches de insomnio. Sin embargo, lo que no le había dejado en paz el resto de la noche habían sido aquellas palabras del guía del Museo del Prado: «Si Sergio estuviera aquí le daría una clase magistral sobre el cuadro».

SOBRE LA MESA de lo que fuera aquello que parecía destinado a ser su despacho había dos informes. Uno con los últimos movimientos de Carlos Sorli antes de su desaparición y otro con la información que el inspector Tello había recopilado en Madrid acerca de Ernesto Frías. Al otro lado de la mesa estaba la carpeta que habían encontrado en el hotel donde se alojaba Frías, que contenía la información referente al trabajo que la víctima había ido a hacer a Castellón.

Revisó en primer lugar el informe que hablaba del empresario. Los agentes habían entrevistado a los trabajadores de la empresa, pero no había nada reseñable en las conversaciones. La empresa azulejera era un negocio boyante, con las cuentas saneadas y en perfecto orden de revista de cara a Hacienda y a la Seguridad Social. Carlos Sorli y su esposa eran socios a partes iguales en el negocio; su hermano, Ricardo Sachs, también tenía participaciones. La empresa contaba con varias cuentas repartidas en distintas entidades bancarias a las que todavía no habían podido acceder, pero a la vista estaba que el negocio arrojaba importantes dividendos.

El matrimonio poseía numerosos inmuebles: la casa de Castellón donde habían visitado a la esposa, tres lujosos apartamentos y una casa unifamiliar, todos en Benicàssim, a escasos metros de la playa. Dos de los apartamentos estaban en régimen de alquiler y el tercero era en el que se estaban llevando a cabo las reformas que Ricardo Sachs les había comentado. El chalé era de uso único del matrimonio. También tenían una casa en la población de Morella y un pequeño apartamento en Baqueira Beret, destinado a la temporada de esquí.

Dejó para más adelante las siguientes páginas del informe y cayó en la tentación de leer lo que el inspector Tello les había enviado desde Madrid acerca de Ernesto Frías.

10

Ernesto Frías vivía en un deslumbrante ático del barrio de Salamanca, que había sido debidamente registrado y en el que no se halló nada destacable que aportara pista alguna de la razón del asesinato.

Obviando los asuntos profesionales del finado, que sin duda era todo un dechado de sabiduría, Monfort se centró en algunos recovecos más oscuros en los que Tello había husmeado como el perro sabueso por el que era popular en la Jefatura. Por lo que ponía allí, Ernesto Frías tenía cierta debilidad por el sexo de pago, y así lo habían corroborado en un discreto club de alterne de la calle Salustiano Olózaga, próximo a la Puerta de Alcalá y a su propio domicilio, donde era conocido por su nombre y apellido, además de por su generosa billetera.

Ernesto Frías despilfarraba el dinero en prostitutas y juegos de azar. El encargado de un bingo de la calle O'Donnell había asegurado que Frías era un cliente asiduo. Lo mismo que en el Casino Gran Vía, donde el director confirmó que el conservador era toda una leyenda en las mesas de juego.

Tras entrevistar a los compañeros del Museo del Prado, conocidos, vecinos y a todas aquellas personas que pudieran aportar algo sobre su vida, el inspector Tello llegó a la conclusión de que, salvo por aquellos vicios que había adquirido, el conservador no tenía mucha más historia que la que constaba en el informe. Admirado por los compañeros, su currículum era del todo intachable, y, según los que le rodeaban a diario, sentía auténtica devoción por su trabajo. Otra cosa es lo que hiciera tras concluir la jornada laboral.

«Que se han cargado a un crack.» Monfort recordó la conversación telefónica con Tello.

Silvia Redó accedió al despacho.

—Había pisadas en la otra parte del camino —dijo con el aire contenido en sus pulmones—. Buscábamos en la dirección opuesta porque se llega antes a la carretera, pero las marcas de neumáticos y las pisadas estaban en la otra dirección. Unas pertenecen al calzado de Ernesto Frías. Las otras vamos a ver si las podemos analizar, igual que las marcas de las ruedas.

Monfort pensó un instante.

—Lo cual quiere decir que Ernesto Frías llegó hasta allí en coche con alguien más.

—Exacto.

—Y deduzco por lo que dices que no hay signos de que hubiera violencia en esas pisadas.

—Pisadas limpias, normales y corrientes, que van hasta el lugar donde ahogaron a la víctima. Por esa parte hay que caminar un trecho más, por eso la descartamos en un principio.

—Aparcaron el coche, caminaron por la orilla de la acequia y luego quien fuera lo sumergió en el agua hasta ahogarlo.

—Las huellas se borran de vez en cuando, pero en el inicio y el final son visibles y concuerdan.

—Un paseo de lo más agradable.

—Barro y muerte —concluyó Silvia.

Un estrépito que procedía del pasillo los alertó. El griterío se intensificó hasta que se abrió la puerta del despacho y en el umbral apareció el comisario Romerales con Estela Sachs y su abogado.

Habló el comisario.

—La señora Sorli ha estado en su casa de la playa.

—¡Tuvieron a Carlos secuestrado en el garaje! —gritó Estela Sachs—. ¡Lo tuvieron allí y nadie se dio cuenta!

Enrique Correa trató de calmar a su jefa, que cada vez estaba más histérica. A decir verdad, Monfort se alegraba un poco de verla en aquel estado. Por fin parecía importarle la extraña ausencia del marido. Había necesitado seis días para que se lo tomara en serio.

—Iremos enseguida —pronunció el inspector con el tono más pausado que supo interpretar—. Es importante que nadie toque nada —lo dijo mirando a Silvia para que se encargara de ello enseguida—. Ahora, pase, cálmese, hablemos un momento. Luego iré personalmente. Descubriremos lo que sea que hicieran allí.

Monfort aguardaba el momento de entrevistar a fondo a la esposa del desaparecido. La visita anterior había tenido un carácter más solemne, pero ya era hora de dejar claros algunos aspectos.

Silvia captó la idea del inspector e invitó al abogado a pasar a otro despacho para dejar constancia de la dirección exacta del inmueble.

Cuando estuvieron solos, Monfort no se anduvo por las ramas.

Parecía aturdida, intimidada por la presencia del policía. La invitó a sentarse, cosa que hizo de forma automática, pero él se mantuvo de pie, dando pequeños pasos, casi siempre por detrás de ella. Destilaba un perfume caro, sofisticado, empalagoso también, de esos que se quedan impregnados en la ropa y en el ambiente, y que horas más tarde siguen evocando los recuerdos de la persona que lo lleva. Vestía jersey negro de cuello alto, falda larga de cuadros escoceses y botas altas de color negro. Llevaba más anillos de los necesarios y el tintineo de varias pulseras de oro provocaron una melodía extraña en el breve silencio del despacho. Era atractiva, pero su defecto radicaba en que creía que aquello la hacía infalible. Sus arrugas conferían belleza a su rostro, pero sus ojos estaban cansados y el exceso de rímel no era un buen aliado. Tampoco el descarado carmín en los labios.

—¿Quiere que encontremos a su marido? —preguntó Monfort elevando el tono de voz para que entendiera el verdadero sentido de la pregunta.

Estela Sachs giró la cabeza.

—¿Qué le hace suponer lo contrario?

—Mire. —Monfort dio la vuelta a la mesa y se sentó en su silla, frente a ella—. Desde que su marido desapareció no solo no ha colaborado con nosotros, sino que nos ha ocultado infinidad de detalles. Estamos trabajando, aunque le parezca lo contrario, para esclarecer un perfil de su marido que desconocemos.

La mujer hizo el gesto de hablar, pero el inspector levantó la mano para que no lo hiciera.

—La mayoría de las cosas que hemos averiguado acerca de su esposo podíamos haberlas sabido mucho antes si usted se hubiera sentado ahí —la señaló con el dedo— y nos hubiese contado quién es Carlos Sorli.

—Pero... —empezó a decir.

—Cállese, por favor. No necesito más engaños. Solo quiero la verdad. Nos ha ocultado, u obviado, si así lo prefiere, que tiene un hermano que vive con ustedes. Un hermano mayorcito al que le gustan los caprichos caros, que forma parte de la empresa y al que le han prestado uno de esos pomposos apartamentos que poseen en Benicàssim para que viva su particular vida loca. Omitió comentarnos la retahíla de inmuebles de los que son propietarios y que ahora tenemos que registrar uno a uno para ver si hay alguna prueba. Parece ser que ha sido usted misma la que ha descubierto que su marido fue retenido en la casa de la playa. ¿No cree que hubiera sido mejor si nosotros hubiéramos accedido a sus propiedades?

Estela Sachs tomó aire con la idea de responder.

—No conteste, da igual. —Monfort encendió un cigarrillo y abrió la ventana cuatro dedos. Entró una fría corriente de aire—. Hemos tenido que indagar en sus cuentas, en los movimientos bancarios; hablar con los trabajadores, descubrir lo que hizo su marido los días anteriores a su desaparición. Lo hemos hecho, aunque a usted le parezca que estamos a por uvas. ¿Se dice así? —No esperó la respuesta, era solo un chascarrillo—. Nos dijo que su marido había dormido en su casa el jueves por la noche, pero sé que no lo puede asegurar. ¿Es cierto?

Movió la cabeza en señal de negación.

—No, no está segura. No tiene constancia de ello porque usted y su marido entran, salen, hacen y deshacen sin dar explicación alguna.

Aquello le dolió. La esposa de Carlos Sorli apretó los puños sobre la mesa, pero no dijo nada, tan solo apareció un mohín en el rostro que delataba su rabia interna.

—¿Qué quiere que haga? —preguntó, y al hacerlo dejó escapar un gallo.

—Colaborar, colaborar y colaborar —Monfort acompañó la triple repetición de sus palabras con pequeños golpes sobre la vieja mesa—. Estar disponible en todo momento, contarnos todo por insignificante que le parezca, hablarnos de lo que crea oportuno, responder a nuestras preguntas. En definitiva, dejarse de tonterías y ponerse las pilas para que demos con su marido, a poder ser vivo. ¿Me entiende o la aburro?

Se le corrió el rímel. Una lágrima brotó sin que pudiera hacer nada para remediarlo. Una fina línea le descendió despacio por la mejilla dejando un reguero negro. Abrió el bolso y buscó algo que no encontró. Monfort le tendió un pañuelo de papel que ella aceptó de inmediato.

—Les ayudaré en todo aquello que necesiten.

—Eso ya me gusta más.

Monfort extrajo del bolsillo de su americana una fotografía de Ernesto Frías y se la mostró.

—¿Conoce a este hombre?

Estela Sachs la miró con apreciativo interés. Tres segundos más tarde movió la cabeza.

—No lo he visto nunca. ¿Tiene algo que ver con la desaparición de mi marido?

—Es probable.

—¿Quién es?

—¿Seguro que no lo conoce?

—De verdad que no.

—¿Su marido viaja asiduamente a Madrid?

Pareció sopesar la respuesta.

—Para asuntos de la empresa… sí.

—¿Lo acompaña usted en esas ocasiones?

—No. Como mucho debe ir con alguien de la oficina.

—Pero no está segura.

Aguardó un poco para contestar.

—No, no lo estoy.

—Y para temas relacionados con su afición por el arte, ¿suele ir a la capital?

—Supongo que sí.

—¿Ha viajado hace poco para ultimar detalles de la exposición del cuadro de Goya?

—Supongo que... —repitió, aunque se dio cuenta del detalle antes de acabar la frase y la dejó incompleta.

—Para ser su marido sabe bastante poco sobre sus asuntos. Debe hacerse él la maleta personalmente —bromeó.

—¿Quién es ese hombre de la fotografía? —inquirió Estela Sachs.

—Se llamaba Ernesto Frías, y era conservador de Patrimonio Nacional en el Museo del Prado. Viajó hasta aquí para custodiar el cuadro de la exposición que había organizado su marido. Mañana, o tal vez hoy mismo, puede que vea ese mismo rostro en la prensa o en la televisión. No serán buenas noticias lo que se dirá de él. Digamos que ha dejado de viajar, y de custodiar obras de arte también. Entretanto, si recuerda haberlo visto en alguna ocasión, hágamelo saber.

Abrió un cajón, sacó una hoja de papel y un bolígrafo y los puso frente a ella.

—Aquí no la molestará nadie. Es el despacho que me han facilitado —le guiñó un ojo—. No es ninguna maravilla, lo sé, pero ¿qué lo es en este lugar? Le queda poco tiempo a esta comisaría. La van a cambiar de lugar. La mayoría opina que allí estaremos mejor; personalmente, lo dudo.

Apagó la colilla en el cenicero. Se puso en pie y cerró la ventana. Ella reparó en su envergadura.

—Escriba en esa hoja aquello que le dé vergüenza decir en voz alta acerca de usted y su marido. No es necesario que se la entregue a nadie, basta con que la deje en el cajón. Nadie más que yo lo leerá.

—Y ¿usted se marcha?

—Claro. ¿No ha venido aquí gritando porque ha descubierto que su marido fue retenido contra su voluntad en la casa de la playa? Nosotros somos de la «clase de policías» que cuando alguien nos necesita acudimos a descubrir qué ha ocurrido.

Si Estela Sachs seguía conteniendo la respiración, se desplomaría en cualquier momento. Tenía el pecho hinchado como un palomo, pero el gesto, lejos de parecer sensual, resultaba patético.

—Encuéntrelo, por favor —dijo en un susurro.

—En nueve de cada diez ocasiones, los desaparecidos regresan a su lugar de origen.

La esposa de Sorli dejó escapar el aire que retenía. Los hombros se le desmoronaron y por primera vez pareció una criatura de este planeta, y no de un anuncio de cosméticos.

11

Desde el monolito que hacía las veces de límite territorial entre Benicàssim y Castellón, al que todos llamaban *pirulí*, hasta la torre de Sant Vicent, había cinco kilómetros de paseo frente al mar, bautizado en su día como avenida Ferrandis Salvador.

En el mes de noviembre el viento y las bajas temperaturas disuadían a los turistas que en verano gozaban de las magníficas playas. A cambio, un buen número de deportistas aprovechaban el vial que, después del monolito, se prolongaba hasta el Grao de Castellón durante tres kilómetros más, convirtiendo el lugar en un enclave idóneo para practicantes del *footing*, el paseo o el ciclismo tranquilo.

Una maraña de nubes grises y un viento espantoso recibieron a Silvia y Monfort cuando llegaron al principio de la avenida. Los grandes eucaliptos plantados en el paseo cimbreaban a merced de las corrientes y por momentos amenazaban con partirse como simples lapiceros. La casa de los Sorli estaba cerca de un supermercado, en la llamada playa Heliópolis. Solo había que continuar en línea recta la avenida y fijarse en las pocas viviendas unifamiliares situadas a la izquierda del paseo. Las indicaciones eran precisas.

Se trataba de una construcción de los años setenta, sin muchas más pretensiones que estar a dos pasos de la arena. En los altos bloques de alrededor, los apartamentos estaban en su mayoría cerrados, con las persianas bajadas y los toldos plegados. La casa de los Sorli era un chalé de dos plantas pintado de blanco y con el tejado plano, del que sobresalían dos chimeneas. Tenía un amplio jardín delantero con un césped bien cuidado y delimitado por un caminillo de losas de piedra que llevaba desde la calle hasta la puerta de entrada, situada bajo un porche cuya sombra haría las delicias en las calurosas noches estivales. Había muebles de teca en la terraza, cubiertos ahora con fundas para salvaguardarlos de las inclemencias del tiempo.

Un agente les dio la bienvenida.

—Es detrás, en el garaje —anunció.

Silvia se dirigió al lugar. Monfort quiso echar un vistazo dentro.

El interior de la casa parecía confortable. Con muebles caros y una enorme colección de libros que ocupaba de arriba abajo una de las paredes. Dos grandes sofás rodeaban una chimenea que parecía no haberse encendido nunca. Había un anticuado equipo de música que en su día habría sido el no va más, un tocadiscos, una pletina doble de casetes y dos altavoces grandes de una marca archiconocida. Había discos de vinilo, casi todos de *jazz* y de música clásica. De las paredes pendían tantos cuadros que apenas quedaba espacio libre. Monfort no reconoció ninguna de aquellas firmas de los autores. La cocina era sencilla, con lo imprescindible para pasar el verano. A buen seguro los Sorli preferirían ir a restaurantes. En el piso superior había dos baños amplios y cuatro habitaciones con muebles coloniales y cortinas vaporosas. Dos de las habitaciones tenían cama de matrimonio y en las otras dos había camas individuales. En el pasillo, más cuadros, y también en las estancias.

Silvia lo llamó.

—Baja a ver esto.

Era un garaje con capacidad para cuatro o cinco vehículos, pero no había ninguno en aquel momento. Ocupaba toda la superficie de la planta del chalé y la puerta de acceso estaba situada en la parte posterior, donde una estrecha escalera lo comunicaba con la vivienda.

Había cuadros apilados contra la pared, tapados con plásticos; bicicletas viejas, sillas y tumbonas, parasoles, colchonetas y un sinfín de cachivaches playeros. En una de las paredes estaba situado un banco de trabajo rudimentario, con lo indispensable para pequeñas reparaciones. En mitad del garaje había una silla tirada en el suelo, con una pata astillada. Del respaldo colgaban trozos de cuerda que habían sido sesgados con un cuchillo o una navaja. Junto a la silla había un cubo con un poco de agua y un recipiente de plástico con restos de comida.

Silvia le señaló la camisa blanca arrugada que estaba junto al cubo. Sostenía una corbata azul en su mano enguantada en látex.

—Mira las iniciales que hay bordadas en la camisa: C.S.

Monfort se acercó para verlo mejor.

—Lo han retenido aquí —afirmó Silvia—. He llamado a los compañeros de la Científica.

—Debe ponerle el nombre a todo —opinó Monfort—. Para que quede claro que es suyo.

—Igual teme que se las ponga el cuñado —terció Silvia.

—Te ha impactado, ¿eh?

—Amor a primera vista —ironizó.

Monfort sonrió.

—Pásame unos guantes.

Tras ponérselos tomó un pedazo de cuerda para examinar el corte y la disposición de los otros pedazos. Observó la forma en que la camisa estaba tirada en el suelo. Luego se dirigió a la puerta.

—Han forzado la cerradura —dijo el agente que los acompañaba.

—¿No hay alarma en el chalé?

—Sí, pero no tiene detectores en el garaje.

—Muy ingenioso por parte de los propietarios.

—¿Y la cancela del jardín que da a la calle?

—Forzada también —confirmó Silvia.

Monfort vagó por el garaje sumido en sus cavilaciones. No valía la pena interrumpirlo. Silvia lo sabía, y por eso le pidió al agente que la acompañara fuera. Antes de que salieran, el inspector dio algunas instrucciones.

—Hay que preguntar a los vecinos. Puerta por puerta. Ya sé que en invierno hay poca gente por aquí, pero que no se dejen ni una vivienda por llamar. Que busquen cámaras de vigilancia cercanas. En ese supermercado puede que tengan alguna. Lo que sea, ya sabes, Silvia.

Los de la Científica no tardaron en llegar. Descargaron sus artilugios a la entrada del garaje. Su forma de proceder exasperaba a

Monfort. Parecían una compañía de teatro, con sus focos y todo el atrezo. Se pusieron los trajes blancos que les hacían parecer seres de otra galaxia. La subinspectora se colocó el suyo para acompañarlos durante el trabajo. El *show* estaba a punto comenzar. No tardarían en aparecer los primeros curiosos, alertados por aquella panda de extraterrestres.

Mientras Silvia se ocupaba de coordinar al reducido equipo, Monfort regresó a la comisaría. Al llegar pidió a un agente que le llevara algo de comer. Algo sencillo. Le apetecía la sabrosa coca de tomate que en ninguna parte se preparaba como allí. El agente, un joven que por su aspecto entendía del buen yantar, dijo conocer el lugar indicado. Le pidió veinte minutos si quería probar la mejor de la ciudad. Por supuesto, se los concedió. Tras las explicaciones de cómo era la que a su familia le gustaba, le hubiera dado un par de horas si hubiera sido necesario. Menuda labia tenía el muchacho en temática gastronómica local.

Regresó con dos porciones cuadradas, de unos doce centímetros por cada lado, envueltas en un papel que había quedado ligeramente manchado de aceite. Olía de maravilla. La coca de tomate de Castellón era una especie de empanada elaborada con una masa fina y delicada. En su interior, la amalgama de colores y sabores despertarían el apetito del estómago más exigente. Tomate, atún, huevo cocido picado, piñones y un poco de pimiento para darle un toque, pero sin pasarse; aquello le gustaba, pues el pimiento solía repetirle. La masa tenía los bordes crujientes, y se notaba que antes de introducirla en el horno había sido pintada con huevo para darle brillo y color. Se comió las dos porciones con verdadera pasión. La mezcla de sabores hacía de aquella propuesta tradicional un bocado digno de los *gourmets* más excelsos. Lo único que sintió era no poder acompañarla con un buen trago de cerveza.

POR SUPUESTO, ESTELA Sachs no había escrito una sola palabra en la hoja de papel, que permanecía en blanco sobre la mesa del despacho. No la había creído tan ingenua como para dejarse embaucar con sus advertencias de poli de mazmorra. Era mucho más inteligente de lo que ella misma quería aparentar. Encontró las pruebas de que su marido había sido retenido en el garaje de la casa de la playa. Las huellas y el resto de evidencias que Silvia y sus colegas de la Científica debían encontrar en el lugar, serían claves para comenzar una búsqueda que hasta el momento no se había producido, pese a que los días pasaban inexorablemente sin que el empresario diera señal alguna de estar a salvo.

Se bebió de un trago una botella de medio litro de agua que el agente había dejado con los solemnes pedazos de coca. Debía recordar el nombre del joven policía.

Llamó al inspector Tello.

—¿Qué tal por Madrid?

—Jodidos de frío.

—Gracias por el informe de Ernesto Frías.

—Lo van a echar de menos en algunos tugurios de juego y perversión —bromeó—. Me alegro de que te haya servido.

—¿Algo más?

—No bebía.

—Algún defecto tenía que tener.

—He hablado con algunas de las chicas a las que solicitaba sus servicios.

—¿Y?

—Dicen que era todo un caballero.

—Lo que no pueda el dinero…

—He vuelto al Museo del Prado.

—¿Y qué se comenta de él allí?

—Que era un gran profesional de lo suyo.

—O sea que se le tenía en estima.

—Ni una mancha, como en casa de mi suegra.

Monfort pensó que faltaba algo por preguntarle a Tello, o tal vez se trataba de alguna cosa que había dicho, pero se le fue el santo al cielo al acordarse de su padre. Pensaba en lo que el viejo podía tramar para salirse con la suya.

—Quería decirte algo más, Tello, pero tengo la cabeza en otro sitio. Te llamaré en otro momento. Estate atento por si descubres algo nuevo. Sería bueno que controlaras su casa, por si alguien pregunta por él o encuentras algo en su buzón. ¿Los vecinos saben lo que ha pasado?

—De momento no, pero ya sabes cómo son estas cosas. Por cierto, ¿su hermana ha llegado ya?

—¿La de Argentina?

—No tiene más familia.

Llamaría a Silvia para que se encargara de hablar con ella. Aquello comportaba que se comiera el marrón de hablar con la familia del muerto, pero él tenía otros asuntos que atender.

—Demasiadas pausas —advirtió Tello—. Sí que estás en otro lado. Te llamaré si me entero de algo.

—Gracias, amigo.

—Joder, cómo hemos cambiado —profirió el inspector madrileño antes de colgar.

Llamó a su padre y se puso Aniceta, tal como acostumbraba a hacer. Estaba muy nerviosa y hablaba a toda velocidad.

—Despacio, por favor —apeló a la calma—. Si no hablas más despacio no me entero de nada.

—Llevamos una hora buscándolo con este frío insoportable. Irene ha vuelto a la casa, ha encendido la chimenea y dice que no lo busca más. Ha dicho que haga lo que quiera, que si quiere volver que vuelva y si no, que no lo haga. ¡Acabáramos, señorito! Yo, así, no aguanto aquí una semana, hago la valija y regreso a Barcelona. ¿Usted sabe el frío que hace aquí? ¿Cómo pueden vivir con estas temperaturas si ni siquiera estamos en invierno aún?

—¿A dónde ha ido?

—Ha dicho que salía un momento a la puerta a que le diera el aire, y de a poco he bajado y ya no estaba. Tengo un no sé qué en el corazón que ya veremos cómo se me va.

—Tranquilízate. ¿Has preguntado a algún vecino?

—¿Se cree que soy tonta? Pues claro que he preguntado.

—¿Y qué te han dicho?

—Que le han visto ir hacia la iglesia.

—¿Y has ido?

—Y dale con que no atino, ¿eh?

—Aniceta, por favor, trata de calmarte.

—No, no estaba en la iglesia ni tampoco en la plaza, ni en la calle ni...

—¿Dónde estás ahora?

—En la casa, por si vuelve. ¡Ay, por Dios bendito, que no le haya pasado nada!

—Pásame a Irene.

—Ahorita mismo.

La escuchó rezongar. Irene tardó lo suyo en ponerse al teléfono.

—¿Hace frío en casa? —preguntó Monfort tras el saludo.

—¡Qué va! Lo que pasa es que Aniceta debe añorar el calor de su tierra.

—Pero si lleva más tiempo en Barcelona que en ningún otro lugar.

—Quizá se refiera ya a Barcelona como su tierra.

—¿Dónde está mi padre?

—No puede andar muy lejos. El pueblo no es tan grande.

—Ya, pero en su estado puede haberse ido al bosque.

—¿Tu padre? Permíteme que lo dude.

La abuela Irene era la persona más calmada que conocía.

—¿Quieres que salga de nuevo a buscarlo?

Monfort se la imaginó vagando por el pueblo, preguntando a unos y a otros. Desechó la idea.

—No, gracias. Lo haré yo.

Una hora más tarde el Volvo pasaba frente a la plaza de toros de Villafranca del Cid. Saludó a la estatua del Niño de la Estrella que, montera en mano, había quedado inmortalizado junto al coso taurino.

Ignacio Monfort estaba sentado a una mesa del bar Moderno. A su alrededor tenía un buen número de octogenarios atentos a sus batallitas. El camarero le hizo una señal con la cabeza para que se acercara.

—Lleva así dos horas. Me ha pedido una copa de coñac y se la he puesto, pero me he negado a servirle la segunda. Se ha empeñado en invitar a todos esos, y mira cómo los tiene a su merced.

Desde la barra, Monfort escuchó retazos de la conversación. Iba de los grandes esfuerzos que la empresa Marie Claire había hecho para mantener sus instalaciones en el pueblo, y con ello salvaguardar el sustento para tantas familias de la comarca e incluso de las poblaciones vecinas de la provincia de Teruel. Contó también a su entregado público cómo había subsistido en Barcelona a tanta competencia en los años dorados del textil catalán.

—¡La clave era la lana! —proclamó—. Nadie tenía allí un producto como el nuestro. Lana de las ovejas de Villafranca, claro, de dónde si no. La mejor. Eso marcaba la diferencia con los competidores que traían la lana de no sé dónde y la calidad era claramente inferior.

Las noticias en la televisión del bar dispersaron a la audiencia, momento que Monfort aprovechó para acercarse a su padre.

«La lengua de frío polar que atraviesa España no solo se tradujo ayer en un desplome de las temperaturas, también vino acompañada de nieve en las comarcas centrales y en puntos del norte de Castellón. Falta casi un mes para la llegada del invierno y ya es la segunda vez que se ven los copos en el territorio valenciano.»

La presentadora del noticiario regional tenía cara de estar muerta de frío. Micrófono en mano, informaba desde algún lugar del interior. La tierra que pisaba estaba ligeramente blanquecina por una insignificante nevada, nada que ver con lo que podía caer en cualquier momento.

«El registro más bajo alcanzado ayer fue en Utiel, donde se llegaron a registrar seis grados bajo cero. En Castellfort y en Morella, el termómetro bajó hasta los cuatro grados negativos.»

Al escuchar que nombraba la población de Morella, Monfort tuvo una idea.

Tras abonar las consumiciones a las que su padre había invitado con gran generosidad y sin llevar dinero encima, caminaron despacio hasta la casa. Los primeros copos de nieve se mezclaron con una fina lluvia. Si dejaba de llover y la nieve arreciaba, pronto estaría todo bajo un manto de postal. Las chimeneas del pueblo dejaban escapar el humo, y el olor a leña de hogar impregnó sus ropas y los devolvió a épocas pasadas.

—Cuando quieras salir de casa, avísalas, papá. Estaban preocupadas —aconsejó a su padre.

Pero el viejo Monfort ya había olvidado lo sucedido. El esfuerzo por recordar fue del todo estéril. Se aferró al brazo de su hijo para no resbalar. Aquel era el presente. Lo que había pasado un momento antes era ya inaccesible.

La casa era muy confortable. Se encargó de que las dos chimeneas permanecieran encendidas toda la noche. De vez en cuando se asomaba a la ventana. Los copos caían a intervalos. No sería una gran nevada la de aquella noche, tal vez ni siquiera fuera suficiente para cubrir de blanco los tejados. Le costaba dormir. Harto de intentarlo bajó a la cocina, donde una luz tenue permanecía encendida. Era la abuela Irene, que, sentada a la mesa, rodeaba con sus huesudas manos una taza humeante. La mujer sonrió al verlo llegar.

—¿Una infusión? —preguntó con su cálida voz.

Monfort se sentó junto a ella. Aceptar la bebida era un refugio, una caricia, una rica conversación. La paz, el sosiego y la cordura de una mujer sabia.

NO RESULTA AGRADABLE *ver cómo regresa a la casa familiar para contemplar los restos de masa encefálica desparramados por la pared del comedor. Se estremece, le sobrevienen arcadas. Son los sesos de su padre los que han volado por los aires, como suya también es la escopeta de caza con la que se ha disparado y que la policía ha requisado. Los agentes le hacen preguntas. Cuestiones a las que responde lo primero que se le ocurre. Que si su padre sufría alguna enfermedad mental, que si tenía problemas con el alcohol o las drogas, que si había adquirido deudas o si tenía enemigos.*

Se había vuelto un viejo decrépito, dilapidado por los excesos. Tras la muerte de su madre, cuyo corazón no soportó tanta vergüenza, vivía como un indigente entre aquellas cuatro paredes, que ahora había decorado libremente con lo que tuviera dentro de aquella cabezota. Ya había dejado de dar por el culo. A nadie le importaba lo más mínimo que viviera o no. La escopeta era suya, y el cerebro espachurrado también.

Así está mejor. Intentará sacar la mayor tajada posible de lo poco que le quedaba a su padre. Servirá, en todo caso, para saldar algunas deudas de juego. O para iniciar una nueva partida.

12

Viernes, 28 de noviembre

PARTIÓ DE VILLAFRANCA del Cid cuando los demás todavía dormían plácidamente. Los rayos del sol apenas daban para alumbrar el día. Las farolas permanecían encendidas y el sonido de sus pasos por la silenciosa calle Mayor, hasta llegar a la plaza donde había aparcado el coche, le hizo sentirse bien. Se cruzó con dos parroquianos a los que saludó con cortesía. Con el segundo intercambió unas pocas palabras sobre la baja temperatura de la mañana y la nieve caída durante la noche, que no había llegado a cuajar.

El coche estaba frío, pero arrancó a la primera. Los limpiaparabrisas barrieron el agua acumulada en el cristal. Puso la calefacción al máximo y luego buscó una emisora en la que pusieran algo de buena música.

Bonnie Raitt ayudaría a caldear el ambiente.

Thing called love.

> Podemos vivir con miedo o actuar con esperanza.
> ¿Estás listo para eso que se llama amor?

Encendió un cigarrillo, bajó dos dedos la ventanilla y puso rumbo a la cercana Morella.

Desde la distancia, la población parecía una fortaleza inexpugnable. Un enorme volcán de piedra. Un nido de aves prehistóricas.

La carretera que unía Villafranca del Cid con Morella era todo lo que un conductor solitario desearía. El paraíso del automovilista sosegado. Detuvo el coche en un recodo desde el que se divisaba una magnífica panorámica del lugar. Manuel Vázquez Montalbán afirmó en cierta ocasión: «Si tuviera que escoger dos líneas del cielo europeas, recurriría a San Gimignano, en la Toscana, y Morella, en el Els Ports, alzada sobre una montaña prodigio que aparece en el horizonte como el refugio de alguna cosa importante».

«El refugio de alguna cosa importante.» Aquellas eran las palabras que había recordado cuando escuchó el nombre de la población en boca de la presentadora de las noticias en el bar Moderno. Entonces le acudió al pensamiento el listado de inmuebles que poseía Carlos Sorli, que incluía una casa en Morella.

Reanudó la marcha; en pocos minutos aparcó fuera de las murallas para acceder a pie al casco histórico por la llamada Puerta de San Miguel. En sus calles empedradas descubrió hermosos palacios, casas solariegas y también viviendas sencillas, no por ello menos encantadoras.

La calle Blasco de Alagón era el lugar más emblemático de Morella. Estaba porticada en casi toda su longitud, en cuyo cobijo transcurría la vida comercial de sus habitantes en una sucesión de cuidados comercios y negocios de restauración. Monfort pensó que si Morella estuviera en otra parte sería un reclamo turístico de primer orden y aparecería en los folletos de viajes de todas las agencias del mundo. Morella era una joya medieval. «Un lugar digno de reyes», según el rey Jaime I. Morella, en manos de otros dirigentes, sería como el San Gimignano de la Toscana que citó Vázquez Montalbán, como Sarlat-la-Caneda en el Perigord francés, o como tantas otras poblaciones que en el resto de Europa son un señuelo para captar turistas ávidos de enclaves privilegiados en los que el tiempo parece haberse detenido.

Entró en un bar y pidió un café. El camarero tendría aproximadamente su misma edad. Le preguntó si sabía dónde se encontraba la casa de don Carlos Sorli, el empresario azulejero de Castellón.

A Sorli lo conocían en Morella por «el de los cuadros». Organizó en el pasado varias exposiciones que el hombre había tildado de «muy importantes». También había dado en la población diversas ponencias al respecto, y por la forma en la que el del bar se refería a él, lo trataban como una personalidad relevante. Sorli no descendía de Morella ni tampoco tenía familia allí, pero su peso como empresario y marchante de arte le habían otorgado un espacio privilegiado entre los habitantes. «Más bien sería por su dinero», pensó Monfort tras pagar el café.

El hombre del bar no dudó en facilitarle la dirección, que al parecer conocía todo el mundo. Caminó entre casas palaciegas y tiendas de productos morellanos. Se le hizo la boca agua al contemplar las delicias que se exhibían en un colmado que debía de ser más que centenario. La trufa era el producto estrella, entre muchos otros que no le iban a la zaga, como el cordero, el queso, la cecina, la miel o un pecaminoso surtido de repostería encabezado por los celestiales *flaons*, una especie de empanadilla de considerable tamaño rellena de requesón y almendra.

La vivienda de los Sorli estaba ubicada en la plaza de Colón, al final de la turística calle Blasco de Alagón y muy cerca de la Puerta del Rey, uno de los accesos amurallados de la ciudad.

Se trataba de una regia construcción entre modernista y rural, con una cuidada fachada en la que destacaban las galerías sobresalientes, las ventanas enrejadas y un señorial alero de madera labrada, muestra inequívoca de la arquitectura de aquellas tierras. La mayoría de las persianas estaban bajadas y el polvo y la tierra acumulada en la entrada daban a entender que hacía tiempo que nadie iba por allí. Llamó al timbre. Nada. Llamó una segunda vez, pero nadie contestó, tal como suponía. Rodeó el perímetro de la casa, que continuaba por una estrecha calle posterior, y avistó la puerta de un garaje. Golpeó la madera con los nudillos. Asió el pomo de la pequeña puerta encastada en el portalón de madera y para su sorpresa comprobó que la cerradura estaba forzada. Empujó la puerta y asomó la cabeza. Estaba oscuro, olía a cerrado, a gasolina también.

—¿Hay alguien? ¿Señor Sorli?

Ninguna respuesta. Accedió al interior con precaución. Cuando la vista se hubo aclimatado a la oscuridad encontró un interruptor. Lo pulsó y al momento dos tiras de fluorescentes se encendieron con su característico parpadeo.

De no ser porque era del todo imposible, se podía haber tratado de la misma silla, tirada de igual manera en el suelo, con las mismas cuerdas sesgadas sobre el respaldo, el mismo cubo que todavía contenía un poco de agua y restos de comida parecidos. Y también una camisa arrugada con iniciales idénticas: C.S.

Se acercó a la escena con especial precaución. Se puso en cuclillas y observó atentamente. Dirigió la mirada hacia el resto del garaje. Se puso en pie y agarró una escoba. Volvió al lugar y con la ayuda del palo atrajo hacia sí la camisa. Y luego se la acercó al rostro.

UNA HORA Y media más tarde el equipo de la Científica, a las órdenes de la subinspectora Silvia Redó, desplegaba su dispositivo en el garaje de la casa de los Sorli en Morella.

—¿No me digas que has venido hasta aquí para hacer turismo rural? —preguntó ella sarcástica.

—Turismo es una palabra erradicada de mi vocabulario desde hace largo tiempo —respondió el inspector mientras los veía descargar los bártulos de la furgoneta.

Silvia miró su reloj de pulsera.

—Ya veo que no me vas a invitar a comer en uno de los magníficos restaurantes que debe de haber en el pueblo.

—Le llaman «el de los cuadros» —dijo Monfort ensimismado, tras prender un cigarrillo.

Al otro lado de la estrecha calle, frente a la puerta del garaje, se alzaba la muralla de piedra en la que había una sucesión de aspilleras, las estrechas aberturas verticales que permitían disparar al enemigo. Soplaba un viento frío que se clavaba como agujas en la piel. Espesas nubes blancas amenazaban con descargar en cualquier momento. Monfort tenía la sensación de que no estaban haciendo más que esperar acontecimientos, aguardar nuevas noticias que cada vez serían de peor factura y difícil solución. ¿Por qué razón habían secuestrado a Carlos Sorli si nadie pedía un rescate? ¿Para qué querría su captor llevar de un lado a otro al secuestrado? ¿Sería la misma persona que había acabado con la vida de Ernesto Frías? Todas las preguntas seguían sin respuesta, todos y cada uno de los interrogantes se abrían y se cerraban sin que hubiera nada en medio más que frustración. Aplastó la colilla y entró en el garaje para resguardarse del frío.

—Hemos registrado los otros inmuebles —informó Silvia—. No hemos encontrado ningún indicio. He pedido que nos consigan una llave para inspeccionar esta casa.

—¿Y en la villa de la playa?

—Quien lo llevó allí tuvo especial cuidado de no dejar su impronta. Como aquí, por lo visto.

«Igual que con el asesinato de Ernesto Frías», pensó Monfort. Ninguna pista, ningún fallo por parte de quien lo hubiera hecho.

—La cuerda es exactamente igual que la que hemos encontrado en la casa de Benicàssim —advirtió un agente de la Científica cuando se acercó a la subinspectora.

Monfort los dejó hablar y miró de nuevo desde varias posiciones distintas. Sin acercarse más de lo debido para no contaminar, ladeó la cabeza hacia un lado, luego hacia el otro. Buscó un ángulo a la derecha, a la izquierda. Frunció el ceño y se pellizcó el puente de la nariz.

—¿Tenemos fotografías de la escena de la casa de la playa?

—Sí, claro, una buena colección diría yo —argumentó el agente que departía con Silvia—. Las hemos impreso ya en el equipo de la furgoneta.

—¿Me las puedes enseñar? ¿Y podéis hacer algunas aquí antes de mover las cosas?

—Por supuesto —respondió e hizo un gesto al compañero que llevaba la cámara colgando del cuello para que tomara imágenes mientras se dirigía al vehículo. Al momento regresó y le entregó un puñado de fotos con el escenario de la casa de la playa. Monfort las miró con detalle, ladeando la cabeza igual que acababa de hacer.

Silvia llamó al fotógrafo de la Científica cuando ya hubo disparado en múltiples ocasiones. El agente les mostró en la pantalla de la cámara las instantáneas que acababa de tomar. Monfort miró las que tenía en la mano y las comparó con las del visor. A continuación, indicó a Silvia que hiciera lo mismo.

—¿Qué te parece?

—¿Qué es prácticamente igual?

—Todo está dispuesto de la misma forma, la misma distancia entre los objetos. Las cuerdas están cortadas de igual modo y colocadas de la misma forma en el respaldo de la silla. Diría que incluso hay la misma cantidad de agua en los dos cubos. Y los restos de una comida que apostaría a que ni siquiera fue eso.

—Y dos camisas idénticas con las iniciales de Carlos Sorli —agregó Silvia—. Arrugadas de la misma manera, tiradas en el suelo. ¿Crees que el secuestrador está jugando con nosotros?

Monfort salió de nuevo al exterior. Silvia fue detrás de él. Caían ya las primeras gotas. Podía tratarse de aguanieve. La luz del sol había dejado de lucir; las piedras de la muralla adquirieron un tono ambarino que le daba mayor relevancia. Morella era un lugar bello. Poseía el carácter propio de las ciudades amuralladas. Un enclave magnífico para la creatividad, pensó.

—No juega —aseveró Monfort—. Está en un proceso creativo. Falta saber si lo hace a propósito o de forma natural.

—¿Y para ello han secuestrado al mecenas de una exposición? ¿Para representar una pantomima?

Monfort sacudió la cabeza, pero de su boca no salió una palabra más al respecto.

FALTABA MUCHO TRABAJO por hacer y seguramente les llevaría todo el día; cabía la posibilidad de que tuvieran que pasar la noche. Hasta allí se desplazaron cuatro agentes que la subinspectora había solicitado a la comisaría de Castellón, con la idea de mantener conversaciones con los vecinos y conocidos de la familia del empresario, así como para indagar en todas aquellas cámaras distribuidas por la población, factibles de revelar algún dato importante. Silvia pensaba que si Sorli había estado allí, alguien debía de haberlo visto. A él y a quien lo había llevado hasta aquel lugar. Todo aquello llevaría tiempo, y era mejor hacerlo de día.

Al atardecer, Monfort le manifestó su deseo de regresar a Castellón. No habían comido nada y el lugar era toda una tentación para el estómago, así que llamó por teléfono al restaurante Casa Roque y reservó una mesa para dos lo antes posible.

Fueron los primeros clientes en acudir. Se trataba de uno de los establecimientos más emblemáticos de Morella, situado en una casa solariega donde los techos altos de vigas centenarias auguraban buenas notas gastronómicas. Monfort pidió y Silvia se dejó aconsejar. Migas de pastor al estilo de la casa con huevo frito, chorizo y longaniza; las inigualables croquetas morellanas, elaboradas con la carne del puchero, y un plato con exquisito jamón, cecina de ternera y queso de cabra de la cercana población de Benassal, el pueblo conocido por sus magníficas aguas. De segundo convinieron compartir un delicioso entrecot de ternera a la piedra. Para beber, Flor de Clotàs, un tinto de las viñas que Vicente Flors mimaba con esmero en la población de Les Useres.

Hablaron de gastronomía, de los ricos productos de aquella tierra, de la contundencia de unos alimentos que llevaban impregnados el sello inequívoco de un lugar tan especial. Monfort no quería enturbiar el momento con más trabajo. La desaparición de Carlos Sorli y el asesinato de Ernesto Frías estaban en un punto caliente, pese a que no sabían de qué forma enlazar ambos asuntos, cómo ligarlos hasta que salieran a flote los embustes de una vez por todas.

Lo mejor era no pellizcar los pensamientos y dejarse llevar por el momento. Ella tuvo la tentación de hacer algún comentario en los momentos de silencio, entre plato y plato, o cuando las copas de vino se vaciaban y él las volvía a llenar. Monfort opinó que no había nada más valioso que ofrecerle en aquel momento que unos instantes de silencio. Ella había sufrido con el atroz ataque al agente Robert Calleja, en su viaje hasta Cádiz y durante la infructuosa búsqueda del agresor. Era mejor callar que decir algo inadecuado; se lo intentó transmitir con largas pausas intencionadas en las que apenas se escuchaba el roce de un pedazo de pan contra el plato, el del suave trago descendiendo por la garganta, el del ligero masticar una croqueta. No había que desperdiciar la ocasión de mantener el silencio y que lo sabroso de los platos confluyera en una orquesta de sonidos celestiales. Silencio. Notó que en algunos momentos casi se ruborizaba. La observó llevándose un mechón de pelo detrás de la oreja izquierda y aguardó callado hasta que hizo lo mismo con la derecha.

Finalmente se relajó, entendió lo que él quería y, como en una liturgia no pactada, accedió a comer en paz, a degustar la carne y el vino, a gozar de una calmada sobremesa acompañada por una tisana del Papa Luna, compuesta por una sabia mezcla de semillas de coriandro, anís, hinojo, alcaravea, comino, díctamo, raíz de regaliz y canela.

—Creía que lo tuyo eran los espirituosos —metió baza ella con sarcasmo.

—Cualquier cosa que lleve el nombre de Peñíscola tira de mí, querida.

De forma inevitable le acudió al pensamiento cuánto echaría de menos la abuela Irene su pequeña casa de la cala cercana al tómbolo.

Se despidieron en la puerta del restaurante con la prisa que secunda una temperatura gélida. Ella regresó al garaje de los Sorli y él cruzó la imponente Puerta de San Miguel, por donde había entrado el rey Jaime I entre vítores en el momento de la Reconquista; las torres gemelas de base octogonal que protegían a la población de posibles intrusos.

Lo único que Monfort sintió de verdad tras cruzar tan histórico hito de la arquitectura medieval fue no haber comprado una docena de *flaons* y medio kilo de cecina.

Se detuvo en un recodo de la carretera. Atrás quedaban ya las luces rutilantes de las casas de Morella, el humo de las chimeneas, el olor a leña quemada, el refugio de alguna cosa importante.

«¿Estás bien para conducir?», le había preguntado ella tras la cena. No supo contestar. No pretendía ser condescendiente ni prepotente, ni tampoco que pareciera que necesitaba quedarse.

Apagó las luces del coche. Pronto la oscuridad se hizo insondable. Había dejado de llover o de nevar, lo que fuera que durante la mayor parte del día había caído sobre el pueblo. El viento desplazó las nubes hacia otro lugar y la bóveda celeste se manifestó en todo su esplendor.

Lo había vuelto a hacer. Le había omitido a Silvia el detalle que había descubierto en las camisas de Carlos Sorli. Eran aquellos actos los que lo convertían en un ser indigno para sus compañeros. Tal vez fueran los efectos del alcohol, pero no; era tan sencillo echarle la culpa a los excesos. En el pasado se bastaba con que lo tildaran de mezquino y egoísta. Creía que había mejorado aquel aspecto del todo reprochable. Sabía que contravenía las normas de un adecuado procedimiento policial, pero allí estaba, aparcado en la cuneta de una carretera desierta en mitad del bosque, con las luces apagadas, las pulsaciones disparadas y los pies helados.

«Sé amable, porque todo el mundo libra una dura batalla», le había dicho su padre en cierta ocasión. Una frase atribuida a Platón.

Bajó tres dedos la ventanilla, echó el respaldo del asiento hacia atrás, prendió un cigarrillo, se tapó con el abrigo hasta el cuello y puso la radio. Cerró los ojos.

Sonaba una canción romántica. Un tema interpretado por Dinah Washington, la cantante que tanto le gustaba a Violeta.

Escuchó con atención.

I'll Close My Eyes.

Cerraré mis ojos... y te veré con mi corazón.

13

Sábado, 29 de noviembre

L<small>O QUE LE</small> había pedido a los agentes Terreros y García podía comprometerlos seriamente. Sin embargo, a las ocho de la mañana los tres tomaban café en una cafetería alejada a propósito de la comisaría de la ronda de la Magdalena. Una fotocopia de la nota que el kamikaze había olvidado al salir del coche de forma precipitada estaba sobre el mármol de la mesa del bar. El original era una hoja de libreta normal y corriente, arrancada de la espiral. En ella había escrito en bolígrafo el tramo de autopista que debía recorrer, la velocidad que debía alcanzar y el valor de la apuesta en caso de conseguir llegar hasta la salida indicada. El kamikaze no lo había conseguido por muy poco y el suceso había dejado dos víctimas mortales: una madre y su hijo. Todo por treinta mil euros, según rezaba el papel. Las preguntas eran sencillas, aunque difíciles de resolver. ¿Quién era el conductor suicida? ¿Quién estaba detrás de la apuesta? Monfort no sabía a quién odiar con más intensidad, si al conductor o al que había ideado el plan, sin duda, el único ganador del macabro juego.

El inspector dobló el papel y se lo guardó en un bolsillo.

—Gracias —fue todo lo que alcanzó a decir.

—El comisario está que trina —argumentó el agente Terreros.

—Se lo llevan los demonios —añadió García—. Ayer se cumplió una semana de la desaparición de Carlos Sorli.

—Y cuatro días del hallazgo del cadáver del conservador de Patrimonio Nacional —apostilló Terreros.

—No tardaré en comprobar su ira —admitió Monfort tras hacer un gesto al camarero para pagar las consumiciones. Se puso en pie y les tendió la mano. Prefería marcharse antes que ellos. Tenía lo que quería. Los había llamado mientras regresaba de Morella, en realidad desde aquel lugar junto a la carretera en el que había pasado la noche. Recordó.

Se había despertado cuando las primeras luces del día asomaban por detrás de las altas cumbres. Había oído el mugido de una enorme vaca de color pardo que merodeaba junto al coche. Su cabeza, a través de la ventanilla, se veía descomunal; sus ojos negros eran profundos e infundían desasosiego; su cornamenta le hubiera eximido de la cobardía de salir huyendo de allí a toda velocidad. Cuando el animal se hubo cansado de inspeccionar el viejo Volvo plantado en mitad de sus dominios de pasto, se dio la vuelta y cruzó la carretera para reunirse con media docena de vacas que gozaban del fresco rocío que remojaba la suculenta hierba. Salió del vehículo. Le dolía todo el cuerpo. Tenía los pies y las manos heladas. Se estiró y emitió algunos sonidos que animaron a las vacas a contestarle desde lejos. Tenía la boca seca. El único lugar con agua que había divisado era el abrevadero del ganado, pero se abstuvo por si les molestaba compartir la ración del día con un forastero. Miró el teléfono móvil. Tenía tres llamadas del comisario y otras dos de Elvira Figueroa, pero ningún mensaje. Hizo unos movimientos con el cuello y las vértebras se quejaron del agarrotamiento. Debía sacar tiempo para hacerle una visita. Lo pasaban bien juntos, siempre que ella no le impusiera su estilo de vida para que él lo adoptara para toda la eternidad. Sacudió la cabeza para desentumecerse. El paisaje era sobrecogedor. Allá donde dirigiera la vista se mostraba montañoso e inabarcable, verde, cargado de esplendor, inmaculado y grandioso. Del bolsillo del abrigo extrajo una petaca que había contenido whisky hasta hacía pocas horas. Aun así desenroscó el tapón y se la llevó a los labios. Tal vez el aroma lo reconfortara un poco, pensó. Lo que en realidad obtuvo fue un rechazo automático de su cuerpo y una pequeña arcada que le provocó un acceso de tos para recordarle la cantidad de cigarrillos que había fumado al amparo de la noche estrellada, sin que nadie le recordara que debía dejarlo de una vez.

Al salir de la cafetería dudó entre pasar por el hotel para asearse y cambiarse de ropa o dirigirse directamente al matadero de la comisaría, donde Romerales estaría esperándolo con los brazos abiertos. Sentado al volante, extrajo del bolsillo la fotocopia que los agentes le habían entregado desobedeciendo las normas. La leyó con detalle una vez más, examinó el tipo de letra. No era característica de alguien joven; tenía una caligrafía como de colegio de antes. Dio la vuelta a la hoja de forma inconsciente y se sobresaltó. Aquello que leyó tenía que ser cosa de Terreros y García, en el bar no le habían hecho ningún comentario al respecto. Se sintió más en deuda aún con ellos. Lo que habían escrito era un nombre y una dirección. Las señas del testigo ocular. La única persona que había visto el choque brutal.

Romerales podía esperar sentado, aunque con ello incrementara su nivel de cabreo.

LLAMÓ AL INTERFONO del segundo piso. Era una finca antigua del centro de la ciudad, con una arquitectura pésima para estar en un enclave tan emblemático. La estrecha calle Núñez de Arce comunicaba las populares calles Mayor y Gobernador Bermúdez de Castro. Era una vía peatonal en la que se encontraba una de las joyas escondidas de la ciudad: el convento de las Esclavas del Santísimo Sacramento y de la Inmaculada, en cuya cuidadísima iglesia estaba permitido el acceso para orar en silencio.

Volvió a llamar, tal vez no había nadie o era demasiado pronto. Se oyó un sonido metálico y a continuación una voz carrasposa que contestó a un volumen que le pareció demasiado alto.

Se presentó por su cargo. Desde el piso, sin mediar más palabras, accionaron la apertura. Monfort subió deprisa hasta llegar al rellano. En la única puerta se leía el nombre de una mujer y debajo el de un hombre. El primer apellido de ella era también el segundo de él.

El hombre que abrió se quedó sorprendido al toparse de repente con la altura del inspector. Lo invitó a pasar con cierto reparo. Era un inmueble modesto, limpio, con muebles de antaño y adornos también más propios de otra época. El ambiente estaba cargado. Le hizo un gesto con la mano para que se sentara en uno de los sillones del comedor que componían el típico tresillo. Las paredes estaban decoradas con cuadros de escenas campestres, burdas imitaciones de las que en años pretéritos habían poblado las paredes de las viviendas españolas. Sobre la mesa había un frutero de cristal de colores chillones y un cenicero de metal de Cinzano, de los que ya eran difíciles de encontrar. De los brazos del sofá y los sillones colgaban tapetes de gancho tejidos a mano. Lo único que desentonaba en aquella estancia, que parecía lista para ver a Salomé ganar el festival de Eurovisión en 1969, era una televisión de pantalla plana demasiado grande para una correcta visión desde los cercanos asientos.

Se escuchó una tos de mujer que llegó desde algún lugar del piso.

—Es mi madre —informó Herminio López—. Está enferma. Es mayor y hay que estar al loro todo el tiempo.

—Entiendo que viven ustedes juntos.

—Así es.

—Supongo que imagina la razón de mi visita.

El hombre se encogió de hombros y asintió.

Herminio López era un hombre delgado de corta estatura, fibrado, como gusta decir ahora. Tenía la cara chupada y lucía una barba intencionada de cuatro días. Rebasaba los cuarenta años, con toda seguridad, pero su aspecto era casi juvenil. Vestía un chándal de color azul oscuro que enfundaba sus delgadas piernas como un guante. La chaqueta, a juego, con la cremallera a medio bajar, dejaba a la vista una camiseta de color rojo y el final de una pelambrera negra que asomaba por la base del cuello. En el piso se estaba caliente; tenía radiadores, y las ventanas originales habían sido sustituidas por otras nuevas que tenían aspecto de cerrar perfectamente. También aquello difería de la decoración anticuada del inmueble. El hijo habría aportado ciertas comodidades ante las que la madre protestaría al principio para beneficiarse después y admitir que los hijos casi siempre tienen razón.

—Ya les conté todo lo que vi. No fue gran cosa.

—Se le ocurrió llamar a emergencias, eso estuvo muy bien por su parte.

—Ya, pero no llegaron a tiempo.

—Comprendo que ya respondió a las preguntas de mis compañeros. También que le gustaría pasar página de este incidente, pero quisiera aclarar algunos aspectos, si no le parece mal.

El hombre se puso de pie y se acercó a la ventana. No podía ver mucho desde allí, la fachada de enfrente se encontraría como mucho a cuatro metros. Era una calle tan estrecha que los rayos de sol eran un bien escaso.

—Cierto —dijo—. Ya les conté todo lo que vi. El coche caro a toda velocidad. El impacto. La huida del hombre…

—Sobre eso quería preguntarle —aclaró Monfort—. Sobre la huida del kamikaze. ¿Cómo era?

Herminio López se tomó su tiempo. Luego se sentó de nuevo frente al inspector.

—No creía que fuera a salir nadie del coche. Es verdad que el Porsche no quedó tan mal como el otro, aunque con semejante golpe no pensé que hubiera quedado alguien con vida. Pero entonces se abrió la puerta y vi a un tipo dejándose caer desde el asiento hasta el asfalto.

—¿Desde el asiento del conductor?

Al hombre pareció confundirle la pregunta.

—Sí, claro. ¿Creen que podía ir alguien más en el coche?

—No lo sé. No sé casi nada de este caso —admitió Monfort, imprimiendo cierta teatralidad a sus palabras—. Pero le aseguro que lo averiguaré. Y ahora, siga, por favor, no pretendía interrumpirle.

—¿Qué quiere que le diga?

—He revisado su declaración con detalle, palabra por palabra, y no queda claro cómo era el individuo que salió del coche.

—Estaba lejos.

—No tanto como aparece en el informe. ¿Pudo verle la cara?

—No.

—¿Tampoco puede decirme qué aspecto tenía, si era joven o viejo, gordo o flaco, mal o bien vestido? —A continuación, calló para que no quedara en evidencia que aquel asunto le ponía de los nervios.

El hombre se retorció las manos. El policía lo intimidaba, y el tono de voz que había surgido de repente lo puso en guardia.

—Ya lo dejé claro. Era un hombre. Desde allí no podía ver si era joven o viejo, pero muy mayor no sería. No parecía gordo, vestía de negro, puede que llevara un traje, pero no le vi la corbata, así que no lo puedo asegurar. Primero se arrastró por el asfalto, dos o tres metros, no más. Luego se incorporó y llegó cojeando hasta un agujero en la alambrada, pasó al otro lado y lo perdí de vista.

—¿Lo llamó?

—Sí, por si necesitaba ayuda, pero no me contestó.

—¿Insistió?

—Puede, no lo recuerdo, estaba muy nervioso. Solo pensaba en llamar a urgencias, estaba claro que había heridos. El choque fue brutal, una barbaridad, como una bomba.

—Podía haberse acercado un poco, no sé, verle la cara para identificarlo después.

—Desde que pasó no han dejado de atosigarme. En el lugar del accidente, en la comisaría para prestar declaración, y ahora usted aquí, en casa, con mi madre enferma en la cama. Ya está bien, ¿no le parece que ya he tenido bastante mala suerte?

—¿Dónde aparcó usted su coche? —preguntó Monfort sin hacer caso de la perorata que le estaba regalando el hombre del chándal.

Dio un ligero respingo en el sillón, como si la pregunta lo sorprendiera.

—¿Qué coche?

—El suyo. El lugar de los hechos está a gran distancia de aquí. Tal vez a unos quince kilómetros, más o menos.

—Estaba corriendo.

—¿Corriendo?

—Sí, ¿qué pasa? Entreno para carreras de larga distancia.

—¿Maratones?

—Sí, así se llaman. ¿A qué viene tanta suspicacia?

Monfort reconoció el olor a cargado que lo recibió cuando el hombre abrió la puerta. Era una mezcla densa a cerrado y a uno de esos productos para enmascarar olores.

—¡Hermini! —La voz de una mujer mayor atronó en el pequeño piso—. *¡Porta'm les pastilles i un got d'aigua, i deixa de parlar, fes el favor!*

Herminio López, que para su madre era Hermini, se puso en pie de forma inmediata.

—Discúlpeme, debo atenderla, ya le he dicho que está enferma.

—No se preocupe —convino Monfort en pie también.

—Le acompaño a la puerta —se ofreció el hombre.

—No es necesario. Ya conozco el camino —ironizó tras señalar la puerta de entrada que daba al mismo salón donde se encontraban.

Cuando ya salía al descansillo llamó a Herminio López, y su voz resonó en la escalera.

—¿Se ha dejado algo?

—No, pero debo advertirle que tabaco y atletismo no son compatibles. —Señaló el paquete de Winston de la mesilla del recibidor, junto a uno de aquellos laboriosos tapetes que su madre habría tejido y donde reposaba la figurilla de porcelana de una bailarina.

—¡Hermini! —gritó de nuevo la mujer desde lo que debía de ser su alcoba.

Monfort dejó una tarjeta con su número de teléfono en la mesilla con la seguridad de que volverían a verse las caras.

—Por si le falta fuelle en la próxima carrera y quiere que vaya a recogerlo.

TAL COMO HABÍAN sugerido los agentes Terreros y García, el comisario Romerales estaba que trinaba y se lo llevaban los demonios. Decir otra cosa hubiera sido faltar a la verdad.

—¿Tú has visto cómo vas? Seguro que has pasado la noche en cualquier sitio, no quiero ni saberlo. La verdad, estoy decepcionado, y muy preocupado también.

Monfort aguardó paciente a que soltara lo siguiente que le habían dicho los agentes. No es que tuviera artes adivinatorias, pero estaba cantado. Lo dijo, solo que con bastante más mala uva.

—¡Una semana y un día desde la desaparición de Carlos Sorli, y cuatro días del hallazgo del cadáver de Ernesto Frías! ¡Quien sea nos tiene bien jodidos! ¡Pero claro, viendo tu actitud al respecto no me extraña! ¡El señor, en vez de estar resolviendo el marrón que nos ha caído, se pasa la noche de picos pardos! ¡Joder, apestas a tabaco y a no sé qué cojones más!

Monfort levantó un brazo por encima de la cabeza y se olió el sobaco en un gesto descaradamente irónico. Tal vez el aroma del estiércol de las vacas se había colado en el coche dejando su impronta en la ropa. O tal vez fuera el tufo a mentiras que campaba a sus anchas por el piso del testigo del kamikaze.

Trató de buscar un pretexto, algo que pudiera calmar al jefe, una pista, algo, aunque fuera inventado.

—Déjame en paz, Romerales —soltó, sin embargo.

—¿Que te deje en paz? —El comisario estaba morado de ira.

—No sabes nada de lo que estoy haciendo. Por eso te digo que me dejes trabajar tranquilo.

—No, si tranquilo ya te veo, ya. Esto se nos va de las manos. No tenemos nada. Lo único que parece que está claro es que entre ellos hay una conexión, que es la exposición del cuadro de Goya. ¿Esos dos se conocían?

—No me cabe la menor duda.

—¿Y ya está?

—No, no está, pero no consigo conectarlos. Nada más, de momento. Por cierto, ¿sabías que a Ernesto Frías le iba la marcha? Mujeres, juego… Tal vez aprovechó su viaje a Castellón para darse un homenaje. Solicitó unos días de permiso. Vivía solo, no tenía hijos, ninguna atadura por lo que hemos averiguado. Y pasta de sobra para gastársela como le diera la gana.

—¡Pero algo tiene que vincularlos! —gritó Romerales.

—No te excites, no vale la pena. Lo que sea que tengan en común, lo averiguaremos. Tengo la sensación de que los tenemos a todos en un saco. Debemos sacar lo bueno hasta que lo malo quede dentro, entonces cerraremos el saco y no los dejemos salir nunca más.

—Dios, ¡qué metafórico te pones! ¿Qué viste en el garaje del chalé de la playa? ¿Y en el de la casa de Morella? ¿Por qué no llama nadie para pedir un rescate?

—A las dos primeras preguntas no te voy a responder aún, y a la tercera te diré que si no llaman es porque no quieren un rescate.

—Ya, o está muerto y no vale la pena pedir nada, no sea que los pillemos.

—Es una opción —aceptó Monfort—. Pero no me acaba de convencer.

—Entonces, ¿crees que está vivo?

—Quizá no como tú, con tanto ímpetu, pero sí, creo que lo está.

—Dime qué has descubierto en las casas.

—Tendrás que esperar.

—¿Esperar a qué?

—A que el artista termine su obra.

Romerales dejó escapar una gran bocanada de aire. Aquel tipo de afirmaciones lo sacaban de quicio. No las entendía y, por mucho que preguntara, no le iba a dar la respuesta. No le quedaba más remedio que aguantar, porque Monfort era como el cazador que persigue su presa sin descanso hasta que acaba con ella, cueste lo que cueste. Decidió cambiar de tema.

—Ha llamado el forense. La hermana de Ernesto Frías está en el tanatorio.

—¿La argentina?

—Sí, y alguien tendría que hablar con ella.

—Y quieres que lo haga yo.

—No veo a nadie más aquí y yo no me encargo de esos asuntos.

Al otro lado de la puerta se oyó una voz familiar. A continuación, llamó a la puerta golpeando con los nudillos y entró sin esperar respuesta. Era Silvia Redó.

Entonces Monfort lo tuvo claro. Y Romerales no tuvo tiempo de reaccionar.

—Ella irá —dijo el inspector.

—¿Ella irá? ¿A dónde? —preguntó Silvia cuando estuvo dentro.

—A hablar con la hermana de Ernesto Frías.

Silvia sacudió la cabeza y puso los ojos en blanco.

—No he pegado ojo en toda la noche. Hemos recogido todas las muestras posibles de ese polvoriento garaje de Morella que, a decir verdad, no creo que nos lleven a ningún lado, he venido directamente aquí pudiendo ir a casa a descansar un rato y ahora queréis que vaya a ver a la hermana del muerto. Menuda faena. Por cierto —miró a

Monfort y arrugó la nariz—, vaya pinta tienes. Parece que hayas dormido en la calle.

EL FORENSE PABLO Morata saludó a la subinspectora cuando accedió a su despacho en los bajos del Hospital Provincial.

—Ella es Eva Frías —dijo Morata. La mujer permanecía sentada en un sillón y llevaba puesto un caro abrigo de pieles—. Ha reconocido a su hermano.

—Buenos días, señora, soy la subinspectora Silvia Redó, de la Policía Nacional de Castellón. La acompaño en el sentimiento.

Eva Frías debía de haber llorado mucho desde que conoció la noticia del asesinato de su hermano, así lo demostraban las marcas en el rostro y la nariz enrojecida. A juzgar por su posición en el sillón, debía de ser muy alta. Llevaba medias oscuras en las piernas que asomaban por debajo del abrigo y unos zapatos negros brillantes con un tacón fino, pero no exagerado. Tenía el pelo teñido de color gris plateado y se agarraba a su bolso como si aquello tuviera que salvarla de algo. Junto a la mesa había una maleta de cabina que sin duda sería su equipaje, compuesto a toda prisa. La mujer habría ido directa al Instituto de Medicina Legal nada más llegar a Castellón.

—¿Tiene donde hospedarse? —preguntó Silvia cortésmente.

Negó con la cabeza.

—No todavía. Vine directa acá —matizó con un profundo acento argentino.

—No se preocupe por eso, nosotros nos encargaremos de alojarla en un hotel mientras permanezca en la ciudad.

Eva Frías cerró los ojos y movió la cabeza de arriba abajo muy despacio en señal de agradecimiento.

—¿Qué le pasó a mi hermano? ¿Quién pudo hacerle semejante barbaridad? —preguntó al tiempo que sollozaba.

—Su hermano, como ya sabrá, vino a Castellón por el traslado de una obra de arte, por su trabajo como conservador de...

—¡Ay, sí! —la interrumpió—. Ernesto era una eminencia, un portento en su trabajo. Era doctor en Historia del Arte y graduado en Restauración. Fue muy valiente, se vino de chico con una beca bajo el brazo y se abrió camino hasta conseguir lo que quería. Y ahora esto. Es del todo injusto.

Silvia guardó silencio, aunque no le hubiera importado soltar que la erudición de su hermano terminaba cada día a la misma hora que se cerraban las puertas del Museo del Prado y abrían las de los burdeles, donde buscaba sexo de pago con mujeres que a buen seguro eran explotadas por mafiosos, lo cual no lo dejaba en muy buen lugar que digamos, por mucho que fuera una eminencia, tal como su hermana acababa de decir.

Eva Frías continuó:

—A base de tesón consiguió el puesto de su vida en el Prado, con aquel trabajo sobre Francisco de Goya.

—Sí, sí, lo sabemos —la cortó. Su tono de voz quizá fue poco amable. Pablo Morata, que permanecía sentado en su silla del despacho, carraspeó. La subinspectora trató de solucionarlo—. Somos conscientes de que era un experto en la materia. También lo que representa para el mundo de la cultura que alguien de su nivel haya muerto en circunstancias tan extrañas.

—Gracias —dijo escuetamente.

—¿Cómo era la relación con su hermano en la actualidad? ¿Desde cuándo no se habían visto personalmente?

Hubo un silencio que se prolongó más de lo esperado. Silvia creyó que era del todo anómalo cuando alguien preguntaba por un hermano que había muerto de aquella forma. Sabía bien de qué hablaba. En los días posteriores al asesinato de su padre y de su hermano a manos de ETA, si le preguntaban por ellos, Silvia gritaba y maldecía. Pero, claro, la edad de Ernesto Frías y su hermana era diferente a la que tenía ella cuando la bomba de los asesinos destrozó la vida de su familia. Y la distancia entre Argentina y España debía suponer un gran obstáculo. Tal vez hubiera otros asuntos que él ya no podría revelar, y de los que ella parecía no estar al tanto.

Cuando Eva Frías reanudó la conversación, quedó patente que su hermano, en la actualidad, era para ella casi un desconocido.

14

CARLOS SORLI SEGUÍA sin aparecer. Aquello era lo que verdaderamente preocupaba a Sergio Bayo. ¿Dónde se habría metido? Todos
los días escuchaba la misma pregunta, cada vez que se acercaba
hasta el lugar de la exposición y a hurtadillas escuchaba a los que
trabajaban allí. Era del todo extraño que no estuviera pavoneán-
dose, cuando era lo que más le gustaba hacer.

Examinaba el cuadro con analítica admiración. Observaba al
público deleitarse con la obra, se recreaba con los comentarios
acerca de lo que la pintura les transmitía. Trataba de pasar inadver-
tido, cosa que pronto dejaría de suceder, pues lo normal era que
alguien reparara en su continuada presencia.

Esperaba encontrarse allí con Carlos Sorli, que apareciera de
repente por la puerta, que se sorprendiera al verlo. Pero habían pasado demasiados días y nadie sabía nada de él. Decidió que debía
buscarlo por su cuenta. No podía habérselo tragado la tierra. Quizá
tuviera que seguir los pasos de su familia, que sin duda estarían
ocupados en dar con él, intentando hacer el menor ruido posible para
que la noticia de la desaparición no trascendiera a la sociedad ahora
que, gracias a la exposición, se había convertido en un personaje tan
mediático. Haría una visita a su esposa. Debía extremar las precau-
ciones. Solo faltaba que le cargaran a él la responsabilidad de la
desaparición.

El cuadro pendía de la pared para que a los castellonenses se les
cayera la baba. Parte del plan había sido un éxito. Faltaba que Sorli

cumpliera su palabra. Daría con él. Y pagaría por ello, aunque tuviera que buscarlo en el infierno.

ELISENDA SORLI SENTÍA auténtica devoción por su padre. Lo admiraba por haberse convertido en un gran coleccionista de arte, por haber conseguido que la pasión por lo artístico ocupara su existencia. Era sencillo pensar así de un progenitor al que no le dolía lo más mínimo que su única hija estudiara en la prestigiosa Universidad de Princeton, en Nueva Jersey, con el consiguiente gasto que ello suponía. Estaba en el tercer año de Cinematografía y, a juzgar por la seguridad de sus palabras, terminaría la carrera y se subiría al hipotético tren de la industria del cine sin que nadie pudiera impedírselo.

—Mi padre es un hombre magnífico —afirmó sin atisbo alguno de que las tantas horas de viaje desde Estados Unidos hasta Castellón hubieran hecho mella en ella—. No le ha hecho daño nunca a nadie. Es un empresario muy estimado en el sector. Ama la pintura, es un experto como pocos. Sí, puede que haya invertido en subastas que a veces no han sido todo lo rentables que hubiera deseado, pero eso no lo convierte en sospechoso de nada. Lo han secuestrado, estoy completamente segura. Lleva así una semana y los que lo han hecho no dan señales de vida. Yo creo que eso no es para nada normal, ¿no les parece? —Miró sin tapujos a Silvia, Monfort y Romerales, que asistían a la arenga de la hija pródiga del millonario—. Ustedes no tienen ni idea de dónde puede estar. Si necesitan ayuda, yo qué sé, del FBI o de la Interpol, pídanla, joder.

Era delgada y no demasiado alta, pero su ímpetu la elevaba un palmo del suelo cada vez que soltaba una retahíla de reproches, cosa que no había dejado de hacer desde su llegada a la comisaría. Tenía el pelo largo, teñido de color rosa, y unos ojos vivarachos que se movían a la misma velocidad que su lengua. Vestía pantalón vaquero ajustado y un jersey ancho con un bordado en el pecho en el que se leía *Be Positive*. Su madre le había ocultado la noticia de la desaparición hasta que su conciencia no pudo más y la llamó para comunicarle el desagradable suceso. Y entonces regresó a España en el primer vuelo que encontró.

—Joder, una semana. ¿Se dan cuenta? Una persona que organiza una exposición excepcional con un cuadro del mismísimo Goya en una ciudad como esta donde nunca pasa nada del otro mundo. No puedo entenderlo, no alcanzo a hacerme una idea. ¿Y los medios? ¿Dónde coño están los medios? ¿Por qué no bombardean a la sociedad con este asunto? ¿A qué esperan, a que el secuestrador llame para decir que es demasiado tarde?

—El caso es que hay algo más —intervino Silvia.

Elisenda Sorli apoyó la espalda en la pared del despacho del comisario y se cruzó de brazos. Los tres policías permanecían sentados, Romerales en su parte de la mesa y Silvia y Monfort en el otro lado. La silla de la hija de Carlos Sorli permanecía vacía porque no la había utilizado aún. Silvia continuó:

—Cuando se realizó el traslado de la obra vino hasta aquí Ernesto Frías, el conservador de Patrimonio Nacional del Museo del Prado, para hacerse cargo de todo lo relacionado con la seguridad del cuadro mientras permaneciera en la ciudad. ¿Le suena el nombre?

Elisenda sacudió la cabeza. Silvia le mostró una fotografía. Ella volvió a negar. La subinspectora no se anduvo por las ramas.

—Fue asesinado.

—¿Cuándo?

—Hace cuatro días.

—¿Cuatro días?

—Eso he dicho. ¿Le había hablado su padre en alguna ocasión de Ernesto Frías?

—No.

—¿Escuchó alguna vez algún comentario sobre un conservador de Patrimonio Nacional?

Elisenda hizo una mueca parecida a una sonrisa.

—Salvo que me dio la paliza durante un tiempo para que estudiara Historia del Arte con la promesa de conseguirme un puesto en uno de los grandes museos de Madrid y ser algo de eso, no.

Monfort lanzó un suspiro y tomó la palabra.

—¿Qué tal lleva su madre todo este mundillo de la pintura?

—Bien, ¿por qué lo dice?

—Intentamos formarnos un perfil de todos los componentes de la familia —sonaba teatral viniendo de él—. Y, por lo que hemos hablado con ella, parece que el arte no es una pasión que lleve dentro.

—Mi madre está orgullosa de él. Ha conseguido atesorar una colección importante que sabe que al final se traduce en dinero.

—Ya —admitió Monfort—. Entonces, ¿a su madre no le parece descabellado que su marido invierta en cuadros el dinero obtenido con los beneficios de la empresa?

—Joder, son ustedes unos plastas. Creo que buscan algo en nosotros que no hay. Me parece que juegan a aquello de los polis de las series que afirman que los culpables siempre se encuentran en el entorno de las víctimas.

—No es una mala perspectiva —aseveró Monfort.

—Aunque errónea en este caso.

—Eso ya lo veremos. Pero bueno, no discutamos por ese detalle y dígame la razón por la que su madre mantiene una relación tan estrecha con… —Hizo como si mirara en los papeles que había sobre la mesa— Enrique Correa, el abogado de la familia y hombre para todo, según su madre.

—¡Buf! Enrique… Enrique Correa es como el mayordomo de mamá —hasta ese momento no la había llamado así. Tal vez relacionar al abogado con su madre le causaba sentimientos dispares—. A ella le gusta vivir como la señora que es: a lo grande. A veces no se muestra todo lo discreta que debería; digamos que le gusta hacer ostentación del fondo de su tarjeta de crédito. Enrique Correa tenía un despacho y lo dejó cuando mi padre lo contrató para que se encargara de sus asuntos profesionales… y personales también.

—Pero siempre está allí donde va su madre.

Elisenda se encogió de hombros.

—¿También desconfían de él?

Monfort empezaba a aburrirse. Romerales hizo además de tomar la palabra, pero Silvia se le adelantó.

—Y también de su tío Ricardo.

Ahora fue una carcajada lo que soltó la hija de los Sorli.

—Esa sí que es buena. A mi tío, de lo único que lo pueden acusar es de conducir esos coches horteras que tiene.

—Y de su postura acerca de las mujeres, a las que trata como si fueran ganado camino del matadero —apostilló la subinspectora.

—Siempre fue un don Juan de poca monta. Habla mucho, pero creo que *caza* poco, por utilizar sus propias palabras.

Romerales intervino por fin.

—Bueno, ya está bien de marear la perdiz. Lo que necesitamos de usted y de todos los miembros de la familia, es que nos ayuden a descubrir el paradero de su padre, no a poner trabas ni a acusarnos a nosotros de mala praxis.

—Yo he venido aquí por voluntad propia. Me dan repelús las comisarías y los uniformes de los polis. Y aunque ustedes vistan de calle, se ve a la legua lo que son. Al igual que lo veo yo, lo ven los malos. Y así nos va. Mi padre está desaparecido. Su exposición sigue en marcha con un éxito impresionante. Pero él no está para saborear el fruto. Nadie antes, ni creo que después, tendrá lo que hay que tener para conseguir que un cuadro de tanta importancia se exponga en esta ciudad provinciana. Aquí se habla mucho y se hace poco, ¿sabe? Mi padre ha hecho algo que pasará a la historia. Y quien sea lo ha hecho desaparecer del mapa. Es su cometido encontrarlo y traerlo de vuelta para que la ciudad se rinda al trabajo que hace por la cultura. Podía haber expuesto donde le hubiera dado la gana, pero lo ha hecho aquí, en su ciudad, para su gente. Son todos unos incultos que no saben apreciar el esfuerzo.

Monfort levantó la mano. La oratoria de la joven no tenía fin. Era valiente y decidida. Se ganaría la vida en aquello que estaba estudiando. Sin duda el cine era lo suyo, en cualquiera de sus facetas: como actriz, guionista o lo que sea que se propusiera, pero el inspector ya estaba harto, necesitaba dormir un poco, ducharse y cambiarse de ropa de una vez.

—¿Desde cuándo está usted en Estados Unidos? —preguntó.

—Tres años.

—¿Cuánto hacía que no venía a Castellón?

152

—Estuve aquí en junio. Pasé casi todo el mes y luego volví a marcharme para preparar el curso, que allí empieza antes que en España.

—Y no ha vuelto desde entonces.

—No.

—Habla con su padre a diario.

—No, qué va. Una vez cada quince días como mucho. Me envía algún mensaje de vez en cuando, eso sí.

—¿Y con su madre?

Puso cara de hartazgo.

—Todos los días.

—Las madres… Se las echa de menos cuando no están, cuando ya no llaman, cuando dejan de ser pesadas para siempre.

—La mía es un caso aparte. Lo controla absolutamente todo. No hay nada que no sepa, nada que no descubra antes que los demás.

Monfort y Silvia cruzaron una mirada.

—¿Sabía que sus padres no duermen juntos? —soltó Monfort como si el detalle no fuera a levantar ampollas en la joven.

Elisenda Sorli se puso roja y le palpitaron las aletas de la nariz.

—¡¿Qué mierda de pregunta es esa?!

—En realidad no debería ser una pregunta y sí una afirmación —aclaró el inspector—, ya que fue su tío quien se encargó de aportar el dato marital. Pero la pregunta es por si lo sabía usted. Ya ve que nosotros sí.

—No entiendo nada y me estoy poniendo muy nerviosa —se sentó por fin y cruzó las piernas mientras tamborileaba con una mano sobre la rodilla—. Lo que hagan mis padres de puertas para adentro es cosa suya y no creo que eso tenga nada que ver con su desaparición.

—Supone muchas cosas. Y quizá no esté muy al tanto de cómo es la vida de su familia.

—Dígame de una vez adónde quieren ir a parar.

—Por supuesto. El asunto que nos preocupa es que nadie nos explica si realmente durmió en casa la noche del jueves antes de su desaparición. Parece ser que su madre no lo tiene del todo claro, aunque afirma que sí lo hizo. Por tanto, ya que sabemos que no duermen en la misma habitación, creemos que pudo marcharse la noche del jueves sin que su madre se percatara. Y la pregunta es la siguiente: ¿Piensa usted que su padre pudo ausentarse de noche sin que ella lo supiera? ¿Le parece una actitud propia de él marcharse sin dar detalles de adónde va?

La respuesta de la hija de Carlos Sorli no se hizo esperar. Estaba tan enfadada que no midió la respuesta.

—Claro que sí. Mi padre es un ser libre. Nunca ha consentido las ataduras, ni las explicaciones tampoco.

Agachó la cabeza, juntó las manos y se las retorció. Se mordía las uñas, tenía los dedos hechos una pena, con restos de sangre seca de las mordeduras que ella misma se producía. De repente parecía una niña pequeña.

—Si mamá no sabe si durmió en casa y papá no le dijo nada, tenemos un problema —admitió finalmente en voz baja.

El agente que examinaba las grabaciones de las cámaras del entorno de Carlos Sorli era tan joven que a Silvia se le quitaron las ganas de gritarle. Pensó que se echaría a llorar y correría a los brazos de su madre como un niño a la salida de la guardería. Le había costado la friolera de cinco días averiguar que la cámara instalada en la verja de la mansión hacía cuatro meses que no funcionaba, que el propietario había anunciado a la empresa de seguridad que se quería dar de baja porque no estaba satisfecho con el servicio.

—¿Y no contrató a otra empresa ni solucionó el problema? ¡Con las obras de arte que debe de tener en esa casa!

—Dicen que intentaron hacerle una visita para convencerlo, pero que Sorli les daba largas y no se ponía al teléfono cuando lo llamaban.

—¿Y averiguar eso ha costado tanto?

El barbilampiño estaba atrapado dentro de su propio error garrafal. Solo le faltaba temblar.

—Hemos metido la pata —se excusó.

—¿Hemos? —protestó Silvia iracunda—. ¿Quiénes habéis metido la pata?

—Bueno… He sido yo, les pido mil disculpas. Me he enfrascado en las imágenes de las cámaras de seguridad de la empresa del desaparecido y en las que hay en una gasolinera que está a unos doscientos metros.

—¡Esto con Robert no hubiera pasado! De haberse ocupado él, habría estado resuelto en un santiamén —se le escapó a Silvia. No tenía que haberlo dicho, no tenía que haber abierto la boca para recordar al agente. Ahora su imagen no se le iría de la cabeza y sus ojos azul líquido la escrutarían en las sombras, aunque él estuviera en estado vegetativo a ochocientos kilómetros de allí. «Menuda mierda —pensó—. Se equivoca el nuevo y la cago yo.»

Monfort, que hasta entonces permanecía distraído en sus asuntos, se dio cuenta y cambió de tema para dejar al novato que respirara antes de ahogarse voluntariamente.

—¿Qué tal con la argentina? —le preguntó para cambiar de tema.

—Nada de nada —respondió Silvia, todavía de mal humor—. Como si me preguntas por un primo segundo al que no veo desde hace mucho tiempo. Eran hermanos, pero ella está allí, en Buenos Aires, dedicándose a ser la rica esposa de un potentado de la industria de la carne. Y él aquí, con su puesto de trabajo más que solvente. Cada uno a lo suyo. Un mensaje escueto muy de vez en cuando, una llamada corta el día de Navidad y en los respectivos cumpleaños, si es que no se les pasaba por alto la fecha. Ella no venía a verlo y él no iba allí. Sus padres murieron al poco de trasladarse él aquí, con muy poco tiempo de diferencia. Obviamente él fue en las dos ocasiones, pero luego sus viajes fueron espaciándose cada vez más en el tiempo, de manera que ella apenas recordaba cuándo fue la última vez que se habían visto. Poca cosa más. Ni siquiera sospechaba lo más mínimo acerca de las aficiones indecorosas de su hermano. Pero no le ha causado ningún trauma averiguarlo. Por lo visto, de niño tampoco era santo Tomás de Aquino.

El joven agente carraspeó con suavidad para llamar la atención.

—Sorpréndenos con algún descubrimiento tan grande que oculte la metedura de pata —la lengua de Silvia era, a veces, incontrolable.

—Hay un coche en el aparcamiento de la empresa que va allí todas las noches.

—Ya claro, sirve para eso —utilizó un tono de burla—, para estacionar vehículos, de día o de noche.

El agente giró la ruedecilla del ratón del ordenador hasta que la imagen se amplió de manera considerable.

—Ya, pero siempre hay un tío dentro —matizó dando golpecitos con el dedo índice en la pantalla.

ENTERRADO EL PADRE y con la seguridad de que se pudrirá en el infierno, se atrinchera en el domicilio familiar como una alimaña. El dinero del viejo no es mucho, pero servirá para saldar algunas deudas que con el tiempo se han vuelto peligrosas, bajo las amenazas de facinerosos que pretenden cobrar a toda costa. Se regocija al pagar los atrasos. Y con el resto no tiene dudas. Volverá a jugar.

En la imagen siguiente la timba se ha puesto muy seria. No le queda mucho efectivo y el que reparte las cartas reconoce el miedo en los ojos de los jugadores.

Se bebe de un trago el resto de la copa que lo acompaña. Enciende un nuevo cigarrillo. Levanta el brazo y al momento una rubia escultural se acerca y agacha la cabeza hasta que queda a la altura de la suya. Del bolsillo extrae los últimos billetes que le quedan y la mujer los cambia por fichas. Es un local ilegal al que han dotado de una apariencia formal, como si todo fuera lícito, como si apostar semejantes sumas de dinero fuera lo más normal entre caballeros, aunque no es ese el aspecto que ofrece la mayoría de los que reciben las cartas que el crupier reparte con maestría.

El póquer es un juego de cartas en el que los jugadores realizan sus apuestas en función de una puja inicial. El objetivo final es disponer de la mejor combinación para ganar la suma total de las apuestas realizadas. Es un juego sencillo en apariencia, que engancha con suma facilidad.

Gana una partida y recupera parte del dinero. El aire que antes parecía faltarle regresa para insuflarle vida. Vuelve a ganar; está

en racha, o eso cree. Se suceden nuevas partidas, alterna más vic-
torias que derrotas. Sabe que debe retirarse cuando haya recuperado parte del dinero. Gana, gana y vuelve a ganar. Cuenta el
montante. Se levanta de la mesa dando un traspié. Él no es como su
padre y el alcohol lo vence rápido. El crupier y la mayoría de los
jugadores de la mesa lo miran mal, pero eso no lo detiene. Pide a
la rubia que le cambie las fichas por dinero. Ella se acerca tanto a su
oído que puede oler su intenso perfume. Le dice que le hable por el
otro oído, que por ese no oye. Le propone algo. Sonríen. No solo ha
ganado a las cartas esa noche. Falta una hora para que el local
cierre.

Se citan en el aparcamiento que se encuentra en los bajos del
edificio, al amparo de los curiosos. La rubia se sube al coche y ponen rumbo al piso que antes había sido de su familia. La desnuda
con fiereza nada más cruzar el umbral. La mujer le pide paciencia
y una copa. Es ella quien prepara las bebidas. Brindan por las ganancias y beben, pero está demasiado ansioso por llevarla a la
cama. Una vez allí, no es capaz de consumar el acto. La cabeza le
da vueltas y su virilidad no funciona, no sabe qué le ocurre. Su hombría queda relegada a un chiste malo. Siente vergüenza, no puede
incorporarse. Desnudo y sudoroso, le vence el sueño. Entre brumas
le parece ver a la rubia hablar, pero no puede oírla. Se queda dormido sin poder remediarlo. Abre los ojos un tiempo más tarde, no
recuerda cuánto. En la habitación no queda ni rastro de la mujer,
tan solo un perfume denso que flota en el ambiente. Trastabilla
hasta llegar a la americana y, cuando busca en los bolsillos, no
encuentra nada.

La rubia se ha marchado. Se ha llevado el dinero. Se ha reído
de él en su cara.

—¡Maldita hija de puta! —brama.

En el lavabo se echa agua en la cara para espabilarse. Se mira
en el espejo. Es la imagen de su padre borracho la que ve reflejada.
Un pitido agudo le perfora el cerebro, y de forma instintiva se lleva
la mano al oído que un día el viejo dejó inútil.

—La mataré —es lo último que dice antes de caer al suelo.

15

Domingo, 30 de noviembre

A<small>QUELLO QUE HABÍA</small> denunciado Elisenda Sorli acerca de los medios no tardó en hacerse realidad. La prensa local pasó del ostracismo a la máxima divulgación. De una semana sin propagar las noticias al espectáculo del sensacionalismo. La portada de uno de los periódicos ofrecía una gran fotografía del cuadro de Goya y a su lado una imagen nocturna de la fachada del Real Casino Antiguo bajo una lluvia pertinaz, con el afán de ofrecer un aspecto tétrico al histórico edificio. El titular era dantesco: «La maldición del perro de Goya». Al pie de las fotografías había otros textos no menos efectistas: «Carlos Sorli, el mecenas de la exposición, en paradero desconocido una semana después de la inauguración». «La familia cree que podría tratarse de un secuestro.» Ya en el interior del periódico, como si tuviera menos importancia solo porque la víctima no era de Castellón: «Ernesto Frías, el conservador de Patrimonio Nacional que debía velar por la obra, aparece muerto en una acequia de la Marjalería».

Silvia y Monfort habían quedado a primera hora en la comisaría. El inspector puso el móvil en silencio; tenía un mensaje de Elvira que decía que lo echaba de menos, que comprendía su trabajo y la ocupación total que él le dispensaba, pero que Teruel sin su presencia era un lugar inhóspito. Tardó en contestar a la jueza. Trató de escoger las palabras justas, meditó pacientemente lo que le iba a decir, memorizó frases delicadas que no dañaran su corazón. Al final solo escribió: «Iré en cuanto pueda».

La mesa del despacho de Silvia estaba ocupada por varios periódicos con las noticias de Sorli y Frías. Los periodistas habían escrito los artículos no siempre con el rigor necesario. Había mucha literatura allí, alguna invención y demasiados cotilleos más de prensa rosa que de información veraz.

Esperaban la llegada del comisario en cualquier momento. Monfort se lo imaginó dándole mil excusas a su esposa por ausentarse del domicilio en día de fiesta y arruinando con ello la sabrosa costumbre de la paella dominical.

—¿Sabes lo que más me impresionó cuando volví a Castellón después de mucho tiempo? —le preguntó Monfort a Silvia.

—Dímelo —respondió ella.

—Que los domingos por la mañana las calles huelen a paella.

—En Massalfassar pasa lo mismo.

—¿Tu madre hace paella los domingos?

—Todos, religiosamente. Y en Navidad con pelotas de carne. Para chuparse los dedos. Mi padre la hacía siempre con leña.

—Lo de la paella es todo un universo de matices —opinó Monfort salivando—. ¿Has desayunado?

—Un café con leche en un bar de camino hacia aquí en el que no tenían ni un mísero cruasán que llevarse a la boca.

Monfort pensó en Robert. El gaditano hubiera puesto remedio con un plato de jamón y unos bollos de pan con aceite de oliva. Se acordó también del joven agente que le había llevado amablemente la deliciosa coca de tomate. Pero el chico no estaba de servicio y Robert no se sabía dónde estaba en realidad, pese a que su cuerpo reposaba en una cama de hospital.

Se abrió la puerta sin llamada previa. El comisario Romerales. La bronca y el desespero estaban a punto de hacer acto de presencia. Tenía el gesto contraído, los ojos hinchados y los labios prietos en una mueca de mal genio. Llevaba una bolsa en la mano que puso sobre la mesa, encima de uno de los periódicos con noticias funestas sobre los casos que no lograban resolver.

—Esto es de parte de mi mujer —dijo con tono de hastío—. Tortilla de habas y ajos tiernos. Recién hecha. Típica de las fiestas de La Magdalena, aunque estemos en noviembre. Y pan. Y en el táper hay albóndigas de bacalao. Le he dicho que tenía que venir a la comisaría. Ha preguntado con quién iba a estar y cuando le he

160

dicho que con vosotros dos ha empezado a decir que seguramente no estáis bien alimentados. De ti —dijo mirando a Monfort— ha dicho que no entiende cómo puedes vivir en un hotel todo el tiempo. Que debes de comer fatal. Y de ti —dirigió ahora su mirada a Silvia—, que te insista en que vengas a comer el domingo que viene, que tiene ganas de verte. En fin, comed, que si le llevo esto de vuelta me montara un espectáculo.

Faltaba menos de media hora para que Enrique Correa se personara en la comisaría, tal como había sido convocado. «Tenemos tiempo de sobra», pensó Monfort mientras cortaba un trozo generoso de tortilla para Silvia, que ya daba cuenta de una albóndiga de bacalao.

—Un gran comisario como tú debe de tener algo de vino en su despacho, ¿no? —preguntó Monfort con la boca llena. Romerales ladeó la cabeza y levantó las cejas, pero la sonrisilla lo delató—. Pues ya tardas en ir a buscarlo.

La noticia de la muerte de Ernesto Frías lo dejó temblando. Sergio Bayo no sabía qué pensar ante aquella situación. Había sido como un mazazo. Vio la noticia mientras tomaba café y se aseaba en una gasolinera. Los periódicos daban todo tipo de información al respecto, y dejaban una puerta abierta a los comentarios de la familia de Carlos Sorli, que afirmaba que podría tratarse de un secuestro. Titubeó un momento al pensar que quizá alguien en el museo pudiera enlazar su ausencia con la exposición organizada por el mecenas. Pero era peor aún que lo vincularan con el asesinato de Ernesto Frías. Pagó el café y el periódico y salió del local. Una vez dentro del coche encendió un cigarrillo. Si había llegado hasta allí no podía echarse atrás. Debía averiguar qué había ocurrido. Frías estaba muerto y Sorli en paradero desconocido. Si el día anterior el enredo le había parecido casi divertido, ahora que la prensa daba los detalles le aterrorizaba que todo saliera a la luz, que su nombre apareciera en los titulares. Se impuso calma y templanza, aspectos de los que carecía. Y luego decidió visitar a la esposa de Carlos

Sorli. Quizá podría tirarle de la lengua. Tal vez tuviera que responder por su marido.

«MENUDA CHOZA», PENSÓ Bayo mientras pulsaba el interfono de la entrada al cuidado jardín. Desde luego, si aquel era el infierno donde creía tener que buscar a Sorli, estaba bien disimulado. Una mujer apareció en la puerta de la casa, que se encontraba a cierta distancia.

—¡¿A quién busca?! —dijo con una voz gritona, aguda y poco agradable.

—¡Soy amigo de Carlos! —respondió Bayo, que también tuvo que alzar la voz.

La mujer descolgó entonces el telefonillo.

—¿Amigo de Carlos? ¿Qué amigo? —su voz tenía ahora un tono precavido.

—Tal vez le interese que hablemos un momento.

Dos hombres salieron de la casa en ese instante. Uno era alto y delgado; el otro, menos arreglado, hizo ademán de acercarse a la verja, pero Bayo lanzó una advertencia a la mujer por el interfono.

—Con usted a solas, si me lo permite.

—Espera, Enrique —advirtió ella, y el hombre se detuvo en seco—. Vete, yo me ocupo. Si pasa algo, mi hermano está aquí.

El hombre rodeó la casa y se oyó el motor de un coche ponerse en marcha. Al momento, la verja que daba al garaje se abrió de forma automática y el vehículo salió a la calzada. Cuando estuvo a la altura de Sergio Bayo bajó la ventanilla y le dedicó una mirada de pocos amigos. Luego desapareció entre el tráfico.

La mujer bajó los escalones y aquel que al parecer era su hermano regresó al interior de la casa. Pero lo sorprendió cuando fisgoneaba tras las cortinas.

Bayo vio a la mujer de Sorli de cerca. No contaba con que tuviera semejante atractivo. Comenzó a hablar sin abrir la cancela.

—¿Quién es usted? ¿Qué quiere?

Sergio cayó en la cuenta de que una casa como aquella debía de estar vigilada mediante un sistema de cámaras. Se maldijo por no haber caído en ello antes. Pero ya estaba allí, no podía echar a correr ni taparse la cara. Dejó volar la vista, pero no vio ningún dispositivo.

—¿Dónde está Carlos? —preguntó él sin responder a las preguntas de la mujer.

—He preguntado yo primero —espetó altiva.

—Me llamo Sergio Bayo, ¿no te ha hablado nunca de mí?

—Si lo ha hecho, no lo recuerdo.

—Me considero un buen amigo. Hemos hecho cosas juntos. Exposiciones, subastas, compra y venta de obras de arte. Mi nombre debería de sonarte. Lo normal es que te hubiese hecho algún comentario.

—¿Es de Castellón?

—Nací aquí, si es a eso a lo que te refieres. Pero vivo en Madrid.

—Ya, pues no, no recuerdo que haya hecho mención alguna de que tuviera un socio en la capital.

Bayo rio. Una risa heladora.

—Nunca me permitió ser su socio. Siempre manda él. Pero siendo su esposa ya sabrás a lo que me refiero.

—No le sigo.

—Ni falta que hace.

—¿Dónde está mi marido? ¿Sabe algo? ¿Tiene algún dato que aportar?

—He venido para preguntarte lo mismo. Hace tiempo que espero algo de él que aún no he recibido.

—¿De qué se trata?

—Cosas nuestras; ya te he dicho que en ocasiones trabajamos juntos, aunque él lleve siempre la voz cantante. Es lo que tiene estar forrado —miró la casa tras los hombros de ella—. Pero un trato es un trato y no me valen excusas.

—Voy a llamar a la policía.

—No lo hagas —advirtió Bayo—. Quizá pueda ayudarte a encontrarlo y así, de paso, saldaré mis cuentas.

—¿Lo han secuestrado?

Sergio Bayo dudó entonces de las declaraciones de la familia en las que parecían estar seguros de que alguien retenía a la fuerza a

Carlos Sorli. Al soltarlo así, de repente, dejó de manifiesto que no sabían nada acerca de su paradero. Eso, o era una magnífica actriz.

Estela Sachs supo que aquel hombre guardaba alguna relación con su marido que ella desconocía. Tal vez sería mejor seguirle el juego.

—¡¿Va todo bien?! —gritó el otro hombre desde el umbral de la gran puerta de la casa.

—Dile que sí —le ordenó.

—Sí —dijo ella en voz alta—. No te preocupes, Ricardo.

—¿Quién es? —preguntó Bayo.

—Es mi hermano.

—Ya. ¿Y él no sabe nada de tu marido?

—Lo mismo que nosotros, nada de nada.

Desde la puerta, el hermano de la esposa de Sorli no les quitaba la vista de encima. La mujer trató de saber más.

—¿De qué forma puede ayudarnos?

—Primero tienes que decirme la verdad.

—Le estoy diciendo la verdad, ¿qué demonios se cree?

—Debes de tener alguna pista, no sé, algo que te dijera antes de desaparecer.

—No me dijo nada, estaba emocionado con la exposición. Era un reto muy importante para él.

—No solo para él.

—¿Para quién más?

—Para otros, está claro. Te voy a vigilar de cerca y comprobaré si mientes o no.

—Oiga, ¿me está amenazando?

—Tal vez deba hacerlo si no recupero lo mío.

—¿Qué le debe mi marido? ¿Por qué se ha presentado aquí?

—Ya te he dicho que tiene una deuda conmigo.

—Nos ayudaría saber de qué se trata.

—Lo sabrás, pero a su debido tiempo.

—Creo que voy a llamar a la policía, esto no me gusta nada.

—No lo hagas o te arrepentirás.

Estela Sachs agachó la cabeza y se echó a llorar.

Pese a la distancia, el hermano se percató de ello y enseguida se plantó a su lado.

—¡¿Quién cojones es usted?! ¿Qué quiere? ¿No se da cuenta del trago por el que estamos pasando?

Una joven con el pelo teñido de rosa se asomó a la puerta. A Sergio Bayo le pareció que la reunión había llegado a su fin, que había demasiada gente esperando la aparición mágica del hombre de la casa.

—¡Váyase de aquí! —gritó el hermano de Estela Sachs.

—Dice que Carlos le debe algo —sollozó la mujer.

—¿De qué lo conoce? —inquirió el hombre.

—Lo sabréis cuando llegue el momento. Cuando aparezca, le decís que sigo esperando lo mío.

—¡Lárguese! —bramó el hermano—. Voy a llamar a la policía.

Sergio Bayo esbozó una sonrisa torcida. Metió las manos en los bolsillos de su abrigo y se dio la vuelta. Empezó a caminar por la acera dejando a aquellos tres al otro lado de la verja, con la seguridad de que la llamada a la policía no se iba a producir.

16

ENRIQUE CORREA SALUDÓ al comisario Romerales al acceder a su despacho. Silvia y Monfort entraron detrás y los cuatro tomaron asiento alrededor de la mesa de reuniones.

Después de la suculenta tortilla de habas y ajos tiernos y las albóndigas de bacalao que había preparado con tanto cariño la esposa de Romerales, el panorama se presentaba mucho mejor. La botella de Pago de los Capellanes también ayudó a ver con más claridad.

—¿Era necesario quedar en domingo? —preguntó el hombre de confianza de los Sorli.

—Es un día como otro cualquiera —respondió Silvia. Los ajos tiernos le iban a dar tormento toda la mañana.

—Será para ustedes, que tienen que trabajar. Ya hablé con el comisario —dijo mientras lo miraba—. Creía que estaba todo claro y que a partir de entonces su trabajo se centraría en encontrarlo, y no en molestar a la gente cada dos por tres, más que nada porque no tienen ninguna pista de la que tirar.

—Venga, menos rollo —objetó Monfort—. Vamos a lo que interesa.

—Ustedes dirán.

Enrique Correa estaba tranquilo. Vestía una americana de pana de color marrón oscuro y pantalón a juego. La chaqueta era una talla más grande de lo que hubiera sido correcto. El cuello de la camisa estaba sucio o gastado por el uso continuado. No utilizaba corbata y lucía una barba incipiente. Era un hombre corto de estatura, ni gordo ni delgado, tal vez disimulado por lo holgado de la indumentaria.

Tenía bastante pelo, una mata que antes había sido negra y ahora canosa, en forma de bola rizada encima de una testa prominente. Le asomaban pelillos de las orejas y en los orificios nasales. Sus manos eran grandes y las uñas no demasiado aseadas. Todo en él necesitaba un arreglo en profundidad.

—¿Está casado? —preguntó Monfort.

Correa movió la cabeza.

—¿Cómo?

—Que si está casado.

—¿Y eso?

—Una pregunta, nada más. La primera —ironizó Monfort.

—No, no estoy casado. Pero no creo que me hayan convocado para conocer mi estado civil.

—Cuéntenos su relación exacta con la familia —repuso Monfort sin atender a su palabrería.

—Por supuesto. Llegué mayor a la abogacía. Digamos que fue una vocación tardía. Uno de mis mejores clientes era la empresa de los Sorli, tanto que me ocupaba la mayor parte del tiempo, y cuando me lo propusieron decidí trabajar para ellos a tiempo completo.

—¿Necesitaban un abogado constantemente porque se metían en muchos líos?

Correa sonrió. Se reacomodó en la incómoda silla.

—Las grandes empresas no necesitan abogados porque sean unos facinerosos.

—¿Y entonces?

—Marcas registradas, irregularidades en las patentes, litigios con compradores que luego no cumplen las cláusulas de sus contratos, fraudes… La lista es larga, no quiero cansarles.

—¿La empresa va bien?

—¿Perdón?

Monfort suspiró.

—Que si es solvente, que si ganan dinero, que si tienen más deudas que ingresos, que si están en alguna lista negra por impagos. La lista es larga, no quiero cansarle.

Repitió sus palabras, pero no su tono de voz. El abogado se dio cuenta de ello, al igual que Silvia y Romerales. La diferencia fue que la subinspectora apretó los labios para que no se le notara la risa y Romerales contuvo una advertencia.

—La crisis no perdona. Nos encontramos en un momento delicado.

Tampoco les pasó por alto ese «nos encontramos».

—Son tiempos difíciles —continuó—. En Castellón ha tardado más que en otros lugares en hacerse patente esta terrible crisis que acecha el país, pero ya está aquí y es imparable, como lo han sido otras crisis. Llegaremos a la cresta de la ola y luego irá descendiendo poco a poco, como si fuera una pandemia. Confío en que las aguas volverán a su cauce.

—Ya, gracias por el análisis. Pero yo le he preguntado si la empresa les va bien.

—Sí, por supuesto que va bien. Sin duda ha habido tiempos mejores, pero Sorli-Sachs, a día de hoy, tiene garantizada la solvencia. Seremos capaces de remontar la crisis, no como otras firmas de renombre que son solo marcas populares, y que tal vez no puedan seguir remando contracorriente.

—Bien —siguió Monfort—. Me contaba antes que los Sorli ocupan todo su tiempo profesional. Imagino que los ingresos que obtiene también son importantes.

—Sí.

—Tanto que decidió cerrar el despacho y dedicarse en cuerpo y alma a la familia.

—Dicho así suena un poco a El Padrino, la verdad.

—Claro, por lo de «la familia» —bromeó Monfort.

Correa no añadió nada más a la ironía. Continuó.

—Sí, Carlos Sorli y su esposa me propusieron trabajar para ellos a tiempo completo.

—¿El trato incluía llevar sus asuntos personales?

—Sí.

—¿Los temas acerca de su afición a la pintura también?

—Depende.

—Explíquenos eso. Centrémonos en el Sorli mecenas.

—Carlos Sorli estudio dos carreras. Una de ellas fue Bellas Artes. Durante años se dedicó en cuerpo y alma a la empresa azulejera, que en gran parte le fue dada por la familia de su esposa. Él cedió las tierras donde ahora están las naves de la fábrica. Es la señora Sorli la que procedía de una familia industrial. Como les he dicho antes, la empresa funciona correctamente. Este tipo de empresas, si son solventes y están bien dirigidas, podría decirse que funcionan solas, solo hay que supervisar que todo funcione bien, y en ese aspecto Carlos Sorli es muy listo y contrató en su día al personal adecuado.

—Incluido usted.

Correa no hizo alusión al comentario. Siguió.

—Su apuesta en relación a las obras de arte no resta ni un ápice la buena marcha de la empresa. Más bien al contrario.

—¿Ha dicho apuesta?

—Es una forma de hablar. Su dedicación, su entrega, sus conocimientos, llámelo como quiera.

—Ya, pero ha dicho apuesta.

—¿Y qué?

—Pues que apuesta, eso es lo que ha dicho.

—Él prefiere llamarlo inversiones.

—Lo que usted quiera, nosotros solo estamos aquí para recabar información —señaló a Silvia, que tomaba notas en su libreta.

—En fin… —suspiró Correa—. Siempre buscándole los tres pies al gato.

—Déjese de gatos —Monfort contuvo el eructo propiciado por la mezcla de las humildes habas y el vino caro—. ¿Qué cree usted que le ha ocurrido a su cliente?

Correa sopesó la respuesta. Monfort puntualizó.

—Me refiero a lo que piensa de verdad. ¿Hasta qué punto tiene que ver su repentina desaparición con la exposición?

—No tengo ni idea.

—Hombre, ni idea… Algo le moverá por dentro, no sé, una sospecha, una intuición, un pálpito.

—Ni idea, de verdad.

—¿Cuándo lo vio por última vez?

—El jueves por la mañana, en la oficina.

—¿Y cuándo habló con él por última vez?

—Entonces. Esa fue la última vez que hablamos.

—¿Ninguna llamada? ¿Ni él a usted ni usted a él?

—Ninguna llamada.

—Podemos comprobarlo en su teléfono.

—Lo sé, soy abogado, ¿recuerda?

—No se me olvida.

—Por cierto, ¿han encontrado ya su teléfono móvil?

—No. Pero prefiero encontrarlo a él que a su teléfono móvil. Soy policía, ¿recuerda?

—Como para olvidarlo, estando reunido un domingo por la mañana en semejante antro.

Enrique Correa sería un tipo desaliñado, poco agraciado y falto de empatía que, si en vez de abogado hubiera sido poli, se podría uno imaginar que estaba delante del teniente Colombo, que de tonto no tenía ni un pelo.

—Deme su opinión sobre lo que hemos visto en las casas de los Sorli. Las escenas se repiten. Parece que fue retenido en ambos garajes, atado a una silla, etcétera. ¿Qué le parece?

—Pues está bastante claro, ¿no?

—No lo sé, dígamelo usted.

Correa se encogió de hombros. Bien se hacía el despistado, bien pasaba de todo. Monfort creía acertar con lo segundo.

—En todo caso, se trataría de un secuestrador original —aportó Silvia de repente—. Ni llamadas ni exigencias económicas. A no ser que se haya puesto en contacto con alguien de la familia y nos lo estén ocultando, lo cual sería un delito, como bien debe de saber.

—Nadie se ha puesto en contacto con la familia. Eso se lo aseguro. No entiendo por qué dudan de nuestra palabra.

—¿Le hemos dicho que dudemos? —preguntó Silvia mientras anotaba algunos datos en su libreta.

El comisario permanecía en silencio. Era difícil para alguien como él mantener la boca cerrada, pero sabía que era mejor así. Monfort y Silvia se las apañaban bien. «Calladito estás más guapo», eso le hubiera dicho su mujer.

—No nos creemos lo de los secuestros en las casas —dijo Monfort.

La afirmación del inspector dio paso a un largo tira y afloja entre el abogado y los policías. Monfort tenía claro que aquel tipo no iba a contar nada que pudiera comprometer a la familia, y que su experiencia jugaba un papel importante a la hora de mantener las palabras justas para no meter la pata.

Silvia intentó ponerlo nervioso al insinuar que parecía ir siempre detrás de Estela Sachs como un perrito faldero. Sugirió que tal vez hubiera algo entre ellos dos, a lo que Correa rio de buena gana, como si le hubieran contado un chiste de Lepe, uno de esos que sabe todo el mundo porque lo ha escuchado miles de veces. Un chiste sobado, un chascarrillo que a él le daba lo mismo por aburrido.

—¿Cómo se va a fijar la jefa en mí? —bromeó mirándose de arriba abajo, para que quedara claro que él no era digno del abolengo de la señora.

Cuando Monfort dirigió una mirada al comisario Romerales, este entendió que la reunión había llegado a su fin, que no tenía sentido seguir porque no había nada más que rascar allí. O tal vez sí, pero el caso era que quería terminar con la visita lo antes posible.

Aunque había sido sumamente descuidado con el asunto de las cámaras de la casa familiar, el joven agente había hecho un buen trabajo al inspeccionar con detalle la instalación de seguridad de la empresa. Silvia estaba a su lado con la excusa de supervisar su trabajo, aunque la realidad era que desconfiaba de la inexperiencia propia de su juventud. Monfort, que tras la marcha de Enrique Correa seguía con Romerales en su despacho, acudió enseguida cuando ella lo llamó. El comisario había tratado de convencerlo, con escaso éxito, de que estuviera presente en la rueda de prensa organizada para el día siguiente. Al jefe le encantaban las fotografías y los titulares en los que pudiera aparecer su nombre. No le importaba ser despellejado por los medios a cambio de que lo sacaran en portada. De niño debió de ser de esos que pedían un micrófono a los Reyes Magos y luego se pasaba las tardes berreando como si fuera Raphael.

Al ampliar la imagen de la grabación, esta se distorsionaba de tal manera que era imposible reconocer quién ocupaba el asiento del vehículo. Un coche y su ocupante que se repetían desde el día de la desaparición de Carlos Sorli. Sin embargo, el modelo y la matrícula habían podido ser identificados tras un arduo trabajo de clarificación de las imágenes. Se trataba de un vehículo de alquiler. Silvia llamó a la oficina de Castellón pese a que era domingo. El hombre trató de ser eficiente, pero se demoró con los datos, y para ganar tiempo no dejó de hablar en todo momento a la vez que tecleaba en su ordenador.

—El coche se reservó a última hora del jueves día 20, a través de la página web de la empresa de alquiler. Lo recogieron el viernes por la mañana en la estación de trenes de Castellón. Se trataba de un vehículo pequeño, un Citroën, de la gama más económica. Pagó con tarjeta de crédito la tarifa de diez días y la fianza correspondiente, pero dejó abierta la posibilidad de que lo necesitara por más tiempo. Se acogió a una oferta para reservas hechas únicamente…

—¡Que te diga el nombre de una vez! —protestó Monfort mientras soportaba la perorata a través del altavoz del teléfono.

Se oyó un tecleo rápido y vigoroso. Luego habló.

—Su nombre es Sergio Bayo García.

—Sergio Bayo García —repitió Silvia las mismas palabras que acababa de pronunciar el empleado.

17

Cayetana Alonso trabajaba en el Departamento de Pintura Española del Museo del Prado. Era graduada en Restauración por la Escuela Superior de Restauración y Conservación de Madrid, y colaboraba para Patrimonio Nacional en la publicación de estudios sobre diversas colecciones de arte. Por todo ello había sido la elegida para velar por la integridad del cuadro de Goya que permanecía expuesto en Castellón de la Plana. Tras la muerte de Ernesto Frías, alguien debía desplazarse a aquella ciudad; tener una obra de semejante magnitud sin un conservador que la custodiara era poco menos que una temeridad. Los acontecimientos habían sucedido de forma inesperada. La muerte en extrañas circunstancias del conservador era algo que nadie hubiera previsto. *El Perro semihundido* llevaba demasiados días sin alguien que lo representara fuera del Museo del Prado.

—¿Y tengo que ser yo? —Cayetana apagó la colilla del cigarrillo en el alfeizar de la ventana de su piso de la calle Princesa y la lanzó al exterior—. No me hace ninguna ilusión, si quieres que te diga la verdad. Ya me dirás qué pinto yo allí.

—(…)

—No me vendas el rollo de la playa y el sol, que a finales de noviembre no cuela.

—(…)

—¿Y si se tratara de una maldición contra los conservadores de arte?

—(…)

—Ni veo muchas películas ni exagero nada. Me da miedo y punto.

173

—(…)

—Pues ve tú si lo ves tan bonito.

—(…)

—Ya sé que eras la jefa, Meike, te encargas de recordármelo cada dos por tres, como hoy, por ejemplo, que es domingo.

—(…)

—No puedes mandarme a provincias como si esto fuera un circo itinerante. Yo nunca hubiera dado el visto bueno para que un cuadro de Goya fuera expuesto por ahí como si se tratara de un abrigo de visón de Marilyn Monroe.

—(…)

—¡Pero bueno! ¿Cómo te atreves a decirme que porque soy soltera tengo más facilidad para desplazarme?

—(…)

—¿Mañana? Pero tengo una exposición en marcha y debo terminar varias publicaciones.

—(…)

—¿Que ya has comprado el billete y reservado el hotel?

—(…)

—Joder, Meike. Qué faena, tía, qué faena.

A sus cincuenta y tres años, Cayetana había desistido en la labor de buscar alguien con quien casarse y formar una familia. Siempre le dio una pereza atroz el enamoramiento y el posterior momento de compartir la vida con un hombre. Le aterrorizaba lo que podía suceder tras los primeros años de convivencia, y en su cabeza solo veía niños a los que cuidar, calzoncillos que lavar y sufrimiento por que estuvieran bien de salud y los salarios dieran para llegar a final de mes. Y no es que le hubieran faltado pretendientes. Sin ir más lejos, Ernesto Frías había sido uno de ellos. Ernesto era todo lo que ella no quería de un hombre. Altivo, descarado y vanidoso. Alardeaba de una abultada cuenta y, cuando se rodeaba de féminas, de otro tipo de abultamientos más carnales. A Cayetana le parecía un guarro. En más de una ocasión llegó a acorralarla en los pasillos del museo, e incluso llegó a confesarle que una de sus fantasías sexuales era hacerle el amor frente al cuadro de *Las tres Gracias* de Rubens. Un guarro, eso le parecía. Pero cuando estaba cerca sentía una atracción irrefrenable hacia él.

Su muerte había causado un revuelo enorme entre el personal del museo, que no dejaba de especular acerca de lo que podía haberle sucedido en realidad. Con su erudición y su sobreactuado don de gentes los tenía a todos embelesados. También era bueno en su trabajo, todo había que decirlo, y muy atractivo, pero peligroso a todas luces.

Tener que ir a Castellón la ponía de los nervios. Ella, que era más de Madrid que san Isidro, sentía una pereza enorme cada vez que tenía que desplazarse. Lo que Meike le planteaba era como una suerte de destierro. Un castigo inmerecido, una putada. Echó un vistazo por la ventana. El intenso tráfico de la calle Princesa la reconfortaba. El sonido de los coches, las bocinas y las algarabías a las puertas de los locales la hacían sentir viva. Otros hubieran renegado de aquella vida, pero para Cayetana lo era todo.

—¡Joder, a Castellón! —exclamó en voz alta.

El sonido de un correo electrónico entrante en su ordenador portátil la hizo separarse de la ventana. Meike, eficiente como nadie en este mundo, le acababa de enviar un billete de AVE que partía de la estación de Atocha con destino a Valencia, donde debía hacer transbordo para subirse a un tren de cercanías hasta Castellón. ¿Transbordo? ¿Tren de cercanías? «Tercermundista», pensó.

Bajó la pequeña maleta de viaje que acumulaba polvo encima del armario y, mientras mascullaba, metió en ella bragas, sujetadores y ropa de riguroso invierno. Barrió con la mano una de las baldas del cuarto de baño, con cosméticos de primera necesidad, para meterlos en un amplio neceser. Eligió, de entre algunos libros, dos novelas que no tuvieran más de doscientas páginas. No esperaba tener que estar allí mucho tiempo. Cayó en la cuenta de que no le había preguntado a Meike por la duración de la exposición temporal del cuadro de Goya, pero no podía demorarse eternamente. Lo consultaría en internet. Menuda faena le había hecho la holandesa.

Meike Apeldoorn era su jefa en el departamento. Había nacido en Ámsterdam, tenía dos años más que ella y estaba casada con un directivo de una compañía aérea. Se la imaginó aquel domingo, en su pretencioso chalé de la sierra madrileña, preparando gofres o cualquier otra marranada grasienta para sus dos hijas gemelas de seis años, de un rubio tan exagerado que parecía postizo. Se la imaginó con el pelo recogido en una larga cola de caballo, hablando por teléfono mientras dirigía con virtuosismo su hogar decorado como si tuviera que aparecer en una de esas revistas donde salían casas en las que era imposible vivir de verdad. Imaginó también al marido, sentado en un cómodo sillón frente a una pantalla gigantesca, viendo algún partido del Real Madrid. Meike bromeaba a veces sobre que a su marido le importaba más su equipo que otra cosa en el mundo. Y la tía se reía de ello. Cayetana le hubiera pegado una patada en el culo y lo hubiera puesto a limpiar los baños, pero a Meike, la holandesa esbelta y esposa ejemplar, le parecía divertido.

Llegó otro correo electrónico; en este le adjuntaba la reserva en el hotel Mindoro, que según decía el texto se encontraba en el centro de la ciudad, a pocos metros del Real Casino Antiguo, donde se exponía el cuadro de Goya. Esperaba que fuera un buen hotel ya que, a razón de la crisis que asolaba el país, la dirección del museo había hecho recortes importantes en materia de desplazamientos. Sacudió la cabeza. *El Perro semihundido*, una obra maestra de semejante magnitud, expuesta en un casino. ¡Qué desfachatez!

Se preparó una jarra de Dry Martini, un litro aproximadamente. Una cantidad que hubiera tumbado al mismísimo James Bond. Buscó en la estantería el estuche que contenía la colección de películas basadas en las novelas de Jane Austen. Eligió *Orgullo y prejuicio*. La había visto en infinidad de ocasiones; recordaba diálogos completos entre sus protagonistas. Dry Martini y mister Darcy. Si alguien conocía una combinación mejor para olvidar lo que le esperaba al día siguiente, que fuera a contárselo.

Llenó la copa, pinchó una aceituna de las que tenía dispuestas en un platillo, la introdujo en la bebida y dio un trago. Encendió un cigarrillo y puso en marcha el reproductor. Lo que daría ella porque el soltero Darcy la invitara a bailar.

El Martini la venció; hundió el mentón en el pecho y se quedó dormida mientras en la pantalla se sucedían las vicisitudes de las hijas de los Bennet.

Soñó con Ernesto Frías. O más bien fue una pesadilla. La convencía para hacerle el amor frente al cuadro de Rubens. Mientras el conservador de Patrimonio satisfacía su fantasía sexual, Cayetana vio como las tres mujeres del cuadro se susurraban palabras al oído, y hasta le pareció que se acariciaban, en un preámbulo de lo que pasaría después. Ernesto Frías estaba exultante. Su repertorio amatorio era dilatado. Sin embargo, no la miraba a ella mientras copulaba, sino a las mujeres del cuadro, que, hechizadas por su atractivo, observaban absortas el devenir de su hazaña sexual.

Se despertó de repente, sudorosa y agitada. Achacó el acaloramiento a la calefacción comunitaria de la finca. Se apresuró a bajar el termostato, pero seguía teniendo mucho calor. Apagó el reproductor de vídeo y llevó el resto del Martini a la cocina para deshacerse de él en el fregadero. Ernesto Frías estaba muerto, ahogado en una acequia. Eso era lo que Meike había contado en el departamento, lo que corría a voz en grito por los pasillos del museo. ¡Joder! Aquel que estaba desnudo encima de ella un momento antes en sueños estaba tieso; quizá no fuera la mejor palabra para definirlo después de lo que había soñado.

Estaba segura de que lo habían asesinado, aunque nadie en el trabajo se había atrevido a afirmarlo Pero ¿quién se ahoga en una acequia en el mes de noviembre? Posiblemente alguien que trabajara por allí, algún agricultor, pescador o lo que fuera que transitara por aquellos lugares, pero no un conservador de Patrimonio Nacional con la fama de Frías. ¿Qué coño hacía allí el argentino?

Aterrada por lo que iba a encontrarse al llegar a Castellón, consultó en internet las noticias sobre el caso.

Meike había olvidado decirle que además de la muerte del conservador, también había desaparecido el organizador. El titular era contundente: «Carlos Sorli, el mecenas de la exposición del cuadro de Goya en Castellón, continúa en paradero desconocido una semana después de la inauguración».

En el hueco de la escalera atronaba una canción de principios de los ochenta. Un tema que se había convertido en himno para la comunidad gay al completo. La canción había sido versionada por infinidad de intérpretes, aunque la que sonaba a todo volumen era la original de The Weather Girls. Cayetana la reconoció perfectamente de su época de baileteo en las discotecas de Malasaña. Los vecinos solían regalar aquel tipo de perlas desde el último piso, en el que celebraban fiestas a las que acudía más gente de lo que hubieran deseado la mayoría de los septuagenarios que habitaban el inmueble de la calle Princesa.

It's Raining Men

> Están lloviendo hombres, aleluya.
> están lloviendo hombres, amén.

Cayetana se cubrió el rostro con las palmas de las manos. Era lo último que le faltaba por oír después de su sueño con Ernesto Frías como protagonista estelar.

EL NOMBRE DEL arrendatario, así como la matrícula y la descripción del vehículo, fueron comunicados a las distintas dotaciones de policía con orden de búsqueda.

Mientras Silvia trataba de averiguar quién era Sergio Bayo a través del programa informático, Monfort se dio cuenta de que trabajaba ensombrecida por no tener al gaditano a su lado. Eran el equipo perfecto cuando estaban juntos. Pero Robert no estaba y Silvia debía aprender a compartir con otros compañeros, y dejar de comparar al personal de la comisaría con el agente Calleja, a quien quizá no vería más en acción si su salud no mejoraba.

Monfort se fue al hotel. Se sentía profundamente cansado. Las hipótesis se amontonaban y la mala conciencia también. El asunto de la camisa de Sorli lo mortificaba. Se la había acercado a la nariz y no había encontrado ni rastro de sudor; tampoco estaba sucia. Aquella camisa había sido sustraída de un armario y colocada allí para que pareciera la prueba de un secuestro. Sorli no había estado en aquellos garajes, nadie lo había atado a las sillas. Pero estaba en algún lugar, vivo o muerto, y a alguien no le interesaba que se supiera la verdad. La familia escondía secretos que costaría esclarecer.

De buena gana se habría presentado en la casa para interrogarlos hasta que hablaran claro.

El hermano de Estela Sachs pensaba más con la bragueta que con el cerebro. Tal vez sería sencillo arrancarle algunas verdades. Él podía hacerlo, pero seguro que acabaría violentándose tras sus negativas. Se le ocurrió que podía ser Silvia la que actuara como cebo. Recordó cómo la había desnudado con la mirada, cómo había escrutado hasta el último pliegue de su cuerpo y se había imaginado lo que podría hacer con él. El problema sería convencerla para que fuera simpática con un tipo tan despreciable.

Necesitaba descansar, pero le era imposible. Se preocupó por su padre, por aquella enfermedad del todo injusta y miserable para la que no existía explicación. ¿Qué ocurría en su cerebro? ¿Qué misterios se escapaban al control de la medicina? La ciencia, al servicio de la especie humana, no era capaz de dar con el antídoto, de encontrar una solución definitiva a la incógnita. ¿Qué podía hacer él ante una situación que mitigaba hipócritamente con ausencias? Ojos que no ven, corazón que no siente. ¡Menuda mierda de excusa! Era terror lo que sentía al leer información sobre la dolencia. ¿Hasta dónde aguantaría? ¿En qué estado llegaría hasta el último día de su vida? ¿Sabría él estar a la altura que se espera de un buen hijo? Ni siquiera sabía si su padre sufría con cada nuevo episodio. Los médicos parecían indicar que no; sin embargo, no estaba tan seguro de que aquellas pérdidas de conciencia estuvieran dentro de la normalidad. Los consejos sobre buenos hábitos, las terapias para ejercitar el cerebro, los dudosos fármacos administrados, todo le parecían meras excusas para contentar a los familiares de los pacientes. Puro placebo. ¿Cómo podía el mundo invertir sumas astronómicas en conflictos bélicos y no destinar todos los esfuerzos en dar con la solución a un aparente clic del cerebro? Le daba mucha pena. Sentía una lástima infinita. Y todo el esfuerzo que le producía apartar aquellas sensaciones, podía haberlo utilizado para estar más tiempo a su lado, para decirle que estaba allí, que era su hijo y que podía confiar en él, aunque a veces no recordara quién era.

Y luego le llegó el turno a Elvira, que estaba a la espera de que diera señales de vida, aguardando algo más que él no sabía si podía darle. Ella se merecía más. Ella merecía un hombre que la hiciese reír, que la ayudara a olvidar los tediosos juicios a los que se enfrentaba cada día. El problema era que a veces le recordaba sus defectos, con confianza, sin acritud, con cariño; pero él era un alma castigada, llagada por el dolor, y las heridas supuraban solo con pronunciar algunas palabras de descontento. Tal vez bastara con decírselo, hacerle saber qué era lo que le hacía dudar, pero siempre se callaba, apretaba los labios y desaparecía con cualquier excusa poco creíble, sobre todo para una mujer tan inteligente como Elvira.

Su maldición era creer que dependían de él. Que debía velar para que no les ocurriera nada. Que todos siguieran en sus burbujas, aislados del mal. Que permanecieran quietos hasta que él llegara para protegerlos, sin admitir que por encima de todo estaban siempre los casos en los que se ocupaba. Aquel trabajo despiadado, inútil en tantas ocasiones, yermo, triste y desolador. Las investigaciones, los sospechosos, los que mataban por placer, los que argumentaban amor como atenuante a la hora de cometer los crímenes y los desgraciados que gritaban el nombre de cualquier dios antes de matar a inocentes. Todos estaban antes que aquellos a los que en realidad amaba.

Bebió hasta que no quedó ni una gota en la botella. Bebió hasta que la garganta era solo fuego y dolor. Tabaco, alcohol y vuelta a empezar; la misma insatisfacción, los mismos recuerdos, el mismo rencor, la misma imagen grabada en el cerebro como un bucle torturador. Sonido de sirenas, llanto y terror. Olor a asfalto, a neumáticos quemados, a sangre y gasolina. Y una mujer muerta.

Tomó las llaves del Volvo y salió a la calle. Llevaba una dirección anotada en su libreta; la que el hombre del bar del Grao había revelado por temor a las represalias de un poli sin escrúpulos, capaz de traicionarse a sí mismo con tal de obtener lo que su alma inmoral deseaba encontrar.

La noche era buena aliada para los bebedores.

A primera vista, Castellón era una ciudad tranquila, aunque los corruptos podían encontrarse en cualquier lugar, camuflados entre la serenidad de las calles desiertas.

Llamó al timbre del bajo comercial, pero nadie contestó. Lo intentó una vez más. La mirilla se abrió y una voz le pidió la contraseña. Monfort no la sabía. Quiso excusarse por ello, trató de ser amable, dijo que conocía al jefe, aunque no era verdad. El alcohol contenido en algún lugar entre el cerebro y el corazón no le fue de gran ayuda. El hombre le dijo que se marchara, que no podía entrar.

Sopesó las posibilidades de seguir siendo amable.

Le fallaba la razón. Probaría con la fuerza.

«*Soy un hombre enfermo, soy un hombre despechado, soy un hombre antipático.*» *Lo repite como un mantra mientras trata de ponerse en pie infructuosamente.*

Lo había leído en una novela de Dostoievski. Él no es un cateto, aunque se pase las noches apostando en tugurios. Un viejo profesor le prestó algunos libros del autor ruso; debía de ser su favorito, o quizá solo lo hiciera para darse pisto. Eran libros tristes y calamitosos que incitaban a la compasión, con unos personajes hundidos en las miserias del cuerpo y el alma. El único libro que había conseguido terminar era El Jugador.

El dolor es insoportable. Volver allí y exigir a gritos ver a la rubia que lo engañó ha sido un grave error. El dueño del local ya le ha dicho qué le sucederá si vuelve a verlo. Pero no se ha podido callar y le ha soltado todas aquellas barbaridades hasta que el mafioso ha llamado a uno de sus esbirros. El oído dañado, el que su propio padre dejó sin vida de un tortazo, silba como una señal de alarma, como el sonido prolongado de una máquina de hospital que indica la muerte de un enfermo.

Insiste en ponerse en pie, pero el contacto de su mano contra piernas y brazos le produce un dolor indescriptible. Tras la brutal paliza, el matón lo ha llevado hasta la calle arrastrándolo por el suelo. Se ha empleado a fondo. A su lado era como un oso gigante. Sin orden ni control le ha lanzado puñetazos, cabezazos, le ha mordido en los brazos y propinado rodillazos en la entrepierna, patadas en la cabeza, arañazos en el cuello, y se ha tumbado encima hasta casi ahogarlo. Un verdadero salvaje, una fiera desbocada que no hubiera dudado en acabar con su vida de no ser porque alguien ha interrumpido el golpe final que lo habría matado de forma irremediable.

Cuando el energúmeno regresa al interior del local observa una figura humana, la misma que un instante antes ha hecho retroceder al agresor solo con su palabra. Se acerca un poco más, lleva una gabardina negra, pero distingue que es una mujer por las piernas y los zapatos de aguja. Se agacha y le susurra por el oído bueno: «¿Eres de los que piensan que todas las rubias son tontas?» El dolor de la mandíbula es de tal calibre que le cuesta abrir la boca. La sorpresa y la estupefacción también causan gran efecto. Se trata de la mujer que lo engañó, la misma que invitó a su casa con fines amatorios y que, tras verter algo en su copa, acabó robándole y dejándolo tirado como a un perro.

—El que ha mandado que te peguen la paliza es mi marido. Se suponía que el negocio era a medias. Pero me ha dejado en la calle, como tú ahora. El gorila aún me tiene respeto —ríe de forma sensual—. La tiene tan pequeña que da vergüenza. Un día quiso extralimitarse y al vérsela me entró la risa. Hicimos un pacto: yo no le diría a mi marido que había intentado sobrepasarse y él me obedecería cuando fuera necesario.

Consigue ponerse de rodillas, aunque apenas puede moverse. Ella le ayuda a ponerse en pie. Caminan despacio hacia un vehículo estacionado en la esquina. No se cree lo que está pasando. Cojea y siente que uno de los tobillos se le hincha de forma preocupante.

—¿Por qué yo? —pregunta sin salir de su asombro.

—Porque te he elegido para que acabes con mi marido. Será como jugar una partida. Yo repartiré las cartas y tú ganarás la apuesta.

18

Lunes, 1 de diciembre

TENÍA LA MANO derecha vendada. Le dolían los nudillos y unas gotas de sangre amenazaban con empapar el vendaje. Un vendaje que a decir verdad parecía hecho por un profesional. Por lo visto se había quedado dormido. Habrían sido un par de horas a lo sumo, lo suficiente para que un profundo dolor de cabeza le percutiera en el cerebro como un martillo hidráulico. No recordaba cómo se había hecho lo de la mano, pero sí dónde había estado.

El hombre del bajo comercial no había querido abrirle la puerta porque no se sabía la contraseña. Era una puerta endeble, provisional. Había dado dos pasos hacia atrás, tomado impulso y, de una patada certera, la había arrancado de los goznes. El hombre, al otro lado, cayó al suelo y, sin tiempo a que pudiera reaccionar, le clavó la rodilla en el cuello. Mientras lo inmovilizaba había visto a un nutrido grupo de individuos que huía del local por lo que debía de ser una puerta trasera. Pero a los dos que quedaron los había encañonado gritándoles que dispararía sin compasión si daban un solo paso. Había levantado la rodilla del cuello del tercer hombre antes de que muriera ahogado y lo había instado a que se reuniera con los otros dos. Era un local de planta baja de un bloque de pisos de la Gran Vía de Tárrega Monteblanco, próximo al Hospital Provincial de Castellón. Debía de estar destinado a ser alquilado para algún comercio o garaje, pero la crisis había propiciado que estuviera vacío, salvo por las mesas en las que todavía quedaban barajas de cartas esparcidas, bebidas sin consumir y cigarrillos sin apagar en los ceniceros.

Los que no habían podido escapar estaban atemorizados bajo la amenaza del arma de Monfort, que los apuntaba alternativamente.

Uno suplicaba que no lo matara porque tenía tres hijos pequeños. El otro lloraba con los labios prietos para no hacer ruido. El que había estado bajo el peso de la rodilla de Monfort era más chulito que los otros dos. Sus ojos no pedían clemencia, como los de sus compañeros; brillaban por el efecto de la cocaína que sin duda había consumido. Monfort lo eligió.

—Átalos —le ordenó.

—¿Con qué? —preguntó desafiante, sin dejar de sorberse la nariz.

Al inspector, aquel tipo de graciosos lo ponían de los nervios. Tres rayas y ya se pensaban que eran más que nadie. Un lameculos es lo que debía de ser en realidad, un imbécil al servicio de un jefe de su misma calaña. Unos cuantos billetes bajo mano, *farlopa* asegurada cada noche y alguna mujer a su disposición. Poco más necesitaría para sentirse un semidiós. Un gilipollas, a fin de cuentas.

—¡Con tus pantalones! —exigió—. Te los quitas, los partes en dos trozos y luego atas a tus colegas cada uno a una silla. ¿Te parece bien o te quito yo los pantalones?

La cocaína ingerida pareció apelotonársele entre la garganta y el paladar. Le sobrevino una arcada y reprimió el vómito por si acaso el poli se enfadaba más. Se puso blanco como la cal. Miró a sus compinches de partidas ilegales y a continuación se desabrochó el pantalón y se lo bajó, dejando a la vista unas piernecillas pálidas y peludas, y unos calzoncillos que difícilmente hubieran excitado a las féminas.

—¡Rómpelos! —gritó Monfort apuntándole a la cabeza.

Se apresuró a hacerlo. Separó las dos perneras del pantalón de tergal después de varios tirones.

—¡Vosotros! ¡Coged una silla cada uno y sentaos!

Los otros dos secundaron la petición a toda prisa.

—Ahora, átalos.

Les anudó las muñecas con los trozos de pantalón por detrás de las sillas. Primero a uno y luego al otro.

—¡Asegúrate de que no se soltarán o te vuelo la cabeza! —bramó.

Cuando sus amigos quedaron bien atados comprendió que lo que venía a continuación no sería bueno para él. Y estaba en lo cierto. Monfort se acercó y, clavándole el cañón de la pistola en el cuello, lo obligó a sentarse en otra de las sillas que instantes antes habían ocupado los jugadores que habían escapado.

—¿Quién es el jefe? ¿Este? —Se volvió hacia uno de los dos hombres atados y le puso la pistola en la frente.

—¡No! —respondió el que iba en calzoncillos.

—¿Es este, entonces? —preguntó llevando el cañón a la sien del otro.

—¡Tampoco! —gritó asustado.

—De acuerdo, me lo voy a creer. Pero si alguien no pinta una mierda aquí, ese eres tú —retiró el arma de la sien del hombre para ponerla en la base del cuello del que hasta hacía un momento se había comportado como un gallito.

—Yo no sé nada —dijo con voz trémula.

—¡Vaya! Se te ha pasado el efecto de la coca en un santiamén. No hay nada como un buen susto para acabar con el subidón.

—¿Y vosotros? ¿Sabéis quién organiza esto?

Los dos hombres sacudieron la cabeza a la vez.

—Tres tontos muy tontos. De todos los tontos que estaban aquí esta noche me he tenido que quedar con los tres más idiotas. Os propongo una cosa, lo explicaré de manera sencilla: me decís quién manda en este negocio de apuestas y os dejo vivir, ¿de acuerdo? Os daré un par de minutos para que penséis la respuesta o para que os acordéis de vuestras familias antes de que os mande al infierno de los cobardes.

Encendió un cigarrillo y se acercó a una de las mesas de juego. Alguien se había olvidado un fajo de billetes en su repentina huida. Los contó: cuatrocientos euros. Nada de fichas, ningún disimulo, dinero fresco. *Cash.*

—¿Todavía estáis pensando? ¿Tan difícil de recordar es su nombre? ¿O es que tenéis mucha familia de la que acordaros?

Se acercó al de los calzoncillos al aire, el único que estaba sin atar. Con un gesto rápido le agarró la barbilla con la mano y le puso el cañón de la pistola en los labios. El hombre empezó a temblar compulsivamente. Los otros dos estaban horrorizados.

—Me ha venido a la mente una canción —dijo como si nada—. Me suele pasar. Es mi tributo a los grandes. La canción que me ha venido al pensamiento al veros de esta guisa se llama *Folsom Prison Blues*, y la cantaba aquel tipo que vestía siempre de negro, del que se decía que era «el cantante que actuaba en las cárceles». De hecho, la canción pertenece a un disco grabado en vivo en la prisión estatal de Folsom, en California. No creo que os importe demasiado; el caso es que la letra dice algo así: «Mi mamá me dijo sé siempre un buen chico, nunca juegues con armas. Pero le disparé a un hombre en Reno solo para verlo morir».

Los labios donde había apoyado la pistola se pusieron de color morado. El hombre que le había negado la entrada se orinó encima sin poder remediarlo. Por su mente debieron cruzar todas las cosas que había hecho mal en la vida. Monfort apretó levemente el gatillo. Los otros dos cerraron los ojos.

—Antes de que te mate, aunque solo sea por el capricho de verte morir, contesta una pregunta. ¿Quién está detrás de las apuestas de kamikazes en Castellón?

El hombre no fue capaz de contestar. No le salía la voz, pero sus ojos enviaron una nueva negativa. Tenía cojones, pensó Monfort, pero él se los iba a agujerear si era necesario.

—No quieres contestar, ya veo. No voy a aguantar mucho tiempo así. El olor de tus meados es asqueroso. Toda esa mierda de droga que te metes la sueltas por ahí conmigo delante. Qué desfachatez.

Uno de los otros hombres carraspeó ligeramente para llamar la atención. El otro permanecía con los ojos cerrados a la espera de la detonación que le volara la cabeza al portero del local.

—¿Tienes algo que decirme?

La pistola de Monfort seguía presionando los labios del tipo en calzoncillos. Este trató de negar con la cabeza, y entonces Monfort supo que sabían algo.

—¡Habla! —le gritó al otro—. ¡Habla o le vuelo la boca ahora mismo y luego haré lo mismo con vosotros!

—No sé cómo se llama el jefe —balbuceó al final el que había carraspeado—. Pero el que capta a los apostantes para la autopista se llama Herminio.

Fue como si le hubieran dado un bofetón, o una patada en el culo. Como si alguien se hubiera burlado de él llamándole estúpido en toda la cara. Como si le hubieran escupido.

—¿Cómo lo sabes?

—Viene por aquí de vez en cuando y ofrece mucho dinero por participar.

—¿Y cómo sabes que no es el jefe?

El hombre abrió los ojos de par en par.

—Usted no conoce a Herminio. El jefe de esa historia debe de ser alguien con mucho capital como para poder jugárselo de esa forma. Los coches de lujo corren por su cuenta. No es posible que Herminio sea capaz de tejer una tela como esa.

—Debe de ser alguien a quien le fascinen los coches caros —insinuó Monfort.

—No le quepa la menor duda —respondió el otro con la esperanza de que su confesión le permitiera seguir con vida.

Monfort retiró el arma de la boca del portero y encañonó simultáneamente a los tres hombres. Debía priorizar lo que iba a hacer a continuación, aunque solo una propuesta reinaba en su mente. No podía dejar a aquellos tres allí de aquella forma, tampoco quería que se fueran de rositas. Llamó a un número grabado en su teléfono móvil.

—¿Inspector?

El agente García contestó al segundo tono de llamada. Era una hora intempestiva de la noche. Si llamaba era porque estaba en apuros.

—¿Estás de guardia?

—No, estoy en casa. Estaba en la cama –dijo sin acritud y sin que se le notara voz de sueño—. ¿Qué sucede?

—¿Puedes localizar a Terreros?

—Sí, claro, lo llamo y ya está. ¿En qué podemos ayudarle?

—Estoy en la Gran Vía, en el tramo más cercano al Hospital Provincial. He aparcado el coche encima de la acera, junto a un local comercial. Lo veréis sin problema. Estoy dentro, charlando del tiempo con tres amigos. Estamos a gusto, pero necesito que vengáis enseguida. —Y pensó que empezaba a deberles demasiados favores a los dos agentes.

—Denos veinte minutos.

—Otra cosa…

—Ni una palabra al comisario —añadió por él el agente García antes de finalizar la llamada.

Llegaron al lugar en apenas quince minutos y se encargaron de esposar a los tres individuos, recoger los enseres de encima de las mesas y registrar el local de arriba abajo.

—Si preguntan, os han dado un chivatazo —les pidió Monfort.

—Cosa que es bien cierta —ironizó el agente García guiñando un ojo al inspector, que ya salía a toda velocidad por la puerta.

HERMINIO LÓPEZ, EL testigo ocular del accidente que el kamikaze había provocado en la autopista, era un impostor. Estaba allí para supervisar el devenir de la apuesta. Debía de tener más que preparada la patraña en la que se había hecho pasar por un deportista que casualmente se encontraba en aquel lugar. Se había burlado de la policía y todos se habían tragado sus mentiras. Monfort estaba loco de ira. Sospechó de él cuando vio el paquete de tabaco en la mesilla de la entrada del piso y respiró el ambiente cargado del interior; aquello cuadraba poco con alguien capaz de correr desde aquel punto de la autopista hasta su casa del centro de Castellón.

En el inmueble de la angosta calle Núñez de Arce, donde vivía Herminio López con su madre, nadie respondía al sinfín de llamadas de Monfort. Era muy tarde y los timbrazos se oían por toda la calle, que por estrecha provocaba que el sonido se propagara con mayor facilidad. Justo al lado se encontraba el convento de clausura que había visto en su primera visita. Temió despertar a las monjas; sin embargo, fue un vecino de la casa de enfrente quien abrió la ventana y amenazó con llamar a la policía. Reprimió el impulso por hacerlo callar mostrándole la placa, pues a los gritos del hombre se sumaron los de otros vecinos, todos demasiado mayores para convencerles de que necesitaba hablar con Herminio López.

—¡Váyase, desgraciado! —gritó una mujer—. Si busca a Rosario y a Hermini, no están en casa. Los he visto marchar esta tarde con el coche. Llevaban maletas, así que deben de haberse ido de viaje.

—¿Y les ha preguntado a dónde?

—Yo no me meto en la vida de los demás, no como otros.

—¡Haga el favor de largarse de una vez! —protestó un nuevo vecino—. Voy a llamar a la Guardia Urbana —dijo tras mostrar un teléfono inalámbrico.

Herminio se había marchado. Él era la clave, la solución para desenmascarar al artífice de las apuestas capaces de provocar la matanza de inocentes en la autopista por un puñado de billetes. Y se había llevado a su madre para que no pudiera delatarlo.

Desde la calle Gobernador llegó un destello. Una sirena de la Policía Local. Sopesó los problemas en los que podía incurrir. Y sobre todo temió que Herminio advirtiera que iba tras sus pasos para cazarlo como el águila que clava sus zarpas en un ratoncillo que se aventura en el crepúsculo.

LA MANO HERIDA le provocó un pinchazo agudo. Recordó entonces la ira desbocada cuando los agentes se acercaban a él con órdenes de permanecer quieto y levantar las manos. Había tenido a Herminio tan cerca y se le había escapado. Le acudió a la cabeza el puñetazo contra la pared, el dolor inmenso, los nudillos sangrando y cómo había regresado al hotel, corriendo por las estrechas callejuelas de un Castellón siniestro, como un sospechoso, como un alma en pena, como un fracasado.

La puerta del cuarto de baño se abrió de repente y Elvira Figueroa apareció con menos ropa de la habitual para que Monfort pudiera atar cabos de una vez; también para recordarle quién aguardaba en la habitación del hotel tras su furtiva llegada y quién le había curado la herida de la mano. No había caído hasta ese momento que la habitación olía a su perfume, a su fragancia provocativa. Tal vez no se dio cuenta porque aquel aroma lo acompañaba en los últimos tiempos, aunque ella no estuviera, aunque él la rechazara. Sin embargo, la exuberante Elvira aparecía en los momentos más oportunos, cuando estaba más necesitado también. Él le reprochaba que lo reprendiera por sus malos hábitos, pero no se lo decía, y de aquella forma era imposible forjar algo más que una amistad.

El reflejo de la luz del baño le confería a Elvira un aura casi de santidad. Merecía que él la abrazara, que le dedicara unas palabras de agradecimiento.

—Podía haber estado con otra mujer —fue lo que dijo, sin embargo.

—Tú no eres de esa clase de hombres.

—¿Y de qué clase crees que soy?

—No de los que permiten que una mujer como yo pueda pedir la llave de la habitación en la que te hospedas.

Tenía razón. Desde el día en que habló con el personal de recepción para advertirles que la jueza tenía vía libre para pedir la llave, no había dado señales de lo contrario.

—Sé que no vas a cambiar, por mucho que te de la paliza con mis consejos de salud —prosiguió Elvira tras salir del influjo de la luz del umbral y sentarse a un lado de la cama.

Fue un momento de zozobra. La obstinación era una postura relativa cuando se tenía tan cerca a una mujer como Elvira.

19

MONFORT ESPERÓ A que la rueda de prensa hubiera dado comienzo. Fue un consejo de Elvira para que no le hicieran preguntas acerca de su mano. Habría tiempo después.

Tomó asiento junto al comisario Romerales, que le lanzó una mirada de alivio y no de reproche, como esperaba que hiciera. Era un buen comienzo, pensó. Silvia, al otro lado del comisario, le miró la mano inquisitivamente. Elvira tenía razón, como casi siempre. Más tarde podría inventarse cualquier cosa o contar la verdad sin tapujos.

La madrugada había sido como un bálsamo reconciliador. La jueza se había mostrado sincera en cuanto a lo que creía que fallaba en aquella supuesta relación, en el caso de que en algún momento hubiera llegado a ser tal cosa. Monfort había tratado de ser delicado en sus palabras. No había empezado con buen pie con aquello de que podía haber estado con otra mujer en el hotel. Lo normal habría sido que ella se hubiera largado sin esperar una disculpa; sin embargo, recondujeron el asunto convirtiendo la habitación en un lugar acogedor donde las palabras de ambos fluyeron sin cortapisas, declarando lo que en realidad necesitaban el uno del otro. Tiempo atrás, él le había preguntado si estaban actuando como una pareja de maduritos, a lo que ella había respondido que eran amigos con ciertos derechos cuando buenamente les apetecía, aclaración que les pareció de buen grado y por la que brindaron.

La voz estridente de una periodista joven que se había puesto en pie lo trajo de vuelta de sus cavilaciones.

—Llevan demasiados días con la investigación y todavía no saben decirnos si se trata realmente de un secuestro o de una desaparición voluntaria. Es muy difícil creer que nadie se haya puesto en contacto con la familia para pedir un rescate. Si no hay rescate que pedir, ¿para qué quieren retener a un empresario millonario como Carlos Sorli? No se entiende nada en este caso. Nuestro trabajo es informar y ustedes no hacen más que darnos largas. La gente quiere saber y nuestra obligación es decir lo que sucede. Estamos quedando como unos catetos de cara al resto del país.

Otra periodista tomó la palabra.

—Y con la muerte del conservador de Patrimonio Nacional que vino con el cuadro de Goya pasa tres cuartos de lo mismo, o peor aún. ¿A nadie le interesa saber qué pasó en esa acequia? ¿O es que simplemente no quieren desvelar la verdad por la posible relación entre ambos individuos?

El murmullo en la sala se hizo patente. Habría una veintena de convocados y todos hacían gala de dispositivos móviles o libretas donde anotaban lo que se decía.

—¡Un empresario como Carlos Sorli no desaparece con tanta facilidad de la noche a la mañana! —exclamó un hombre al final de sala—. Digan la verdad, no le den tantas vueltas, ¿o acaso es que tienen miedo de alguien?

—¡Eso! —gritó el que estaba a su lado—. ¿Temen algún tipo de correctivo por parte de sus superiores?

—¡Lo que pasa es que les viene grande que los misterios acerca de esos dos hombres tengan que ver con una entidad como el Museo del Prado! —bramó la primera mujer que había hablado.

—¿Lo de Carlos Sorli es un secuestro o no? ¡Hablen claro de una vez! —pronunció alguien desde un lugar indeterminado de la sala.

Romerales estaba nervioso; Silvia miraba a Monfort, que a su vez se miraba la mano vendada. Decidió tomar cartas en el asunto, despejar algunas dudas y dejar caer lo que pensaba de todo aquello. Levantó el brazo y los periodistas se callaron de forma unánime.

—Esto no es un secuestro —dijo—. No sabemos dónde está, no tenemos ni idea de si sigue vivo o si por el contrario está muerto.

Trabajamos en ello sin tregua, aunque les parezca que estamos tomando cañas en los estupendos bares de su ciudad.

—¿Y si no es un secuestro, qué demonios es? —preguntó alguien que Monfort reconoció enseguida. Era la hija de Carlos Sorli, infiltrada entre la maraña de periodistas.

El comisario preguntó a Silvia en voz a baja cómo se había colado allí Elisenda Sorli.

—Tal vez la respuesta esté más cerca de lo que pueda imaginar. Quizá si algunos miembros de su familia nos ayudaran a esclarecer algunos detalles, todo sería un poco más sencillo.

Ya no fueron murmullos lo que se escuchó, sino voces en alto, y las miradas cayeron masivamente sobre la joven.

—Tienen pruebas de que mi padre estuvo secuestrado en la casa de la playa de Benicàssim. Y que luego fue trasladado a la casa que tenemos en Morella. Está claro que alguien lo retuvo en ambos lugares.

Aquellos datos, que hasta el momento no habían trascendido a la prensa, eran como un caramelo en la puerta de un colegio. Material de primera mano para periodistas ávidos de noticias frescas. La seguridad de una indiscutible primera página.

El comisario se vio en la necesidad de tomar cartas en el asunto, de interrumpir aquel intercambio de reproches entre un familiar de la víctima de un posible secuestro y un miembro de la Policía.

—No creo que este sea el lugar ni el momento más adecuado —argumentó—. Señorita Sorli, le ruego que al finalizar la rueda de prensa nos acompañe a las dependencias y aclaremos este asunto sin necesidad de que se hagan públicos los detalles que no son relevantes para el público por el bien de la investigación.

—¡Mi padre ha sido secuestrado y ustedes no dan pie con bola! —profirió la hija, visiblemente alterada—. Tienen pruebas suficientes para afirmarlo y al inspector no se le ocurre otra cosa que decir que no cree que sea así. La familia tiene derecho a…

—Su padre no estuvo en ninguno de esos dos lugares —la interrumpió Monfort—. Y mucho menos fue atado contra su voluntad. Todo es un decorado, una farsa, la puesta en escena de un artista que ha cometido el grave error de crear dos escenarios tan idénticos que resultan del todo increíbles.

El alboroto que se formó fue suficiente como para dar por concluida la rueda de prensa. El comisario salió disparado de su posición en la mesa y, tras tomar del brazo a Elisenda Sorli, la acompañó fuera de la sala para evitar que la avasallaran. Silvia ordenó a varios agentes que entraran para disuadir a los periodistas de seguir haciendo preguntas y fotografías a los inesperados protagonistas del altercado. Todos tenían suculentos titulares que compartir en sus respectivos medios, conseguirían atraer al público sin necesidad de modificar las palabras de los interlocutores. Había sido suficiente con retener en la memoria, grabar en los dispositivos o anotar en las libretas las palabras de la hija de Carlos Sorli y del inspector Monfort. Sí, era más que suficiente. El investigador al mando estaba seguro de que el organizador de la exposición del cuadro *Perro semihundido* de Goya no había sido secuestrado.

—ESTÁS COMPLETAMENTE LOCO —lo acusó el comisario, sentado en el sillón de su despacho. En una esquina, Elisenda Sorli se cubría la cara con las manos y pataleaba de pura rabia.

Monfort aguardaba de pie, con la mano buena en un bolsillo del pantalón y la otra pegada al cuerpo.

—Carlos Sorli no estuvo en ninguno de esos lugares. Y si estuvo no fue allí a la fuerza —dijo.

—¿Y lo dices ahora? —inquirió Romerales.

—He creído que era el momento. Si ella no se hubiera colado entre los periodistas para acusarnos de que somos unos inútiles te lo hubiera dicho en privado al terminar la rueda de prensa. Pero ha precipitado los acontecimientos con su aparición estelar. —Se encogió de hombros—. Qué le vamos a hacer.

Elisenda Sorli se puso en pie de un salto. Tenía la cara enrojecida de llorar.

—¿Dónde está mi padre? ¿Qué ha pasado con él? —preguntó entre sollozos con los puños apretados. Vestía unas mallas negras con botas de media caña y un jersey a juego con su pelo coloreado.

—No lo sabemos —respondió Monfort—. Ojalá pudiera decirle lo contrario, pero no lo sabemos aún.

La subinspectora Redó entró en el despacho y resopló al ver la escena.

—Menuda tangana se ha montado —opinó. Luego se dirigió a la hija de los Sorli—. ¿Cómo ha entrado en la rueda de prensa?

La joven agachó la cabeza y se sonó los mocos con un pañuelo de papel arrugado.

—He dicho que era periodista.

—¿Y no le han pedido la acreditación?

—No.

Silvia miró al comisario. No era una cara de reproche la que puso, más bien de mofa hacia lo que debía ser una sesión controlada al milímetro. Luego miró la mano de Monfort.

—¿Qué te ha pasado?

—Luego te lo cuento —atajó el inspector.

—Seguro que no ha sido haciendo ganchillo —masculló el comisario—. A ver, Sherlock Holmes, dinos cómo sabes que Carlos Sorli no estuvo en los garajes donde hallamos las pruebas. Dinos cómo has llegado a la conclusión de que no es un secuestro.

—Eres muy divertido. Puede que cuando te jubiles te den un puesto en algún programa de humor de la televisión de Castellón.

—Déjate de rollos.

—¿Es necesario que ella esté presente? —cuestionó Silvia.

—¡Yo no me muevo de aquí! —protestó la hija de Sorli—. Es de mi padre de quien están hablando. ¿Qué narices se han creído?

—Que lo escuche —consideró Monfort—. Que sepa la verdad y, sobre todo, que luego vaya a contársela al trío de ases que tiene en casa.

—¿Trío de ases? ¿Qué dice?

—Su tío, su madre y el perrito faldero. Esos tres no colaboran mucho que digamos, más bien entorpecen la investigación con sus secretos y delirios de grandeza.

—Habla, Monfort, dinos qué sabes —le apremió el comisario para que no se enzarzara de nuevo en otra disputa con la joven.

Relató con detalle lo que pensaba acerca de la disposición de los objetos en los garajes de las casas de Benicàssim y Morella. El remate llegó cuando afirmó que las camisas con las iniciales bordadas de Carlos Sorli, arrugadas y tiradas en el suelo, estaban demasiado limpias, y que no olían al sudor que, sin duda, debía emanar alguien que estuviera en una situación extrema como lo era una retención contra su voluntad. Por último, expuso aquella teoría personal de que todo parecía formar parte del proceso creativo de un artista que representaba su obra. Faltaba saber si lo había hecho de forma intencionada o si era una mera casualidad.

—En todo caso —concluyó—, su padre no estuvo retenido. De eso no me cabe la menor duda.

La hija rompió a llorar y los hombros le temblaron compulsivamente. Todo aquello que Monfort había expuesto no hacía más que confirmar sus verdaderas sospechas de que su padre podía estar muerto.

Sonó el teléfono de la mesa del comisario.

—Es para ti —le dijo a Silvia tras intercambiar unas palabras con el interlocutor.

Redó se puso al teléfono y escuchó con atención. Luego dio las gracias y colgó.

Romerales trataba de consolar a Elisenda Sorli. La instó a salir del despacho, allí no tenía nada más que hacer. Pediría que un agente la acompañara a su casa, no estaba en condiciones de salir sola a la calle.

Monfort esperó a que el comisario y la joven se hubieran marchado.

—¿Quién era? —preguntó.

—¿Qué te ha pasado en la mano?

—Luego. Ahora dime qué sucede.

—El viejo policía se huele algo.

—Más bien se teme.

—Te va a interesar.

Cuando Silvia tenía una información relevante los ojos le brillaban más de lo normal y la voz le adquiría un timbre musical, como si todavía estuviera en la academia de Policía y hubiera aprobado los exámenes con calificaciones excelentes.

—¿Por qué me miras así? —le preguntó un tanto azorada.

Monfort dejó pasar varios segundos antes de responder.

—Nunca permitas que la experiencia te anule la inocencia.

Ella trató de asimilar las palabras. Más bien de retenerlas para analizarlas más tarde. No había tiempo para sus acertijos. Era tan imprevisible… Un corto espacio de tiempo con él era suficiente para confundirla y convertirla en una verdadera desconocida hasta para ella misma. «Qué hombre más enrevesado», pensó. Y más interesante, enigmático y encantador. Pero no era momento de ponerse colorada, así que fue al grano y soltó lo que el compañero de la Científica le había revelado por teléfono.

—Sergio Bayo es de Castellón, pero vive en Madrid desde hace años —hizo una pausa intencionada—. Y ¿a qué no adivinas dónde trabaja?

—No veo ninguna lámpara mágica en el despacho del jefe.

—Es guía libre en el Museo del Prado. Pero no uno cualquiera. —Hizo otra pausa—. Es el guía especializado en las *Pinturas negras* de Goya a la que pertenece el *Perro Semihundido* que se expone en el Real Casino Antiguo. La exposición de Carlos Sorli.

En el aparcamiento de un supermercado cercano a la comisaría, Sergio Bayo observó a cierta distancia cómo un vehículo de la Policía Nacional se detenía bruscamente junto al coche de alquiler. Los agentes iban armados. Escudriñaron a través de las ventanillas y comprobaron si alguna de las puertas estaba abierta. Uno de ellos se puso en contacto con alguien a través de la radio del coche. A continuación, hizo un gesto afirmativo con la cabeza al compañero para indicar que era el coche que buscaban. Ambos salieron disparados hacia el establecimiento y bloquearon las puertas para impedir que salieran las personas que se encontraban en el interior. En apenas dos minutos se personó un nuevo vehículo, del que salieron cuatro agentes. En total había seis policías pidiendo la documentación a los que estaban comprando.

Después de hacerse con algunos productos de primera necesidad como agua, pan y un poco de fruta, a Sergio Bayo le había salvado del encontronazo con la Policía sus ganas de orinar. Había rodeado el edificio en busca de un lugar resguardado para aliviarse antes de subir al coche y proseguir la infructuosa búsqueda de Carlos Sorli, a quien parecía que se lo había tragado la tierra. Sorli tenía una deuda con él que a cada hora veía más difícil de saldar. Lo odiaba por ello, pero aquello no era motivo para que la policía hubiera tomado su coche como si se tratara del vehículo de un terrorista.

El chasquido de la palanca de acero que rompió el seguro de la puerta le hizo desistir definitivamente de darse a conocer. Tres agentes entraron en el habitáculo, dos delante y uno detrás, y registraron a fondo todos los recovecos del interior.

Bayo se guardó en los bolsillos de la chaqueta todo lo que pudo de aquello que había comprado y tiró las dos bolsas de plástico con el logotipo de la tienda que podían delatarlo. Los policías dejaban salir de uno en uno a los clientes que ya habían sido identificados y descartados. Por un momento pensó que tal vez habían encontrado a Sorli. De repente dos agentes empezaron a rodear la nave empuñando sus armas reglamentarias. Dejó de pensar. No era momento para especulaciones. Ya descubriría qué estaba pasando; si algo tenía claro es que, fuera lo fuese que hubiera sucedido, había sido después de visitar a la esposa de Sorli.

Se encaramó a la valla y saltó a un campo de naranjos. Corrió como alma que lleva el diablo hasta esconderse en una barraca de labranza. La puerta estaba abierta y se guareció en el interior. Olía a orines y había un colchón húmedo y sucio, además de varias jeringuillas tiradas en el suelo de tierra. Por primera vez desde que empezó todo, sintió miedo por lo que pudiera pasarle.

No había sido buena idea querer ver cómo admiraban el cuadro.

MATAR AL HOMBRE le resulta más sencillo de lo que había imaginado. Todavía le duelen las manos de ceñir la cuerda de guitarra con la que ha estrangulado al marido de la rubia. Ha sido idea suya, que tiene dotes musicales. Ha extraído la cuerda al instrumento mientras le daba instrucciones de cómo actuar. Le ha exigido que la traiga de vuelta con la intención de que, una vez colocada de nuevo en el instrumento, no quede ni rastro del arma del crimen. Es fría y calculadora.

Lo espera casi desnuda, lasciva y ardiente. Como el trofeo de la apuesta ganada. De su boca no sale pregunta alguna; no lo necesita. Le basta con verle la cara sudorosa, la mirada perdida del que ha cometido un horror indescriptible. Del que ha hecho algo que lo perseguirá toda la vida.

Matar ha sido sencillo. Vivir con ello, sin embargo, se le antoja espantoso. La rubia lo seduce. Lo desnuda despacio cubriéndole el cuerpo de besos y lo anima a ponerse debajo de una lluvia purificadora de agua y jabón. No pregunta los detalles, no le interesa saber más qué dónde guarda la cuerda de la guitarra. Él le indica que en el bolsillo de la americana. Se abalanza hacia la prenda y la busca hasta encontrarla. La agarra con fuerza y se la aprieta contra el pecho. Luego, con suma delicadeza, la vuelve a colocar en la guitarra, girando la clavija hasta afinarla con su entrenado oído. Rasga suavemente hasta componer una bella melodía. Cuando él sale de la ducha ella apoya el instrumento contra la pared y va a su encuentro con los brazos abiertos.

Ha ganado la apuesta, como cuando era un crío y se jugaba cuatro duros con los amigos del barrio.

La recompensa está delante de él. Voluptuosa y atrayente.

Pero ya no le apetece.

20

RECORDABA LAS PALABRAS del guardia de seguridad del Museo del Prado que custodiaba la sala dedicada a los enigmáticos cuadros de Goya.

Silvia había insistido en que debía curarse la mano. Para poder seguir hablando, Monfort le había pedido que lo acompañara a urgencias del Hospital General, donde una enfermera le había cortado con destreza el vendaje introduciendo unas largas tijeras desde la muñeca hasta los dedos.

—Hay que ir con cuidado de dónde se mete la mano —advirtió la enfermera con tono divertido.

Se habían acreditado como policías, aquello que hacía que las preguntas y los matices del cómo y el por qué brillaran por su ausencia. Su profesión les eximía de extenderse en dar explicaciones.

—Si cabía alguna duda de la relación de todo esto con el cuadro, ahí tienes la prueba —opinó Monfort haciendo una mueca de dolor cuando la enfermera le aplicó una gasa empapada en alcohol sobre los nudillos pelados.

—¿Qué te dijo exactamente el guardia del museo? —preguntó Silvia.

—Puede que tan exactamente no lo recuerde. —A ella le extrañaba que no hubiera memorizado cada palabra de lo que fuera que le hubiera dicho—. En la sala faltaba un cuadro —prosiguió Monfort—. El guardia me aclaró que se trataba del *Perro semihundido* de Goya que se expone aquí. Yo no recordaba el nombre de la obra hasta que el hombre me mostró un folleto. Luego me dijo: «Si Sergio estuviera aquí le daría una clase magistral sobre el cuadro». Añadió que lo sabía absolutamente todo acerca de la pintura. Le extrañaba también que no estuviera en el museo ese día, que era puntual como un reloj, que llegaba siempre el primero y que era el último en marcharse.

Ya sabía que recordaría cada sílaba de la conversación. Mientras, la enfermera finalizó su trabajo tras aplicarle un nuevo vendaje.

—En un par de días estará listo de nuevo para boxear —bromeó con una amplia sonrisa—. Supongo que conocen la salida —añadió y abandonó la sala.

Monfort observó la venda de la mano y chasqueó la lengua contra el paladar. Se sentía avergonzado por haberse lastimado de aquella forma tan estéril.

—¿Hay algo más? —preguntó Silvia, convencida de que lo había.

—Me dijo que el tal Sergio está un poco obsesionado con el cuadro —concluyó Monfort.

CAYETANA ALONSO CONSTATÓ que el hotel Mindoro era un sitio magnífico para alojarse en Castellón. Ciertamente, tal como le había indicado la holandesa, era muy céntrico y estaba casi al lado del lugar de la exposición. El personal de recepción fue amable y estuvieron dispuestos en todo momento a ayudarla en lo que necesitara durante su estancia. La habitación se encontraba en uno de los pisos superiores del edificio y desde el balcón gozaba de unas vistas estupendas de los tejados del casco antiguo de la ciudad. A sus pies se hallaba la fachada posterior del magnífico Teatro Principal, cuyas paredes bermellones lo dotaban de una belleza singular.

Deshizo la maleta y colgó la ropa en el armario. Dio cuenta de una botellita de Martini del minibar y se zampó la pequeña lata de aceitunas rellenas. Luego salió a la pequeña terraza y se fumó un cigarrillo con parsimonia. Sobre la cama vibró el teléfono móvil.

—Esperaba una llamada para decir que has llegado —instó Meike Apeldoorn, su jefa en el museo.

—¡Huy! Perdona —tercíó con sorna Cayetana—. Esta ciudad es tan cosmopolita y hay tanto que ver que se me había pasado por completo.

—Eres una pedante —espetó Meike.

—Y tú una déspota. Mira que enviarme aquí sin más, justo a mí que no me gusta nada viajar.

Lo había soltado así porque las pullas entre ellas eran habituales. Se había quejado tanto que ahora le salían de forma natural los reproches por aquel viaje inesperado. Sin embargo, su corazón no pensaba lo mismo mientras contemplaba un cielo azul tan limpio e intenso como no recordaba haber visto jamás desde su balcón de la madrileña calle Princesa. Era la luz lo que acaparaba su atención; una luz como pocas veces había visto en la vida. «¿Podía ser que realmente el cielo fuera tan azul?», se preguntaba mientras la jefa la ametrallaba con sugerencias y exigencias acerca del trabajo que debía desempeñar.

—Controla el cuadro. Lleva demasiados días sin que nadie de Patrimonio vele por él. Dame detalles del protocolo de seguridad, de la cantidad de público que pasa todos los días frente a él, de su correcta exposición y conservación. Mide la temperatura y el porcentaje de humedad, la luz directa y la indirecta, la colocación correcta de los focos especiales, la distancia a la que está expuesto con respecto a los visitantes, el horario exacto de exposición...

—¿Meike? ¿Meike? No te escucho bien —mintió Cayetana—. Se corta. No debo de tener cobertura. Puede que los móviles que proporciona el museo solo sirvan para Madrid y en el resto de provincias no llegue la señal. ¿Meike? ¿Meike? —bromeó apagando la colilla en el cenicero—. Lo siento, se corta, luego te llamo.

Bajó el volumen del teléfono para que la holandesa no volviera a incordiarla. Habría tiempo para darle las explicaciones oportunas. Se acicaló brevemente frente al espejo y con el bolso en la mano se dispuso a conocer un poco mejor aquella ciudad soleada en la que podría lucir sus caras gafas de sol a principios de diciembre.

EL QUE CAPTABA a los participantes de las apuestas con coches en la autopista se llamaba Herminio López. También quien comprobaba los resultados de las mismas.

Según los tres hombres arrestados por los agentes Terreros y García, López había sido un delincuente de poca monta en el pasado. En la actualidad lo había contratado algún mafioso que, además del negocio de los kamikazes, regentaba locales de juego como aquel en el que habían sido sorprendidos. Sin embargo, aseguraban no conocer la identidad del responsable. O tal vez se trataba de que ninguno de los tres estuviera dispuesto a desvelar quién estaba al mando de la red ilegal de apuestas por miedo a las represalias.

Terreros y García se centraron en el que hacía las funciones de portero.

—¿Trabajas gratis? —preguntó el agente García.

El hombre se encogió de hombros.

—No me creo que trabajes por amor al arte. No seas burro y larga de una vez el nombre del que te paga.

—No sé quién es.

—¿Cómo que no?

—No sé quién es.

—No repitas como un loro. Te pagan, de eso no nos cabe la menor duda. Dinos cómo.

El hombre sopesó la respuesta. Seguir negando solo haría que emporar las cosas.

—Me dejan un sobre con dinero —concedió.

—¿Y otro con cocaína?

El sujeto negó con la cabeza con tan poca convicción que era imposible creerlo.

—Lo que hizo ese poli es del todo ilegal —trató de argumentar en su defensa.

—Si te escucho una palabra más sobre otro poli vas a flipar en el trullo.

—¿Puede hablarme así sin la presencia de un abogado?

—¿Quieres llamar a un abogado? No hay problema. ¿Me dictas su teléfono?

—No creo que quieras llamar a nadie en este momento —apostilló el agente Terreros—. No tienes pasta para pagarte un abogado. Tampoco cojones para afrontar tantas mentiras.

—No sé quién es el jefe, de verdad. Yo solo hago de portero. Cada noche hay una contraseña nueva. El que se la sabe puede entrar y el que no se queda en la calle.

—¿Quién te paga? —preguntó Terreros.

El hombre le sostuvo la mirada hasta que claudicó.

—Una mujer. La que abre el local y gestiona el dinero. Solo sé que es extranjera. Polaca, creo.

—¿Cómo se llama?

—No lo sé.

—¡Tanto misterio me pone de los nervios! —exclamó García.

—¿Qué quieren que les diga? Es la verdad.

—¡Que te ha preguntado cómo se llama la polaca! ¡Dilo de una vez! —García empezaba a perder la paciencia.

—Dice que se llama Irenka —admitió a su pesar—. Pero puede que no sea su verdadero nombre. Con esa gente nunca puedes estar seguro.

—¿Hasta dónde sabes sobre el tema de los kamikazes? —preguntó ahora Terreros.

—Yo solo soy el portero. Nadie me cuenta nada.

—¿Te haces el tonto o qué?

—Oiga, no me insulte. Ya tuve bastante con el otro poli.

—Mira. —García tomó una silla y se sentó tan cerca del hombre que pudo oler su aliento—. Como sigas así te va a caer una buena. Ese otro poli, el que te empeñas en nombrar y nosotros te recomendamos que olvides, es famoso por su mal talante con los que ocultan información valiosa. Tiene muy buenos enchufes allí arriba —señaló el techo.

—Se dice que tiene tratos con una jueza implacable con los embusteros —añadió Terreros.

—Intenta recapacitar —prosiguió García—. Dinos lo que sepas del asunto de los coches. Sabemos que son vehículos caros, robados y puestos a disposición de los apostantes. Sabemos también que si no se estrellan durante las apuestas son enviados a países del Este. Habla y no te arrepentirás.

—¿Y qué obtengo a cambio?

Terreros y García eran unos maestros desplegando la retahíla de supuestos beneficios para alguien que colaboraba con la policía.

Al final contó lo que sabía.

Su único contacto era aquella mujer polaca de la que solo conocía su nombre, fuera o no falso. Irenka, de la que decía no saber su apellido, hacía las funciones de encargada del local de apuestas. Se trataba de un bajo comercial alquilado a su nombre. El portero sabía que el verdadero negocio estaba dirigido por alguien de mayor calado, pues en numerosas ocasiones había escuchado a la polaca discutir por teléfono con alguien a quien siempre acababa obedeciendo. Hacía creer a los jugadores que ella mandaba allí, pero solo se trataba de una fachada, o tal vez de una orden del propio cabecilla.

En cuanto al asunto de las apuestas con los coches confesó que había querido participar en más de una ocasión. Las sumas de dinero que se barajaban eran tan suculentas que no era de extrañar que un advenedizo como él estuviera tentado de formar parte. Sin embargo, le había sido negado el privilegio con el pretexto de que su lugar estaba allí, en la puerta, decidiendo quién accedía al local y quién se quedaba con las ganas. La polaca lo embaucaba suministrándole cocaína, aquello por lo que sucumbía a los deseos de la mujer. Él esperaba cada noche a que ella le pasara bajo mano algunos gramos para su propio consumo, lo que lo envalentonaba y convertía en el bufón que ella necesitaba.

Era Herminio López el que podría responder a las incógnitas. Había que dar con él lo antes posible.

—Te lo preguntaré una sola vez: ¿dónde podemos encontrar a Herminio López? —le preguntó el agente Terreros.

Se encogió de hombros y a continuación se acomodó en la silla. Miró su reloj de pulsera.

—El tiempo máximo que pueden retenerme aquí es de cuarenta y ocho horas, ¿verdad? ¿Cuánto llevamos ya?

—¿QUE COQUETEE CON el asqueroso ese?

No hacía falta que Monfort le planteara a Silvia sus sospechas acerca del entorno de Carlos Sorli; aquellos secretos que parecían esconder y que ambos creían que podían ser concluyentes para dar con el paradero del mecenas. Sacó el tema y habló en primer lugar de la esposa de Sorli y del extraño equipo perfecto que parecía componer junto a su hombre de confianza y su propio hermano. Citó a Ricardo Sachs en último lugar, como jugando al despiste para que ella no sospechara de lo que en realidad quería pedirle. Pero a Silvia le había producido tal rechazo la forma en que el cuñado de Sorli la había mirado aquella noche, que al escuchar la propuesta saltó como un muelle engrasado.

—¡Pero bueno, ni que esto fuera un club de alterne!

—No te pongas así, mujer. Solo intentaba sugerir que si quedas con él tal vez te diga algo que a mí no me diría.

—¿Su talla de calzoncillos?

Monfort dejó escapar el aire que retenía en los pulmones. No había nada que contestar a preguntas como aquella.

Silvia no dejaba de mirar su teléfono móvil. Las noticias de Sanlúcar de Barrameda no eran buenas, y eso se notaba en su estado de ánimo.

A Monfort ya no le dolían los nudillos. La enfermera había hecho un buen trabajo. No creía poder cumplir su recomendación sobre llevar la mano vendada unos cuantos días más, y mucho menos volver al hospital a que le retiraran el vendaje.

—¿Cómo está Robert? —preguntó.

—Mal —repuso ella.

—¿Has hablado con alguien de su familia?

—Llamo a su madre todos los días.

Monfort supo que aquello representaba una importante carga emocional. Un compromiso diario que ellos, con su trabajo, no siempre estaban en disposición de poder cumplir.

—Los médicos no son optimistas —añadió con pesar.

—¿Y de su agresor, se sabe algo más?

—Nada. Ni rastro. Ni una sombra siquiera. Nadie lo ha visto, nadie aporta dato alguno. Se ha esfumado sin más.

—Lo encontrarán —intentó aportar algo positivo—. Ten paciencia, no puede haberse…

Silvia se puso la palma de la mano en la frente, como si estuviera tomándose la temperatura. El cansancio, los nervios, la incertidumbre y aquellos casos en los que trabajaban de manera estéril hacían mella en su capacidad de resistencia.

—Por poder, puede haberse marchado a cualquier lugar.

—¿En qué estás pensando? —Monfort ya lo sabía.

—En Portugal, Marruecos e incluso en el otro lado del Atlántico: Venezuela, República Dominicana o vete tú a saber. Según los colegas de Cádiz, para los delincuentes la conexión con esos países es sencilla a través de las mafias de tráfico ilegal de personas. Ya sabes, con dinero todo es más sencillo.

—¿Cómo dicen aquí eso? —Monfort quiso arrancarle una sonrisa y lo consiguió.

—*Amb diners, torrons!*

Nada que no se pueda conseguir con dinero, incluso el turrón, que en tiempos pretéritos suponía un artículo de lujo.

Silvia era una superviviente que cada día se asomaba a la vida con fuerzas renovadas. Nada la vencía. Nada ensombrecía su carisma y actitud. Cuando parecía que iba a caer, resurgía de nuevo con mayor ímpetu. A veces era complicado saber de dónde sacaba aquella energía.

—Está bien, hablaré con El cerdo.

21

MONFORT ABANDONÓ LA comisaría sin decir adónde iba. Aprovechó un momento en que los demás se encontraban atareados. Por el camino envío un mensaje de texto a Silvia para decirle que la esperaba a las dos en el restaurante China I; luego intentó hacer una broma con que la invitaba siempre que no se presentara allí con Ricardo Sachs, a quien ella había decidido apodar El cerdo.

Se acercó a pie hasta el piso en el que Herminio López vivía con su madre, a apenas quince minutos de la vieja comisaría. A cada paso recordaba la estupidez que había cometido dejándose la piel de los nudillos en la pared.

Si aquel tipo era el que se encargaba de verificar las apuestas, sabría también quién estaba al mando. Así que prefirió probar suerte.

Nadie contestó en el piso de la calle Núñez de Arce, igual que la noche anterior. Insistió un par de ocasiones más. Un vecino se asomó a la ventana de la finca colindante.

—No están.

No era ningún descubrimiento.

—Soy el sustituto del médico que trata a la madre de Herminio. Venía a ver qué tal se encuentra y a traerle un medicamento.

Se llevó la mano al bolsillo de la americana como si llevara algo para la anciana.

—Se marcharon ayer por la tarde —argumentó el hombre mientras lo miraba de forma escéptica—. La señora Rosario no creo que vuelva pronto. Tal vez regrese Herminio, pero ella supongo que se quedará allí unos días. No está para muchos viajes.

—¿Se han marchado?

—Sí, eso le he dicho.

—¿Y me puede decir adónde?

—Últimamente no sale de casa, como supongo que ya le habrán comentado. Y desde que murió el marido todavía menos. Pero ayer, cuando los vi bajar, salí a despedirla y me dijo que se iban a Teruel, a la casa de la familia de él que todavía conservan allí.

—¿Qué más le dijo?

—Nada más. Herminio tenía prisa, ya ve lo estrecha que es la calle. Solo se permite estacionar lo justo para cargar y descargar.

—¿Esa casa familiar está en la ciudad de Teruel o en algún pueblo?

—En Teruel Teruel. Tienen una casa como Dios manda en el centro. Lo que pasa es que a ella, que es nacida aquí, le sentaba muy mal la altura y creyeron que si se mudaba a Castellón se encontraría mejor, pero me da a mí que tampoco solucionaron mucho con venirse. Él murió de cáncer y ella, qué le voy a decir a usted, que es médico.

—Sí, claro —atinó a decir Monfort con la cabeza repleta de planes para dar con Herminio López.

Una mujer mayor apareció en una ventana del inmueble contiguo al convento.

—¿Ese no es el hombre que vino anoche y montó el jaleo?

—¡No fastidies! —exclamó el que hablaba con Monfort, mientras este se marchaba a paso rápido para no caer de nuevo en la tentación de lastimarse la otra mano.

CAYETANA SE SENTÓ en una terraza frente al Mercado Central. El cielo, despejado por completo, concedía al lugar un aspecto formidable. Pidió un té, pero se arrepintió de haberlo hecho cuando vio las tapas que devoraban a su lado dos señoras entradas en años. Tampoco ayudaron a mitigar la sensación de haberse equivocado las dos cañas de cerveza servidas con sus correspondientes dos dedos de espuma, ni el pan que crujía a cada bocado que daban. Escurrió la bolsita en la taza y vertió una nube de leche de la jarrita que lo acompañaba. Encendió un cigarrillo y se dejó llevar por el trajín de las personas que entraban y salían del popular mercado.

A aquella hora del mediodía la terraza del Café Centro estaba llena. Vio a los camareros desfilar delante de ella con bocadillos, huevos rotos con jamón, gambas al ajillo o patatas bravas. No era la única que tomaba un brebaje del mismo estilo, pero estaba claro que ellos también se habían equivocado.

Cuando hubo terminado pagó la consumición y se adentró en el mercado. Era pequeño pero bien estructurado, aquello que tanto le gustaba, que todo estuviera en su lugar, como cuando desempeñaba sus labores en el Museo del Prado. Otra cosa era cómo viviera, en qué estado estuvieran su casa y el corazón, pero en el trabajo… eso era sagrado.

Los puestos de pescados y mariscos eran espléndidos, el despliegue de productos del mar a disposición de los clientes era exorbitante. El resto del mercado no le iba a la zaga: carnes, verduras, quesos, embutidos, aceites… Los habitantes de Castellón tenían una suerte inmensa al poder disfrutar de semejante joya gastronómica en mitad de la ciudad.

Salió al exterior por otra puerta y se halló en una plaza monumental en la que se encontraba el ayuntamiento, un edificio histórico de bella factura; la catedral, de estilo gótico valenciano, y un atípico campanario cuya particularidad era que se encontraba separado de la iglesia. «Como la torre de Pisa», pensó Cayetana de inmediato. Levantó la vista hasta lo más alto y contempló su envergadura.

—El *Fadrí* es el símbolo de la ciudad de Castellón. Es bonito, ¿verdad?

Era un pintor callejero el que hablaba con marcado acento extranjero. Vestía con ropa vieja y lucía una generosa barba canosa y poco cuidada que le cubría gran parte del rostro. Sus ojos eran de un azul tan claro que proyectaban una mirada difícil de descifrar. Tenía el caballete dispuesto en un lateral del citado campanario y una maleta abierta en el suelo con los utensilios de pintura. Cayetana se acercó para observar el lienzo.

—¿Le gusta? —le preguntó el hombre sin dejar de analizar aquello que él mismo había pintado.

—Sí —respondió ella. Se trataba de una reproducción de la torre pintada al óleo, con más corazón que técnica. Un trabajo salido de las entrañas de alguien que pese a sus carencias amaba la pintura.

—Es de planta octogonal y tiene cuatro cuerpos bien diferenciados. En lo más alto hay una terraza y un templete desde el que se obtienen unas vistas espectaculares. Para acceder hasta allí hay que subir por una estrecha escalera de caracol.

—¿De dónde es usted? —preguntó Cayetana.

—De Alemania. Vine a España hace muchos años para recorrer el Camino de Santiago. Allí conocí a una mujer que era de Castellón. Estuvimos juntos por Galicia. Me invitó a regresar con ella y compartir su vida —se encogió de hombros—. Luego murió. Ahora vivo en Valencia, pero me gusta volver cada cierto tiempo y pintar el campanario. A ella le encantaba. ¿Sabe qué significa *Fadrí*?

Cayetana negó con la cabeza.

—Yo tampoco soy de aquí.

El hombre sonrió.

—Está solo —argumentó—, separado de su iglesia. *Fadrí* significa «soltero».

Tras despedirse del extravagante pintor caminó el corto trayecto hasta el Real Casino Antiguo. Las palabras del alemán le resonaban todavía en la cabeza. Ella también era soltera, sola, separada de todo y de todos, hasta de su Madrid del alma en aquellos momentos.

Era un palacio. Una soberbia obra de arquitectura. En su ingenua cabezonería se había imaginado un lugar vulgar donde antaño se habrían jugado el sueldo los habitantes de la ciudad. Sin embargo, se trataba de una majestuosa demostración del diseño de principios del siglo pasado. Se encontraba en una encrucijada de calles con magníficos edificios, un lugar de vital relevancia para los castellonenses. Eso sí, le chirrió un poco que al lugar lo llamaran la Puerta del Sol. ¿Acaso había una Puerta del Sol en cada ciudad de España?

«Quizá debería viajar un poco más», dijo para sí misma.

Los responsables del Real Casino Antiguo fueron amables y colaboradores en todo momento. Se ofrecieron a ayudarla en todo lo que necesitara para desempeñar su trabajo. En aquellos momentos, la sala donde se exhibía el *Perro semihundido* de Goya estaba bastante concurrida.

—Entre semana es difícil que la gente de Castellón salga para ver exposiciones, y menos a estas horas, pero ya ve cómo está. Por la tarde, a partir de las cinco y media, estará lleno, como cada día. Y a medida que avance la semana todavía más. Aquí somos de salir a partir del viernes por la tarde y durante el fin de semana; no es como en Madrid o Barcelona, que ocurre al contrario —explicó el encargado, un hombre cordial que mostró a Cayetana la totalidad del edificio con sumo orgullo y conocimientos—. Claro, que hablamos de una exposición completamente excepcional —pareció querer corregirse por si acaso no le había dado la importancia que la nueva conservadora de Patrimonio Nacional hubiera deseado.

—¿Hay un cierre a la hora de comer? —preguntó Cayetana—. Me gustaría analizar sin público algunos detalles de la colocación del cuadro. Ya sabe, la iluminación, distancia y otros pormenores.

—Sí, cerramos a las dos y volvemos a abrir a las cinco.

—Perfecto.

A continuación, Cayetana se interesó por el sistema de seguridad que protegía la obra. El encargado la invitó a pasar a su despacho. Mientras consultaban los datos llegaría la hora de cierre y podría analizar el cuadro con mayor intimidad.

No cabía la menor duda de que estaban haciendo un trabajo estupendo, pese a los desgraciados imprevistos.

Cuando el local se quedó vacío, Cayetana quiso empezar con su cometido, pero en ese momento avisaron al encargado de que la paella estaba lista.

El restaurante era un lugar refinado con enormes ventanales que daban a pie de calle. Tras una serie de suculentos entrantes, llegó la paella. Estaba deliciosa. Una alquimia perfecta a base de pollo, conejo, costilla de cerdo, judías verdes, una especie de judión blanco que no había visto nunca y una buena cantidad de alcachofa. Y por supuesto el arroz, en su punto, con un color y brillo insuperables.

Varias botellas de vino tinto ayudaron a que los sabores, y también la conversación, afloraran sin tapujos.

A la mesa se sentaban, además de Cayetana y el encargado, una representación de las más ilustres personalidades del mundo del arte castellonense. En total diez comensales compuestos por seis hombres y cuatro mujeres.

Cayetana era el centro de atención. Los demás asistían embelesados a la erudición de la conservadora de Patrimonio Nacional enviada desde el Museo del Prado.

Se dejó admirar, y también que le rellenaran la copa cada vez que el vino menguaba. Nada mejor para hacerla sentir protagonista, aquello que Meike acaparaba para sí cuando estaba presente. Era su momento. Y los otros, su público entregado.

—Don Francisco de Goya es el pintor con más obras en el Prado —anunció con absoluta vehemencia—. Nada más y nada menos que ciento treinta y cinco óleos y casi ochocientos grabados, dibujos y estampas.

Hubo murmullos de asombro y ciertas preguntas que ella obvió contestar. Tenía el discurso preparado, no era momento para que la interrumpieran con banalidades. Prosiguió tras beber un par de sorbos.

—Goya era capaz de reflejar en sus pinturas el verdadero carácter de las personas. Desnudaba a sus personajes. Era un psicólogo. Fue el mejor a la hora de representar el éxito, la vanidad o la generosidad, pero también plasmó con categórica maestría el horror y la desolación, el miedo y la angustia, la tristeza, la soledad o el abandono. No se conformaba con lo superficial en la fisonomía del personaje logrando el parecido perfecto, él iba mucho más allá. Penetraba en el interior del ser humano. Les otorgaba la vida eterna en sus cuadros.

Una de las mujeres presentes, responsable de uno de los museos de la ciudad, quiso saber la razón de que Carlos Sorli hubiera preferido, entre los cuadros de Goya, exponer el *Perro semihundido* perteneciente a las *Pinturas negras*.

Antes de contestar, Cayetana pensó que hubiera elegido cualquier otra obra de Goya que no fuera una de las *Pinturas negras*. Aquellos cuadros de la sala sesenta y siete le producían sensaciones dispares, algunas, por cierto, bastante desagradables. No creía que el genio aragonés hubiera consentido de buen grado que las hubieran arrancado de las paredes de la Quinta del Sordo. Antes de las imágenes siniestras había pintado sobre los muros bellas escenas campestres con la técnica de óleo *al secco*. El implacable paso del tiempo, la vejez y la enfermedad le habían hecho cambiar los plácidos ambientes por las tenebrosas pinturas que todo el mundo conocía en la actualidad. No, ella no comprendía cómo el mecenas de Castellón había elegido el *Perro semihundido* para una exhibición fuera del Prado. Era cierto que de toda la serie el *Perro* parecía a primera vista la menos cruel y descarnada. Sin embargo, en un segundo análisis, la inmensa soledad que el único ojo visible del can mostraba a la humanidad era del todo desoladora. Goya, profundamente contrariado por el ambiente político del país, con el exilio como futuro inmediato, reflejó en las paredes de yeso todo el dolor que guardaba para sí.

—Desconozco la razón —respondió al darse cuenta de que se había demorado demasiado—. De todas formas, se trata de un cuadro extraordinario —argumentó pese a los sentimientos enfrentados—. Me imagino que la dirección del museo también debió de poner sus condiciones sobre qué obra debía salir o no. De eso tampoco sé nada. No es de mi competencia.

Tras retirar los platos de los postres, una extraordinaria tarta de queso con cremoso de naranja, el camarero ofreció cafés y lo que llamó «el típico carajillo de Castellón», al que Cayetana se apuntó entusiasmada. Había más anís que café, pero el ritual de prenderle fuego y ver las llamas sobre el pequeño vaso fue un acto de iniciación para ella.

—¿Hubiera elegido otro cuadro de Goya para mostrarlo al público de Castellón? —preguntó un ilustre galerista de la ciudad.

—Tal vez —respondió como si dudara, aunque en realidad estaba segura—. Puede que me inclinara por dos cuadros que no se entenderían el uno sin el otro. Dos de las más importantes obras de Goya: *La carga de los mamelucos* y *El 3 mayo en Madrid*. Pero también *Las Majas,* por supuesto —soltó una risotada del todo innecesaria. Por una asociación de ideas le acudió a la mente el cuadro de Rubens: *Las tres Gracias.* Y también Ernesto Frías y su fantasía sexual.

—Lo mejor hubiera sido traer las catorce *Pinturas negras* —planteó una mujer levantando su vaso de chupito para brindar con los demás.

—Eso hubiera sido genial —aportó el que estaba a su lado—. Habría venido gente de todas partes para verlas expuestas aquí.

Ambos se enzarzaron en una charla particular.

—Lo peor de todo es que Carlos Sorli no esté aquí para contarnos la verdadera razón de traer al *Perro semihundido*.

—Tiene que haber un motivo.

—Seguro que sí.

—Ese cuadro tiene una potente carga enigmática.

—Según cómo lo mires parece que hay una figura en la parte superior que asusta al animal.

—A mí me parece que es un paisaje, una montaña que Goya trató de borrar.

—Desde luego, el título del cuadro es para echar a correr.

Todos rieron y alguien pidió una nueva ronda de chupitos.

Se trataba de Licor Carmelitano; según dijo el encargado, era una sabia mezcla de finas hierbas, raíces y semillas. A continuación, adquirió un tono místico para añadir que se trataba del resultado de la contemplación y el ingenio. Un licor excelente destilado mediante un proceso artesanal elaborado por los Padres Carmelitas del Monasterio del Desierto de las Palmas, cuyo secreto jamás había sido desvelado.

Tras unos segundos de pausa tomó la palabra una mujer que había permanecido en silencio casi todo el tiempo. Era una pintora que se había labrado un nombre en las más importantes galerías valencianas.

—Sea como sea, las *Pinturas negras* se hicieron famosas por la utilización de pigmentos oscuros y por lo sombrío de sus temas. Hay quien habla de ellas como el catálogo más impresionante de la pintura del terror. —Hizo una pausa—. Es curioso que, al llegar el cuadro a Castellón, desapareciera de forma misteriosa la persona que consiguió que llegara aquí.

—Por no hablar de la extraña muerte de su compañero —añadió el galerista sin dejar de mirar a Cayetana—. Supongo que usted lo conocía bien, ¿verdad? El día de la inauguración tuvimos oportunidad de charlar con él y me pareció que era un gran entendido.

De repente se sintió indispuesta, un tanto mareada. Sería por el vino, o por el carajillo y los posteriores chupitos del licor de los monjes del desierto. ¿Qué desierto? Necesitaba aire fresco y aquella gente solo quería hablar de las *Pinturas negras,* de las que ella en realidad poco sabía porque le causaban demasiado respeto. No como a aquel guía externo del museo, que era todo un erudito en las pinturas que habían decorado la Quinta del Sordo.

Se puso de pie y se excusó para ir al baño; aunque se dirigió al jardín para prender un cigarrillo y estar sola.

El guía se llamaba Sergio Bayo. A veces había estado tentada de preguntarle si vivía permanentemente en la sala sesenta y siete, porque siempre estaba allí, rodeado de visitantes que querían saber más sobre los enigmáticos cuadros del genio, o en completa soledad, observando las obras con inusitada devoción. También creía que debía de estar un tanto ofuscado con aquellas escenas tenebrosas.

«Es lo que le sucedería a cualquiera que las contemplara durante tanto tiempo», pensó antes de volver al comedor.

22

—PATO CANTONÉS, ROLLITOS de primavera, muslitos de pollo, arroz tres delicias… —el camarero del restaurante China I recitaba en voz alta el pedido habitual de Monfort. Ni siquiera hacía falta que dijera nada.

—¿Les apetecen unas gambas?

Monfort negó con la cabeza, pero Silvia dijo que sí, y preguntó cómo podían ser.

—Rebozadas, con salsa agridulce, con salsa picante, con setas y bambú, con salsa de curry, *chop suey* o con fideos chinos.

Monfort sonrió. Sabía que el capítulo de gambas del menú era apabullante. Silvia sería incapaz de recordar las propuestas que había citado un momento antes.

—¿Qué me recomienda?

—Todas —respondió Monfort dando un trago a la cerveza.

El camarero le guiñó un ojo al inspector. Era evidente que se hubiera quedado allí, frente a ella, recitando con orgullo la magnífica carta. El repertorio de platos elaborados con ternera era más extenso todavía. Y el de aves no tenía fin.

—¿Qué tal con setas y bambú? —preguntó Silvia con más intención de acabar pronto que de otra cosa.

—Fenomenal —respondió el camarero.

—Prueba a preguntarle por otra cosa —terció Monfort—. Te dirá lo mismo.

En pocos minutos la mesa estuvo cubierta de deliciosos manjares. La peculiaridad de aquel restaurante se basaba en la gran calidad de los productos y en una cocina excepcional. Allí la distinción residía en lo que compraban a diario para agasajar a los comensales, que eran tratados como amigos o familiares.

—He quedado con Ricardo Sachs —anunció Silvia.

—El cerdo —añadió Monfort.

—¿Algo que desees saber en especial?

—Solo déjale que hable, que suelte la lengua.

Silvia hizo un mohín de desprecio. Aquello de soltar la lengua no era lo más indicado cuando se hablaba de un tipo así. Se sirvió arroz para mantenerse ocupada y disimular.

—Esa gente nos engaña. La familia de Carlos Sorli actúa de forma poco transparente —prosiguió Monfort a la vez que daba un mordisco al crujiente rollito de primavera tras mojarlo en la untuosa salsa agridulce—. Las verduras con las que rellenan los rollitos son fabulosas. Y el envoltorio exterior es espectacular. Ni una gota de aceite sobrante. ¿Cómo un bocado tan sencillo puede convertirse en algo tan especial?

—Porque somos los mejores —dijo como si tal cosa uno de los propietarios al llegar a la mesa con la bandeja de pato cantonés.

—Me guardaré mucho de pregonarlo a los cuatro vientos —opinó Monfort—. No sea que empiecen a escasear las mesas libres.

—Siempre habrá una para ustedes —concluyó el propietario antes de regresar a la cocina.

Monfort sirvió a Silvia dos trozos de pato cantonés y una tortita. Luego le acercó la salsa de ciruelas y la cebolla tierna.

—Así pues, ¿crees que lo mejor es pasar del guion y que me cuente todo lo que le apetezca? ¿Alguna sugerencia para ello? —Y nada más decirlo se llevó una mano a la frente.

Se podría haber quedado callado, eso era lo que ella hubiera deseado, pero las cosas no siempre son como una quiere, pensó.

—Si te lo propones, puedes hacerle rezar el rosario en latín. Es cuestión de abrirle las expectativas, darle a entender que podría obtener un premio por ello.

Era demasiado. Silvia se negó a seguir hablando del caso, al menos hasta que hubieran terminado de comer. Todo estaba tan exquisito que era incapaz de centrarse. El hombre que tenía enfrente la hacía vulnerable.

TRAS LA COMIDA salió a fumar. Aprovechó que Silvia hablaba por teléfono con su madre. Una conversación que parecía estar intimidándola y que él subsanó saliendo del restaurante.

Tenía un mensaje del agente Terreros. Que si le podía llamar, decía el texto.

Habían soltado a los tres individuos que habían arrestado en el local. El portero les facilitó el número de teléfono de la mujer polaca, pero lo debía de tener apagado o fuera de cobertura, porque no contestó a ninguno de los intentos.

—Vamos a seguirlo. Puede que nos lleve hasta ella.

—Que no os descubra —sugirió Monfort—. Recordad que nos importa el pez gordo. Si lo hacemos bien, el portero nos llevará hasta la polaca, y la polaca hasta el jefe.

—Y ya que hablamos de jefes... —empezó Terreros.

—De momento ni una palabra de que estamos en contacto. Ya se lo diré cuando llegue el momento.

—Momento que intuyo terrible —opinó el agente.

Monfort se despidió, no sin antes agradecerle el esfuerzo por guardar silencio.

Tuvo una idea que comportó prender un nuevo cigarrillo.

Dejó un mensaje de texto a Silvia, que permanecía en el interior del local. Decía que se tenía que marchar, que la cuenta de la comida estaba pagada, que había sido un placer compartir mesa y mantel, y que al volver a la comisaría reuniera todos los datos posibles de Sergio Bayo.

Estaba seguro de que a Ricardo Sachs le gustaría más hablar con ella por la noche.

A CAYETANA TAMBIÉN le extrañaba que Carlos Sorli hubiera elegido aquel cuadro de Goya. Además, una sola obra para una exposición así se le antojaba poco menos que un capricho desmedido. Debía de haber alguna otra razón, pero no era capaz de llegar a ella por sí misma. Tal vez lo consultara con Meike; era posible que ella conociera las respuestas.

Hubo una segunda ronda de *gin-tonic*. Los ocupantes de la mesa eran insaciables. La verborrea de algunos de los reunidos no tenía límite.

Cayetana estaba mareada. Bebía a sorbitos y trataba de rellenar una copa demasiado cargada de ginebra. Acabó con el platillo de gominolas que el camarero depositó en la mesa y se enzarzó con el galerista en una discusión sobre el trabajo de los restauradores.

—¡Los restauradores conocen a los pintores mejor que nadie! —exclamó después de que el dueño de la galería pusiera en duda el trabajo de un restaurador que según él la había pifiado con una obra del Museo del Louvre.

Bajó el tono y tras recobrar la postura prosiguió:

—Pasan muchas horas delante de los cuadros. Los estudian con detalle, investigan la técnica utilizada por los grandes maestros, descubren sus aciertos, pero también sus errores. Y, lo que es mejor, sus arrepentimientos. —Pensó en Goya y en las pinturas que antes de convertir en lo que se podía contemplar en la actualidad fueron imágenes bucólicas—. El equipo de restauración del Museo del Prado es sensacional —concluyó llevándose la copa a los labios.

—Usted también es restauradora, ¿verdad? —preguntó la responsable del museo local.

Pues claro que era restauradora, pensó Cayetana mordiéndose la lengua para no quedar como una presuntuosa. Nada más y nada menos que graduada en Restauración por la Escuela Superior de Restauración y Conservación de Madrid. Un título pomposo que le había costado sangre, sudor y lágrimas. Así había logrado llegar hasta aquella plaza en el Museo del Prado, y a ello se había dedicado hasta que Ernesto Frías, el famoso conservador, propuso que dejara de ensuciarse las manos de pintura y disolvente para pasar a organizar colecciones de arte de fama mundial.

Y ahora Ernesto Frías estaba muerto. Seguramente había estado sentado ahí, en el mismo lugar que ella ocupaba ahora. Con seguridad habría comido y bebido en exceso, como ella. La única diferencia era que Frías habría tratado de llevarse a la cama a alguna de aquellas mujeres que bebían más que Massiel. ¿Habría sucumbido Cayetana si el acreditado conservador hubiera estado frente a ella?

Decidió excusarse con el pretexto de regresar al hotel para hacer unas llamadas importantes al museo, cosa que era del todo incierta. Se despidió con torpeza de los compañeros de mesa y trató de salir cuanto antes de allí. El techo daba vueltas sin parar y el suelo parecía hecho de mantequilla.

—¿No decía que quería analizar la disposición del cuadro en la sala? —le preguntó el encargado.

—Me fio de ustedes —respondió con la boca pastosa, sin dejar equívoco alguno de que el alcohol había convertido su cerebro en una masa viscosa.

—¿Quiere que la acompañemos al hotel?

Fulminó al hombre con la mirada.

A veces, Cayetana perdía en las distancias cortas.

LO QUE MÁS le dolía a Sergio Bayo era no poder admirar el cuadro. Tenerlo tan cerca y no poder verlo lo sumía en una especie de catarsis que no podía controlar. La mirada de profunda soledad del perro era lo más difícil de conseguir. Sentía una fascinación desmedida por ese detalle trascendental, el del animal atemorizado al contemplar la grandiosidad de un mundo que se abre sobre su cabeza y en el que se siente del todo insignificante e inapropiado, completamente fuera de lugar, agarrotado por el miedo. El aparente vacío a su alrededor, que al final es todo lo contrario, una metamorfosis, una instantánea colmada de terror en un paisaje que en realidad no existe, ausente de simetría, del todo falso y a la vez tan verdadero. La lucha sin cuartel entre la elegancia y la irracionalidad del pintor. ¿Cuántas definiciones había tratado de encontrar? ¿Cuántas explicaciones había imaginado sobre la verdadera razón de su existencia? Contemplaba la obra del maestro día tras día. Las hordas de turistas agolpándose frente al cuadro; las fotografías, los comentarios absurdos de los que visitan un lugar sagrado sin advertir que su presencia allí era del todo prescindible. Chusma que se pasea entre obras de arte porque la cita está incluida en el paquete vacacional: un musical en la Gran Vía, visita al Palacio Real, paseo por el Santiago Bernabéu y, como colofón, el Museo del Prado. Deberían prohibir la entrada a los profanos, irreverentes incultos que en nada valoran el trazo genial, las distintas tonalidades plasmadas a veces a pincelazos y otras a restregones. Qué sabían ellos del estado de ánimo de un genio.

Permanecía escondido en aquella barraca, temblando de frío y de miedo. Hubiera dado cualquier cosa por tener algunos utensilios de pintura y un poco de luz adecuada para materializar sus sentimientos.

¿Hasta cuándo debía esconderse? Tenía que descubrir qué quería de él la policía. Estaba claro que la razón giraba alrededor de la muerte de Ernesto Frías y de la desaparición de Carlos Sorli, aquel al que una vez consideró su amigo.

Carlos se había trasladado al piso que él tenía alquilado en Valencia. Un cuchitril en el barrio del Carmen que pretendía ser una buhardilla al estilo parisino y que en realidad era un nido de polvo y humedad en el que había que caminar encorvado para no lastimarse la cabeza contra el bajo techo.

Fue en su tercer curso de carrera cuando Carlos convenció a su padre de que quería compaginar los estudios que seguía cursando con los de Bellas Artes. Era capaz de aquello y de mucho más. Tenía una mente privilegiada y un positivismo de cara al futuro extraño para su edad. Desoyó los consejos de su padre sobre la nueva carrera y se instaló en el piso donde él ocupaba casi todo el espacio con sus bártulos de pintura y ya destacaba por su habilidad con los pinceles, mientras que Carlos descubrió que la paciencia no era una de sus virtudes. Tenía demasiada prisa por aprender, demasiadas ansias por conocer todo acerca del mundo de la pintura, y aquello mermaba sus dotes para convertirse en lo que en aquellos días quería ser. Sin embargo, no era un individuo que se amilanaba fácilmente. Su poca destreza frente al lienzo fue sustituida por una sabiduría inabarcable sobre el arte.

Mientras él conseguía hacer magia con cuatro colores y un trozo de tela, Carlos soñaba con convertirse en uno de los mejores galeristas del país. Dinero y desparpajo no le faltaban; era cuestión, según él, de ponerse manos a la obra.

En el tiempo que habían convivido juntos, Carlos logró organizar varias exposiciones con los cuadros que él pintaba en la buhardilla. Aquellas pinturas se vendieron bien, y por fin su amigo descubrió lo que quería hacer.

Al terminar las dos carreras regresó a Castellón, al amparo de su rica familia. Él, por el contrario, se quedó en Valencia, pues había suspendido el último curso por pasar más tiempo pintando que en las clases. Apenas acudía a la facultad y el consumo de drogas creció de manera exponencial a sus fracasos académicos.

Carlos prometió que no perderían el contacto. Que desde Castellón le conseguiría exposiciones para vender sus obras. Que hablaría de su talento, que lo invitaría a pasar largas temporadas en su casa, que lo ayudaría monetariamente si lo necesitaba. Pero en una única visita a la buhardilla, Carlos le comunicó que debía casarse con una rica empresaria azulejera a la que había dejado embarazada.

No volvió a verlo más. Supo que tras la boda se había convertido en un importante industrial cerámico gracias a la familia de su esposa.

Su capacidad para pintar retratos que solía vender bien derivó en poco tiempo hacia un surtido de rostros carcomidos por el dolor y la soledad. La muerte y el horror del momento previo se convirtieron en una obsesión. Como no tenía dinero suficiente para comprar lienzos y tableros en los que expresar sus sentimientos pictóricos, empezó a hacerlo sobre aquellos retratos que ya nadie compraba. Las drogas le aniquilaron la mente, y destruyeron su salud y sus expectativas.

Cuanto más echaba de menos a su amigo, más terroríficos eran los rostros de aquellos seres endemoniados que plasmaba con verdadera rabia. Carlos Sorli lo enterró entre masas de pintura para que desapareciera por completo de su vida.

Hasta que un lejano día, instalado ya en Madrid tras huir de Valencia, donde había tenido que pasar por el infierno de la rehabilitación, recibió una llamada.

—¿Sabes quién soy? —le había preguntado Carlos Sorli.

En el pequeño apartamento de la calle de la Farmacia, contemplaba la misma escena que había pintado una y otra vez.

Sonaba de fondo una canción de los Rolling Stones: *Sympathy for the Devil*.

Por favor, permíteme presentarme.
Soy un hombre rico y de buen gusto.
He estado aquí durante muchos, muchos años.

—Claro que sé quién eres. El demonio en persona —respondió.

23

Irenka era su nombre real. No se había molestado en cambiarlo. Se sentía orgullosa del nombre que sus padres habían elegido para ella. Significaba «Paz».

Irenka Mazur había nacido en Polonia. Como tantas otras mujeres del este de Europa, emigró con la esperanza de una vida mejor lejos del horizonte oscuro y mediocre que la esperaba en el suburbio de Varsovia, donde había vivido junto a sus tres hermanos varones.

Su padre trabajaba en una empresa siderúrgica que generaba empleo a la mayoría de los habitantes del barrio en el que residían. Los Mazur vivían con el dinero justo para llegar a final de mes en un piso de setenta metros cuadrados que su madre mantenía con esmero. Sus dos hermanos mayores se habían marchado de casa cuando alcanzaron la mayoría de edad. El primogénito había emigrado a Francia, donde consiguió un puesto de trabajo en una fábrica de componentes para automóviles. El siguiente decidió poner rumbo a Manchester, en el Reino Unido, donde trabajaba en un mercado de abastos.

Y el tercero había muerto en sus brazos de una sobredosis de heroína.

Bartek acababa de cumplir dieciocho años el mismo día en que le pasaron la papelina con la droga adulterada.

Irenka contaba entonces con un año menos que él. Aquella noche estaba de fiesta con sus amigas, bebiendo cerveza y fumando en un lugar cercano. Le gustaba tocar la guitarra y solía amenizar las noches en el aparcamiento al que solían ir. El hermano de una de sus amigas llegó alarmado hasta donde estaban e instó a Irenka para que la acompañara inmediatamente.

Nada pudo hacer más que abrazarlo en el último estertor; acariciarle el pelo rubio, pasarle la mano por las mejillas y limpiar la sangre de la parte interna del codo en el que se había clavado la jeringuilla mortal. Bartek estaba muerto y ella no podía dejar de llorar. Aguardó con su hermano en brazos a que llegara la ambulancia. Luego la acompañaron hasta su casa, donde tuvo que informar a sus padres de la tragedia.

Juró que se marcharía de allí. Que no iba a soportar el dolor de su familia, que no iba a caer en la tentación de probar aquello que había mandado a su hermano al infierno. Y ella, a veces, se sentía tan sola e indefensa que la atracción era fuerte como una tenaza.

El destino elegido fue España, y, dentro del país, la ciudad de Castellón de la Plana. Pequeña, agradable, abierta al cálido mar Mediterráneo y con un clima benigno al que no estaba acostumbrada.

Fue a Castellón porque una amiga del barrio se lo había recomendado. Ella trabajaba en una empresa de limpieza, y el dinero que ganaba le era suficiente para costearse un piso compartido en una zona decente de la ciudad y para pagarse los viajes a casa por Navidad.

Pero a Irenka le esperaba un destino más arriesgado que una inofensiva empresa de limpieza. Se dejó embaucar por un hombre que regentaba un local de apuestas ilegales. Le prometió que si estaba con él no le faltaría nada. Y se dejó atrapar en una red de la que fue incapaz de liberarse por su falta de voluntad. A veces se preguntaba cómo podía haber caído en aquella trampa infantil.

Pero ella sabía que en realidad no era tan fuerte como aparentaba, igual que tampoco lo había sido su hermano Bartek.

Pocos lugares tan bellos como Teruel al atardecer. Sería por los materiales que utilizaron los mudéjares en la construcción de las magníficas torres que se avistaban desde lejos como guías imperturbables de la apacible ciudad, o tal vez por la altitud de una capital que se eleva novecientos metros por encima del nivel del mar. Teruel era un espectáculo lumínico a la hora del crepúsculo.

Sentía un hormigueo en el estómago. Había ido hasta allí sin avisar a Elvira, pese a que habían estado juntos hasta primera hora de la mañana. Seguro que se lo tomaba a mal si no se lo hacía saber, aunque había ido para algo bien distinto que disfrutar del repertorio de sutilezas que podía ofrecerle la jueza.

Aparcó en el subterráneo de La Glorieta y caminó por el paseo del Óvalo. Se detuvo un instante para admirar la escalinata, la imponente construcción que conecta la estación de ferrocarril con el centro de la ciudad. Le fascinaban los azulejos verdes y blancos, en contraste con la tibieza del ladrillo rojo y la piedra maciza que comprendían gran parte de la obra. La mezcla de estilos neomudéjar y el toque modernista de las farolas de forja hacían de aquel monumento un lugar imprescindible para los visitantes y un orgullo para su población.

¿Cómo dar con la casa que los padres de Herminio López conservaban en Teruel?, se preguntó Monfort mientras observaba con fascinación los remates con forma de murciélago de las farolas modernistas en el arranque de la gran escalinata.

Solo se le ocurrió una manera.

Llamó al interfono del piso de Elvira Figueroa. Un hombre de edad avanzada se detuvo a su lado y extrajo del bolsillo un manojo de llaves para abrir el portal.

—¿Busca a la jueza? —le preguntó tras consultar su antiguo reloj de pulsera—. A estas horas suele ir a la cafetería del hotel El Mudayyan. Está muy cerca, justo en la calle paralela, en la calle Nueva.

Monfort le dio las gracias y desanduvo sus pasos hasta llegar a la intersección con la calle Nueva, que era tan estrecha o más que la de El Salvador. Enseguida divisó el luminoso con el nombre del hotel de difícil pronunciación. Un grupo de adolescentes que no temían al frío charlaban con gran alborozo sentados en las escaleras de entrada de una finca de pisos.

El hotel contaba con una bella fachada modernista que acaparaba la mirada de los transeúntes gracias al verde de sus azulejos y los balcones de forja.

Fue Elvira quien vio a Monfort en cuanto cruzó la puerta. Se quedó de piedra al verlo entrar. La acompañaba una señora con la que compartía una infusión, cuya tetera plateada adornaba la mesa.

—Buenas tardes —saludó Monfort con cortesía. Las dos mujeres secundaron el saludo con amabilidad.

—¿Me he llevado algo tuyo? —preguntó Elvira, todavía sorprendida por su presencia—. Si querías decirme algo bastaba con llamarme.

—Bueno, yo os dejo —anunció la mujer tras ponerse de pie.

—Lo siento si molesto —se excusó Monfort.

—No te preocupes —repuso Elvira—. Es la propietaria del hotel. Suelo venir antes de cenar a tomar un té y ella, si no tiene otra cosa mejor que hacer, me acompaña.

Monfort tomó asiento frente a ella.

—¿Qué haces aquí? —preguntó Elvira con los ojos muy abiertos. Él se encogió de hombros.

—¿Quieres uno? —le preguntó en referencia a lo que estaba tomando—. Tienen una gran variedad, y pastas deliciosas también.

Pero la señora ya regresaba con una nueva tetera y un vaso de cristal labrado para su nuevo acompañante.

—Parece simpática —observó Monfort cuando se hubo retirado.

—Es un encanto. Al principio, cuando me trasladaron a Teruel, dormí aquí algunas semanas. Son muy amables y el alojamiento es magnífico. Es un lugar con mucha historia. Puedes hacer un viaje al pasado adentrándote en un pasadizo medieval que recorre el subsuelo del hotel. Ella misma se encarga de hacer las rutas cada mañana. Cuando los huéspedes terminan de desayunar, se brinda con sumo gusto. Los viajeros se llevan una grata sorpresa y se marchan con un buen recuerdo.

Monfort vertió té en el vaso de Elvira y luego hizo lo propio en el suyo.

—Si no me falla la memoria —dijo la jueza—, nos hemos visto esta misma mañana en Castellón. Y anoche también, aunque ya era de madrugada.

Monfort afirmó con la cabeza.

—¿Tal vez no soy el motivo de este viaje sorpresa?

—No el único —admitió él paladeando la infusión—. Busco a alguien.

—Como tanta gente que busca a otra gente.

—Este se ha marchado de donde estaba. Parece ser que ha venido aquí.

—¿No me digas que el desaparecido Carlos Sorli está en Teruel? Menuda promoción para la ciudad. Ese tipo se ha hecho famosísimo en los últimos días. Entre tú y yo, no creo que se trate de un secuestro.

Monfort sonrió.

—¿Por qué? —aprovechó, ya que ella había sacado el tema.

Elvira dio un sorbo al té. Respondió despacio, como si pensara a la vez.

—Un tipo que monta una exposición y se trae a Castellón nada menos que un cuadro de Goya… ¿Cuánto debe de valer sacar un cuadro de esas características del Museo del Prado? ¿Qué buenos contactos hay que tener para conseguirlo? —Monfort le sostuvo la mirada, pero dejó que continuara—. El caso es que el mecenas ha desaparecido y por arte de magia ha surgido la palabra «secuestro», sin que los responsables del hipotético rapto hayan dado señales de vida.

—¿Por arte de magia?

—Vamos, Bartolomé, que no nacimos ayer. —Hizo un gesto de desdén con la mano—. Ese tipo no ha sido secuestrado. Lo importante es descubrir si está vivo o muerto. Y también la razón de la farsa. Que, si no me equivoco, es lo que te mina por dentro.

Monfort apuró la infusión y vertió un poco más en los dos vasos. Ella no había terminado de hablar.

—Y lo del famoso conservador de Patrimonio Nacional es muy fuerte. Me asombra cómo la comunidad de periodistas de Castellón es capaz de maquillar el asunto para no atemorizar a la población.

—¿Maquillar?

—Sí, hombre, decir poco, o más bien casi nada para que la provincia no quede como un lugar con alta siniestralidad. Ese tema ha pasado más que de puntillas por los medios; salvo un día en portada, luego ha habido un silencio casi absoluto. A ese tipo lo mataron, no se ahogó mientras practicaba deporte haciendo unos largos en una acequia cenagosa del Grao.

Elvira Figueroa hizo un gesto con la barbilla para señalar la mesa contigua. Sobre el tablero había un ejemplar de *El País* doblado por la mitad. Monfort estiró el brazo y lo desplegó frente a sí.

En la portada del periódico nacional se informaba de la extraña desaparición de Carlos Sorli y de la muerte de Ernesto Frías como si se tratara de un caso único cuyo nexo común era el cuadro de Goya expuesto en Castellón. Los titulares dirigían al lector a las páginas del interior. La información era detallada, tanto del empresario castellonense como de la víctima mortal. Aquel diario explicaba más de lo que había leído en Castellón en los días que llevaban ocupados en los casos.

—Teruel es tan pequeño que para sentirnos vivos no tenemos más remedio que echar un vistazo al resto del país, aunque sea a través de los medios. Si nos quedáramos solo con lo que se publica en la prensa local nos volveríamos locos. Aquí corremos el riesgo constante de convertirnos en las afueras de Zaragoza. En Castellón no se mira tanto a Valencia como la capital de la región. Incluso a veces me da la impresión de que se mira más hacia al norte. ¿Te falta mucho para resolver el caso?

Monfort levantó las cejas.

—Hay un tipo —comenzó a exponer sus pensamientos en voz alta—, del que casualmente me habló un guardia de seguridad del Museo del Prado, que ha sido visto por Castellón, merodeando alrededor de la empresa de Carlos Sorli. Se trata de un guía que trabaja por libre en el museo. Es un experto en las obras de Goya, y su especialidad son las llamadas *Pinturas negras.*

—Me ponen los pelos de punta —matizó Elvira—. La de Saturno devorando a su hijo es espeluznante. Menudo repertorio de horrores. ¿Qué se le pasaría por la cabeza al pintor?

—Vete tú a saber. ¿No era aragonés?

—A ver si te oyen y te tiran desde lo alto del viaducto.

—El caso es que hemos dado con su coche, pero no con él.

—Puede que esté de vacaciones, ¿no? Si se han llevado del museo la obra que ocupa el espacio más destacado en la sala, es posible que se haya tomado un descanso.

—¿Y qué hacía por las noches en el aparcamiento de la empresa de Carlos Sorli?

—¿Intentar darle las gracias por mostrar el cuadro ese del perro a los castellonenses?

—El guardia de seguridad me dijo que tal vez estuviera un poco obsesionado con esa pintura.

—¿Y crees que ha elegido Teruel para curarse de la neurosis?

Monfort negó con la cabeza.

—No es a él a quien busco aquí.

—Me fascinan tus misterios.

—Este es poco fascinante, te lo aseguro.

—¿De quién se trata? Por si puedo aportar algo, quiero decir.

—Se llama Herminio López. Trabaja para un mafioso que se dedica al negocio ilegal de apuestas.

—¿Juegos de azar?

—Algo más peligroso que una simple partida de cartas.

—Monfort…

Cuando Elvira, que era de las pocas que lo llamaba por su nombre, pronunciaba su apellido, se temía lo peor.

—Coches de lujo lanzados a toda velocidad por la autopista en dirección contraria. Tantos kilómetros recorridos, tanto beneficio. A no ser que se encuentren de frente con unos inocentes, como la madre y el hijo que murieron hace solo unos días.

Elvira conocía el fatal destino de la esposa de Monfort. No hacía falta sacarlo a relucir. Bastante abierta estaba la herida.

—¿Te encargas del caso?

—No oficialmente.

—O sea, que el comisario Romerales no quiere que metas las narices en ello porque quizá te lo tomes demasiado a pecho.

—Veo que sigues sin necesitar la bola de cristal.

—¿Y estás seguro de que el hombre al que buscas se encuentra en Teruel?

—Podría ser. Vive en Castellón, con su madre, pero el padre era de aquí. Dicen los vecinos que han venido a Teruel de manera repentina. Conservan la casa familiar. Él sabe que lo estamos buscando, es el encargado de verificar las apuestas a pie de autopista, de comprobar si el jugador ha conseguido lo que pretendía o si, por el contrario, ha tenido un accidente y está muerto, o ha matado a otros en su afán por ganar un puñado de billetes y que la adrenalina le proporcione grandes cotas de placer.

—Una ocupación de lo más maravillosa.

—Si lo atrapamos nos llevará hasta el que manda de verdad.

—Podría enviar un mensaje. —Consultó la hora—. Hay algunos compañeros que prefieren seguir trabajando cuando llegan a casa. ¿Cómo has dicho que se llama?

Pero Elvira ya tecleaba el nombre que Monfort había citado un momento antes.

24

La CONCURRIDA CALLE de Joaquín Costa comunicaba las plazas de Carlos Castel, conocida popularmente como la plaza del Torico, con la de Domingo Gascón, donde la familia de Herminio López conservaba la casa de sus antepasados. La plaza iba a ser remodelada al completo y el vecindario se mantenía divido ante un cambio que se vislumbraba como mínimo rompedor.

—Quieren hacer una plaza moderna —dijo un hombre mayor apoyado en una barandilla como si aguardara el inicio de las obras con su trasiego de excavadoras y camiones—. Que triunfe o no dependerá de la imaginación de los del Ayuntamiento. A mí me parece otro despilfarro. Ya tiraron al suelo el mercado. Tenía una escalinata preciosa, ¿sabe? No sé por qué hacen esas cosas. Lo que está bien, está bien, ¿no?

El hombre que desconfiaba de la obra se encontraba junto a la casa cuyo número llevaba Monfort anotado en una servilleta de papel que le había tendido Elvira.

—No creo que a esta ciudad le hagan falta más adornos para lucir —opinó.

El hombre incorporó despacio la espalda y lo miró con interés. Llevaba una boina calada en la frente y una fina chaqueta de lana que al inspector le pareció insuficiente para el frío que hacía. Chasqueó la lengua contra el paladar.

—No, no le hace falta.

Monfort se sintió forastero. No debía opinar. Él no iba a vivir allí en los próximos años. La decisión de si aquello que se iba a construir era o no apropiado incumbía solo a los vecinos. Así que se limitó a preguntar lo que quería saber.

—¿Conoce usted a la familia López?

—¿De Herminio, que en paz descanse? Claro, hombre.

Supuso que se trataba del padre del que buscaba y que ambos compartían nombre. El hombre hizo una señal con la barbilla hacia la casa.

—Han venido. Mire, puede preguntarle usted mismo a la Rosario lo que necesite. Ahí la tiene.

Una mujer tan mayor como el hombre de la boina ocupaba parte del portón de entrada a la casa. Estaba apoyada en el marco y se disponía a salir. Monfort se acercó a ella.

—Disculpe que la moleste, señora, soy de la Diputación General de Aragón —mintió en voz baja para que el anciano no pudiera oírle—. Estamos entrevistando a los propietarios de inmuebles centenarios de Teruel para conocer su opinión acerca de las remodelaciones urbanísticas en la ciudad. Su criterio, como dueños de casas históricas, es muy importante para nosotros. ¿Es usted la propietaria?

La mujer movió la cabeza en señal de afirmación como única respuesta. Luego tosió y se ajustó el chal de lana que llevaba sobre los hombros.

—No quisiera entorpecer sus asuntos. Tal vez podría responderme su marido, si lo prefiere.

—Soy viuda —dijo tras recuperarse del acceso.

—Válgame Dios —exclamó Monfort—. Perdone mi torpeza, yo no quería … Lo siento mucho.

—No se preocupe, cómo lo iba a saber.

—¿Tal vez algún hijo que esté aquí con usted?

Antes de que la mujer pudiera responder vio acercarse al hombre que esperaba el inicio de las obras.

—Déjese de entrevistas, hombre, que le he oído. No ve que la Rosario no se encuentra bien. Su hijo ha venido a traerla, pero se ha marchado ya. Mi mujer estará al tanto de ella. Somos vecinos, vivimos aquí al lado, puerta con puerta. Váyase con las preguntitas a otra parte, ya le he dicho que la plaza nueva será un despilfarro más. Y no creo que haya nada más qué decir.

Monfort se estaba hartando del hombre de la boina.

—¿Dónde puedo encontrar a su hijo? —preguntó obviando los reproches.

—¿A Hermini?

El inspector afirmó con la cabeza.

—Pues en Castellón debe de estar ya, ¿dónde si no?

—Se acabaron las preguntas —exclamó el hombre, que en un arranque tomó del brazo a la madre de Herminio y la acompañó hasta la casa de al lado, donde su esposa aguardaba junto a la puerta.

—¿Quién es ese? —le preguntó al marido.

—Un chupatintas de la DGA.

Ya no la mira del mismo modo, ya no reconoce en ella la belleza exótica. Se ha cansado de su cabello rubio, de su acento singular, de las canciones melancólicas que entona cada mañana y del omnipresente recuerdo de su hermano muerto por sobredosis. Y, sin embargo, no consigue apartarla del todo de su vida.

Burlar a la policía ha sido pan comido. Total, un mafioso muerto no le importa demasiado a nadie. Tampoco nadie lo debe echar de menos, a juzgar por lo silencioso del asunto por parte de todo el mundo.

Se han quedado con el local que regentaba el esposo de la rubia antes de morir. Han llegado a un acuerdo comercial: nada de relaciones de pareja ni mucho menos de amor. Solo permanecen juntos por el negocio, nada más. Ella llora a veces porque dice que está enamorada, pero él no alberga ya ningún sentimiento. Cuando la mira solo alcanza a recordar el rostro agónico del marido estrangulado con la cuerda de la guitarra. Acabó con su vida porque ella se lo pidió. Ya no puede exigirle más. Ahora son solo cómplices de una serie de negocios del todo ilegales que ella maneja de forma sublime, y que reportan importantes beneficios.

Se ha convertido en el hombre que manda en la sombra. La rubia administra con mano firme las acciones que él idea en la clandestinidad. No se conforma con las timbas de apuestas en locales encubiertos, sino que va mucho más allá y juega con la muerte. Dinero fácil para aquellos que demuestren tener agallas.

En su tiempo libre, y como tapadera perfecta a sus diligencias, decide retomar los estudios que abandonó años atrás. Es un tipo *demasiado rudo, y mayor, para compartir aula en la universidad con jóvenes a los que el mundo espera con los brazos abiertos, pero eso no parece importarle lo más mínimo. No duda en engatusar a alumnos destacados y profesores sobornables para que hagan el trabajo por él.*

Es irónico que se pase las mañanas rodeado de libros para conseguir un título; algo opuesto a lo que le espera cada noche, cuando la rubia regresa de madrugada con el botín recaudado. O puede que no sea tan mordaz. Puede que sea del todo compatible y respetuoso. Al fin y al cabo, la línea entre el bien y el mal es tan fina que cualquiera puede estar dispuesto, por un buen pellizco, a cruzarla varias veces al día.

25

Martes, 2 de diciembre

HERMINIO LÓPEZ NO estaba en Teruel. La lógica lo había empujado a pensar que, tras llevar a su madre para que estuviera a buen recaudo, habría regresado a Castellón, o huido al fin del mundo, pero no se había quedado en la ciudad de los amantes. Tal vez Monfort necesitaba charlar con Elvira Figueroa, escuchar sus disertaciones sobre el caso que tenía entre manos. Habría sido una investigadora excelente de no haber alcanzado la cota casi celestial de magistrada. Quizá por ello era tan buena en su trabajo y se la rifaban en los juzgados. Lo que le extrañaba era que tras pasar por Castellón se hubiera conformado con la ciudad de Teruel, en vez de decantarse por Sevilla o Barcelona, tal como también le habían propuesto. Le recorrió un escalofrío por la espalda al pensar que tal vez se debiera a la proximidad con Castellón.

Por la noche, en su piso de la calle de El Salvador, tras descartar que Herminio López continuara en Teruel, Elvira le cambió el vendaje por un simple apósito, dando por curada definitivamente la herida de los nudillos.

—Tampoco ha sido para tanto —bromeó ella—. Y no pienso salir a cenar, si es que así pretendes agradecérmelo por ser una excelente enfermera. Hace tanto frío que el Torico se habrá encogido más aún.

En la nevera tenía todo lo necesario para no pasar hambre.

Monfort descorchó una botella de vino de Somontano de la caja que la jueza atesoraba, y que aseguró ser un obsequio del trabajo.

Con una lata de anchoas, un tarro de bonito del norte, dos tomates hermosos y una cebolla tierna, Monfort improvisó una rica ensalada. Elvira, por su parte, cocinó en una cazuela dos tacos de bacalao que desprendieron su gelatina hasta ligar una salsa untuosa que nada tenía que envidiar al afamado pil pil. El pan crujiente de un horno cercano y una nueva botella del preciado tinto oscense hicieron el resto.

El *blues* de Muddy Waters se encargó de lo demás.

Mannish Boy. Chico varonil.

ESTABA SENTADO EN el despacho de Silvia. Aguardaba a que llegara con los nefastos cafés que acababa de sacar de la máquina. «Una máquina del todo infernal», pensó antes de tragarse el contenido para olvidarse así de él cuanto antes.

Se había quedado en el piso de Elvira, pero antes del amanecer estaba ya en la carretera. Un cielo cubierto de nubes, que dejarían su impronta en forma de nieve en las cumbres de la provincia, lo acompañó hasta Segorbe, donde se abrió como una cremallera para mostrar el sol en todo su esplendor. La temperatura era baja, pero nada que ver con los gélidos registros de la capital turolense.

Tenía puesta en marcha la pequeña tele que pendía de la pared de la oficina de la subinspectora. Las noticias sobre la desaparición de Carlos Sorli y la muerte de Ernesto Frías se reproducían para robar protagonismo a la omnipresente crisis. La presentadora imprimía tintes sensacionalistas al asunto y hablaba de Francisco de Goya como si fuera el causante de la tragedia. Calificaba el cuadro expuesto de misterioso y repleto de una profunda carga de incógnitas que el genio aragonés había dejado adrede para que las generaciones venideras se devanaran los sesos. La conductora del programa estaba de pie. Tenía un fajo de hojas enrolladas que intercambiaba de mano en mano con la intención de dar notoriedad a sus palabras. Seguía el teleprónter con destreza e interpretaba bien las palabras, aunque los ojos la delataban cuando iban de izquierda a derecha al leer el texto. A continuación, aparecieron imágenes del Real Casino Antiguo. Dio paso a un reportero de calle que, micrófono en mano, entrevistaba a una mujer. Monfort empezó a subir el volumen con el mando a distancia, pero en ese momento Silvia entró al despacho con cara de pocos amigos, de haber dormido menos de lo necesario, cenado mal y a saber qué otras cosas más. Por ello decidió dejar el volumen tal como estaba, a un nivel casi inaudible.

Arrojó el bolso sobre la mesa y se dejó caer en su silla. Lanzó un bufido, abrió los ojos de forma exagerada y se colocó un par de mechones de pelo detrás de las orejas.

—¿Un café? —propuso Monfort conciliador señalando el vaso de plástico.

—Algo más fuerte me haría falta.

—Todo lo malo se pega.

—¿Qué estás viendo? —Señaló la televisión en marcha.

—Están entrevistando a alguien en la puerta de la exposición. Y no hace falta que te diga quiénes son los que aparecen en las imágenes superpuestas.

—Se llama Cayetana Alonso. Es la conservadora de Patrimonio Nacional que ha enviado el Museo del Prado para sustituir a Ernesto Frías.

—¿Cómo lo sabes?

—Porque mientras tú te dedicas a buscar a los asesinos de la autopista los demás trabajamos en el caso de esos dos.

En la pantalla aparecían una y otra vez los rostros del desaparecido y del conservador asesinado.

—¿Tu enfado tiene que ver con el aluvión de noticias?

—Más bien con el tono del comisario al dármelas.

—Es mayor —bromeó Monfort—. Tal vez haya tenido que soportar un buen rapapolvo de alguien de arriba que, por edad, podría ser su hijo. Pero bueno, no te preocupes, ya estoy aquí para calmar las aguas bravas. ¿Eso que tienes sobre la mesa —señaló un fajo de papeles— son las llamadas de los teléfonos de Carlos Sorli y Ernesto Frías?

—Sí, llegaron mientras esperaba a que el cuñado de Sorli se dignara a devolverme las llamadas tras varios intentos de hacerme con él. Tuve que llamarlo en varias ocasiones y la última vez le dejé un mensaje bastante intimidatorio para un tipo como él.

—Con sutileza, vamos.

—Puede que no mucha. En cuanto a los resultados de las compañías telefónicas, nos han facilitado las llamadas efectuadas en los últimos cuatro meses.

—¿Algo reseñable?

—Lo estamos analizando. No es tan sencillo. Cuatro meses son muchos días.

—¿Quién se encarga?

—El agente que descubrió el coche de Sergio Bayo.

—¿Se tirará tres meses para hacerlo?

—Ya me encargaré yo de que no sea así. Según he visto en los resultados de Carlos Sorli, la mayoría de las llamadas son a la empresa, a su esposa y a otros números que estamos verificando. Aunque no hay una pauta sospechosa.

—¿Y con el de Ernesto Frías?

—Nada que destacar de momento.

—¿Podrían tener un segundo teléfono con el que hacer otro tipo de llamadas más comprometidas?

Silvia se encogió de hombros.

—Por poder tener…

—¿Y los bancos? ¿Algún movimiento extraño? ¿Algo que se salga de lo común?

—Habla con Romerales. Ya sabes cómo se las gastan los banqueros.

—No sueltan prenda de sus clientes. Secreto profesional, lo llaman. ¿Qué tal con Ricardo Sachs?

—¿El cerdo?

—¿Sabe ya que lo llamas así?

—Puede que intuya algo peor.

—¿Dónde hablaste con él?

Silvia hizo un movimiento con el mentón.

—En esa misma silla en la que estás sentado.

—Se quedaría impresionado con la refinada decoración de la oficina.

—Si pretendía que quedáramos en un bar para mirarme el escote, iba listo.

—Claro, faltaría más, aquí es mucho mejor —ironizó—, y las bebidas —señaló el vaso de plástico— son mucho más baratas.

Silvia pasó a referirle la entrevista.

Ricardo Sachs había comparecido en la comisaría alrededor de las ocho de la tarde. Estaba visiblemente contrariado por la cita. Ella le hizo esperar mientras atendía varias llamadas que iba encadenando una tras otra.

—Veo que su cojera persiste —le había dicho tras tenderle la mano.

—No es nada, solo una torcedura.

—Me alegro.

—¿Qué necesita de mí?

—Saber algunas cosas.

—No parece que estén avanzando mucho con el tema de la desaparición del marido de mi hermana.

—Trabajamos con las piezas que tenemos del rompecabezas.

—¿Y les faltan muchas para poder terminarlo?

—Algunas. Le preguntamos la otra vez si Carlos Sorli tiene enemigos, alguien que deseé que las cosas le vayan mal. ¿Algo más que aportar al respecto?

—Además de algún envidioso, por otra parte inofensivo, no lo creo.

—¿Debe dinero o alguien se lo debe a él?

Sachs se revolvió en la silla; no conseguía encontrar una postura cómoda.

—No habla tanto conmigo de dinero, pero a la vista está que ese, para él y para mi hermana, es un tema secundario.

—¿Y para usted?

—Tampoco me preocupa —había concluido rápido y tajante.

—¿Cómo está su hermana?

—Al borde de la depresión.

Silvia había pensado que exageraba.

—Pues no la notamos muy colaboradora, la verdad.

—No sale de casa, está destrozada, no se separa del teléfono ni un solo momento.

—Bueno, ahora con los móviles eso es más fácil de llevar. Uno puede salir con el teléfono en el bolso, como hago yo. —Hizo un gesto teatral para señalar el suyo.

—No entiendo la razón por la que me ha hecho venir aquí.

—Yo sí —había rebatido la subinspectora—. Cuénteme más sobre su cuñado y el cuadro de la exposición.

—¿Y eso no lo puede hablar con mi hermana?

—Soy yo quien hago las preguntas. Ya decidiré cuándo tengo que hablar con ella.

Hubo un silencio demasiado largo.

—¿Necesita algo, agua o tal vez un empujoncito para empezar a hablar?

—Carlos está un tanto ofuscado con ese cuadro de Goya. Tuvo en casa algunas reproducciones de distintos pintores. Hasta organizó un concurso de pintura. Se apuntaron todo tipo de imitadores; un horror, en mi opinión. Se expusieron en una galería del centro. En algunos, el perro fue sustituido por un loro o un mono. Un espanto, una sucesión de despropósitos.

—¿Desde cuándo tiene Sorli esa afición por la pintura?

—Estudió Bellas Artes.

—¿Se hizo pintor?

—¡Qué va! Es un negado para los pinceles. Destinó una habitación como taller, con todo tipo de utensilios, pero por lo visto las musas no entienden de talonarios.

—¿Y eso le producía frustración?

—¡Qué va! —había repetido—. Lo suyo son los negocios. Pintaba como el que se bebe un whisky, para pasar el rato. A veces yo iba allí a hablar con él de algún asunto de la empresa, y mientras sujetaba el pincel en una mano, con la otra hacía negocios por teléfono con un pez gordo de Asia o América. Carlos es capaz de venderle al Emir de Qatar una colección pictórica y de paso un millar de contenedores de azulejos.

—Y su hermana, ¿qué rango ocupa en esos negocios tan variopintos?

—Es la jefa en la sombra, como se suele decir —sonrió como si hubiera dicho algo gracioso.

—Nos dijo que no había amantes de por medio, ni de él ni de ella.

—¿Eso les dije? Pues me arrepiento. Yo no soy quién para meterme entre las sábanas de los demás.

—¿Eso es un sí o un no?

—Es un «a mí qué me cuenta».

Luego Sachs se había encogido de hombros. No tenía el tono descarado de la primera vez, cuando hablaron en la puerta de un bar junto a su llamativo coche y se hacía el gallito porque ella era mujer y él un machote en toda regla.

—¿Dónde estaba usted el día en el que supuestamente desapareció?

—No lo sé, debería consultar mi agenda.

—Yo creo que no la necesita, tampoco debería ser tan difícil.

Sachs miró al techo como si estuviera pensando. El irritante perfume que utilizaba se hizo notorio, como si hubiera destapado el frasco en ese mismo momento.

—Ah, sí —hizo como si recordara—. Tenía una cena con amigos; aunque acudieron más amigas que amigos.

—Permítame una pregunta. ¿Tiene pareja?

Dejó escapar una risotada que con seguridad lo liberó de la tensión que hasta el momento contenía.

—¿Si le contesto aceptaría una invitación para cenar?

—No se moleste, lo mío es el pueblo llano.

—¿Como el inspector que suele acompañarla?

—No se vaya por las ramas y conteste a mis preguntas en vez de flirtear. ¿Su cuñado conoce a Ernesto Frías?

—¿El conservador del Prado al que han encontrado muerto?

—El mismo.

—No lo sé, pero Carlos es un asiduo del museo. Seguro que le ponen la alfombra roja cuando va. Cada dos por tres pilla el coche y se va hasta allí. Puede que conozca al tal Frías, claro, seguro que sí.

Entonces sonó el teléfono de sobremesa del despacho y Silvia descolgó.

Mientras hablaba con su interlocutor desplegó una amplia sonrisa. Luego colgó.

Ricardo Sachs se miraba los zapatos; serían de alguna marca de precio prohibitivo. Vestía un pantalón de pana gruesa y un jersey holgado con la intención de conseguir un aspecto desenfadado. Lucía barba de cuatro días y el pelo desaliñado. Estaba convencido de que el rollo *hipster* le favorecía. Pero Silvia no estaba tan segura de ello.

—Era el agente de la entrada. Dice que la grúa municipal se acaba de llevar un Maserati de color amarillo que estaba aparcado encima de la acera.

26

La resaca era de las que marcaban época. Había hecho el ridículo, estaba convencida de ello. Todas aquellas copas de vino, los dos carajillos totalmente innecesarios, por mucho que fuera algo típico, y el remate con los chupitos casi divinos le habían hecho hablar por los codos; decir cosas que, si pudiera rebobinar, jamás habría dicho. Era tonta de remate, por eso Meike le hacía pasar por el tubo cada vez que se le antojaba.

Solo pudo con medio café con leche en el salón de desayunos del hotel. Lo justo para tragarse dos paracetamoles y salir de allí parapetada tras sus gafas de sol. Un viento cortante la recibió en la calle. No le iba mal, necesitaba despejarse y el frío en la cara la espabiló un poco. Al llegar al Real Casino Antiguo saludó al guardia de seguridad apostado en la entrada principal. Mostró su acreditación y el hombre se hizo a un lado para dejarla pasar con una inclinación de cabeza. La exposición no estaba abierta al público. Observaría con sosiego la colocación del cuadro en el salón antes de que irrumpieran los visitantes.

—¡Buenos días! —el saludo del encargado fue demasiado impetuoso para su mordiente resaca—. ¿Ha dormido bien? Ayer se fue muy deprisa. Creíamos que le echaría un vistazo al cuadro antes de marcharse. Espero que no le incomodaran el resto de invitados. Ya sabe, tienen gran entusiasmo. No todos los días tenemos una obra maestra de semejante envergadura en nuestra ciudad. —Hizo una pausa para añadir—: Ni a alguien con tantos conocimientos y experiencia como usted. La gente relacionada con el arte está que se sale, entiéndame. ¿Se encuentra bien?

Buscar excusas no se le daba mal en condiciones normales, pero el dolor que comenzaba en los párpados y le recorría la cabeza hasta terminar en las cervicales era tan acusado que no atinaba a dar con la respuesta correcta, tal como el encargado parecía esperar. Lo recordaba en su papel de anfitrión en la comida y durante la extensa sobremesa. Intentó agasajarla con las exquisiteces de la tierra, que se sintiera a gusto entre los invitados. Él y la ristra de listillos con sus preguntas impertinentes. A saber qué habría soltado por aquella boca que debería coserse con alambre.

—Estaba cansada y un poco indispuesta —fue su respuesta. Le pareció que el hombre amagaba media sonrisa—. Puede que comiera algo en mal estado —asestó cruel para desdibujar la sonrisa o lo que fuera que pretendía esgrimir aquel hombre de no más de metro sesenta que vestía como si fuera a asistir a una boda.

—Tal vez comió algo antes de salir de Madrid —devolvió el envite con arte— y luego le sentó mal tras la exquisita comida de nuestro afamado restaurante. ¿Tomó algo raro en alguna cafetería de la estación de Atocha?

No iba a poder con él en su estado, no valía la pena enemistarse. Quizá lo necesitara en los días sucesivos.

—No estoy acostumbrada a comer y beber en exceso —mintió, y el hombre casi puso los ojos en blanco.

—No se preocupe. A partir de ahora pediré que le sirvan *bollit* y, para beber, agua de Benassal, que es la preferida por los *sumilleres* debido a su excelente sabor y sus propiedades únicas. Ha cosechado todos los premios habidos y por haber; la habrá probado en establecimientos refinados de Madrid. Aquí la bebe todo el mundo.

—¿Y eso del *bollit*?

El encargado ahuecó la parte interna del codo derecho para que Cayetana se agarrara del brazo. La acompañó despacio por la regia escalera que conducía a la gran sala, donde el *Perro semihundido* de Goya se había convertido en toda una estrella.

—Patata y judía verde —especificó—. Hervido hasta que queda tierno pero entero. Una vez escurrido y en el plato, se añade un poco de sal y aceite de oliva virgen extra del interior de la provincia. Nuestro oro verde. Y verá qué bien le sienta.

EL PERSONAL DEL Real Casino Antiguo y los responsables del transporte y colocación del Museo del Prado habían hecho un buen trabajo. El cuadro se situaba en el lugar idóneo, con la altura correcta para la visión óptima del público. La iluminación era perfecta. No habían escatimado en ese aspecto en absoluto, algo que era de agradecer, pues aquel tipo de obras de arte podían perder muchos enteros con una iluminación mediocre. Sin embargo, en aquel lugar el cuadro de Goya resplandecía por todo lo alto. La decoración un tanto recargada del salón, que en un principio podría resultar excesiva, no hacía otra cosa que acompañar a la perfección a la imagen temerosa del verdadero protagonista de la pintura. Cayetana iba a agradecerle al encargado el minucioso trabajo, pero este se le adelantó.

—Ernesto Frías se encargó de que todo estuviera dispuesto como lo ve ahora. Descanse en paz —añadió. A continuación, bajó la vista para persignarse discretamente.

«Ni que en vida hubiera sido un santo», escuchó decir Cayetana a su propia voz interior.

—Era un gran profesional —dijo, a su pesar, y el primer pensamiento fue que se la tragara la tierra por hipócrita.

El hombre recibió una llamada en su teléfono móvil y se excusó antes de contestar. Debía de tratarse de alguna contrariedad, pues empezó a dar manotazos al aire con la mano libre y abandonó el salón con bastante premura.

Se quedó sola. Observó sin demasiado interés los otros elementos de la exposición: utensilios de trabajo atribuidos al pintor, una serie completa de sus grabados taurinos y un mural que pretendía ser la cronología de su vida. Contempló el cuadro desde diferentes lugares de la estancia. Finalmente se aproximó hasta quedar a dos metros. Pronto abrirían las puertas y se llenaría de público, y entonces nada sería lo mismo: desaparecería la magia entre un único espectador y la genialidad del artista.

Había cometido un error al decir que hubiera escogido otros cuadros antes que aquel. Ladeó la cabeza hacia un lado, luego hacia el otro y entornó los ojos.

Se trataba de un perro vulgar, triste y asustado que observaba lo desconocido con absoluta inseguridad. Cayetana dio un paso hacia atrás, luego se desplazó de forma imperceptible a la izquierda y, al no estar convencida del ángulo de visión, corrigió su posición haciéndose un poco a la derecha. Analizó desde aquella distancia la capa pictórica, el misterioso fondo que, de forma aleatoria, se le antojaba al espectador una cosa u otra sin llegar a ninguna conclusión de qué podía representar. «Lo que más tememos es lo que no podemos comprender», pensó. La devoción por lo misterioso, por el dolor y el desgarro, por la locura, la vejez y la soledad. Goya era capaz de viajar hasta lo más oscuro y encontrar humanidad allí mismo.

—Lo siento, señora, vamos a abrir. Hay gente esperando en la puerta.

El hombre que había interrumpido sus ensoñaciones era un agente de seguridad, alto y corpulento, que adornaba su rostro con una perilla negra como el carbón. Cayetana se volvió un tanto azorada. El rastro de afabilidad que quedaba en su semblante se esfumó de repente.

LA SOBERBIA VILLA de los Sorli estaba concurrida. Estela Sachs caminaba de un lado al otro del salón sin dejar de retorcerse los dedos de las manos. Ricardo Sachs parecía disfrutar con el nerviosismo de su hermana, repantingado en el enorme sofá Chester de color rojo vino. Elisenda, la hija del matrimonio, hablaba en voz baja con Enrique Correa, el hombre para todo de la familia, que extraía documentos de una carpeta intentando hacérselos llegar a la esposa de Carlos Sorli sin que esta le hiciera el menor caso.

—¡Explícame esos movimientos en las cuentas! —protestó—. No me des papeles que no voy a entender, no me marees con todo ese rollo burocrático. ¿Para qué te tenemos aquí? Se supone que para que no tenga que empaparme de toda esa basura, ¿no es así?

—Mamá, por favor, atiende a Enrique. El dinero ha sido transferido a una cuenta opaca. No hay forma de saber a dónde ha ido a parar. ¿Sabes lo que es un paraíso fiscal?

—Y no está hablando de playas de aguas turquesa y *resorts* de lujo —bromeó Ricardo Sachs, extendiendo ambos brazos sobre el respaldo del sofá.

—¡Haz el favor! —lo increpó su hermana—. Ese dinero no era solo suyo. Recuerda que también era tuyo, y de la niña —señaló a su hija, que puso los ojos en blanco—. Son ganancias de la empresa y eso es patrimonio de toda la familia. No puede hacer lo que le dé la gana. ¿Cómo consiguió transferir el dinero sin otro consentimiento que el suyo? —la pregunta iba dirigida a Correa, que se limitó a alzar los hombros. Ricardo contestó por él.

—Puede que falsificara tu firma, cariño.

—Y una mierda, eso no puede hacerlo.

—Con semejantes dividendos en la cuenta bancaria puede hacer lo que le dé la gana. A la vista está.

—¡Pero estamos hablando de un millón de euros!

—¿De cuánto? —inquirió la hija—. Eso no me lo habíais dicho. Ricardo Sachs dejó escapar una risita irónica.

—Mira cómo está mamá —prosiguió Elisenda—, hecha un manojo de nervios; y a ti parece que te hace gracia. No me gusta el tono que gastas con todo lo que está pasando. La verdad, prefiero preguntarle a Enrique; al fin y al cabo, él está al corriente de los temas…

—De la pasta —la interrumpió su tío—, está al corriente de la caja registradora.

—Si lo prefieres, me voy —espetó Correa, que hasta al momento se había mantenido al margen de la disputa familiar.

—¡Tú no vas a ningún sitio! —prorrumpió Estela Sachs—. Te quedas aquí. ¿No ves que este no nos va a ayudar?

Enrique Correa cambió de postura en la silla en la que se sentaba y tomó la palabra.

—Disculpa, Elisenda, yo soy el responsable de que no se haya difundido la suma transferida. Hasta hace un par de días no nos habíamos percatado de la cantidad, de hecho, ha sido tu madre quien lo ha descubierto. Por supuesto, tu padre no informó de ello en ningún momento. Puede que lo hiciera de forma lícita, no lo sé, tengo que revisarlo todo y hablar con varias entidades bancarias. Algo se podrá hacer. Discutiendo no vamos a ninguna parte.

Elisenda se acercó a su madre y le acarició un brazo. Luego se volvió para dirigirse a Correa.

—¿Cabe la posibilidad de que alguien le obligara a hacerlo? ¿Podría tratarse del pago por un rescate, antes incluso de que fuera secuestrado?

Ricardo Sachs lanzó un suspiro teatral.

—En ese caso, lo mejor será que informemos a la policía —dijo.

—Lo mejor será que nos estemos calladitos y que no salga una sola palabra de esta casa hasta que lo hayamos decidido —replicó Estela Sachs. Y luego añadió—: Y que todos pongamos las cartas sobre la mesa.

En el momento de silencio que precedió a sus palabras se oyó el timbre de la puerta principal.

Todos los presentes se miraron entre sí. Y un pálpito funesto se dibujó en sus rostros.

EL COMISARIO SE había quedado solo en la sala de reuniones. El equipo estaba en la calle, donde debía de estar. Acababa de recibir uno de los habituales rapapolvos por parte de sus superiores: demasiados días sin conocer el paradero de Carlos Sorli. Ni siquiera eran capaces de establecer si se trataba de un secuestro, cosa cada vez menos creíble. Mucho tiempo sin una pista que condujera al esclarecimiento del asesinato de Ernesto Frías. Claro que ambas muertes estaban relacionadas, tal como había gritado el jefazo a través de la línea telefónica. Ni que se hubiera caído de un nido.

Todo había comenzado con el traslado del cuadro a Castellón. La respuesta se encontraba en los días anteriores al desplazamiento, pero tanto en Madrid como en Castellón, los investigadores no conseguían atar cabos; la vida de los dos hombres parecía normal, bien que Frías fuera un poco ligero en cuanto a la forma de pasar el rato fuera del trabajo, o que Carlos Sorli estuviera obsesionado por el arte pictórico. Pero aquello no era razón para que mataran a uno y al otro se lo hubiera tragado la tierra. Las expectativas en cuanto a Sorli eran poco halagüeñas. Ningún secuestrador retiene a alguien sin pedir nada a cambio por su liberación, a no ser que, tal como sugería Monfort, no fuera como alguien quería que pareciera. Y, en tal caso, que permaneciera vivo sería un milagro.

El inconveniente era que, a diferencia de su esposa, él tenía poca fe en los fenómenos religiosos.

Permanecía de pie, con las manos hundidas en los bolsillos del pantalón. La mesa de reuniones estaba abarrotada de papeles. La documentación de los casos aumentaba de forma exponencial al fracaso obtenido. Burocracia, nada más que eso, declaraciones e indicios que de momento no llevaban a ninguna parte. Observó con desánimo el tablero del que pendían fotografías, mapas, croquis y una larga ristra de hipótesis escritas con rotulador para encerado blanco. Algunas palabras habían sido borradas y sustituidas por otras; había tachones y equis que anulaban lo escrito con anterioridad. Nombres y apellidos en mayúsculas, en minúsculas, y algunos subrayados para darles más relevancia que a los demás. Los que estaban encerrados en un círculo parecían importantes. Los leyó, pero no le aportaron nada que no supiera ya. La hermana de Ernesto Frías, que había volado desde Argentina, llamó comprensiblemente impacientada por que el equipo forense diera la autorización para que su hermano fuera incinerado. No le había quedado más remedio que darle largas e inventarse excusas, pues sabía que pasarían algunos días hasta poder hacer aquello por lo que había cruzado el océano.

Desanimaba reconocer lo poco que se había añadido al tablero en las últimas horas. El equipo trabajaba en busca de un hilo del que tirar; lo complicado era no caer en la desidia, en el abatimiento por no poder seguir adelante. Su cometido era alentarlos, pero sentía que el repertorio de arengas estaba en la reserva.

Observó las paredes, faltas de una buena mano de pintura. Pronto dejarían aquella comisaría para trasladarse a la nueva ubicación: más moderna, más eficiente, aunque sería menos su casa, tal como habían sido aquellas viejas estancias de la ronda de la Magdalena. Tal vez el de la bronca telefónica prefiriera cambios drásticos, savia nueva, métodos renovados que pudieran afectarle personalmente. No le importaba demasiado. Le quedaba poco tiempo en el servicio, pronto llegaría la jubilación. Su esposa esperaba con ansia el día en que no se despertara sobresaltada por una llamada de madrugada.

Regresó a su despacho. Allí también le aguardaba una montaña de diligencias por solucionar. Se dejó caer en la silla con hastío y observó la fotografía enmarcada de su esposa. Sí, ella se merecía una vida mejor. Era probable que bastara con pasar más tiempo juntos.

Revisó una de las carpetas, ojeando su contenido casi sin verlo.

El primer problema era que no contaban con suficientes medios para combatir el mal, ni monetarios ni de personal especializado. La gente pensaba que en una provincia como aquella nunca pasaba nada, pero estaban del todo equivocados. Lanzó un suspiro y devolvió la carpeta al mismo lugar.

El segundo problema era que Monfort creía que lo que tenía entre manos era lo único importante y que todos debían volcarse en ello, incluido él, que era el jefe.

Sonó el teléfono móvil. El nombre iluminado en la pantalla anunciaba una nueva reprimenda. Antes de responder se dio con él varios golpecitos en la barbilla.

El tercer problema era que a Monfort no le faltaba razón.

27

Cuando abrieron la puerta dudó si la decisión había sido acertada. Al acceder al salón y encontrarse con lo que se podría llamar el clan de los Sorli, supo que había sido un gran error. Y por eso trató de engañarlos.

—He venido a disculparme —decidió que la primera frase debía dedicarla a la mujer de la casa, a la que había intimidado sin escrúpulos junto a la verja cuando todavía creía que saldría airoso del lío que se había montado.

—¿Qué hace aquí de nuevo? —preguntó Enrique Correa.

Ricardo Sachs se palpó los muslos y se incorporó del sofá.

—Esto se parece cada vez más a una novela de Agatha Christie. ¡Que nadie salga de la mansión hasta que aparezca el verdadero culpable! —ironizó como si interpretara un papel cinematográfico.

—Dice que conoce a Carlos —intervino Estela Sachs—, que han trabajado juntos en temas relacionados con los cuadros.

—Sí —añadió la hija, toqueteándose su melena teñida de color rosa—. Y también que papá le debía algo.

—Apuesto a que se trata de un oportunista —opinó Ricardo—. Uno de esos que están al tanto de historias como esta para aprovecharse del sufrimiento de los familiares.

Elisenda Sorli dedicó a su tío una mirada de incredulidad.

—¿Cuál es su nombre? —le preguntó Enrique Correa.

—Me llamo Sergio Bayo —le tembló ligeramente la voz—. Entiendo que he venido en mal momento. El otro día me precipité y mi única intención al volver aquí…

—Su única intención, o más bien deseo —lo interrumpió Ricardo—, era encontrar sola a la mujer de la casa, ¿no es así? ¿Le parece ella más fácil de extorsionar? ¿O es que surgió un flechazo junto a la verja?

—Este hombre sabe algo de Carlos —medió Estela Sachs—. Y no digas más tonterías —reprendió a su hermano.

Sergio Bayo decidió tomar la palabra. No sabía cómo salir de aquella situación. Improvisó.

—Carlos y yo estudiamos juntos en Valencia. Compartíamos la afición por la pintura, y también una pequeña buhardilla.

—¡Una buhardilla! —exclamó Ricardo de manera cáustica—. ¡Qué romántico!

—¡Déjale hablar! —censuró Estela.

—Al terminar la carrera regresó a Castellón, pero yo me quedé en Valencia. Ya no tenía a nadie en esta ciudad, todos habían muerto.

—Pobrecillo... —se burló Ricardo.

—Tío, haz el favor —suplicó Elisenda.

—Con el tiempo construyó su propia vida, a la vista está, y yo caí en una espiral de asuntos que no vienen al caso.

—Creo imaginarlos —intervino de nuevo Ricardo.

—El caso es que perdimos el contacto —continuó Bayo—. Él no se puso en contacto conmigo y yo no quise insistir. Supe por otros cómo le iba la vida y pensé que simplemente me había borrado de su lista de amigos. Luego, con los años y por una serie de carambolas que tampoco vienen al caso, me trasladé a Madrid. Ahora trabajo como guía externo en el Museo del Prado.

—¿Y cómo es que ha venido justo ahora? —preguntó Correa.

—Estuve presente cuando se hicieron los preparativos para el traslado del cuadro a Castellón.

—¿Sabía que Carlos era el máximo responsable de la exposición?

Hasta el momento casi todo lo que había dicho era cierto, pero se le había agotado el repertorio de verdades. Y empezó a mentir.

—Entonces no tenía ni idea. Es cierto que me acordé de él, de su fascinación por las *Pinturas negras*, de lo mucho que habíamos hablado de ello. Por eso, cuando me enteré de que la exposición era cosa suya y que no había comparecido a la inauguración, sentí que debía venir para ayudar a encontrarlo.

Estela Sachs se adelantó.

—¿Cree que lo han secuestrado? ¿Qué le hace pensar que puede ayudarnos?

Tuvo que pensar las respuestas, pero ella volvió a adelantarse.

—Me basta con que nos diga qué le debe mi marido a usted.

Podría contestar que la dignidad robada, la ilusión invertida, las promesas de ser socios en aquello que amaban.

—Nada, no me debe nada —admitió, sin embargo, cabizbajo—. El otro día mentí. Quería saber dónde estaba, verlo una vez más. Y sí, tal vez recriminarle que no hiciera partícipe a su viejo amigo de universidad a la hora de exponer un cuadro por el que ambos sentimos veneración.

Estaba hablando demasiado, y por eso decidió callar de golpe.

Elisenda Sorli se acercó a Correa y le dijo algo en voz baja.

—¿Conocía a Ernesto Frías? —preguntó el hombre de confianza de la familia.

El prolongado silencio que acompañó a aquella pregunta se hizo denso y empalagoso. Debía de haber contado con que le preguntaran por él. Elisenda exhibió una mueca de satisfacción por haber sugerido la cuestión a Correa. Estela Sachs se retorcía los dedos. Ricardo lo estaba pasando genial, a juzgar por la atención con la que seguía aquella especie de interrogatorio.

—Sí, lo conocía. Era un buen hombre —mintió sobre lo que pensaba del conservador—. Y un excelente profesional en su trabajo.

—No sé si era tan bueno —matizó Ricardo mientras abría el pequeño armario donde los Sorli guardaban las bebidas espirituosas—. Lo enviaron a Castellón para custodiar el cuadro y, como dice Sabina, «duró lo que duran dos peces de hielo en un *whisky on the rocks*».

—¿Mantenían ustedes una buena relación? —preguntó Correa, obviando la ocurrencia.

—¿Quién? ¿Ernesto Frías y yo? —Bayo estaba aturdido.

—No, usted y Goya, no te jode —se mofó Ricardo mientras elegía la bebida adecuada para el momento.

Elisenda le hizo a su tío un gesto de desdén con la mano y Estela le dedicó una mirada inquisidora.

—Ya les he dicho que yo solo soy un guía externo. Por desgracia, no me paga el Prado. Digamos que estamos en otro nivel. Él era una figura clave en las colecciones del museo. Un conservador de Patrimonio Nacional tiene gran autoridad en la materia. Yo soy un simple guía turístico. Pero sí, lo conocía, como todo el mundo allí.

—Ya está bien —intervino Estela Sachs—. A mí me interesa saber de qué forma puede contribuir a dar con el paradero de mi marido.

—Yo no me fiaría de él después de lo que te dijo en el jardín —terció Enrique Correa, pero ella no le prestó atención.

Sergio Bayo creyó que, si lograba encontrar las palabras justas, tal vez saliera airoso de aquella casa a la que no debería haberse acercado jamás. Tenía que pensar con celeridad y calcular con sumo cuidado lo que iba a decir. La vulgaridad no podía sustituir al ingenio. ¿Cómo se sentirían si supieran que estaban del todo equivocados?

—¿Han oído hablar alguna vez del síndrome de Stendhal? —preguntó.

SILVIA COMENTÓ QUE la conservadora de Patrimonio se llamaba Cayetana Alonso. Monfort no había escuchado lo que dijo en la entrevista y sentía curiosidad por saber qué pensaba acerca de lo sucedido. Era probable que hubiera trabajado con Ernesto Frías y, en tal caso, quizá pudiera aportar alguna información. Tal vez, con un poco de suerte, también hubiera conocido a Carlos Sorli, dada la influencia de este en materia de obras de arte.

La sala principal del Real Casino Antiguo estaba concurrida. Monfort habría preferido tomar un whisky de malta en el bar de la parte baja del edificio, el que daba a la terraza, ahora desocupada por el viento frío que se había levantado hacía poco más de una hora.

Fue fácil reconocerla. Rodeada de personas con las que conversaba cordialmente, muy cerca del cuadro, cada cuatro palabras dirigía la mirada a la pintura para dar alguna explicación que su entregada audiencia agradecía con movimientos afirmativos de cabeza. Los tenía embelesados con su oratoria. No en vano sería una gran entendida. Era una mujer alta, no demasiado esbelta, con unos rasgos faciales difíciles de encasillar. Lucía una melena corta de color castaño; uno de aquellos cortes franceses que no son otra cosa que el reflejo de la filosofía parisina del «menos es más». Vestía completamente de negro: un jersey ajustado y una falda larga que apenas dejaba entrever unos clásicos botines del mismo color. Monfort se fijó en sus manos; las movía sin cesar con cada nueva explicación.

—Hola, inspector —el saludo del encargado lo sacó del trance—. Venga, se la presentaré enseguida.

El hombre se hizo un hueco entre los aduladores de la conservadora y la invitó a que dejara por un momento de responder a sus preguntas.

—Gracias por rescatarme —le dijo la mujer en voz baja al encargado cuando llegó donde estaba Monfort.

Tras las presentaciones, el responsable del local los dejó a solas.

—Es todo un éxito —empezó Monfort.

—Es Goya —afirmó Cayetana Alonso con una amplia sonrisa y un leve encogimiento de hombros.

—¿Conocía Castellón?

—No había estado jamás. Diría en mi contra que soy de poco viajar, a no ser que sea estrictamente necesario.

—Supongo que en su profesión eso debe estar a la orden del día. Los grandes museos del mundo y todo eso.

—Ya me tocó en su día, no se crea, y lo pasaba fatal. Tengo terror a volar. Tener que desplazarse hasta el Museo del Hermitage de San Petersburgo en coche es como para que se le quiten a una las ganas de viajar para siempre.

—¿Y cómo consiguió dejar de hacerlo?

Se mordió una uña que ya de por sí estaba bastante mordida.

—Estudiando mucho para conseguir una plaza que más o menos me permitiera hacer lo que yo quería.

—¿Que es…?

—Organizar colecciones de arte en un museo. En este caso en el Museo del Prado; hay suficientes motivos como para tener la excusa perfecta.

Volvió a sonreír y dejó a la vista una larguísima fila de dientes y muelas no del todo bien alineados. «¿Tiene más de lo normal?», se preguntó Monfort, que decidió ir directo al asunto y dejarse de rodeos. Le incomodaba hablar allí, de pie entre tanto público, y aquel ramillete de adoradores de la conservadora que esperaban con impaciencia a que él se largara para seguir haciéndole preguntas.

—¿Ernesto Frías la ayudó a conseguir ese estatus en el museo?

Tal vez se le había notado la mueca de estupefacción, pero le daba igual, ¿qué se había creído aquel tipo?

—¿Qué clase de pregunta es esa?

—Ernesto Frías era un conservador con mucha influencia.

Lo peor de todo es que tenía razón. Se le estaba pegando el jersey a la espalda por el calor que hacía en la sala. ¿Tendrían la calefacción demasiado alta? Hablaría con el encargado. Tal vez no fuera lo más adecuado para el cuadro.

—Tiene razón —admitió—. Frías es uno de los conservadores con más experiencia en el museo. Perdón, se me hace tan extraño hablar de él en pasado.

—La entiendo.

—Él me propuso para el puesto —soltó de golpe. No valía la pena dar vueltas al asunto.

—¿Era su jefe?

—No, mi jefa es Meike Apeldoorn. Frías era un compañero más. Con mucha influencia. —Hizo la señal de las comillas, pero se arrepintió al instante y bajó las manos de forma apresurada—. Pero nada más.

Había sonado fatal. Cualquiera, sin necesidad de ser policía, se hubiera percatado de que le incomodaba hablar de él, y no solo por su muerte.

—¿Cómo era?

Utilizaba un tono de voz grave que tenía mucho de galán de las películas con las que pasaba sus solitarias noches de sábado. Continuaba plantado delante de ella, sin mover los pies un solo centímetro. Era muy alto, y eso que ella no se quedaba corta, pero aun así tenía que doblar el cuello para encontrar sus ojos. Con aquella mirada escrutadora podía desmontarle cualquier coartada a los malhechores que se le cruzaran en el camino. Se llevó la mano al cuello del jersey, de repente le molestaba todo. Él iba vestido de forma impecable con un traje de color gris oscuro, camisa azul y corbata roja.

—Pues tan célebre como ya habrá podido constatar. Ernesto Frías era un entusiasta de su trabajo. Poseía grandes conocimientos.

—Tengo entendido que cuando abandonaba el museo era un poco menos diligente.

—No le entiendo —disimuló Cayetana. El calor que le subió por las mejillas debió delatarla.

—Los colegas de Madrid nos han revelado que era un tanto licencioso, que le gustaba frecuentar lugares poco adecuados para alguien con un refinado gusto por el arte.

El maldito cuadro de Rubens con las tres mujeres mórbidas volvió de nuevo a su cabeza. Debía quitarse de una puñetera vez aquel estigma, olvidarse para siempre de su propuesta y de las veces que había soñado cómo hubiera sido en el caso de haber aceptado aquella proposición del todo deshonesta.

—Era un profesional con mucha experiencia. Lo que hiciera fuera del trabajo era cosa suya, ¿no cree?

—Por supuesto. Pero, dígame, ¿usted lo sabía?

Podía haberle mentido, pero no lo hizo. Le intimidaba demasiado.

—Algo se comentaba. Ya sabe, chismorreos durante el café a media mañana.

—¿Qué se comentaba?

¿Por qué se lo preguntaba si ya lo sabía?

—No sé… que le gustaba salir.

—¿Sabía que era aficionado a las apuestas en casas de juego?

Cayetana se empezaba a encontrar mal. El policía volvió a preguntar.

—¿Y que frecuentaba locales de prostitución?

No sabía qué hacer con las manos. Él seguía impertérrito, con la mirada clavada en sus ojos. Qué podía responder si las compañeras y compañeros del Prado hablaban de ello a diario.

—Sí, se comentaba eso.

—¿Lo de las apuestas o lo de las casas de citas?

—Ambas cosas —admitió.

—¿La molestó en algún momento?

Y dale, estaba empeñado en saberlo todo.

—No. Puede que le gustara arrimarse a todas las que trabajamos allí, pero de eso a conseguirlo...

La mirada del poli expresaba que quizá sí hubiera conseguido algo en el caso de insistir.

—¿Sabe de alguien que pudiera desearle el mal?

—¿Como para acabar ahogado en una acequia?

Monfort movió la cabeza afirmativamente.

—¡Claro que no!

—¿Le preocupa que pueda sucederle algo a usted?

Cayetana no se asustaba con facilidad. Lo que le fastidiaba era estar allí y no en Madrid.

—No tengo miedo.

—Ese cuadro —dijo Monfort mientras señalaba la obra que los castellonenses admiraban en aquel momento—, ¿cree que tiene algo que ver con su muerte?

Cayetana pensó que el cuadro en sí podía representar la antesala de la muerte. Tal vez era lo que el perro aguardaba aterrado: el momento de un ataque mortal que acabara con su vida.

—Si le soy sincera, no sé qué pensar.

—¿Conocía usted a Carlos Sorli?

—De oídas, sí, aunque no en persona. Sé que estuvo presente cuando preparaban el traslado del cuadro. Pero ese día yo salí antes porque tenía una reunión de vecinos. Había que cambiar el sistema de antenas de televisión por los codificadores de la TDT y bla, bla, bla... —Puso los ojos en blanco.

—¿Está completamente segura de que Carlos Sorli estuvo en Madrid la tarde de los preparativos? —sondeó Monfort, que por primera vez cambió el peso de un pie a otro.

—Por supuesto que sí —confirmó Cayetana.

En ese momento le sonó el móvil. El tono de melodía era una canción de Fleetwood Mac: *Everywere / En todas partes.*

Algo está pasando conmigo.

Mis amigos dicen que actúo de una forma peculiar.

Vamos, cariño, es mejor que lo demuestres.

Será mejor que lo hagas pronto antes de que me rompas el corazón.

—Debo contestar —dijo al darse cuenta de quién llamaba.

Monfort hizo un gesto afirmativo con la cabeza, pero añadió algo.

—Solo una cosa más y dejaré de molestarla.

Cayetana respondió la llamada de todos modos.

—Hola, Meike, espera un momento, por favor.

Para escuchar lo que tenía que decir el policía intentó tapar el micrófono del móvil con la mano, aunque en realidad no sabía dónde estaba.

—¿Conoce a un guía del Museo del Prado que se llama Sergio Bayo?

—¡Claro! —exclamó Cayetana—. Debe de ser la persona que más sabe sobre las *Pinturas negras* de Goya. No encontrará otro como él. Podría pasarse horas y horas hablando de las catorce obras, sobre todo de esta —dijo, y señaló el cuadro expuesto.

28

EL AGENTE TERREROS conducía a toda velocidad por la avenida que conectaba la ciudad con su barrio marítimo. En el asiento del copiloto el agente García consultaba la dirección exacta desde donde habían llamado los compañeros. Detrás iba la subinspectora Redó, que intentaba ponerse en contacto una y otra vez con Monfort sin obtener respuesta.

—¿Dónde se habrá metido? —masculló.

—Ya llamará —comentó García mientras le indicaba a Terreros el lugar por el que debía acceder a la calle.

Los dos agentes que patrullaban en el Grao habían sido alertados por los vecinos de una pelea en un piso de planta baja de la calle Churruca, muy cerca de la parroquia de San Pedro, a escasos metros del puerto pesquero.

En el inmueble permanecían maniatados un hombre y una mujer. Al parecer estaban casados. La discusión se originó porque ella quería denunciarlo; argumentaba que él le pegaba, cosa que el hombre negaba una y otra vez. A los agentes les llamó la atención un teléfono móvil de última generación que empezó a sonar encima de la mesa del comedor. Al ponerse en marcha, la pantalla ofreció la imagen nítida de una persona sonriente que no era ninguno de aquellos dos. Uno de los policías comparó la fotografía del teléfono con las que tenían registradas en sus dispositivos. No era Carlos Sorli, a quien seguían buscando de forma tenaz. Pero sí que era asombrosamente parecido a Ernesto Frías, el conservador asesinado, y no tenía pinta de ser familiar de la pareja.

La subinspectora Redó pidió a los compañeros que se llevaran a la mujer para interrogarla fuera del piso. Terreros los acompañó. Se trataba de una estrategia para contrastar sus declaraciones y que no interfiriera el que permanecieran juntos.

—¿Por qué tiene ese teléfono? —inquirió Silvia al marido.

—Me lo encontré —respondió el hombre a la vez que se encogía de hombros. Tenía un marcado acento de algún país de Europa del Este.

—¿Y no pensó en entregarlo a la Policía Local?

El hombre alzó los hombros otra vez.

—¿Quería venderlo?

Volvió a levantar los hombros.

—¿Dónde lo encontró?

Repitió lo de los hombros de nuevo.

El agente García se acercó a él.

—¿Está haciendo gimnasia? ¿Le duelen las cervicales?

El hombre negó con la cabeza.

—Como veo que no para de hacer movimientos con los hombros, creía que estaba ejercitando los músculos. Bueno, eso o es que es tonto de remate, porque mira que encontrarse semejante *telefonaco* y no recordar dónde…

—No me acuerdo —argumentó, pero su tono de voz albergaba temor.

—Claro que se acuerda —continuó García—. Lo que pasa es que no se lo ha encontrado, ¿verdad?

Silvia observó a la mujer a través de la ventana enrejada que daba a pie de calle. Permanecía sentada en la furgoneta con la puerta abierta. Hablaba con el agente Terreros y gesticulaba de forma ostentosa. Temblaba y no era por el frío. Parecía asustada. Los restos de un enorme moretón que le ocupaba parte de la cara eran todavía visibles.

El agente Terreros le hizo una señal con la mano a la subinspectora para que lo acompañara. Los vecinos fueron obligados a regresar a sus casas; el morbo y la curiosidad hicieron que se arremolinaran a la entrada de la finca, que ahora por fin estaba despejada.

La mujer había hablado. A saber qué le había dicho Terreros para que soltara la lengua tan rápido, pensó Silvia.

Según sus palabras, el hombre del piso era, en efecto, su marido. La obligaba a prostituirse en una barraca de labranza de la cercana Marjalería. El hombre trapicheaba con drogas y debía una importante suma de dinero a los suministradores, que lo acosaban a diario. La mujer reveló que su esposo había intentado robar a Ernesto Frías mientras mantenían relaciones sexuales en el chamizo junto a la acequia, y que cuando este se percató, se vistió a toda prisa y salió corriendo. La pareja fue tras él hasta que le dieron alcance. El conservador se defendió propinando un fuerte puñetazo al hombre, que quedó aturdido, y que fue ella la que, sin querer provocarle daño alguno, lo empujó con tan mala fortuna que cayó en el interior del canal y quedó inmóvil en el barro. Se marcharon sin auxiliarlo, aunque ella dijo que estaba segura de que podría haber salido de la acequia por su propio pie. Con las prisas se había dejado el teléfono móvil en la barraca, y el marido se negó a tirarlo; pensaba que podrían darle un buen pico por él.

Ambos eran de nacionalidad polaca, aunque eso no tenía nada que ver para que Terreros no se creyera la mitad de aquella declaración.

Antes de ser trasladados a la comisaría para comenzar con los interrogatorios, Silvia les preguntó si conocían a Irenka Mazur.

La respuesta no se hizo esperar.

Escribió un mensaje a Monfort. «Ahora sí que contestará», pensó al pulsar la tecla de envío.

TAL COMO SILVIA y los demás ya sabían por los resultados del forense Pablo Morata y del equipo de la Científica, los hechos no habían ocurrido tal como la mujer había desvelado en un principio.

Había sido cuestión de separarlos, apretarles los tornillos al máximo y otorgarles cierta dosis de esperanza en cuanto a su destino carcelario. Los abogados de oficio se mostraron colaboradores con la Policía. ¿Qué otra opción tenían, si los inexpertos letrados parecían recién salidos de una cantina universitaria?

Ernesto Frías había aceptado los servicios sexuales que la mujer ofrecía en un bar del barrio. Ella misma lo había guiado a pie hasta la barraca de la Marjalería. Dentro consumaron el acto. Cuando Frías se disponía a abandonar el lugar, el marido entró y lo amenazó con una pistola. Entre los dos lo ataron por las muñecas, le sustrajeron el dinero que llevaba en la cartera y el teléfono móvil. Finalmente decidieron devolverle la documentación. «¡Menudo acto de misericordia!», especuló Silvia. Faltaba que confesaran los pormenores del ahogamiento y dónde escondían el arma; era cuestión de tiempo y de nuevas falsas promesas, y otro par de vueltas más a los tornillos.

La subinspectora se equivocó al afirmar que llevaron a Ernesto Frías en coche hasta algún lugar cerca de la acequia. Creían haber registrado las construcciones colindantes, las casetas donde los agricultores guardaban sus aperos, las barracas y los cobertizos. Envió a Terreros y García de nuevo a la Marjalería mientras continuaba con los interrogatorios a los detenidos.

—Hemos encontrado el lugar. Se nos pasó por alto —informó Terreros en comunicación telefónica con Silvia, aunque él no había estado allí el día que hallaron el cadáver—. Es una más entre todas las que se registraron; está desvencijada, a punto de que un temporal la destruya. Dentro hay un colchón en el que la mujer debía satisfacer los más ínfimos deseos de hombres como Frías. Debe de ser aquí, no queda otro lugar posible.

—Enviaré de inmediato al equipo para que lo analicen —argumentó, llena de rabia y aguantándose los deseos de gritar y maldecirse.

—No te atormentes —la aconsejó Monfort, que se había reunido con ella en la comisaría tras leer su mensaje—. Peinasteis el lugar a conciencia, de eso no hay duda. La hipótesis de que pudieran llevarlo hasta allí en coche viene dada por el tema de la pistola y porque estaba atado, pero sobre todo por ser quien era la víctima. No le pegaba nada lo de la prostituta en la barraca y el colchón sucio; tampoco lo de ir «paseando» con ella hasta semejante lugar, repleto de mosquitos y aguas estancadas.

—Gracias —expresó Silvia—. Pero ahora no me sirven de nada tus consuelos. Es un fallo imperdonable y poco más hay que añadir.

—No pretendía ser compasivo —se excusó Monfort.

—Pues ha sonado como si lo fueras.

—Tengo una duda. Ese teléfono móvil de Frías, dices que empezó a sonar en la casa de esos dos. ¿Cómo es que no lo habían rastreado?

Silvia se llevó las palmas de las manos a la cara y reprimió un grito.

Decidió dejarla a solas con sus lamentaciones; cuando se daba cuenta de los errores podía convertirse en la peor de sus propias pesadillas. Su nivel de exigencia era del todo desmedido. El problema era que no le ocurría solo con el trabajo.

En aquel momento tocaba sacarles a aquellos dos dónde podía encontrar a Irenka Mazur, Herminio López y, sobre todo, al que los hacía bailar a sus pies.

—De todas formas —le sugirió a Silvia cuando ya tenía la puerta abierta—, no olvides que la falta de compasión puede resultar tan vulgar como un exceso de lágrimas.

SERGIO BAYÓ LOGRÓ salir de la mansión de los Sorli. Al final apremió su marcha bajo el temor a que algún miembro de la familia alertara a la policía de su presencia. Lo habían tomado por un loco. Su aspecto descuidado por los días pasados fuera de casa, durmiendo en el coche, le confería el aspecto de un vagabundo chalado sin un lugar en el que caerse muerto. Cosa que no era del todo falsa.

Aquel rollo que les había soltado sobre el síndrome de Stendhal era, como poco, inverosímil. Suponer que Carlos Sorli había huido afectado psicológicamente por la belleza de un cuadro al que veneraba de forma exagerada era una verdadera sinrazón. La única que había oído hablar de la controvertida patología era la hija del matrimonio, la joven avispada que llevaba el pelo teñido de color rosa. Los demás no tenían ni idea. Serían ricos, pero eran unos incultos.

El síndrome de Stendhal fue descrito clínicamente como una enfermedad psicosomática por la psiquiatra italiana Graziella

Magherini, quien observó a un centenar de pacientes, con la particularidad de que todos eran turistas y visitantes que habían experimentado extrañas reacciones como alucinaciones o desorientación al contemplar obras de arte de gran belleza. Según la doctora Magherini, algunos de los afectados habían sufrido ataques de pánico causados por un impacto psicológico.

A Sergio Bayo aquella teoría le parecía una fantasía de ínfulas románticas, aunque, para su asombro, las palabras habían hecho mella en algunos miembros de la familia, y sus rostros reflejaron ciertas dudas de que al patriarca pudiera haberle sucedido algo parecido, dada su obsesión por el arte. De todos modos, había algo más que les preocupaba, algo que flotaba en el ambiente y que no había podido descubrir. El documento sobre la mesa con el membrete de una entidad bancaria debía de ser importante, pues la hija del matrimonio se había encargado de esconderlo en cuanto se dio cuenta de que lo miraba de reojo.

Abandonó la casa con el propósito de ayudarlos en la búsqueda de Sorli, de trabajar por su cuenta sin alertar a la policía, de mantenerlos informados si descubría alguna pista que pudiera llevarlos hasta él. Con ello tendría vía libre para encontrarlo y ajustar cuentas. Madre e hija al final se mostraron agradecidas y dispuestas a echarle una mano en caso necesario; sin embargo, los dos hombres recelaron de su compromiso. El hermano de Estela Sachs juró que si los engañaba se encargaría personalmente de él. El otro hombre, aquel que no era de la familia, no le hizo ninguna advertencia, bastó con su expresión hierática para saber el menosprecio que le inspiraba.

EL MATRIMONIO POLACO aseguraba desconocer la dirección de Irenka Mazur. Conservaban un contacto de teléfono móvil, pero cuando Monfort llamó saltó la locución que avisaba de que aquel número había dejado de existir.

Al llegar a Castellón por primera vez, Irenka los había ayudado bajo pago de una cantidad demasiado elevada para su exigua economía; una de las tantas tristes historias de compatriotas lucrándose de los que llegan a un lugar desconocido. Les había proporcionado un lugar en el que vivir a cambio de un alquiler excesivo y, para que pudieran costearlo, contrató al marido en uno de los locales clandestinos. El hombre aprendió pronto el negocio y no le tembló la mano ni la conciencia para vender el cuerpo de su propia mujer a los mismos desgraciados que dilapidaban sus ahorros en las mesas de juego de Irenka. Poco tiempo después, Irenka y el inmigrante polaco se enfrentaron y dejaron de tener contacto. A partir de aquel momento la vida del matrimonio se convirtió en una caída libre auspiciada por las drogas, la prostitución y la violencia.

El interrogatorio al que Monfort sometió al hombre duró más de lo esperado. Había dicho muchas cosas, pero no era incauto y había sabido obviar aquello que podría acarrearle otros delitos frente a la justicia española. Era consciente de que prostituir a su mujer le comportaría una larga pena carcelaria y por ello midió sus palabras con acierto, admitió fugazmente la dureza a la que sometía a su esposa, e incluso trató de implicarla al decir que ella estaba de acuerdo porque necesitaba conseguir dinero en un país que se les había mostrado hostil.

«Pobrecillos», pensó Monfort sarcástico al percatarse de su ropa de marca, del reloj caro y de los anillos de oro que decoraban sus regordetes dedos.

—¿Esa panza es de pasarlo tan mal en este país que solo te ha reportado desgracias? ¿Y esos anillos, y el reloj, y la ropa?

El abogado de oficio le insinuó al oído que no valía la pena seguir por aquel camino que no llevaba a ninguna parte.

Él sí que no iba a llegar a ninguna parte defendiendo a tipos repugnantes como aquel, especuló Monfort.

Los agentes Terreros y García entraron en la sala para relevarlo.

Apenas permaneció diez minutos en el cuarto donde Silvia interrogaba a la esposa del hombre de la habitación contigua. El universo miserable de las mujeres maltratadas por facinerosos sin escrúpulos; otra víctima más de un mundo cruel en el que se hacía demasiado complicado erradicar el dolor que algunos hombres eran capaces de infligir a las que un día prometieron amor eterno, y que demasiado pronto se convertía en dolor perpetuo.

Solo le hizo una pregunta. Una cuestión que le rondaba. Una sospecha, una corazonada.

Ella respondió entre sollozos.

Salió a toda prisa de la comisaría. Podía haberle pedido a Silvia que lo acompañara, pero aquello era cosa suya. Romerales estaba en contra de que se ocupara de otro caso que no fuera dar con Carlos Sorli, preferiblemente vivo. El matrimonio polaco había acabado con la vida de Ernesto Frías y aquello le eximía de dar explicaciones. Los pormenores de cómo había sucedido los aclararían en cuestión de poco tiempo Silvia y los dos agentes. Conocerían de boca de los detenidos cada uno de los detalles de la muerte del conservador. Los estrujarían hasta conseguir sin ambages la verdad del asunto. Tal vez todo tuviera una conexión: la desaparición, la muerte y los que apostaban en la autopista. Quizá por eso se sintió algo mejor consigo mismo. Arrancó el Volvo y partió a toda prisa hacia el Grao, donde la sombra de la noche amparaba los embustes y la luz del día destapaba las verdades.

Aún era de día.

Entró en el bar como un torrente. Hizo caso omiso a la advertencia de la mujer de la barra de que no se podía bajar al sótano. Para cuando ella y el joven del chándal que había visto la otra vez que estuvo allí trataron de impedírselo, ya tenía al sujeto agarrado del cuello con la espalda contra la pared. Pese a su robustez no pudo esquivar la mano de Monfort, que se aferró a su pescuezo como una tenaza.

—¡No os mováis o lo mato! —gritó a los dos que habían bajado tras él—. Dejadnos solos y no hagáis ninguna tontería. Los refuerzos están a punto de llegar —mintió.

El hombre se las ingenió para hacerles entender que hicieran caso al policía. Gesticuló y los otros comprendieron su mensaje, pues regresaron al piso superior. Del enrojecimiento inicial al impedir que la sangre regara el cerebro por el apretón en el cuello, su rostro comenzó a adoptar un tono cárdeno. El terror reflejado en su mirada envalentonó a Monfort, que oprimió un poco más antes de hablar.

—Irenka Mazur y Herminio López. Rápido, dime dónde están. Si me engañas volveré y terminaré la faena. Si no los encuentro, volveré y terminaré la faena. Y, si no hablas, la terminaré enseguida. Tú eliges, campeón.

29

Sergio Bayo sabía que la policía no pararía hasta dar con él. A aquellas alturas ya habrían averiguado lo que necesitaran saber sobre su vida. A saber qué cosas estarían indagando y cuáles habrían descubierto ya. Su pasado no era del todo limpio como para pasar por un ciudadano modélico. A los dos hombres que parecían proteger el clan de los Sorli les bastaría con poco para informar a la policía de que había estado en su casa.

Sentía rabia por el engaño, por la trampa en la que había caído como un ingenuo. Ni siquiera se había planteado la idea de que podía volver a dejarlo tirado como cuando eran estudiantes. Dijo que sí a la propuesta porque consistía en hacer aquello que lo hacía sentir vivo, lo único que podía apartarlo de la mala vida. No era más que un simplón, pensó; un don nadie del que se aprovechaba cualquiera. Si tenía un don, como decían algunos, ¿por qué se aprovechaban de él? Si hubiera continuado los estudios, en vez de dinamitar sus días entre drogas y vagancia, ahora sería alguien importante como lo había sido Ernesto Frías. Tenía la certeza de que la muerte del conservador estaba relacionada con el caso. ¿Habría sido Sorli? Acabar con una vida no parecía su estilo. Era mucho más sutil, frío y calculador, y ahogar a su socio en una acequia parecía demasiado vulgar para él. A no ser que hubiera encargado el asesinato a alguien, pues el dinero no representaba impedimento alguno.

Se encontraba en el barrio del Grupo Grapa, donde habían residido sus padres hasta la muerte. Primero fue su padre, y poco tiempo después le llegó la hora a su madre. Él no estuvo para consolarla, ni siquiera para verla morir. No había vuelto a Castellón hasta ahora que Carlos Sorli lo había traicionado.

Apretó los puños. Albergaba el temor de que para el mecenas él tuviera el mismo valor que Ernesto Frías. ¿Tal vez fuera el siguiente?

ELISENDA SORLI NO dejaba de darle vueltas al tema del dinero que su padre había transferido. La casa familiar se le hacía demasiado grande. Tal vez fuera lo mejor regresar a Estados Unidos cuanto antes. Todo aquel asunto le parecía una pesadilla. La habitación de cuando era una adolescente seguía igual; quizá era el momento de arrancar de la pared los pósteres que ya nada tenían que ver con su edad, que pintaran las paredes para ocultar el pasado infantil que su madre siempre quiso conservar para ella, como si la niña que un día fue no hubiera volado para siempre. Oyó voces en el jardín. Su madre, envuelta en una cara manta de cachemir, discutía con su hermano. ¿Qué se traían entre manos aquellos dos? Su tío Ricardo había hecho algunas bromas de las suyas en cuanto al tema económico. Todos sabían que albergaba un pequeño resquicio de envidia porque se sentía menos importante en la empresa. Fuera lo que fuese, era su madre la que llevaba las riendas del dinero y de todo lo demás que concernía a la familia; siempre había sido así y así seguiría siendo, y si el tío Ricardo pretendía cambiarlo, iba apañado.

Al final el tono de voz de ambos disminuyó hasta convertirse en susurros imposibles de descifrar. Luego ella se acercó a él y le dio dos castos besos en las mejillas antes de regresar al interior de la casa.

¿Para qué demonios habría sacado su padre un millón de euros de la cuenta?

IRENKA MAZUR VIVÍA en un piso del Grao, en la avenida del Puerto, a escasa distancia del bar en el que Monfort había obtenido la información. No estaba a su nombre para no levantar sospechas, esa había sido una de las condiciones. Se lo había regalado, no como el picadero que un hombre rico dona a su amante, sino como una deuda pendiente que parecía tener con ella pese a que la vida en común había terminado.

Había cometido muchos errores en su vida, aunque no solía pensar en ellos ni mucho menos arrepentirse de su pasado. Peor suerte había corrido su querido hermano allá en Polonia. Ella, al fin y al cabo, se sentía una privilegiada. Sin embargo, comenzar una relación con Herminio López había sido del todo desafortunado, y mucho peor haberle dado esperanzas de que funcionaría. No contaba con la posibilidad de que Herminio se enamorara de ella, aunque, a decir verdad, de quien estaba de verdad enamorado era de su madre, a la que no dejaba de nombrar una y otra vez cuando estaban juntos. Herminio se había encaprichado de ella y ahora le había pedido matrimonio. Irenka no había tenido más remedio que rechazar su propuesta. ¿Qué otra cosa podía hacer si solo quería de él la protección que le proporcionaba? Herminio se había puesto primero como una fiera y luego se hundió como un adolescente a quien su primera novia lo deja plantado.

Se había aferrado a Herminio cuando el hombre al que ella amaba de verdad la dejó, cuando se hartó y solo la utilizaba para los trabajos clandestinos que manejaban con éxito. Para infundirle celos, no se le ocurrió peor artimaña que liarse con su esbirro; menuda metedura de pata. Estaba convencida de que no tenía suerte con los hombres, pero la realidad evidenciaba que era de aquellas mujeres que solo se arriman a los que no les convienen. Siempre fue así. Huyó de Polonia porque sabía que el futuro allí podía volverse complicado, aunque en España la cosa no había hecho más que agravarse.

Cuando el que fue su hombre dejó por completo la vida licenciosa y, de forma misteriosa y un tanto increíble, se volvió alguien respetable, ella vio la oportunidad de continuar de forma independiente con los negocios que habían dirigido juntos. Pero le faltaba iniciativa y mucho valor para afrontarlo sola, así que echó mano del que tenía más cerca: Herminio López. Por lo menos no rechistaba ninguna de sus decisiones. Se aprovechó de su enamoramiento para hacer y deshacer a su antojo. En poco tiempo se convirtió en la cabecilla del tinglado de corruptelas que reportaban, eso sí, estupendos beneficios.

Observó con frialdad la bolsa de basura repleta en el suelo de la cocina, apoyada contra el lavavajillas. Se acercó hasta ella y tras abrirla extrajo un puñado de billetes. Eran billetes usados, manoseados, apostados primero y perdidos después. Se acercó un fajo a la nariz y aspiró. Los tres locales de apuestas repartidos por Castellón gozaban de gran éxito entre los jugadores que no temían invertir importantes sumas. Normalmente, y gracias a la pericia de los que trabajaban para ella en las mesas, acababan perdiendo en beneficio de la banca.

La policía había dado con el local que estaba cerca del Hospital Provincial. Habían detenido al portero, un tipejo al que ella se ganaba noche tras noche con la facilidad que otorga un sobre con migajas de dinero y un toque de cocaína para envalentonarlo y que se creyera imprescindible. La cuestión era que se habría ido de la lengua, estaba convencida.

Herminio había desaparecido. Le había dejado un mensaje para advertirla de que los polis iban tras ellos. Lo que más le preocupaba era que pudieran relacionarla con las apuestas en la autopista, aquella práctica que ella hubiera dejado de una vez por todas de no ser por Herminio, que tras descubrir las fuertes sumas que se obtenían no paró hasta convencerla de que le permitiera hacerlo. Aunque la policía diera con los otros locales ella podría escapar, sabía cómo hacerlo; las fuerzas de seguridad no iban a invertir en dar con una vulgar delincuente, y ella lo era tanto como los que engañaban a sus familias y se gastaban el dinero. Pero lo de los coches era mucho más preocupante, aquello sí que motivaría a la policía. Y más desde que el último apostante se cargara a una madre y a su hijo.

El timbre la sacó de sus reflexiones. Acto seguido dio un respingo al caer en la cuenta de que la llamada procedía de la puerta del piso, y no del telefonillo de la entrada a la finca. Aliviada, pensó que se trataba de Herminio.

Irenka abrió. No era Herminio el hombre que pisaba el felpudo. La saludó con brevedad e indiferencia y pasó al interior sin que ella lo invitara a entrar, en un gesto propio del que se cree poseedor de lo que ha pagado. Sin pronunciar palabra se encaminó al dormitorio, donde Irenka solía tener su guitarra. Con decisión aflojó una de las clavijas, la correspondiente a la sexta cuerda, hasta que quedó destensada sobre el mástil. A continuación, la extrajo del instrumento y regresó al salón. Asió cada extremo con las manos dando dos vueltas alrededor de los nudillos. Ella le había enseñado cómo hacerlo. Después bastaba con devolver la cuerda al instrumento y dar vueltas a la clavija de nuevo hasta que volviera a estar afinado. Así de sencillo.

Irenka Mazur se acordó de Bartek, su difunto hermano; también de sus padres y del arrabal de Varsovia del que no debería haber salido jamás.

ANTES DE VOLVER al hotel, Cayetana decidió seguir la recomendación de una de las mujeres que trabajaban en el servicio de limpieza, que decía que en el restaurante Vieja Roma podría cenar como si estuviera en la mismísima Ciudad Eterna. Estaba muy cerca, como todo en aquella ciudad, justo en un extremo de la calle Echegaray bastante concurrido por gente joven que, pese a ser un martes del frío mes de diciembre recién estrenado, atestaba las terrazas de las cervecerías.

Tenía pocas mesas cubiertas por manteles de cuadros blancos y azules. La acomodaron en la única que quedaba libre y tras un rápido vistazo a la carta tuvo clara su elección. Tenía un hambre voraz. Pidió *Pappardelle ai funghi porcini* y para acompañarlo una copa de vino tinto italiano. Reinaba un ambiente campechano entre los clientes y los que trabajaban en el restaurante, como si todos fueran habituales convertidos, con el paso del tiempo y los placeres de la mesa, en viejos amigos. Entabló conversación con Pilar, la señora que manejaba con maestría el servicio de aquel puñado de mesas repletas de deliciosos condumios que los comensales celebraban por todo lo alto a cada bocado.

—Usted no es de aquí —le dijo tras llenar la copa de vino por encima de la medida que hubiera sido habitual en otros lugares.

—¿Tanto se me nota?

La mujer le dedicó una sonrisa amable a la vez que daba una rápida instrucción a una de las camareras.

—La mayoría son clientes habituales.

—Ya veo —evidenció Cayetana después de beber un trago de la copa—. Soy de Madrid, he venido por motivos de trabajo. Estoy en el Real Casino Antiguo.

—¡Claro, la exposición! Parece que tiene mucho éxito.

—Así es —confirmó Cayetana—. Supongo que no todos los días recae un acontecimiento como este en una ciudad pequeña.

—Cierto —reconoció la mujer—. Y, además, según se comenta —abarcó con la vista el bullicioso comedor—, alguien se ha encargado de echarle salsa al asunto, ya me entiende. —Una camarera llegó hasta la mesa y dejó un generoso plato de pasta con setas, recubierto por una salsa que desprendía un aroma fuera de lo común—. Lo que no comprendo —continuó la propietaria del restaurante después de rellenar la copa de vino que Cayetana ya había liquidado—, es por qué no han traído otro cuadro de Goya más conocido. Una de *Las Majas*, por ejemplo.

Con la boca llena y las papilas gustativas haciendo chiribitas de placer, Cayetana respondió.

—Yo tampoco.

En realidad, aquello era lo que la reconcomía.

CONOCERLO SUPONE ALGO *parecido a abrir la esclusa de una presa para que el agua circule con total libertad. La mujer lo mira con desprecio cuando él los presenta y, sin saber cómo, le sobreviene un dolor agudo en el oído. Atrás han quedado las operaciones a las que se ha sometido con el paso de los años y, pese a los esfuerzos, el órgano auditivo sigue sin cumplir su función. Dañado por completo, esquilmado, aniquilado por el bofetón de su padre borracho que rememora día tras día, y a quien cree culpable de su funesto porvenir. Está tarado, piensa, y arrastra su complejo de inferioridad como una mancha vergonzante que lo acompañará el resto de sus días.*

No le cuesta camelarse al hombre ni conseguir que sean amigos. Al principio compagina las actividades ilícitas que desarrolla con la rubia con la nueva imagen de hombre cabal que se ha forjado. Sin embargo, a ella no le basta con que sean solo socios. Ella quiere más, siempre ha querido más. Lo atosiga para que no la deje en la estacada; lo amenaza con desvelar lo que sabe, lo que han compartido. Ahora intenta provocarle celos acostándose con el que estuvo a sus órdenes. Le entra la risa, pues le importa poco con quién se revuelque en la cama que un día pagó de su bolsillo.

Han cruzado el límite. Le advirtió a la rubia que podía continuar con las casas de apuestas ilegales, pero jamás con la arriesgada práctica de los kamikazes en la autopista. Se lo deja claro una y otra vez, hasta que descubre que no es ella la que se ocupa de eso ahora, sino aquel con el que comparte su cuerpo. El lacayo, embebido por el dinero fácil, impone su ley acerca de las apuestas con coches en la autopista: no quiere renunciar a los fuertes dividendos que la actividad reporta. Es un imbécil que hace ostentación de su nuevo estatus.

Cuando descubre que la policía ha irrumpido en uno de los locales, sabe que a partir de ese momento todo irá a peor. La rubia cantará, el lacayo cantará.

Solo le queda una opción. Ya lo ha hecho con anterioridad, pese a que nunca hubiera creído poder hacerlo. Fue sencillo entonces, no tiene por qué ser complicado ahora.

Debe acabar con Irenka de la misma forma que ella le instruyó para matar a su marido. Irenka, Irenka… El error ha sido tener compasión y dejarla seguir con los negocios. En ocasiones se pregunta si esa misericordia alberga una pizca de amor.

Ella le enseñó a matar. Tal vez no se sorprenderá tanto al verlo llegar.

30

CUANDO SALIÓ DEL bar del Grao la noche se adueñaba del cielo. El mar relamía los cascos de los barcos amarrados en el puerto; el olor era la seña de identidad del barrio. En ningún otro lugar donde la actividad marinera no fuera el sustento de sus moradores podía percibirse un efluvio como aquel. El mar les daba la vida y a veces se la quitaba. El mar los hacía madrugar y trasnochar para procurarles ingresos con los que pagar las facturas. La crisis amenazaba con llevar a los marineros a la huelga por el precio abusivo del combustible. Había provocado una subida de impuestos insoportables para los pequeños empresarios, ahogados por los pagos. Los patrones se veían abocados a reducir al mínimo la tripulación en sus barcos y con ello aumentaba el paro. Las calles corrían el riesgo de llenarse de gente sin nada que hacer. Una crisis es el peor momento para subir los impuestos, eso es tan sencillo como sumar dos y dos, pero por alguna extraña razón los gobernantes habían decidido estrangular a los trabajadores. En un lugar como aquel, el paro y la desilusión podían convertir las calles en un lugar poblado de maleantes. El mar los envejecía prematuramente. Y cuando no valían para tirar de las redes, a la calle.

Con la adrenalina disparada, Monfort llamó a Silvia para contarle lo sucedido en el tugurio de apuestas ilegales.

Ahora estaban frente al portal donde aquel tipo había confesado que vivían Irenka Mazur y Herminio López.

Llamaron al interfono hasta en tres ocasiones. Nadie contestó. Probaron con otro timbre y, cuando respondieron, Silvia dijo que era una vecina que había olvidado las llaves. Subieron hasta el piso indicado. Ella lo hizo en el ascensor y Monfort por la escalera, para que no pudieran huir en el caso de haberse percatado de su presencia. Llamaron en cuanto se reunieron frente a la puerta. Seguían sin dar señales de vida. Silvia apoyó la oreja en la puerta y tras un par de minutos de escucha infructuosa negó con la cabeza. En silencio, para no advertir a los vecinos pese a la inevitable convicción de que en la puerta de enfrente podía haber alguien espiando tras la mirilla, Silvia extrajo la ganzúa. Deseó que no hubieran dado una vuelta al cerrojo. Apenas tres minutos más tarde comprobaron que no lo habían hecho; la puerta del piso se abrió mansamente. Desenfundaron sus armas reglamentarias y accedieron al interior con sigilo.

Una mujer rubia de edad imprecisa, que podía oscilar entre los cuarenta y cinco y los cincuenta y pocos años, yacía en el suelo del salón. Tenía la boca y los ojos abiertos, que le conferían al rostro una mueca de terror que se convertiría en la pesadilla de cualquiera que no fuera ellos, curtidos en semejantes atrocidades. Nada de lo que pudieran vanagloriarse, en realidad.

Silvia extrajo dos juegos de guantes de látex y le tendió uno a Monfort. A continuación, marcó en su teléfono móvil el número del equipo de la Científica.

La mujer había sido estrangulada con un instrumento metálico muy delgado con el que el agresor le rodeó el cuello hasta ahogarla. Presentaba cortes que aún sangraban, producidos por la delgadez del objeto utilizado.

—Lo analizaremos con detalle en el laboratorio —planteó el forense Pablo Morata, que llegó instantes después que el equipo de la subinspectora—, aunque parece un alambre. Con un objeto de esas características, el asesino no ha necesitado más fuerza que la utilizada para inmovilizar a la mujer —precisó. A continuación señaló con un dedo un moretón exagerado a la altura de uno de los tobillos—. Ha debido darle una fuerte patada aquí para derribarla. Luego se ha sentado sobre su tórax —indicó en ese momento la ropa arrugada en exceso a la altura del pecho— para inmovilizarla. No hay signos evidentes de que hayan luchado. Se veía vencida desde el principio. Hay víctimas que se dejan la vida para evitar que los maten, y otros están muertos ya antes de que se produzca el fatal desenlace. Ella ha sido de los segundos —concluyó mientras observaba los dedos de las manos y sus uñas intactas—. ¿No me digas que también tiene que ver con el asunto del cuadro de Goya?

Monfort estuvo a punto de responder que ojalá, pero se contuvo, más que nada porque «ojalá» era una palabra poco indicada de pronunciar con una víctima de asesinato presente.

—No lo sé —concedió pensativo.

—En fin —dijo Morata—. A ver si vienen los del juzgado de una vez y procedemos al levantamiento del cadáver. Una vez que estemos en el instituto podré informarte mejor sobre su muerte.

—¿Cuándo la mataron?

Pablo Morata lo miró con sorpresa.

—Puede que tan solo quince o veinte minutos antes de que llegarais vosotros.

Monfort se pasó una mano por el pelo y dejó escapar un ligero suspiro apenas audible. El tiempo, siempre se trataba del tiempo. Quince, veinte minutos antes y la mujer estaría viva. ¿Lo pensaba solo por haber evitado su muerte, o por el afán de descubrir aquello que podía conducirle hasta el responsable de las apuestas en la autopista?

Tras abrir una de las ventanas, el olor del salitre invadió el salón mancillado.

El mar podía arrebatarles la vida de múltiples maneras.

En la vivienda de Irenka Marzur no había ni rastro de Herminio López. Ni ropa ni nada que evidenciara que vivía allí, aunque al parecer mantuvieran una relación. El equipo de la subinspectora Redó recopilaba huellas, fibras o cualquier otra cosa a la que agarrarse, pero el piso parecía estar limpio. No tenía ni un solo dispositivo electrónico: ordenadores portátiles o teléfonos móviles. Ni siquiera encontraron cargadores que dieran fe de que los había hecho desaparecer. Estaba impoluto y ordenado, y como única distracción de su moradora encontraron una guitarra apoyada en el armario de la habitación.

—¿Ni siquiera una libreta de ahorro del banco? —le preguntó Monfort a Silvia.

—Nada —respondió ella sentada al borde de la cama, con uno de los cajones de la mesita abierto y su interior revuelto.

Monfort cogió la guitarra con cuidado y la observó con cierta admiración.

—¿Sabría tocarla? —preguntó mientras acariciaba las pronunciadas curvas de la madera.

—Una forma de saberlo es comprobar si las cuerdas están afinadas —especuló Silvia.

—¿Tú sabes tocar?

—Uf, no me acuerdo de casi nada —reveló con timidez.

—Entonces sí que sabes. Comprueba si está afinada —le pidió Monfort tendiéndole el instrumento—. Apuesto a que te enseñaron las monjas de ese colegio exclusivo al que fuiste.

Silvia se acomodó la guitarra sobre una pierna en una de las curvas de la madera que le conferían su figura característica. Sin desprenderse de los guantes de látex acarició las cuerdas, y con los dedos de la mano izquierda compuso una postura sobre ellas. Con el pulgar de la mano derecha pulsó cada una de ellas, desde la más grave hasta llegar a la más aguda, la más fina, que estaba hecha de nylon, al contrario que las tres superiores, que eran de metal.

—Menos la sexta, las demás están bien afinadas —dijo mientras toqueteaba la clavija correspondiente.

—Toca algo, por favor.

—Puede que sea lo más siniestro que me hayan pedido. Tocar la guitarra en una escena del crimen, con el cuerpo a escasos metros, todavía caliente.

Desvió la mirada y, tras unos segundos de incertidumbre, comenzó a interpretar una melodía. No se le daba mal. Pese a que le imprimía un ritmo más rápido que la original, reconoció que se trataba de *Can't Help Falling in Love*, inmortalizada por Elvis Presley.

No cantó mientras tocaba, se limitó a tararear, aunque Monfort conocía la letra desde el principio hasta el final.

Los hombres sabios dicen que solo los insensatos se apresuran,
pero yo no puedo evitar enamorarme de ti.
¿Debería quedarme?
¿Sería un pecado si no puedo evitar enamorarme de ti?

Algunas estrofas después se interrumpió y apoyó la guitarra en el mismo lugar del que la había cogido Monfort.

—Lo haces muy bien.

Silvia levantó la mano izquierda en un gesto de desdén.

—Si me echan del Cuerpo podrás encontrarme en algún local para viejos trasnochados que no me prestarán la más mínima atención.

—¡Quieta! —exclamó Monfort de repente—. No toques nada con los dedos de la mano izquierda.

Ella se miró el guante blanco, que a decir verdad le había resultado incómodo a la hora de tocar el instrumento.

—¡En el guante! —volvió a exclamar—. ¡Tienes las yemas de los dedos manchadas de color rojo!

Era cierto, finas líneas de color carmesí se marcaban en el látex.

—¿Qué pasa? —inquirió Silvia.

—¡Morata! —llamó al forense, que permanecía en el salón junto al cadáver de Irenka Mazur—. Me apuesto lo que quieras a que es sangre —vaticinó cuando el patólogo accedió a la habitación y Monfort señaló alternativamente el guante de Silvia y la guitarra.

Poco después llegó la comitiva del juzgado y comenzaron los pormenores con toda la parafernalia y el desmesurado ruido provocado por el tropel de gente que componía el grupo. Los vecinos, alertados por las circunstancias, salieron de sus viviendas como conejos que se asoman a la entrada de su madriguera al despuntar el día, con las orejas atentas y los ojos abiertos de par en par.

Las marcas en el guante de Silvia eran de sangre; el forense lo tuvo claro desde el primer momento. Había más restos en una de las cuerdas de la guitarra, la sexta, así como un intento burdo de limpiarla sin llegar a conseguirlo por la forma en la que estaba fabricada: una especie de entorchado que hacía verdaderamente difícil eliminar los rastros. Habría que esperar a comparar la sangre hallada con la de los cortes en el cuello de la víctima, pero a Morata le brillaban los ojillos y eso era buena señal. Al forense no le importaba si lo había descubierto él o cualquiera de los presentes, no era de esos a los que les gusta apuntarse los logros; demasiados había obtenido ya con el paso de los años y una carrera intachable. A él, a Pablo

Morata, lo que de verdad le importaba era llegar pronto a la conclusión final para que los malhechores acabaran con los huesos en prisión.

—Si lo hubiera hecho con cualquiera de las tres cuerdas más finas, las que son de nylon, y después le hubiera pasado un pañuelo para limpiarlas, no nos hubiéramos percatado. El asesino ha tenido la sangre fría de quitarle la cuerda al instrumento, matar a su víctima y luego volver a colocarla donde estaba. No es una mala forma de ocultar el arma del delito.

Monfort y Silvia se miraron. Acababan de caer en la cuenta de la razón por la que la sexta cuerda, a diferencia del resto, estaba desafinada. El asesino no sabía tocar. O tenía mucha prisa.

—Ha sido gracias a ella —matizó Monfort—. Y un poco también a Elvis Presley.

Salió a la calle. Los del juzgado seguían con el asunto del traslado de la víctima hasta la guarida del forense en el Instituto de Medicina Legal de Castellón. Tal vez Silvia y los suyos encontraran alguna huella del asesino en la guitarra que los llevara hasta el responsable.

Había caído la noche. La zona estaba acordonada, aunque los vecinos de los inmuebles colindantes se aferraban a la cinta de plástico como si por allí fuera a pasar una comitiva real.

Le sonó el teléfono móvil. Era la abuela Irene.

—Es tu padre —indicó la mujer tras un breve saludo—. Ha sufrido un ataque. Hemos llamado a un médico y le ha suministrado un calmante. Aniceta se ha puesto muy nerviosa. Le importa mucho el viejo cascarrabias.

—¿Quieres que vaya? —preguntó Monfort sin evitar pensar en el momento de la investigación en el que se encontraba.

—Nos las apañaremos, era solo por informarte. Ven cuando puedas, no dejes lo que estás haciendo. Sigo el caso a través de la prensa.

—En realidad son dos —puntualizó Monfort.

—El otro es el del asesino de la autopista, ¿verdad? Me apuesto algo a que no es tarea tuya, pero sí que estás metido hasta el fondo.

—Irene era capaz de adivinarlo todo sobre él—. No pierdas la cordura. No es el mismo asesino que mató a Violeta, grábate eso en la cabeza.

—Pero…

—Solo te provocará más dolor —lo interrumpió—. Hazme caso.

Vivía su vida y dejaba que los demás vivieran la suya; sin embargo, sabía que podía cometer una locura si se le cruzaban los cables cuando encontrara al asesino. Porque si de algo no dudaba es de que daría con el culpable más pronto que tarde.

—Puede que los dos casos estén conectados —aventuró.

—Y eso es lo que más te gustaría, ¿no es así?

El silencio fue la confirmación a sus palabras. No hacía falta decir nada más al respecto.

—Iré en cuanto pueda —terció Monfort—. Llámame ante cualquier cambio. Si no está mejor cuando se le pase el efecto de los tranquilizantes, iré enseguida.

—Estará mejor después de dormir. Estamos muy entretenidas —ironizó—. Es un carrusel de emociones. Y tiene a dos mujeres para él solo, imagínate cómo está en sus momentos de lucidez. A veces cree poder abarcar el universo con sus discursos y al poco tiempo cae en un agujero insondable y todo desaparece a su alrededor. Regresa al pasado de forma inexplicable y apenas recuerda lo que hizo cinco minutos antes. Se mira en el espejo y no se reconoce, pero rememora cuando salió del pueblo y se instaló en Barcelona con tu madre. Nos lo cuenta una y otra vez, lo vive y nos lo hace sentir. Luego desciende como a cámara lenta y se convierte en la sombra de lo que un día fue; y, de repente, ya no recuerda nada.

El féretro forense que contenía el cadáver de Irenka Mazur apareció en el portal del inmueble en brazos de varios operarios. Se hizo un silencio espectral que al poco se convirtió en un zumbido de murmullos. La conocían de vista, escuchó decir a dos mujeres apostadas junto a la cinta policial. Apenas fueron varios segundos desde la puerta de la finca hasta la furgoneta. Se intercambiaron diligencias entre el personal del juzgado y del Instituto de Medicina Legal y el furgón se puso en marcha. Pablo Morata le hizo un gesto para indicarle que lo llamaría.

—Estás en uno de esos momentos delicados, ¿verdad? —preguntó la abuela Irene.

—Se trata de una mujer —respondió—. La han estrangulado con una cuerda de guitarra.

—Parece el argumento de una novela policíaca de esas que tanto abundan en los últimos tiempos.

—Hemos llegado tarde por muy poco —reconoció con pesar—. Apenas media hora antes y seguiría con vida.

—O tal vez habría más muertos a los que llorar.

Era otra posibilidad. Una manera de verlo realista y con optimismo.

—Bueno, no te molesto más. Te avisaré si el viejo gruñón se despierta con el pie izquierdo. Ahora voy a entretenerme en el jardín. Tú también deberías practicar —le aconsejó.

—¿Yo?

—Sí, te iría bien para lo que te traes entre manos.

—No entiendo.

—Es sencillo: las hojas muertas hay que recogerlas con una pala. Los recuerdos y los remordimientos, también.

31

Miércoles, 3 de diciembre

ANTE LA IMPOSIBILIDAD de dormir, Monfort veía la televisión tumbado en la cama. Fuera debía de hacer frío, a juzgar por lo empañados que estaban los cristales de la ventana, pero el hotel estaba bien caldeado. Faltaba al menos una hora para que los pasillos se inundaran del embriagador aroma a café y tostadas proveniente del salón de desayunos. Subió el volumen al ver una noticia que le interesaba.

La Audiencia Provincial de Jaén ha condenado a dieciocho años de prisión al súbdito argentino Martín Javier Olguín, de treinta y seis años, por el asesinato, el 12 de octubre de 2006, de la que entonces era su compañera sentimental, la joven maestra sevillana de veintinueve años Rocío Estepa, que falleció a causa de una insuficiencia respiratoria tras una fuerte discusión que ambos mantuvieron en la vivienda que compartían, situada en la barriada de Puente de Tablas. El jurado popular, integrado por siete hombres y dos mujeres, lo ha declarado culpable de asesinato con el agravante de parentesco y el atenuante de arrepentimiento.

—¿Arrepentimiento? —masculló en voz alta—. Malditos abogados defensores de asesinos.

El tiempo pasaba demasiado despacio. Las noticias se repetían en un bucle sin fin. Tras los deportes llegaba la previsión meteorológica y luego vuelta a empezar.

Llamó a Silvia por si estaba despierta.

—Y si no lo estuviera, ya lo estoy —le contestó ella con no muy buen talante.

—Tengo que ir a Villafranca del Cid —le anunció.

—¿Le pasa algo a tu padre?

—Le debe de pasar de todo menos el tiempo —arguyó más para sí mismo que para ella—. Ayer tuvo un episodio. Por suerte están allí la asistenta y la abuela Irene.

—Se me hace raro que no haya regresado ya a su idílico retiro de Peñíscola.

—Y a mí, pero no me atrevo a preguntar.

—Tal vez se sienta acompañada. La suya es una vida solitaria. El lugar es maravilloso, pero con este frío…

Tenía razón. En demasiadas ocasiones había aconsejado a Irene buscar un lugar más civilizado para pasar los inviernos, pero la respuesta era siempre la misma: a ella nadie debía decirle cómo ni dónde debía vivir.

—¿Qué quieres a estas horas? Todavía no han horneado ni los cruasanes.

—Ya te lo he dicho, me voy al pueblo.

—Ya, pero hay algo más.

Tenía una corazonada. Irenka Mazur estaba muerta. El forense no tardaría en compartir sus conclusiones sobre el asesinato. Herminio López seguía sin aparecer. Cabía la posibilidad de que fuera el causante de la muerte, pero el presentimiento le martilleaba sin parar para advertirle de que tal vez no había sido él, y por contra estuviera ya muerto en algún lugar.

—Necesito que encuentres a Herminio López.

—Parece que nuestra especialidad, a partir de ahora, serán los desaparecidos.

—Tengo un mal presagio con respecto a ese tipo.

Silvia apuró el café de la taza. Monfort no la había despertado; hacía una hora larga que pululaba por su piso. Era de noche aún y el trasiego del personal de limpieza amenizaba el amanecer limpiando las calles con agua a presión.

—Llamaré a Terreros y García, y dedicaremos el día a buscar a Herminio López —resolvió sin poder evitar una mueca de desagravio por el café amargo que acababa de ingerir.

En el mínimo silencio que otorgó la pausa en la conversación, no le pasó por alto la música que sonaba en el piso de Silvia.

Long As I Can See the Light / *Mientras pueda ver la luz*. De la banda californiana Creedence Clearwater Revival.

Pon una vela en la ventana.
Siento que tengo que marcharme.
Aunque me voy, volveré pronto a casa.
Mientras pueda ver la luz.

—Volveré pronto —se despidió haciendo un símil con la letra de la canción.

Tras dejar el móvil en la mesilla, se sentó al borde de la cama. Las noticias habían vuelto a comenzar. Se repetía la crónica de la joven maestra sevillana. Monfort se quedó con las palabras «súbdito argentino». Como Ernesto Frías, pensó; como su hermana, que había viajado desde Buenos Aires para encargarse del último adiós a su hermano aunque, como ella había afirmado en la conversación mantenida, este era en la actualidad casi un desconocido para ella.

Buscó el número de Eva Frías, que recordaba haber anotado en su libreta de bolsillo. Pero antes llamó de nuevo a Silvia.

—¿Necesitas un chofer? —preguntó ella al descolgar. Ahora la música sonaba a mayor volumen. Lo habría subido después de la recién terminada conversación.

—Como Camilo José Cela —agregó Monfort—, que para su *Nuevo viaje a la Alcarria* se hizo acompañar por una exótica choferesa negra al volante de un Rolls Royce.

Silvia guardó silencio, más que nada porque era complicado añadir algo al comentario. Las guitarras del grupo estadounidense que todavía sonaban en su casa amenizaron la pausa vocal.

—Necesito que me hagas un favor —le pidió Monfort.

—No pienso embadurnarme la cara con betún —repuso Silvia.

Otra pausa y las correspondientes sonrisas a cada lado de la línea.

—Necesito que revises con mucha atención las llamadas del teléfono móvil de Ernesto Frías. Una a una.

—¿Qué buscamos?

—Un prefijo. El cincuenta y cuatro para las llamadas emitidas desde su dispositivo.

—De acuerdo. ¿Para cuándo lo necesitas?

—¿Para enseguida es mucho pedir?

Silvia se despidió y acto seguido marcó el número del joven agente que se había encargado de ello. Por suerte se encontraba ya en la comisaría, aunque su voz era aún la de alguien que acababa de despertar.

—No, no me llamas más tarde. Lo miras ahora mismo, conmigo al teléfono. Me da igual que no hayas puesto en marcha el ordenador todavía, ponlo y esperaré.

Apenas diez minutos después tenía el resultado. Llamó a Monfort.

—Casi tan eficaz como la choferesa de Cela.

—Puede que incluso más —rebatió ella.

Le pasó la información y, sin hacer más preguntas que él habría esquivado, se despidieron.

Bajó al salón de desayunos, que ya había sido inaugurado por un tropel de huéspedes de carácter comercial que comían ensimismados en sus dispositivos móviles o en periódicos locales. Olía de maravilla a café recién molido y a cálida mañana de invierno. A una de las mesas se sentaba una mujer que reconoció al instante.

—Buenos días —saludó Monfort a Cayetana Alonso.

Levantó la cabeza y detuvo el movimiento de la taza a medio camino entre la mesa y los labios. Tenía aspecto de haber dormido poco; pese a ello, sus rasgos le resultaron agradables. Parecía carecer de maquillaje y pintalabios, aunque tal vez fuera solo desconocimiento por su parte acerca del poder artístico femenino en aquellas lindes. Vestía pantalón de color morado y un jersey blanco de algún tipo de lana sofisticada.

—¿Se hospeda en el hotel?

—Sí —respondió ella haciendo ademán de ponerse en pie.

—No se levante, por favor, disculpe que la aborde así a estas horas. Por la mañana cada uno tiene sus propios rituales que casi siempre es mejor no interrumpir.

«¿Cómo lo sabe?», se preguntó Cayetana, que catalogó de forma instintiva el aspecto del policía. Traje y corbata, camisa recién planchada y zapatos relucientes. A ella le gustaba levantarse temprano. Tomar café solo en la terraza que daba a la calle Princesa mientras fumaba un cigarrillo tras otro antes de presentarse en el Museo del Prado, donde fumar se había convertido en una señal de desacreditación por parte de los compañeros y compañeras que antes lo hacían como carreteros y que lo habían dejado recientemente con dispar fortuna.

—Yo también me alojo aquí —reconoció en el mismo momento en que una camarera pasó por su lado y le dedicó una agradabilísima sonrisa de buenos días—. Bueno, en realidad sería más acertado decir que es mi casa cuando estoy en Castellón.

—¿Lo de siempre, señor? —preguntó la camarera.

—Sí, muchas gracias.

—¿Se lo sirvo en su mesa o prefiere que se lo traiga aquí?

La camarera miró a Cayetana en busca de su aprobación, en un gesto que parecía no dar opción a una respuesta negativa.

—Sí, claro —respondió ella—. Será un placer.

Monfort tomó asiento. La camarera volvió enseguida con una bandeja en la que portaba una taza y una tetera de brillante aluminio, además de una copa con zumo de naranja.

—Enseguida le traigo una tostada con pan con tomate y jamón. ¿Querrá algún plato caliente?

—No es necesario, muchas gracias. Será suficiente.

Cayetana miró con incomodidad la mesa atestada de cosas que había cogido del bufé: dos cruasanes, uno de ellos relleno de chocolate, un plato de fruta troceada, mantequilla para untar una barra de pan entera con sus correspondientes mermeladas de distintos sabores, otro plato con lonchas de jamón de York y queso, y, para terminar, una pirámide bastante inestable de rebanadas de pan. Apenas quedaba espacio para el desayuno del inspector. De repente echó en falta una buena ración de nicotina, y barrer con el brazo todo aquello que ocupaba la mesa y que ya no iba a disfrutar de ninguna forma. «¡Que se lo coma la camarera sonriente!», pensó envidiosa.

—¿Ha dormido bien? —le preguntó Monfort mientras dejaban sobre la mesa la tostada con jamón—. Es un hotel magnífico para descansar. No se oye un alma —acompañó la afirmación con un guiño a la camarera que irritó a Cayetana.

—Regular —masculló ella—. Me cuesta dormir en una cama que no sea la habitual.

—La entiendo. A mí me sucedía lo mismo hasta que dejé de tener una cama a la que llamar habitual. Pero no me haga caso, desayune, por favor.

Miró todo aquello que llenaba la mesa. Se sirvió té en la taza y tomó un sorbo sin añadirle azúcar. A continuación, se llevó la tostada a la boca, dándole sin remilgos un gran bocado que consiguió arrancar una sonrisa a Cayetana y un punto de relajación que sin duda necesitaba.

Sonó el teléfono del inspector. Al sacarlo del bolsillo vio que era Silvia Redó. Se excusó para contestar la llamada. Cayetana le hizo un gesto con la mano para indicar que lo hiciera.

—Dime, Silvia.

—Hizo llamadas a Argentina. Tampoco es que la llamara tan a menudo, pero las hay. A Buenos Aires concretamente, por el prefijo once después del cincuenta y cuatro del país.

Monfort guardó silencio un instante. Silvia esperó. Ambos pensaron que tal vez el hermano de Eva Frías no era tan desconocido como había querido aparentar en su declaración.

—Gracias, hablaremos después —finalizó la comunicación.

Volvió a excusarse con Cayetana y continuó con el desayuno. Ella aprovechó la llamada para dar buena cuenta de lo que había en la mesa. Pidió una segunda taza de café e indicó que contuviera más café que leche.

—¿Trabajo? —preguntó con aire despreocupado.

Monfort asintió con la cabeza mientras masticaba la última porción de la tostada.

—¿Alguna noticia de Carlos Sorli?

Negó con la cabeza.

—¿Y de la muerte de Ernesto Frías?

Volvió a negar. Tomó un nuevo trago de té y luego se limpió con la servilleta.

—¿El desenlace de Ernesto Frías le provoca insomnio? —le preguntó.

SUBIÓ EL VOLVO en la acera de la ronda Mijares, donde se encontraba el hotel Jaime I. Si no hubiera tenido que ir a Villafranca del Cid habría sido mejor cubrir el trayecto a pie, pero quería partir lo antes posible. Dejó la acreditación policial en la luna delantera y accedió al hotel.

Eva Frías aguardaba en el *hall*, tal como habían pactado. Esperaba sentada en una butaca con un periódico abierto en su regazo. Tenía buen aspecto. Se puso en pie cuando Monfort se acercó y quedó patente su considerable altura. Se dieron un apretón de manos. Vestía con elegancia y su cabello gris lucía un peinado impecable.

—¿Qué tal le está resultando la estancia en la ciudad?

—Menudo quilombo tienen montado ustedes acá. Nadie me asiste, y cuando pregunto me dicen que en breve se despachará el cuerpo de mi hermano. ¡Ni que fuera kilo y medio de entraña!

—Entiendo su malestar.

—Pues haga algo.

—No puedo, créame. No es de mi competencia.

—Acá el que no corre vuela. El forense se hace el boludo, usted dice que no es de su competencia y su jefe, el comisario Romerales, es un auténtico rompepelotas. Mientras, yo sigo acá, en su país, donde todos me tratan como si fuera descendiente de Gardel. Si le soy sincera, creo que no les llega agua al tanque.

Monfort no tenía el cuerpo para piruetas lingüísticas.

—Nos mintió —soltó de repente para terminar con la perorata porteña.

Eva Frías apoyó la espalda en la butaca y miró al techo.

—¿En qué mentí? —inquirió mientras volvía la vista a Monfort.

—Nos dijo que la relación con su hermano era casi inexistente. Que se escribían un mensaje cordial en fechas señaladas y poco más.

—Así es.

—Pues el registro de llamadas del teléfono de su hermano indica que no lo es.

—¿Qué llamadas?

—Llamadas a Argentina, a su número, desde Madrid.

—Puede que llamara alguna vez fuera de lo que era habitual en él, que era casi nunca.

—Puedo pedir que me envíen una relación de esas comunicaciones. —Esgrimió su teléfono móvil con una mano—. Días y horas exactas, y le aseguro que no hace tanto tiempo que habló con él.

—¿Y eso qué prueba?

—Que nos ha mentido.

—Supongo que tengo derecho a cierta intimidad familiar.

—No cuando se trata de un caso de asesinato y el muerto es su propio hermano.

Eva Frías bajó la cabeza y juntó las manos como si se preparara para rezar. Respiró hondo. Se tomó su tiempo antes de hablar. Monfort no disponía de mucho, pero aun así esperó hasta que se arrancó en un tono muy distinto al utilizado un momento antes.

—Mi marido fue un importante comerciante cárnico en Buenos Aires. —Guardó un nuevo silencio roto solo por el trajín de la cafetería del hotel—. Y digo fue porque se fundió la plata del negocio, de la familia y hasta de lo que no tenía. En los tiempos duros del corralito luchó con uñas y dientes para subsistir y no tener que emigrar como tantos compatriotas. Mi marido fue siempre un hombre respetable, hasta que un pelotudo lo invitó a compartir mesa de bacarrá y ganó su primera suma. Su primera y última plata, porque luego todo fue perder y perder. Tardé tiempo en descubrir en qué andaba metido. Y para entonces ya no teníamos nada a lo que pudiéramos llamar nuestro, salvo una preocupante deuda a unos tipos que lo amenazaban a diario con la muerte.

Monfort tenía prisa.

—¿Y qué tiene que ver su hermano con todo eso?

Eva Frías lo miró a los ojos. Habría sido atractiva en su juventud. Vestía bien y conservaba el porte de una mujer de la alta sociedad.

Pero sus ojos mostraban tristeza, y unas profundas ojeras mal disimuladas a base de maquillaje confirmaban el sinfín de noches sin poder dormir.

—Se ofreció a enviarme plata bajo una condición.

—¿Cuál?

—Que pagara las deudas que me atañían tan solo a mí y luego viniera acá para estar con él.

—O lo que es lo mismo, que dejara a su marido en Argentina a merced de los que debía dinero.

Ni siquiera contestó, bastó con una caída de pestañas.

—Me negué —dijo en un tono de falso valor—. Pero Ernesto insistió. Me dijo que estaba tras un proyecto que podía reportarle importantes beneficios.

—¿Dijo de qué se trataba?

Eva Frías negó con la cabeza. Un grupo de turistas que arrastraba sus maletas se agolpó en el mostrador de recepción. Estaban sonrientes. Por lo menos alguien estaba contento, pensó Monfort.

—No volvimos a hablar en un tiempo —retomó la hermana de Ernesto Frías—. Luego me envío una cantidad sin que lo hubiéramos pactado. Utilizó una cuenta que tengo a mi nombre para no despertar las sospechas de mi marido, al que por aquel entonces apenas veía, pues andaba escondiéndose de sus acreedores.

—¿Qué hizo con el dinero?

—¡Pagar para poder seguir viviendo en nuestra casa de toda la vida! —se exaltó—. ¿Qué hubiera hecho usted?

Sabía lo que habría hecho él, pero no se lo iba a decir a la rica venida a menos por culpa de un marido desgraciado que había llevado al traste una vida acomodada. No pudo evitar imaginarse al esposo de Eva Frías convertido en varios kilos de carne picada.

—Hábleme de ese negocio que según su hermano le iba a reportar considerables dividendos.

—No quiso explicarme nada.

—¿Por qué nos ocultó ese dato?

—Porque tengo miedo de lo que pueda hacer mi marido.

—No ha venido solo para encargarse del sepelio de su hermano, ¿verdad?

Eva Frías arrancó a llorar. Las lágrimas salieron a borbotones. No debía de haber llorado aún todo lo que tenía pendiente, a juzgar por el caudal que le descendía por las mejillas. Mantuvo la compostura y lloró en absoluto silencio.

—La pequeña maleta de cabina con la que llegó a España era solo para despistar a su marido —especuló Monfort.

No era una pregunta, más bien una afirmación rotunda. Acá, como ella repetía hasta el hartazgo, la esperaba la herencia del hermano que se creía inmortal.

32

En Villafranca del Cid todo estaba en orden. Las dos mujeres habían convertido la vieja casa en un confortable hogar. Nada más cruzar el umbral le invadió el olor a leña y a ropa limpia. Departió con ellas por separado, de otra forma se habría vuelto loco. La verborrea de Aniceta Buendía era inabarcable, y los consejos de la abuela Irene, tan didácticos que necesitaba memorizarlos para que le sirvieran de algo después.

Su padre se encontraba en buen estado. Hacía como si leyera la prensa, sentado en una butaca frente a la ventana, pero tenía la mirada perdida. En la chimenea chisporroteaban un par de troncos que proporcionaban una temperatura agradable a la estancia. A un volumen casi imperceptible sonaba un disco de *jazz*. Desde la cocina llegaban los efluvios de un sofrito hecho sin prisas: ajos, cebollas y tomates cocinados a fuego lento hasta convertirlos en una mermelada que serviría de base para cualquier receta que quisieran elaborar. Le preguntó a Irene si quería que la llevara de vuelta a Peñíscola, pero la mujer desplegó una batería de argumentos que para otra persona hubieran sido difíciles de comprender e imposibles de cumplir. Ella lo resumió todo en una sola palabra: cariño.

Pese a que el aroma proveniente de la cocina invitaba del todo a quedarse a comer, no lo hizo. Se despidió de su padre tras una corta conversación y las dos mujeres lo acompañaron hasta el enorme zaguán que daba a la calle.

Aniceta regresó a la cocina con lágrimas de emoción en los ojos e Irene se empeñó en acompañarlo un tramo. Hacía mucho frío y ambos caminaron encorvados; Irene se agarró con fuerza del brazo de Monfort.

—Ten mucho cuidado con el asunto ese de los kamikazes—susurró.

La calle estaba resbaladiza a causa de una capa de nieve caída la noche anterior. Monfort no quiso que corriera ningún riesgo acompañándolo. Se detuvo y la besó en la frente. Luego se fundieron en un abrazo.

—Vuelve a casa —le dijo.

—Y tú también, hijo —pronunció ella con inesperado pesar. Luego añadió—: Los triunfos tienen muchos devotos, los fracasos no tantos.

EL CADÁVER DE Herminio López yacía en el suelo de terrazo del pequeño comedor del piso de la calle Núñez de Arce. Fue un vecino el que alertó a la policía al ver la puerta abierta demasiadas horas y que nadie respondiera a sus llamadas. El sistema utilizado había sido el mismo con el que mataron a Irenka Mazur. Un objeto delgado y cortante con el que el ejecutor estranguló a la víctima; otra cuerda de guitarra, con toda probabilidad. La subinspectora Redó y los agentes Terreros y García no dudaron: se trataba del mismo asesino.

Silvia alertó al equipo de la Científica y al forense, que no tardarían en personarse en la escena del crimen.

Observó los ojos abiertos de Herminio López. Antes de que llegara el tropel de operarios, compuso un hipotético escenario: el asesino llamó al timbre, pues no había señales de que hubieran forzado la puerta. Herminio le habría abierto tras reconocerlo. Debía de tratarse de alguien de su entorno de quien no se esperaba aquella violenta reacción. En el piso todo estaba en su sitio y no había rastro alguno de que hubieran forcejeado. Lo mismo que en la casa de Irenka Mazur. En un momento dado, rumió Silvia, el agresor extrajo de un bolsillo la cuerda de guitarra y rodeó el cuello de la víctima hasta ahogarlo, provocándole las marcas sangrantes en el cuello. A diferencia de lo sucedido con la mujer polaca, en casa de Herminio no había guitarra alguna a la que devolver la cuerda para borrar las pistas, así que en esa ocasión el arma homicida debía de estar en algún lugar, quizá todavía en el bolsillo del agresor.

El forense y una joven acompañante llegaron a la vez que cuatro agentes de la Científica, y desplegaron sus artilugios en pocos minutos para convertir el humilde piso de una anciana en el decorado de una película futurista, o de terror, según se quisiera ver.

—Acércate —indicó Pablo Morata a la joven, que enseguida escondió parte de su rostro tras una mascarilla. Estaba de rodillas, junto al cadáver, y la invitó a que lo secundara—. Exactamente igual que el cadáver de la mujer que te he comentado viniendo hacia aquí. —La joven reprimió una arcada, pero el forense no tuvo compasión y siguió con sus indicaciones—. Toma nota de los datos, por favor. Vamos a establecer la hora de la muerte de forma aproximada; ya concretaremos mejor en el laboratorio, pero a estos tres —dijo señalando a los policías— tenemos que decirles algo o se pondrán muy nerviosos. Cuando nos enfrentamos a un asesino que mata de forma idéntica con tan poca diferencia de tiempo, acuden siempre los fantasmas de la prisa y el temor.

Morata dejó a su pupila encargada de las diligencias y se acercó a Silvia.

—¿Cuándo lo han matado? —preguntó la subinspectora.

—Hará una hora y media o dos. Aunque ya sabes que eso puede cambiar una vez le hagamos la autopsia.

—Pero no variará mucho más.

El forense negó con la cabeza. Ella estaba en lo cierto.

—¿Dónde está Monfort?

—En Villafranca del Cid, ha ido a ver a su padre. Parece que ayer tuvo un mal día.

—¿Has hablado con él?

—Iba a hacerlo en este momento.

—Dile que no corra. Esa carretera, con la nieve que parece que ha caído esta noche, estará hecha un asco.

Silvia lo miró escéptica.

—Aunque no quiera admitirlo, los años no pasan en balde —aclaró el forense—. Y la conducción temeraria no es muy recomendable a partir de cierta edad. Al fin y al cabo, aquí el concierto de guitarra parece haber terminado por hoy.

Pero Silvia no estaba tan segura de que hubiera terminado. El asesino podía volver a matar en cualquier momento, si no lo había hecho ya.

Cuando Monfort descolgó el teléfono acababa de salir del pueblo. Mientras hablaba con ella observó a través del retrovisor las últimas siluetas del municipio. El paisaje lucía pinceladas de nieve, y una espesa niebla dificultaba la conducción.

Silvia le explicó con detalle el destino fatal de Herminio López, al que Monfort esperaba encontrar con vida para que lo llevara hasta el verdadero responsable de las apuestas mortales en la autopista. Hubiera golpeado el volante con todas sus fuerzas, pegado un frenazo y aparcado en la cuneta para salir del vehículo y gritar con todas sus fuerzas su impotencia y desesperación. Pero no lo hizo; contra todo pronóstico, condujo con más atención al llegar a Ares del Maestrat, y con ello al inicio del pronunciado descenso del puerto con sus interminables curvas.

—Ayer mató a Irenka Mazur y hoy a Herminio López. Y a los dos llegamos tarde por muy poco —hablaba en voz alta, pero podía haber sido solo un pensamiento.

—Estamos interrogando a los vecinos de Herminio López. Y todavía hay agentes en el Grao recabando información.

—¿Habéis encontrado algo en el piso?

—Nada —resolvió Silvia—. Ningún indicio de robo ni signos de resistencia por parte de la víctima. El forense nos dirá más en breve, supongo.

—¿Qué opina Morata?

Pero Monfort ya se lo podía imaginar.

—Lo ha bautizado como El asesino de la guitarra.

—A Romerales le va a sentar como una patada en el culo.

Silvia asintió, aunque él no pudiera ver el gesto.

—Hablé con Eva Frías, la argentina —dijo Monfort.

—¿Qué tal?

—Nos engañó. Tal como averiguaste, su hermano había hablado con ella recientemente. Pero no eran llamadas fraternales en realidad. Estaba arruinada y su hermano estaba dispuesto a ayudarla. Parece ser que el dinero no era ningún problema para él, incluso esperaba recibir un buen pico de algún negocio que se traía entre manos.

—No vino aquí solo para enterrar a su hermano —profetizó Silvia.

—No, lo hizo también para salvar su propio pellejo de la ruina.

Ambos guardaron silencio. Monfort afrontó las últimas curvas del puerto para llegar a los llanos que cruzaban extensos campos de almendros, tan secos y despojados de hojas que parecían muertos.

—¿A quién buscamos? —preguntó Monfort al cabo.

—Yo tengo otra pregunta que no me deja en paz ni de día ni de noche.

—¿Qué te impide formularla?

—Nada en realidad.

—Pues dispara antes de que me salga de la carretera por la impaciencia —bromeó.

—¿Estamos ante dos casos distintos o se trata del mismo?

En realidad, no había tardado tanto en darse cuenta. Ni él mismo podía afirmar qué era aquello que dirigía las muertes y la desaparición de Carlos Sorli hacia un nexo común. Pero si algo tenía claro era que la codicia andaba tras ello.

Recibió otra llamada entrante, un número que no conocía. Se despidió de Silvia dejando la respuesta en el aire.

Era Elisenda Sorli, la hija del desaparecido.

TRAS LA REVELACIÓN telefónica de la hija de los Sorli, Monfort volvió a ponerse en contacto con Silvia. Quedaron en verse en el reducto del patólogo.

—El asesino de la guitarra —bromeó el forense cuando Silvia y Monfort accedieron al Instituto de Medicina Legal.

—Ten cuidado de que la genialidad no llegue al público —replicó este—. Podrían aparecer varias novelas con el mismo título.

—Tal vez me convenga registrar la frase —sonrió Morata. Luego adoptó un tono más serio y continuó—: Irenka Mazur y Herminio López conocían a su verdugo. No hay signos de lucha ni forcejeo.

Tampoco tuvieron tiempo de defenderse una vez que les hubo rodeado el cuello con ese artilugio.

—Las puertas no estaban forzadas ni los pisos revueltos en busca de algo —aportó Silvia—. Solo quería matarlos para que mantuvieran la boca cerrada.

—¿Lo que mató a Herminio López fue también una cuerda de guitarra? —preguntó Monfort.

—Sin duda. Hemos comparado los restos de material que han quedado en el cuello de ambos. No hay margen de error. La composición de la cuerda metálica deja pistas que hacen imposible que nos equivoquemos. Lo hemos comprobado a conciencia.

Decía «hemos», algo poco habitual en él, porque se refería a una joven paliducha y delgada en extremo que tomaba en ese momento muestras de diferentes partes del cuerpo de Herminio López.

En otra camilla reposaba el cuerpo de Irenka Mazur, con una gruesa costura en forma de Y que iba desde el cuello hasta un poco más abajo del ombligo. Sabrían qué había comido y bebido en las últimas horas, si padecía alguna enfermedad o cualquier otra cosa que un cuerpo pueda revelar a los profesionales del destripamiento de cadáveres. La joven estaba en prácticas, no era ningún descubrimiento a tenor de sus ojos, todavía desorbitados por la tarea que estaba realizando.

—Os presento a mi nueva ayudante. Se llama Lina. Ellos son el inspector Monfort y la subinspectora Silvia Redó. Espero que no tengas que verlos muy a menudo por aquí —trató de bromear, pero a la joven no le hizo ni pizca de gracia. Los saludó con un breve movimiento de cabeza.

—Estás con el mejor —se limitó a decir Monfort—. Siempre que no te invite al café que sale de esa máquina —señaló la cafetera de cristal abarrotada del líquido de aspecto alquitranado que había sobre la mesa de su despacho.

—Mañana le enviaré a Romerales los informes completos de los dos —suspiró Morata—. Y entonces no habrá café en el mundo que os haga estar despiertos hasta que deis con El asesino de la guitarra.

En el restaurante Casa Aljaro de la calle Cervantes, en el galimatías de callejuelas del centro de la ciudad, servían unos almuerzos dignos de celebración. Almorzar era la designación popular atribuida a una parada para comer algo a mitad de la mañana. A Monfort le extrañaba que aquella costumbre no hubiera trascendido como reclamo para atraer turismo, ahora que la gastronomía alcanzaba las más altas cotas de popularidad entre los destinos elegidos por los viajeros. El almuerzo se había convertido en materia sagrada para los castellonenses, más importante si cabe que la comida o la cena. Trabajadores de todos los sectores, así como los cada vez más abundantes ciclistas y deportistas en general, hacían una parada para trasegar con un delicioso almuerzo que podía consistir en una gran variedad de sorpresivos bocadillos o de productos servidos en un plato. No había límite para la imaginación. El ritual comenzaba al servir las bebidas, agasajando a los comensales con aceitunas y cacahuetes.

Silvia pidió una tostada con escalivada y anchoas del Cantábrico. Monfort se decantó por un par de huevos fritos y ralladura de trufa.

—¿Cuánto dinero has dicho que transfirió Carlos Sorli? —preguntó la subinspectora.

—Un millón de euros.

—¿Y no podemos saber qué ha pasado con esa pasta?

—Está en un paraíso fiscal. Supongo que si la noticia llega al Ministerio del Interior se pondrán las pilas y tal vez consigan saber más, pero podría demorarse más de lo que sería deseable.

Ambos observaron con aflicción los carajillos que se alineaban en la barra, con el alcohol quemándose despacio, componiendo una danza azulada y rojiza por el efecto de las llamas que el propietario del local removía con una cucharilla larga. Habrían concluido el estupendo almuerzo con uno de aquellos de buena gana, pero el deber los esperaba y Silvia no hubiera aprobado de ningún modo que sucumbiera al canto de sirenas.

Tras pagar la cuenta salieron a la calle y Monfort prendió un cigarrillo, momento que aprovechó para revelar lo que Elisenda Sorli le había contado además del asunto del dinero.

—¿Sergio Bayo estuvo en su casa? —preguntó incrédula.

—Sí, les dijo que había viajado desde Madrid para colaborar en la búsqueda de su padre. Les contó que fueron compañeros en la facultad de Bellas Artes de Valencia y que incluso compartieron piso en los años universitarios. Aseguró que en un principio no sabía que su padre era el organizador de la exposición, pero Elisenda duda de que sea cierto. Luego les metió un rollo sobre que existe la posibilidad de que Carlos Sorli sufra de algo llamado Síndrome de Stendhal.

—¿Síndrome de qué?

—Una patraña sobre gente que sufre ataques de todo tipo ante la belleza de una obra de arte.

Silvia se estremeció a causa de una ráfaga de aire frío que irrumpió en la estrecha calle. Miró la punta del cigarrillo del inspector y calculó que le quedaban un par o tres de caladas para terminar de fumar, y por consiguiente de dejar de tener un motivo para permanecer allí.

—¿Y se lo creyeron?

—Para nada —respondió Monfort apagando la colilla en un cenicero dispuesto a la puerta del local.

—¿Además de ella, quién estaba en la casa cuando se presentó Sergio Bayo?

—La esposa de Sorli, su hermano y también el abogado de la familia.

—¿Y lo dejaron marchar?

—Incluso le ofrecieron ayuda si la necesitaba. Por lo que comenta la hija, iba hecho un desastre.

—Claro, huye de nosotros y no debe de tener dónde adecentarse.

—Es de aquí, pero parece ser que ya no le queda nadie de su familia. Les dijo que habían muerto.

—¿Dejó un número de teléfono o alguna dirección donde poder localizarlo?

—Nada.

—Entonces estará vagando en busca de un escondite seguro.

—Elisenda dice que ya estuvo en su casa hace unos días, pero entonces no pasó de la verja. Habló con su madre y la asustó.

—¿Y por qué no nos informaron entonces?

—Asegura que su madre está convencida de que es un secuestro, y que Bayo podría ayudarles.

—¿Y qué opinan los demás del dinero transferido?

—Que puede provocar una crisis familiar de grandes magnitudes. Se trata de los beneficios de la empresa, no de los ahorros del matrimonio.

—Y El cerdo estará que trina.

Monfort se encogió de hombros y se dispuso a caminar por fin.

—Como cerdo que es, más bien estará gruñendo —concluyó.

33

EN LA COMISARÍA desestimaron de mutuo acuerdo que Elisenda Sorli prestara declaración formal sobre lo que le había contado a Monfort por teléfono. Era demasiado arriesgado que su madre y su tío supieran que la joven había acudido a la policía. La cuestión era conocer la razón para ocultar aquel dato tan relevante, así como las visitas de Sergio Bayo, al que varias patrullas buscaban sin cesar por toda la ciudad. La forma de averiguarlo era hablar con ellos de nuevo.

Silvia deseaba profundamente que no le tocara lidiar con Ricardo Sachs. Por ello cruzó los dedos cuando el comisario Romerales tomó el rotulador para encerado y de un tirón certero le arrancó la tapa.

—Silvia se reunirá con Ricardo Sachs —ordenó tras escribir el nombre del cuñado de Carlos Sorli y rodearlo con un círculo del todo mal hecho. Luego añadió una línea con el nombre de la subinspectora.

A Monfort le dieron ganas de imitar el gruñido de un cerdo, pero Silvia no se lo hubiera tomado del todo bien.

—Hay que hablar con ellos por separado y sin que intuyan que sabemos lo del dinero transferido —prosiguió el comisario—. Estoy harto de los secretitos de esa familia. Lo haremos de forma encubierta, pero en el fondo debe ser un interrogatorio como Dios manda.

—¿Que es...? —preguntó Monfort con sorna.

—Pues como Dios manda —repitió Romerales sin tener del todo clara la respuesta.

—Para nosotros, hablar e interrogar no son términos afines.

—¿Y qué leches sugieres?

A Monfort se le ocurrió una idea.

—Podríamos enviar a Terreros y García a la mansión, y que los detengan haciendo el mayor ruido posible para que todo el mundo se entere.

—¿Bajo qué acusación? —inquirió el comisario.

—Ocultación de pruebas.

Romerales se puso hecho una fiera.

—¿Pero no habíamos quedado en que es mejor que no supieran que la hija de los Sorli se ha puesto en contacto con nosotros?

—Y no tienen por qué saberlo si tú no se lo dices. Silvia y yo no lo haremos, ¿verdad? —Guiñó un ojo a la subinspectora, que no estaba para bromas.

El comisario soltó un bufido.

—Pero ella sí que se dará cuenta. Y si se entera de algo más se cerrará como una almeja.

—Mal símil —terció Monfort negando con la cabeza.

—Estoy harto, estoy harto —repitió Romerales con abatimiento.

—Propongo que los detengamos, como he dicho.

—¿Y qué conseguiremos con ello?

—Enfrentar a los dos hermanos. Asustarlos. Que si ocultan algo importante nos lo cuenten de una vez. Y si ellos no tienen nada que ver, puede que los responsables den un paso adelante.

—Nos lapidarán. —El desánimo del comisario crecía por momentos—. Y si la detención no arroja resultados positivos, ¿qué ocurrirá con Sorli?

Silvia, al valorar que la proposición de Monfort podía liberarla de entrevistarse con Ricardo Sachs fuera de la comisaría, o sea, en el terreno donde se movía como un Brad Pitt de pacotilla, aportó lo que pensaba.

—Por mí de acuerdo. Es del todo improbable que Sorli permanezca secuestrado. No creo que corramos ningún riesgo si los detenemos. Han pasado demasiados días para que alguien se manifieste ahora diciendo que tiene a Sorli y que quiere aquello y lo otro. Seamos realistas: o está en alguna parte más vivo que nosotros o está más tieso que mi sueldo a final de mes.

—¿Y qué les decimos a los medios? —preguntó Romerales con preocupación.

—Cualquier otra cosa —intervino Monfort—. De eso te encargas tú con ese carisma natural que tienes frente a los micrófonos.

A Romerales la temperatura corporal le aumentó algunos grados. La camisa se le pegaba la espalda. Miró a Silvia y a Monfort de forma alternativa. A continuación los señaló con el dedo, pero de su boca no consiguió salir advertencia alguna.

Finalmente llamó a los agentes Terreros y García.

POR SUPUESTO QUE el desenlace de Ernesto Frías le provocaba insomnio, pensó Cayetana Alonso, tal como le había preguntado el inspector durante el desayuno en el hotel.

Estaba en la exposición con la que sería su tercera taza de café de la mañana, ofrecida amablemente por el encargado de la institución. El público de la sala era numeroso y tuvo que pedir a un miembro de seguridad que amonestara a los que no dejaban de fotografiarse con el cuadro de Goya como telón de fondo. «Ni que fuera un *photocall*», masculló visiblemente irritada.

Pero había algo más que la perturbaba. Una percepción que se manifestaba en su psique y que no la dejaba en paz. Había soñado con algo que la despertó en mitad de la noche, como un mal presagio, como una señal de alerta que había tratado de mitigar con una pastilla que solo consiguió acrecentar su falta de sueño, y por consiguiente su malestar. Sobre todo porque no era capaz de recordar qué era.

Un grupo de estudiantes de bachiller irrumpió en la sala acompañado por dos profesoras desbordadas por la excitación de los adolescentes. Estuvo tentada de ordenar que parte de los asistentes abandonaran la exposición, pero no reunía el tesón suficiente para hacerlo sin montar un espectáculo. Se sentía abatida y un tanto indispuesta.

El último sorbo del café le llenó la boca de posos desagradables y tuvo que ir al lavabo para enjuagarse. Entró en uno de los cubículos con la intención de orinar, pero tras largos minutos sentada en el inodoro no lo consiguió. En el retrete contiguo tres o cuatro chicas habían prendido cigarrillos y el humo amenazaba con disparar la alarma antiincendios del techo. Las jóvenes alcanzaron a abrir la pequeña ventana para que el humo no las delatara, pero el olor quedó impregnado en las paredes alicatadas.

—Vaya truño de cuadro —dijo una, y las que había con ella le rieron la gracia.

—Eso lo pinta hasta mi hermano pequeño —siguió otra la broma.

—Unos manchurrones de marrón y la cabeza de un perro acojonado. —Más risas.

—Nos han dado la paliza con que si el cuadro de *La carga de los mamelucos,* que si *Las Majas...* O ese otro de los fusilamientos que dimos la semana pasada. Y nos sacan del insti para ver esto.

—Por lo menos hemos salido a la calle, que parecemos monjas de clausura.

—Pues sí, pero ahora nos harán escribir páginas y páginas sobre lo que nos ha transmitido el cuadro —dijo una pronunciando con sorna las últimas palabras.

Hubo más risas y más humo proyectado hacia la pequeña ventana.

—A mí lo que me ha transmitido es que las pinturas del tío ese están sobrevaloradas, al menos esa de ahí afuera.

—Sí, tía, pero seguro que cuestan un pastón.

—¿Tu hermano pinta bien?

—Mierdas por el estilo.

—Pues pídele que haga algo así y nosotras lo vendemos —propuso una de las adolescentes al tiempo que salían del retrete colmando el espacio de risas histriónicas.

—Ya me extraña que traigan un cuadro famoso a Castellón. Aquí nunca pasa nada guay.

—Si te descuidas es falso.

Las palabras quedaron amortiguadas tras el portazo dado al salir y el lugar quedó sumido en un absurdo silencio, únicamente roto por la respiración agitada de Cayetana Alonso.

SERGIO BAYO ESTABA seguro de que Carlos Sorli lo había engañado como a un imbécil. Lo utilizó para su proyecto y lo dejó tirado cuando ya no lo necesitaba. No iba a permitir que la policía lo encontrara. A través de la agencia de alquiler de vehículos los polis habrían obtenido toda la información. ¿Qué demonios sabían de él a esas alturas?

Por eso estaba apostado a una distancia prudencial de la mansión del que fuera su amigo de la juventud, a la espera de que fueran ellos los que movieran ficha. La primera en salir al jardín había sido la hija, la del pelo teñido de rosa. Se encendió un cigarrillo y llamó a alguien con su teléfono móvil. A medida que la conversación se prolongaba se alejó de puertas y ventanas, en una connotación evidente de que no quería ser escuchada por los de la casa. Si se marchaba de allí no podría seguirla, pues carecía de vehículo; ese era su problema principal, aunque confiaba poder sacar algo en claro de las idas y venidas del clan, que permanecía en el interior. Finalmente, y tras más de quince minutos de ardua conversación, la joven colgó y regresó al interior.

En ese instante oyó sirenas atronar a lo lejos. En apenas un minuto dos coches de la policía se detuvieron de forma aparatosa junto a la verja de los Sorli, y dos agentes cortaron el tráfico de inmediato para estupefacción de los conductores. Seis hombres entraron en la propiedad e irrumpieron en el interior de la vivienda al grito de «¡Policía!».

Por fortuna para la familia, las ostentosas viviendas de la avenida no estaban cercanas unas a otras, y la dimensión de la casa era de tal tamaño que los gritos de los agentes difícilmente llamaron la atención. De todas formas, un pequeño grupo de transeúntes y conductores se detuvieron por el efecto cotilla y se apostaron a pocos metros de la valla que precedía al jardín.

El comando policial estaba dirigido por dos hombres que no dejaban de dar órdenes. Con la puerta abierta, las voces de los efectivos se propagaban hasta la calle.

Sergio Bayo se acercó con cuidado para no ser advertido por los agentes. No podía perderse lo que estaba sucediendo; creía improbable que ellos tuvieran algo que ver con la desaparición del patriarca familiar. ¿O quizá estaba equivocado?

Estela Sachs y su hermano Ricardo salieron de la casa custodiados por separado. La hija y el hombre de confianza de la familia aparecieron tras ellos sin dejar de discutir con los dos policías al mando. «¡Esto es allanamiento de morada!», exclamaba el hombre. «¿Pero es que se han vuelto locos?», gritaba con voz aguda la hija. La comitiva se dirigió al lugar donde aguardaban los coches, y obligaron a Estela y su hermano a subir en vehículos distintos. Los agentes dispersaron a los que presenciaban la escena y Sergio Bayo fue el primero en desaparecer del campo de visión. La dotación se puso en marcha y partió a gran velocidad, provocando gran estrepito con el ulular de las sirenas.

A continuación, el abogado y la hija se subieron a un coche y tomaron la misma dirección que la policía. Pronto no quedó ni rastro de lo que acababa de suceder. Los curiosos volvieron a sus asuntos y Bayo se sentó en la acera sin saber qué hacer.

—¡Cabrón, hijo de puta! —exclamó sujetándose la cabeza con las manos.

MONFORT RECIBIÓ UNA llamada del agente Terreros.

—Los tenemos, vamos para allá —informó, y cortó la comunicación enseguida.

A Silvia también le sonó el teléfono móvil, pero su llamada poco tenía que ver con la arriesgada detención de los hermanos Sachs.

Era la madre del agente Robert Calleja, y lo que le comunicó entre sollozos no eran buenas noticias.

Los médicos habían decidido intervenirlo de urgencia. Por el nerviosismo y la congoja, la madre no atinó a explicar la razón de la operación, y a Silvia no le quedó más remedio que desplegar un improvisado repertorio de palabras de esperanza, convencida de que no mitigaría el dolor de la mujer. Soportó con entereza los lloros y la escuchó con paciencia mientras recordaba a su propia madre en el momento en que le fue comunicada la muerte de los suyos a manos de ETA.

Con su peculiar acento gaditano, la mujer rogaba a Dios y a todos los santos que ayudaran a su hijo. Una retahíla de nombres del santoral que ella desconocía y a los que no había rezado jamás ni pensaba hacerlo.

Mientras la mujer se desahogaba, Silvia sintió un odio profundo hacia aquel que había condenado a Robert a una muerte casi segura. Se maldijo por estar allí y no poder hacer más por encontrarlo y hacerle pagar lo que había hecho. «Robert, aguanta, por Dios», dijo en voz alta, y la madre dejó de llorar por espacio de varios segundos para irrumpir de nuevo con mayor vehemencia.

—¿A qué hora es la operación? —le preguntó Silvia imprimiendo entereza a sus palabras.

—¡Ay, mi niña! ¡Ya se lo llevan, ya lo se lo llevan!

Se oyó un golpe y Silvia interpretó que se le había caído el teléfono al suelo. La voz de la mujer se oía ahora lejana. Alguien recogió el móvil y la saludó con indiferencia. Reconoció la voz. Era Óscar, el hermano menor de Robert.

—Si ustedes no tienen cojones *pa* cogerlo, lo trincaré yo.

Luego se cortó la comunicación y Silvia miró la pantalla con una mezcla de rabia y estupefacción.

Un estrépito de voces irrumpió en la comisaria. Cuatro agentes escoltaban a Estela y a Ricardo Sachs. Tras ellos, los agentes Terreros y García trataban de que Elisenda Sachs y Enrique Correa no accedieran a la zona restringida.

Salió de los aseos con la intención de bajar discretamente a la calle y poder fumar tranquila, alejada de lo que le producía desasosiego. Miró el cuadro de soslayo, con suspicacia, como si le echara la culpa de su malestar. Los adolescentes pululaban por la sala como si estuvieran en un centro comercial mirando ropa cara que jamás comprarían. Había risas, empujones de complicidad, choques de puños y palmadas, actitudes típicas de la juventud. En una esquina, cuatro chicas cuchicheaban adoptando posturas coquetas y miradas dirigidas a un hombre muy atractivo, entrado en la cuarentena, que observaba con interés los grabados taurinos de Goya. Debían de ser las cuatro muchachas que un momento antes fumaban en el baño. Sus palabras se le habían quedado grabadas. Sus carcajadas de hiena también.

—¿A dónde va? —la abordó el encargado con la mejor de sus sonrisas.

—A la calle, ¿puedo? —respondió en tono encrespado.

—Por supuesto, claro, faltaría más —se excusó el hombre haciéndose a un lado, sorprendido por la contestación.

—Discúlpeme —trató de rectificar Cayetana—. Creo que hay mucho público hoy. Y tal vez la temperatura de la sala sea un poco elevada. ¿Por qué hay tanta gente en un miércoles laboral?

El encargado se alegró de no ser él el motivo de su malestar.

—Ah, claro, se refiere a eso —respiró con alivio—. La entiendo. Es un grupo que ha venido desde Segorbe. Un autobús con sesenta personas de una asociación vecinal. —A continuación se llevó la mano a la frente—. Y encima se han juntado con los estudiantes del segundo curso de Bachillerato del instituto Ribalta. Le pido disculpas, quizá debería haber espaciado las visitas programadas, pero como en realidad no exceden el aforo permitido según las instrucciones de su predecesor, no he visto conveniente cambiar el día de la visita.

Se referiría a Ernesto Frías como su predecesor. Su cuerpo debía de estar aún en la morgue y ese hombre ya obviaba su nombre que, a buen seguro, el muy ladino recordaba perfectamente.

—Se me olvidaba —añadió—. Ha venido un periodista que desea hacerle una entrevista.

—¿Quién es?

—Aquel de allí —dirigió la mirada al cuarentón que estaba siendo objeto de las miradas de las chicas.

—Pues que lo entrevisten ellas —improvisó señalando a las adolescentes—. He oído que quieren estudiar Periodismo —mintió—. Estarán encantadas.

Lo dejó plantado y se apresuró a bajar la regia escalera que conducía a la calle, donde la recibió con los brazos abiertos una brisa de aire fresco que le devolvió un ápice de serenidad.

Encadenó un cigarrillo con otro hasta que el tercero le produjo una sensación desagradable. Se pellizcó el puente de la nariz, caminó diez pasos hacia la izquierda y luego regresó al lugar de origen. Tropezó con un peatón cargado con bolsas de la compra. Contempló al personal que salía y entraba en la exposición. Pronto llegaría a su fin. Tal vez por ello el flujo de asistentes iba en aumento. Observó los vehículos, un tráfico poco intenso que circulaba despacio por el centro de aquella ciudad agradable donde las jóvenes del baño afirmaban que nunca pasaba nada.

«Ya me extraña que traigan un cuadro famoso a Castellón. Aquí nunca pasa nada guay», recordó las palabras de una de ellas. La desafortunada creencia popular de que el lugar donde uno nace es siempre peor que los demás.

Sin embargo, no fue aquella frase la que hizo que se le dispararan las alarmas.

Subió los escalones de dos en dos. Su condición física era deplorable. Jamás se había propuesto, ni siquiera en las Nochevijas regadas de alcohol, apuntarse a un gimnasio o madrugar para corretear por el parque más cercano a su casa. En el ascenso se cruzó con un hombre que bajaba deprisa las escaleras, y que se cubría parte del rostro con las solapas del abrigo. La miró sorprendido por un segundo, y acto seguido bajó la cabeza y apuró el paso. A buen seguro había sentido lástima por la patética escena de la atleta fracasada. Llegó a la sala con el resuello al límite. Antes de hacer algo de lo que pudiera arrepentirse, se posicionó entre la maraña de espectadores que observaba el cuadro.

Desde donde estaba examinó la capa pictórica de la obra. Era un ejercicio aprendido en un curso en el Rijksmuseum de Ámsterdam que había propuesto Meike Apeldoorn, y que Cayetana había interpretado como la excusa perfecta para visitar a su familia. En el cursillo para profesionales se enseñaba a analizar una obra de arte desde el lugar en el que los visitantes la contemplan. A menor distancia, o con el instrumental adecuado, era más o menos sencillo sondear el estado de una pintura. Lo realmente complicado era saber ver los detalles siendo un mero espectador.

Observó el *Perro semihundido* con la perspectiva de las personas que tenía a su alrededor. No obstante, no tardó en aparecer la Cayetana más analista, la experta que había invertido sus años de juventud en lo que traspasaba los límites del aprendizaje primero y el oficio después, para terminar convirtiéndose en una pasión desmedida que se apoderaba de todo su ser.

Se abstrajo de todo lo que la rodeaba y, como en tantísimas ocasiones, quedó atrapada por el cuadro, creando un vínculo difícil de explicar para los neófitos.

Ladeó la cabeza y pensó.

Recordó una charla con compañeros del Museo del Prado sobre las *Pinturas negras* a la que no había prestado demasiada atención por los sentimientos enfrentados que le producían las obras. El que llevaba la voz cantante repitió en demasiadas ocasiones las palabras «delicado y brutal» como principal motor de inspiración del artista. Cayetana prefería quedarse con la versión de que el maestro había plasmado su rabia y desesperación por sentirse viejo y enfermo.

Rememoró un detalle de la conversación:

«Goya decidió que la cabeza del perro no se hallara en el centro del conjunto, sino algo descentrada hacia la izquierda. La genialidad radica precisamente en la ausencia de simetría. El pintor compensó el efecto con la curva ascendente de la zona terrosa que oculta al animal y que se difumina sin que apenas nos demos cuenta.»

Enderezó la cabeza y entornó los ojos. Luego miró a su alrededor con asombro. Los asistentes a la exposición se habían quedado detenidos en la última postura adoptada, como figuras de cera, como si estuvieran congelados. Un silencio perturbador reinaba en la sala. ¿Era un delirio o se estaba volviendo loca? ¿Estaba despierta o dormida? Se pellizcó, estaba lúcida.

Admiró el cuadro por un espacio de tiempo indefinido.

Fue Ernesto Frías quien pronunció aquellas palabras acerca de la falta de simetría. ¿Sucedió antes o después de que le propusiera cumplir su fantasía erótica frente al cuadro de Rubens? «¡Y eso qué más da!», se reprendió. Fijó la vista de nuevo en el cuadro. ¿Qué era? ¿Qué la desconcertaba?

Como si se tratara de un viejo reproductor, las voces y los movimientos de los que tenía a su alrededor se pusieron en marcha poco a poco, con sonidos graves y entrecortados, hasta que por fin alcanzaron su velocidad habitual y el movimiento y las voces se sincronizaron para regresar a la más absoluta realidad.

Y entonces se dio cuenta.

34

Sᴇʀɢɪᴏ Bᴀʏᴏ ꜱᴇ cruzó con Cayetana Alonso en las escaleras del Real Casino Antiguo. Iba muy deprisa y su rostro mostraba abatimiento. Giró la cara para que no lo reconociera. Necesitaba estar frente al cuadro unos minutos más. Tenía que verlo de cerca, aunque fuera por última vez. La sala estaba muy concurrida y un molesto ruido de fondo provocado por un grupo de jóvenes deslució el momento de la despedida. Tenía que huir de Castellón. La policía lo estaría siguiendo de cerca y él no hacía otra cosa que arriesgarse. Bastante mal lo había hecho al presentarse en casa de los Sorli. Ahora había vuelto a exponerse yendo a la exposición.

Lo había hecho porque parte de él estaba en aquel salón, bajo la mirada de un puñado de ignorantes que no se cortaban a la hora de valorar la obra. ¡Qué sabrían ellos de arte! Cruzó una mirada con el encargado del local. A poco que rumiara, se daría cuenta de que había estado allí en repetidas ocasiones. Con un último vistazo al cuadro que le provocó una inmensa tristeza, salió a la calle y sopesó las pocas posibilidades que tenía de escapar de la encerrona que Carlos Sorli le había tendido. Si se quedaba en Castellón caería en manos de la policía. No tenía otra alternativa que marcharse, aunque tal decisión representara abandonar la obra y sumirse en una profunda depresión.

Odió a Sorli con toda su alma cuando compró el billete de autobús que lo devolvería a la miseria de su realidad. El infortunio de un hombre ultrajado por aquel que un día había sido su amigo y que luego lo había abandonado. Y al que mucho tiempo después creyó haber recuperado para equivocarse de nuevo.

La avaricia y el engaño habían ganado al arte y la amistad. Carlos Sorli tenía sangre fría. Sería capaz de cualquier cosa con tal de alzarse con el triunfo, era un hombre que no sufría por los demás. Sergio solo conocía dos tipos de personas que cumplían tal requisito: los psicópatas y los difuntos. ¿Cuál de ellas era Sorli?

EN SU PROPIO despacho, el comisario Romerales trató de calmar a la hija de los Sorli mientras Correa, que permanecía de pie junto a la ventana, no dejaba de llamar con su teléfono móvil a los que parecían ser sus contactos en el juzgado de Castellón. En la que supuso la cuarta llamada, el hombre de confianza de la familia sonrió abiertamente y agradeció de forma reiterada lo que fuera a su interlocutor. Tras colgar apoyó las palmas de las manos sobre la mesa del despacho del comisario y echando el cuerpo hacia delante se encaró con él.

—Detenga el interrogatorio ya —ordenó.

Elisenda Sorli, que estaba sentada al otro lado de la mesa, trató de aportar algo, pero Correa posó la mano sobre el brazo de la joven para que no lo hiciera. Elisenda temía que el inspector revelara lo que le había contado acerca del dinero transferido por su padre. Él le había asegurado que no diría nada.

—Suéltelos de inmediato. Sabe tan bien como yo que esto no es legal.

—Aquí el único que da órdenes soy yo —repuso el comisario.

—No sea absurdo.

Romerales sabía que no habían obrado bien. Debería haberse negado al capricho de Monfort. Era prácticamente inútil iniciar una pugna, tenía toda la razón. Solo le quedaba esperar el máximo tiempo posible para soltarlos y que Silvia y Monfort consiguieran sacarles algún dato eficaz.

Sonó el teléfono de sobremesa y el comisario respondió a la llamada. Fueron solo un par de minutos que Enrique Correa gozó con entusiasmo. Sabía quién estaba al otro lado de la línea y el resultado final.

—Aguarden un momento aquí —les dijo haciendo ademán de salir del despacho, visiblemente contrariado.

—¿No ha mejorado? —le preguntó Silvia a Ricardo Sachs cuando lo condujo a su despacho—. Esperaba que se le hubiera pasado lo que fuera que le ocurriera a su pierna.

—Nada de lo que deba preocuparse —respondió él con un gesto irreverente—. Y ahora dígame qué narices hacemos mi hermana y yo aquí. ¿No me dirán que somos sospechosos?

—¿Lo son?

—No me venga con jueguecitos de polis, ya tenemos bastante. ¿Dónde está mi hermana?

—En la oficina de al lado, con el inspector Monfort.

—¿Quién es el poli bueno y el poli malo?

—Adivínelo.

—Se me antoja que podía haber escogido otra profesión.

Romerales llamó a la puerta y entró.

—Hay que terminar con esto —mandó taxativo.

Ricardo Sachs esbozó una sonrisa victoriosa.

—Voy a hacer todo lo posible para que paguen la osadía de detener a los verdaderos damnificados de este caso que ustedes no son capaces de resolver.

Silvia iba a soltar algo, pero el comisario la instó a callarse. Todo lo que pudiera decir sería peor.

Monfort estaba tranquilo, sentado a la mesa del despacho contiguo. Estela Sachs lloraba en la silla de enfrente.

—¿Dónde está mi marido? ¿Por qué nos han traído aquí como si fuéramos culpables? Mi hermano y yo no tenemos nada que ver. No debería tener que repetirlo tantas veces. Se trata de mi esposo, ¿sabe? ¿Por qué no lo encuentran?

—Le aseguro que trabajamos sin descanso, pero tenemos la impresión de que ustedes no nos ayudan lo necesario, como si supieran más y se negaran a colaborar.

—¿Por qué lo dice? —Estela Sachs era consciente de que la ocultación de información campaba por la comisaría. La cuestión era si el policía lo sabía. ¿Quién podía haberse ido de la lengua?

—¿Por qué cojea su hermano?

A Monfort no se le había pasado por alto aquel detalle. No lo había comentado con Silvia, y posiblemente no tuviera nada que ver con la desaparición de Sorli, pero eran demasiadas incógnitas las que se le agolpaban en la cabeza.

—Una luxación, creo.

Monfort negó con la cabeza. Demasiados días para un simple esguince.

—Y lo de los coches caros… ¿Es un capricho que paga de su bolsillo con los beneficios de la empresa?

—¿Usted no los tiene?

—Tal vez, pero no se lanzan a doscientos kilómetros por hora. A mi edad, las prisas no son del todo aconsejables.

—No sé adónde quiere ir a parar.

—A ninguno y a muchos sitios a la vez.

—Mi marido, eso es lo importante —manifestó con cierto ímpetu—. Necesito saber dónde está, qué le ha pasado, si lo retiene alguien o no. Si está vivo o muerto.

Se hizo un silencio que provocó ella misma con sus últimas palabras. Volvieron los lloros.

—Cuénteme eso que ocultan.

Romerales llamó y pasó al interior.

—Termina ya —lo advirtió.

—Un momento —respondió Monfort, que le hizo una señal para que se fuera.

Romerales bufó, pero salió del despacho.

—Dígame qué ocultan —repitió.

Estela Sachs había perdido gran parte de su belleza entre los días y las noches de insoportable espera.

—¿Quién se lo ha dicho?

—Eso no se lo puedo decir.

—Pero lo sabe.

—Sí. Aunque necesito que sea usted quien lo diga para creérmelo.

—Es lo del dinero, ¿verdad? —preguntó la esposa de Sorli casi en un susurro.

Monfort se levantó de la silla y le sirvió un vaso de agua. A continuación, salió al pasillo y llamó al comisario, que aguardaba entre las puertas de uno y otro despacho.

—Ella se queda —le informó en voz baja—. El hermano, si quieres, puede marcharse, pero ordena que no lo pierdan de vista.

—¿Y qué les digo al abogado y a la hija?

—Que Estela Sachs quiere colaborar. Es sencillo.

—Enrique Correa no dejará que hables con ella a solas.

—Pues dile que venga, quizá tenga algo que aportar.

—La hija se va a poner hecha una furia.

—No le he dicho a su madre que ha sido ella.

—¿Y quién le has dicho que lo ha hecho?

—Nadie. No ha hecho falta, lo ha soltado ella. Es cuestión de ser amable. —Le guiñó un ojo al comisario antes de regresar al interior.

Cuando Enrique Correa entró en el despacho que ocupaban Monfort y Estela Sachs se dirigió a ella como si no hubiera nadie más en la habitación.

—¿Dónde está Elisenda? —le preguntó la esposa de Sorli.

—Está fuera. No te preocupes por ella, está bien. Nos marcharemos enseguida, no pueden retenerte bajo ningún concepto. Han cometido un grave error que pagarán caro, de eso no te quepa la menor duda. En vez de hacer su trabajo se dedican a molestar a la familia.

—Déjese de rollos —lo interrumpió Monfort— y siéntese, no he acabado todavía. Ya que está aquí, cuénteme su impresión acerca de las dos visitas que Sergio Bayo hizo a sus clientes en su propio domicilio. Hablen, y luego les dejaré marchar.

Estela Sachs se adelantó.

—La primera vez que se presentó en casa me amenazó. Dijo que Carlos le debía algo. Lo dejé hablar por si podía aportar algún dato sobre dónde estaba mi marido, pero dejó claro que estaba tan desesperado por encontrarlo como nosotros, aunque en otro sentido. La segunda vez argumentó que venía a disculparse, y entonces contó más acerca de él. Creo que se sintió acorralado al verse dentro de nuestra casa, con todos nosotros haciéndole preguntas. Fue entonces cuando nos contó que había sido un antiguo compañero de Carlos en la universidad.

—Por favor, Estela, no es necesario que… —trató de interrumpirla Enrique Correa.

—Déjame hablar, Enrique, lo necesito —objetó ella—. Nos dijo que trabajaba como guía en el Museo del Prado.

—¿Y no le dijo qué era eso que tenía pendiente con su marido?

—No quiso.

Correa tomó el relevo.

—La señora Sachs y su hija fueron benévolos con él. Nos soltó un rollo sobre no sé qué síndrome que afecta a los amantes del arte. El caso es que se las ingenió para largarse de rositas.

—Ya —suspiró Monfort—. Pero usted tampoco salió corriendo para advertirnos de su presencia.

Correa se encogió de hombros.

—Acato órdenes. Trabajo para la familia. Ellos creyeron que era mejor así. Y yo estoy de acuerdo.

—¿Sabía que existe una orden de detención contra Sergio Bayo? ¿O que pasó algunas noches durmiendo en un coche de alquiler en el aparcamiento de la empresa?

Enrique Correa abrió los ojos sorprendido, miró a Estela Sachs y ambos negaron con la cabeza.

—Ve como no estamos en sintonía —matizó Monfort con naturalidad—. Y ahora, háblenme del dinero transferido.

Enrique Correa adelantó la silla en un gesto de cooperación y se dispuso a relatar el asunto en detalle. Había que dejarse de subterfugios de una vez.

Podía haber ordenado desalojar la sala inmediatamente, crear un revuelo de dimensiones épicas para una ciudad como aquella. Si desvelaba sus sospechas a gritos, las consecuencias serían ilimitadas. Por todo ello prefirió esperar a que la exposición se cerrara al mediodía. Estuvo tentada en llamar a Meike, pero se detuvo antes de pulsar el botón verde. Antes de echar las campanas al vuelo debía cerciorarse al cien por cien, que no quedara ni un resquicio de duda.

Llegó la hora de cierre y los guardias de seguridad comenzaron a desalojar la sala. Los alumnos del instituto se habían marchado ya, al igual que el grupo de vecinos de Segorbe, y en la exposición solo quedaban los últimos visitantes rezagados. Cayetana Alonso aguardó con impaciencia el momento de quedarse sola. Intentó disimular cuando el encargado se acercó para indicarle que la esperaban a comer en el restaurante. Se excusó con el pretexto de tomar algunas notas aprovechando el silencio del espacio vacío. El encargado insistió, pero Cayetana fue taxativa. El hombre, sin darse cuenta de que estaba allí de más, le recordó que tenía pendiente una entrevista. Cayetana, para quitárselo de encima, se mostró dispuesta a hacerla.

Trató de ser amable, de que no se le notara la euforia que le corría por las venas, de quedar bien y llegar hasta donde quería sin perder los estribos, sin exaltarse, sin tener que mandarlos a todos a la mierda para que la dejaran tranquila de una vez, pero él insistía una y otra vez sobre que el arroz negro quedaría incomible si se retrasaba, que si estaba hecho con un *fumet* excepcional, que si los tropezones de sepia y calamar eran un bocado exquisito mezclado con el arroz, que si lo mejor era acompañar el plato con un magnífico *all i oli* hecho como antes, a base de mortero y mucha paciencia, que si había puesto a enfriar un vino blanco de unas bodegas de un amigo suyo que…

—¡Déjeme en paz! —bramó—. ¡Necesito quedarme sola un momento!

El hombre comprendió por fin. Y, tras dirigirse a los operarios de seguridad, todos abandonaron el salón de forma inmediata.

Cayetana se acercó a la puerta cuando la hubieron cerrado. Apoyó la espalda, levantó la cabeza y cerró los ojos. Luego respiró despacio en un intento por recobrar la compostura. Pasados unos minutos accedió al cuadro de luces y desconectó todos los focos de la sala menos los que iluminaban el cuadro.

Recogió una silla y la acercó despacio hasta la obra, como en un ritual no aprendido aún. El salón estaba en penumbra. Los focos especiales otorgaban vida al cuadro separándolo de todo los demás, transportándolo a la época en la que había sido pintado. Colocó la silla a un metro y medio del lienzo y se sentó. Irguió la espalda y acompasó la respiración como un francotirador antes de disparar a su objetivo.

Observó con absoluta admiración las pinceladas que en su origen habían sido restregones de tonos marrones; el enigma que escondía la parte superior, donde algunos expertos suponían que miraba el perro, aunque ella creía que el animal dirigía la vista a algo que se encontraba fuera de los límites del marco. Siempre había pensado que era una alegoría al estado de salud de Goya. Un perro asustado, un perro que tal vez fuera él mismo, preso en la inmensurable trampa de la vejez, atemorizado por una salud delicada que poco a poco lo engullía para acabar tragándoselo de forma irremediable.

Era un cuadro magnífico, una obra adelantada a su tiempo, el principio del arte moderno tal vez. Una obra visionaria sobre el futuro de los días del hombre: soledad y temor, en la más vasta extensión que ambos términos conllevan.

No necesitaba acercarse más, no era necesario analizarlo con los útiles de los que disponía en el museo ni compartir sus impresiones con otros profesionales para que confirmaran lo que había descubierto. Y de todos modos estaba fascinada con lo que tenía delante. Por ello quiso retener para sí semejante placer, preservar al máximo el gozo del descubrimiento, sentirse importante por una vez.

Recordó la frase de la adolescente que había destapado la caja de los truenos.

«Si te descuidas es falso.»

Unas palabras pronunciadas por alguien a quien el cuadro le traía sin cuidado, una frase que sin lugar a dudas se atribuiría cuando escuchara las noticias en la televisión a la hora de comer o de cenar, sentada a la mesa con sus padres o hermanos.

Goya consumó la genialidad de descentrar la cabeza del perro en el conjunto del cuadro. La masa oscura ascendente y aquel lugar enigmático hacia donde dirigía la mirada compensaban el efecto de la falta de simetría, convirtiendo la obra en un verdadero galimatías para los expertos.

Lo que tenía delante difería de aquellas teorías y realidades. Cayetana se levantó de la silla, recogió un folleto informativo de la exposición y regresó a su lugar privilegiado. Despacio, sin prisa alguna, estudió el tríptico con la reproducción del cuadro en la portada. Luego miró el que estaba expuesto, y así sucesivamente durante largos minutos. Aquello que la reconcomía, lo que no la dejaba dormir, estaba delante de sus narices. Tal vez pudiera sacar provecho del descubrimiento si conseguía que no fuera Meike Apeldoorn quien se atribuyera la noticia. Consultó la hora. Pronto el salón volvería a estar ocupado por los visitantes, ahora que la exposición llegaba a su fin. Carlos Sorli, el organizador, continuaba en paradero desconocido. La grandiosidad de la pintura había empequeñecido su desaparición. Sin embargo, Ernesto Frías estaba muerto, asesinado. Si la muerte y la desaparición estaban relacionadas con lo que había descubierto, tenía un serio problema.

¿Podría ser ella la siguiente víctima?

Entonces decidió a quién debía llamar en primer lugar.

35

Sergio Bayo merodeaba por la estación de autobuses de Castellón a la espera de que llegara la hora de abandonar la ciudad. No tenía adónde ir ni podía permitirse perder el autobús. Le embargaba una profunda tristeza. Todo se había ido al traste. Las ilusiones y los sueños de una vida mejor se habían esfumado de un plumazo. Sorli no había cumplido su promesa y Ernesto Frías, el único que podía haber esclarecido la situación, estaba muerto. A aquel temor se sumaba el de que la policía diera con él. Hasta el momento había conseguido burlarlos con artimañas aprendidas, como la de anular la localización del teléfono móvil, pero el asedio era cada vez mayor. Esperaba que no se presentaran de repente en la estación. Oyó un claxon. No podía ser que lo llamaran a él, pero entonces reconoció a la persona y no tuvo más remedio que acercarse. Tras sus palabras se subió al vehículo; no tenía otra alternativa, a saber qué podía ocurrirle si se negaba. Le dijo a dónde pretendía llevarlo, aunque pronto se dio cuenta de que no estaba cumpliendo su palabra. Se juró a sí mismo que nadie lo iba a engañar otra vez y en un arranque de valentía, o de desesperación, trató de abrir la puerta para saltar en marcha del coche, pero estaba bloqueada y le fue imposible abrirla. A cambio recibió un golpe seco en la cabeza que lo dejó sin sentido.

—¿Inspector Monfort? —Reconoció la voz al instante. Se trataba de Cayetana Alonso. Su voz era cualquier cosa menos la máxima expresión de la alegría—. ¿Puede venir ahora a la exposición?

—Creía que me llamaba para que le recomendara alguno de los estupendos restaurantes de Castellón, dada la hora que es. Yo no he comido aún. Si le apetece la recojo y me acompaña. Con los años he perdido el hábito de comer solo. Así podrá contarme lo que le preocupa. Porque le preocupa algo, ¿verdad?

Tras la respuesta de Cayetana salió de la comisaria como alma que lleva el diablo y en apenas diez minutos se presentó en el Real Casino Antiguo. Por el camino recibió una llamada de Elvira Figueroa. Tendría que esperar.

UN GUARDIA DE seguridad lo acompañó escaleras arriba. El salón estaba en penumbra, salvo por los focos específicos que iluminaban el cuadro. Cayetana permanecía sentada en una silla a escasa distancia de la pintura. No apartó la vista cuando Monfort llegó a su lado y la saludó. Entonces habló como si estuviera en trance, como si lo hiciera para sus adentros. Él escuchó con atención.

—Puede que lo haya hecho alguno de los magníficos copistas del Museo del Prado. Artistas que reproducen obras maestras bajo encargo o por afán de aprender. Hay pintores con poca imaginación, pero que son muy buenos copiando. —Hizo una pausa—. Ha realizado un trabajo excelente, de no ser por un detalle incomprensible. Tal vez lo haya hecho a propósito, como si pretendiera dejar su impronta personal. O como si quisiera burlarse del maestro. En cualquier caso, el detalle lo ha delatado.

—¿Es falso? —preguntó Monfort a pesar de que ella ya lo había dejado claro.

Cayetana se puso en pie y se acercó al cuadro. Antes le tendió el folleto a Monfort.

—Fíjese en el tríptico. ¿Ve la cabeza del perro?

—Sí.

—¿Dónde está situada?

—En la parte inferior.

—¿Qué más? Esfuércese un poco, hombre.

—Centrada en la parte inferior.

—¿Seguro?

Monfort observó con mayor detalle la imagen impresa en el papel. Tardó en responder, pero al final se aventuró.

—Puede que esté situada un poco a la izquierda, no centrada del todo, quiero decir.

—Ajá —esbozó una misteriosa sonrisa—. Ahora acérquese hasta aquí y observe la pintura.

Dio los pasos pertinentes hasta que estuvo tan cerca de ella que percibió su sobrio perfume. Sus ojos permanecían abiertos más de lo que sería habitual y uno de los párpados le palpitaba cada pocos segundos.

Ella esperaba que Monfort dijera algo.

—Puede que en el cuadro la cabeza del perro esté más centrada —especuló Monfort.

Hubo un silencio. Cayetana parpadeó varias veces antes de hablar.

—Está centrada —aseveró Cayetana—. Sería una copia perfecta si no fuera por ese rasgo que, por otra parte, parece imposible de cometer por alguien que ha sido capaz de pintar el resto.

—¿Está segura de lo que afirma?

—Por completo.

—Y si quien lo ha hecho es tan buen pintor, ¿por qué cometió ese supuesto fallo?

—Porque no creo que se trate de un error, sino más bien de su propia interpretación del cuadro, su firma, su discrepancia con la visión de Goya.

—¿Como si quisiera que descubrieran la falsificación?

—O como si se creyera el mismísimo Goya, que ha decidido cambiar la versión de su propia obra.

Ambos pasaron un tiempo contemplando el cuadro. A los cientos de espectadores que habían colmado las visitas se les había pasado por alto aquella particularidad, lo mismo que a los expertos que se habían dado cita. Sin embargo, a Cayetana no habían conseguido engañarla.

—Disculpe una pregunta —rompió Monfort el silencio—. ¿Cree que Ernesto Frías no se dio cuenta?

Cayetana mutó el semblante. No fue ni para mejor ni para peor, simplemente cambió el gesto. Tal vez calibraba la respuesta, o quizá no pensaba contestar. Cuando Monfort creía que ya no iba a decir nada, habló.

—Puede que esto fuera precisamente lo que provocó su muerte —señaló la pintura sin dejar de mirarla, como si estuviera hipnotizada.

Monfort no podía confirmar ni desmentir aquella afirmación. El caso había dado un vuelco inesperado y su cerebro funcionaba como un motor engrasado a la perfección que recopila datos, frases, personas, hechos y lugares.

—¿Cómo lo ha descubierto?

—En realidad no he sido yo.

—¿Quién entonces?

Tardó en responder, pero Monfort supo esperar. La paciencia no era una de sus virtudes, aunque con los años había aprendido a contenerse sin que los demás notaran el persistente hormigueo que le corría por el cuerpo.

—Da lo mismo —contestó al fin sin una pizca de entusiasmo. Lo que ella no sabía era que a él no le hubiera extrañado tanto que llegara a tal conclusión por unas frases escuchadas a unas jóvenes adolescentes que no tenían la menor idea de obras de arte. A él le ocurría algo parecido: una palabra fuera de contexto, una frase formulada en el lugar equivocado, una canción cuya letra arrojaba respuestas a las incógnitas. Ella no sabía que, en el fondo, Monfort pensaba que tenían bastantes cosas en común.

Se abrió la puerta del salón y uno de los vigilantes de seguridad asomó la cabeza.

Me pregunta el equipo de limpieza si pueden pasar.

Cayetana volvió a ser la que era. Consultó la hora en su reloj de pulsera y se llevó la palma de una mano a la frente.

—¡Cómo ha pasado el tiempo!

Monfort no añadió más, pero tenía razón. Quizá el cuadro tuviera poderes hipnóticos.

—Debo llamar al Prado —dijo tras retomar cierta normalidad—. He de informar enseguida. Meike debe saberlo de inmediato. ¡Dios! No sé lo que va a pasar ahora.

Monfort tuvo un impulso y le cogió una mano. Si no actuaba enseguida perdería su oportunidad de esclarecer el caso.

—Si da la voz de alerta podríamos perder para siempre a Carlos Sorli y nunca descubriremos qué le pasó a Ernesto Frías.

—Ya, pero… entienda que estamos hablando de uno de los cuadros más relevantes de la obra de Goya.

—De lo que hablamos, si me lo permite, es de una falsificación. No creo que nadie le haya dado el cambiazo en la exposición. No sabemos dónde está el original. No es que aquí tengan los más sofisticados sistemas de seguridad, pero le aseguro que esos de ahí —señaló la puerta donde aguardaban los vigilantes— se hubieran dado cuenta. Están aquí día y noche.

—¿Y qué sospecha, que lo robaron en el Museo del Prado?

Monfort se alzó de hombros.

—No lo sé, pero apostaría a que sí.

—¿Cómo lo puede saber?

No iba a contarle lo que barruntaba, y menos en ese momento, cuando cuatro mujeres hicieron entrada en el salón para limpiar antes de la apertura de la tarde.

—Da lo mismo —respondió con las mismas palabras que ella había pronunciado un momento antes. La diferencia era que él sí mostró entusiasmo.

—Estoy muy nerviosa, no sé qué hacer. No sé si hago bien.

—Yo creo que sí —trató de tranquilizarla—. Supongo que a Goya no le importaría que dejara pasar un pequeño período de tiempo si con ello contribuyera a esclarecer el enredo.

—¿Me propone que me calle y no informe de esto? ¡Me podría costar el puesto! —Monfort le pidió que bajara el tono de voz con la señal del dedo en los labios—. ¿Cuánto es según usted un pequeño período de tiempo?

—Un día, dos a lo sumo.

—Puedo morir de un infarto mientras tanto.

—Y yo de inanición si no le pongo remedio.

—Con todo esto… ¿Y no se le ocurre otra cosa que comer?

—Se me ocurren más, pero con el estómago vacío el cerebro no es capaz de llevarlas a buen puerto.

Cayetana aceptó pese a que su apetito había desaparecido por completo. Lo que menos deseaba era quedarse sola con el fantasma de don Francisco de Goya maldiciendo la falsificación.

Comieron en el muy cercano restaurante China I. Monfort solicitó que los acomodaran en uno de los pequeños comedores de la planta baja. Contó que era un tema de trabajo, y lo que tenía que hablar con aquella dama prefería que quedara en el anonimato. No hizo falta más. El resto fue una placentera degustación de las especialidades con las que los propietarios habían conseguido encumbrar al restaurante como uno de los más longevos de la ciudad.

Luego la acompañó hasta el Real Casino Antiguo y le recomendó que mantuviera la compostura y la boca cerrada, como si no hubiera pasado nada. Era difícil de cumplir, lo sabía, pero insistió tanto que a Cayetana no le quedó más remedio que prometerle que no haría nada sin consultárselo.

—Y usted, ¿adónde va?

—Un día, a lo sumo dos, es poco tiempo. Deberé emplearlo a fondo —le respondió utilizando el período que él mismo se había concedido—. No se preocupe. Le enviaré un agente de total confianza. Hágale caso.

Tras despedirse salió a la calle y llamó a Terreros para pedirle que fuera a la exposición, y que cuando cerraran la acompañara directamente hasta el hotel y la mantuviera vigilada hasta nueva orden. En definitiva, que se convirtiera en su guardaespaldas.

—Podría estar en grave peligro —reconoció.

—Descuide, jefe.

—Ah, y dile a García que intensifique la búsqueda de Sergio Bayo.

—Lo haré.

A continuación, llamó a Silvia y después a Romerales para que se reunieran con él en la comisaría.

EL ENCUENTRO SE prolongó más de lo esperado. El comisario exigió conocer todos los detalles, y no le fue del todo sencillo comprender la teoría y las sospechas del inspector.

Silvia y Monfort salieron juntos de la vieja comisaría.

—Supongo que llamarás a tu amigo, el inspector Tello, para que investigue más sobre Sergio Bayo —argumentó la subinspectora.

El silencio en el que se sumió mosqueó a Silvia. Cuando aquello ocurría, cuando no soltaba lo primero que se le pasaba por la cabeza, podía suceder cualquier cosa, y no necesariamente buena. Lo peor, y también lo mejor, fue pillarlo indefenso con su respuesta.

—Ahora debo ir al hotel. Se ha hecho tarde. ¿Qué vas a hacer tú?

Silvia arañó en sus palabras hasta dejarlas en carne viva. No debía ir al hotel, nunca se le hacía tarde y qué clase de pregunta era «¿Qué vas a hacer tú?».

—Oh, tranquilo, no te preocupes, me voy a casa —respondió.

Al llegar a su habitación Monfort llamó a Terreros. Todo había ido bien en la exposición. En apenas diez minutos cerrarían y entonces la acompañaría hasta el hotel. Terreros pretendió hacer una broma sobre la curiosa coincidencia de que ambos se alojaran en el mismo establecimiento, pero Monfort le paró los pies. El agente siguió con la información. Ya había acordado con Cayetana Alonso que no saldría de la habitación. «Parece asustada», dijo el agente.

—Lo está —confirmó Monfort—. Conocía bien a Ernesto Frías, y teme que le suceda algo parecido.

—Yo me encargo, descuide. Le llamaré si hay algo. ¿Quiere hablar con ella?

Pero Monfort no quería hablar con nadie más en aquel momento. Tras cortar la comunicación se tumbó en la cama. Tenía tiempo de descansar, no convenía presentarse donde tenía pensado demasiado pronto.

Llegada la hora se aseó y se cambió de ropa. Extrajo un abrigo del armario, lo dobló y salió de la habitación. Había aparcado en una calle cercana al hotel, en una zona destinada a carga y descarga.

La noche cubría la ciudad como una manta pesada y lóbrega. El frío encogía a los pocos transeúntes y aceleraba sus pasos. A la mayoría los esperaba un hogar confortable al que llegar: esposas, maridos, hijos… Quizá no fuera a la mayoría, tal vez a algunos de los que apretaban el paso para llegar cuanto antes a donde fuera que se dirigieran, la vida no les había concedido una vivienda amable en la que refugiarse, sino todo lo contrario. ¿Quién sabía lo que escondían aquellos rostros? Todo el mundo llevaba una carga particular a la espalda que se resolvía con mayor o menor fortuna. ¿Cuál era la suya? ¿Cuántas vidas ajenas le quedaban por descubrir? Entraba y salía de ellas, y el poso ajeno se acumulaba como el sarro en los dientes. Su especialidad era ver más allá de la fina capa de piel de los malhechores, desenmascarar a los amantes de lo ajeno, a los despiadados que mataban en nombre de su injusta justicia. Avistó un resquicio al que agarrarse, detalles que otros habrían pasado por alto. No era un don, más bien una penitencia, aquello que lo mantenía con vida. Quizá fuera el odio hacia aquel tipo de gente lo que lo mantenía alerta y accionaba su sexto sentido. Sí, tal vez fuera eso, no se le ocurría nada más. Podría faltar mucho aún para llegar al final, pero notaba que estaba en el buen camino. Si se daba prisa alcanzaría a los que cercenaban la vida de los demás con su hálito de muerte.

Dobló la esquina y vio el coche aparcado en la zona restringida. Alguien apoyaba la espalda contra la puerta delantera. Llevaba una pequeña bolsa de deporte colgada al hombro y al verlo esgrimió algo que sostenía en una mano.

—Traigo música para el viaje —sonrió Silvia mostrándole un cedé.

LOS ACONTECIMIENTOS SE han precipitado. *No es que le sorprenda tanto, pues el inspector al mando es insaciable como una garrapata; un personaje deleznable que no parará hasta descubrir la verdad. Lo acompaña una subinspectora, parecen cortados por el mismo patrón de perseverancia y determinación. Impedirles que se salgan con la suya se convierte en su obsesión.*

Matar a la rubia le causa más dolor del que en un principio había imaginado. Ni tan siquiera interpretar su propia artimaña con la cuerda de la guitarra le satisface lo más mínimo. Siente un vacío extraño ahora que Irenka ya no está. La echa de menos y llora cuando nadie lo ve.

Nada que ver con la sensación que experimentó al matar a los dos hombres. Primero a Herminio, el que un día fue su propio lacayo y quien se merecía una muerte así. Metió la pata en todo aquello que se propuso y cruzó la línea de la lealtad al acostarse con la rubia. Aquello fue tan imperdonable como desobedecer sus órdenes.

Y al idiota aquel que se presentó en Castellón... Hubiera preferido no tener que hacerlo. Ha cometido un error imperdonable. Le han traicionado los nervios y la premura por acallarlo le juega una mala pasada. La pareja de policías redoblará los esfuerzos y su afán por dar con el culpable se tornará implacable, a menos que quieran contar con un borrón en sus respectivas carreras.

Recuerda ahora cómo empezó el principio del fin.

36

Madrugada del jueves 4 de diciembre

—¿Cómo sabías que iba a ir a Madrid?

—Por el silencio delatador —bromeó Silvia.

—De no haber sido policía, ¿qué te hubiera gustado ser?

—El cerdo me dijo que había elegido mal la profesión.

—Es más sencillo cuando no es necesario mirar la cuenta bancaria todos los días para saber si se llega o no a final de mes.

—¿No lo dirás por ti?

—Solo he dicho que es más sencillo.

—Bueno, tal vez me hubiera gustado estudiar Arquitectura, o Biología.

—Carreras muy parecidas.

—Y yo qué sé. Es mejor no mirar atrás. Uno no elige su camino tanto como desearía, supongo. Y, además, en cuanto te descuidas te joden la vida.

—¿Piensas en Robert?

—En todo momento.

—¿Cómo están sus padres?

—Hechos polvo. Los médicos habían decidido operarlo de urgencia. Me llamó su madre, estaba destrozada. Según he sabido después, lo metieron en el quirófano, y tal como entró lo devolvieron a la UCI. Por lo que he entendido, hay demasiado riesgo. Habrá que esperar.

—Esperar, esperar, siempre lo mismo, no hacemos otra cosa en la vida más que esperar.

—Cuando me ha llamado para decirme que lo iban a operar se le ha caído el teléfono de lo nerviosa que estaba. El hermano de

Robert lo ha recogido y me ha dicho algo que no me ha dejado tranquila.

—¿El qué?

—Que si nosotros no somos capaces de detener a Ángel, lo hará él.

—Es comprensible que el hermano esté quemado. Seguro que la familia de Robert lo conocía bien, así que el odio se multiplica. Y las ganas de verlo pudrirse en la cárcel también.

Silvia guardó silencio sumida en sus pensamientos. El dolor que sentía por el estado de Robert se mezclaba con la irritación de no poder satisfacer el sentimiento de venganza de la familia al atrapar al culpable.

—¿Cuál es el plan cuando lleguemos a Madrid?

Monfort apartó la vista de la carretera un instante para ver el cambio en la expresión.

—Iremos a casa de Sergio Bayo. Veremos qué encontramos allí.

—¿Has avisado a Tello?

—No. Todo depende de lo que descubramos.

—¿Acaso dudas de que sea tal como afirma la conservadora de Patrimonio Nacional?

—Abre la guantera.

Silvia extrajo un folleto publicitario de la exposición, donde se advertía el cuadro de Goya en una imagen del Museo del Prado. Encendió la luz interior del vehículo.

—Fíjate bien en la cabeza del perro. Observa en qué lugar se encuentra.

Hizo lo que le pedía. A continuación, Monfort le tendió una fotografía impresa en papel corriente que llevaba doblada en el bolsillo superior de la camisa. Silvia la desdobló. Se trataba de una foto del cuadro expuesto en Castellón. Sostuvo las imágenes, cada una en una mano, y sus ojos se movieron de una a la otra como si presenciara un partido de tenis.

—No veo la diferencia —dijo al fin.

—Yo tampoco la veía al principio.

—Sácame de esta terrible ignorancia —ironizó ella.

Dejaron atrás la ciudad de Valencia y su interminable red de circunvalaciones. Poco tiempo después la autopista se convirtió en un remanso de paz. Los campos de Castilla la Mancha se perfilaban en un horizonte tan oscuro como insondable. Pisó el acelerador.

—En el original la cabeza del perro no está centrada, sino ligeramente situada a la izquierda. Según Cayetana Alonso, Goya utilizó la falta de simetría para darle un toque único a la pintura. Y ahora, si te fijas en la foto impresa, que corresponde al cuadro de la exposición, verás que la cabeza del animal está más centrada.

—¡Joder! —exclamó la subinspectora.

—Cuesta verlo, pero una vez que lo has hecho ya no puedes dejar de pensar que…

—¿Que el falsificador es un verdadero gilipollas?

—O, por hacer un símil con lo otro que nos ocupa, un kamikaze que va directo a una muerte segura.

—Si me contaras el nexo de unión, tal vez podría ayudarte.

—Dime primero qué música endiablada contiene ese cedé que aún no has puesto.

AL ALBA, LA ciudad de Madrid era todo lo que sus habitantes desearían que fuera. Uno podía enamorarse de su majestuosidad sin temor a ser engullido por la bulliciosa urbe en la que se convertiría en las próximas horas.

Sergio Bayo tenía su domicilio en la estrecha calle de la Farmacia, muy cerca de la Gran Vía. Para no despertar sospechas Monfort estacionó el Volvo en un aparcamiento cercano y recorrieron a pie la corta distancia hasta el piso. Era un edificio de fea factura con muchos apartamentos. El portal estaba abierto y el suelo recién fregado. No había ni rastro de quien lo había hecho, ni tampoco del habitual portero de las fincas de la capital. Subieron por las escaleras sin hacer ruido. Llamaron al timbre una sola vez. Nadie respondió. Monfort miró a Silvia y la instó a darse prisa en aquello que dominaba. Al menor ruido, los vecinos se asomarían a sus mirillas.

—No la voy a poder abrir —se lamentó—, tiene al menos una vuelta de llave.

Monfort palpó la puerta; era recia, imposible de derribar de un golpe. En ese preciso momento una anciana salió al descansillo apoyada en un andador. Se detuvo frente al ascensor. Monfort se escondió en la bajada de la escalera, sin duda le causaría menos impacto ver solo a Silvia.

—Buenos días —dijo esta.

La anciana la miró, pero su vista no era ningún prodigio a juzgar por la forma en que entornó sus ojillos pequeños y velados.

—Buenos días —respondió amablemente.

—Soy la hermana de Sergio —improvisó—. No le dije que llegaría tan temprano; quizá haya salido ya.

La anciana dejó de esperar el ascensor y se acercó poco a poco hasta ella.

—Hace días que no lo veo, pero aquí una puede pasarse semanas sin ver a los vecinos. La soledad es la peor de las condenas, ¿sabe?

—Nadie debería estar solo —arguyó pensado más en su propia madre que en la octogenaria diminuta que tenía delante.

—Y, sin embargo —matizó la señora—, nos dejan tiradas como colillas.

Silvia no podía saber a quién se refería, quién podía haberla dejado tirada tal como afirmaba.

—Pero bueno —prosiguió la anciana con aire renovado—, a las penas, puñaladas. Aquí estoy, a mis ochenta y nueve años, y no estoy sola del todo. —Señaló el compartimento del andador, forrado con una manta, por el que asomaba la cabeza de un perro chihuahua de ojos saltones y orejas temblorosas—. Tengo a *Mateo*.

—¿Le ha puesto *Mateo* al perro? —preguntó Silvia sonriente.

Monfort temía que el exceso de cháchara despertara el interés de los vecinos, y lo que podía ser peor aún, del portero, que no debía de andar lejos.

—Mateo se llamaba mi marido, que en paz descanse —aclaró—. Así me parece que hablo con él.

—¿Doña Concepción? —se escuchó una voz masculina a través del hueco de la escalera.

Monfort confirmó sus sospechas y, decepcionado, pegó la espalda a la pared.

—Es el portero —reveló la mujer en voz baja—. Tiene malas pulgas. —Luego subió el tono y propagó su voz—: Es la hermana de Sergio, ha venido de visita.

—¡No está! —retumbó en la escalera.

—Ya lo sabe. La joven ha llegado antes de lo esperado.

—Pues tendrá que ir al museo. Debe de estar liado con algo del trabajo, porque hace días que no lo veo.

La señora Concepción alargó la barbilla para indicar a Silvia que era mejor que dijera algo.

—Esperaré un poco, y si no llega pronto iré hacia allí —siguió su consejo.

—Bueno —resolvió el portero—. Yo me acerco al bar a tomar un pincho de tortilla. ¿Necesita algo, señora Concepción?

—No, gracias —respondió guiñando un ojo.

La mujer dejó que el sonido de los pasos del portero se perdiera en el portal. Y enseguida añadió:

—Sergio guarda una llave en el hueco del marco, encima de la puerta. Con este frío será mejor que espere a su hermano dentro.

En el piso de Bayo reinaba un gran desorden. Había objetos diseminados por todas partes; ceniceros improvisados rebosantes de colillas, platos y vasos sucios y útiles de pintura que ocupaban las superficies de los muebles. El olor era fuerte: una mezcla de sudor y pintura, pero también de aguarrás y comida en mal estado. Silvia fue a abrir una de las ventanas, pero Monfort se lo impidió.

—Si nos descubre el portero estamos perdidos.

La vivienda era muy pequeña, y lo que el inspector quería comprobar se hizo patente de forma inmediata.

De las paredes pendían láminas con reproducciones de obras clásicas de Francisco de Goya, clavadas burdamente con chinchetas, con los bordes levantados desafiando a la gravedad. Bayo tenía hasta tres caballetes en mitad de aquello que pretendía ser un salón. Todos ellos sujetaban lienzos inacabados cuyo motivo se repetía. Silvia le mostró media docena de dibujos a lápiz que recogió del suelo; esbozos de lo que redundaba en los caballetes.

Les había bastado con cinco minutos para que las sospechas de Monfort se materializaran, para darse cuenta de que estaba en lo cierto, de que el viaje no había sido en vano, de que aún valía la pena darse un voto de confianza. Tan solo unos breves minutos para descubrir que Sergio Bayo era el falsificador del *Perro semihundido* que se exhibía en Castellón.

Lo complicado sería averiguar dónde estaba el original.

Bayo sabía la respuesta.

Salieron deprisa, con la esperanza de que el pincho de tortilla del portero no hubiera sido demasiado breve.

—¿Vas a llamar a tu colega madrileño? —insistió Silvia cuando doblaban la esquina.

—¿Y que la noticia se sepa hasta en la luna? Ni hablar.

Ya en el interior del vehículo puso en marcha el teléfono móvil. Tenía una nueva llamada perdida de Elvira Figueroa. Sin embargo, fue a Cayetana Alonso a quien llamó. Tras interesarse por su estado y aplacar su nerviosismo como buenamente pudo, formuló la pregunta cuya respuesta necesitaba conocer para seguir adelante.

—¿Sabía que Sergio Bayo pinta?

Ella conocía ese dato, y también en qué tipo de pintura se había especializado el guía externo.

—¡Dios mío! —respondió.

El cuerpo se encontraba en una zona complicada de localizar de no haber sido por los dos niños que jugaban a ser pilotos de *motocross* con sus bicicletas. Era un lugar indeterminado entre la ciudad y el Grao, a escasa distancia del Carrefour, por donde no debía de pasar casi nadie habitualmente. Había basura y escombros de obras, y una serie de pequeños montículos de tierra que los chavales saltaban con sus bicis. El pelirrojo pecoso había visto una mano con la palma hacia arriba. El otro lo había instado a largarse de allí, pero el que lo vio tuvo miedo y salieron al camino hasta que una furgoneta se detuvo y el hombre que la conducía los acompañó a ver lo que habían descubierto. Luego llamó al 112 y la policía llegó en pocos minutos, y al poco tiempo una ambulancia, otra dotación de agentes de la Científica con toda su parafernalia, un vehículo de la Guardia Civil y, por último, el forense Pablo Morata.

El cadáver presentaba una herida en la garganta producida por un alambre o algo similar. Nada nuevo para el doctor. Nada que no hubiera visto en las últimas horas.

La víctima era Sergio Bayo.

Cuando el comisario Romerales se lo comunicó a Monfort se encontraban ya de regreso, a la altura de Motilla del Palancar.

A él se le fueron las esperanzas de resolver el caso con una confesión de Bayo. A ella se le empezaban a pegar sus manías, como la de asociar las letras de las canciones.

Sonaba una del repertorio que había seleccionado para el viaje.

Wonderwall / *El muro de las maravillas*. Oasis.

> Todos los caminos que me llevan a ti son escabrosos.
> Todas las luces que iluminan el camino son cegadoras.
> Hay muchas cosas que me gustaría decirte.
> Pero no sé cómo.

En el lugar hacía mucho viento. No era excesivamente frío, pero sí molesto.

El forense esperó a que llegaran, aunque la comitiva del juzgado no estaba dispuesta a que el inspector se recreara como si aquello fuera una serie de polis. Silvia estuvo en todo momento con los compañeros de la Científica, que recababan huellas o cualquier otra cosa que pudiera ser de ayuda.

—Ni una palabra sobre guitarristas —advirtió Monfort a Morata—. Solo dime si es lo mismo.

—Tal vez alguna tienda de accesorios musicales se esté poniendo las botas con un cliente así —respondió.

Monfort no había contemplado la posibilidad de darse una vuelta por los comercios de instrumentos de la ciudad. Aunque le parecía una pérdida de tiempo, se lo comentó a Silvia.

—¿Y qué les digo que pregunten?

—Por alguien que compra cuerdas de guitarra y no tiene ni idea de tocar el instrumento —respondió al recordar la sexta cuerda de la guitarra desafinada de Irenka Mazur.

El cadáver de Sergio Bayo yacía entre hierbajos secos que alcanzaban hasta un metro de altura en algunos lugares. De no ser por los niños de las bicicletas, habrían tardado días en encontrarlo. El cuerpo se encontraba en buen estado de conservación, pese a que tenía el tórax y los brazos cubiertos de sangre.

—¿Cuándo ha sido? —preguntó a Morata.

—Ayer por la tarde —masculló el forense—. En esta ocasión se ha ensañado más que con los otros. Primero le ha dado un fuerte golpe en la cabeza con un objeto contundente y a continuación ha apretado con más fuerza la cuerda metálica. Un poco más y lo degüella. La asfixia es meramente un detalle.

—¿Lo mataron aquí mismo?

—Estoy casi seguro de que estaba muerto cuando lo dejaron ahí.

Silvia Redó encontró algo. La subinspectora dio instrucciones rápidas a los compañeros.

—Marcas de neumáticos —informó a Monfort cuando estuvo a su lado—. Provienen del camino y se desvían hasta un par de metros de donde lo mataron. He mandado a un agente para que marque el último lugar donde se ven las huellas.

—Dice Morata que ya vino muerto.

—Pues pondría el coche perdido a juzgar por el corte que tiene en el cuello.

«Un coche manchado de sangre es complicado de limpiar», pensó Monfort.

—¿Con eso hay forma de saber el modelo de vehículo? —volvió al asunto de las marcas de los neumáticos.

—La tierra está suelta y no hay piedras; es prácticamente polvo.

—Por lo tanto…

—En unas horas sabrás qué tipo de neumáticos son. Eso no será complicado. Lo difícil será asociarlos a un vehículo concreto.

«Depende», dijo Monfort para sí mismo.

—¡El convoy de la muerte se despide! —casi gritó el forense cuando el cadáver de Sergio Bayo fue introducido en la furgoneta.

—Con la música a otra parte —respondió Monfort.

—Me prohíbes que pronuncie el apodo del asesino, pero tú sí que puedes hacer chascarrillos sobre ello —protestó Morata.

37

Monfort se fue al hotel. Silvia se quedó con los compañeros de la Científica para ultimar los detalles de las evidencias obtenidas en el lugar de los hechos.

En el restaurante Eleazar, junto al hotel Mindoro, pidió un plato de sepia a la plancha con ajo y perejil y una cerveza. La sepia estaba deliciosa, en su punto, ni demasiado tierna ni tampoco dura, con el punto justo de ajo para no enmascarar el delicado sabor.

—Está rica, ¿eh? —le preguntó un camarero tras dejar un platillo con tres rebanadas de pan.

—Exquisita —respondió Monfort.

—¡Del Grao de Castellón, la mejor sepia! —exclamó para que todo el bar lo tuviera en cuenta—. Ahí tiene usted al artífice, mi proveedor —señaló a un hombre delgado en exceso, que comía un bocadillo de calamares.

—¿Sabes por qué nuestra sepia es la mejor? —le preguntó al camarero.

—Dímelo tú, artista —respondió con salero.

El hombre deglutió un gran bocado y antes de hablar bebió un trago de su copa de vino blanco.

—La sepia del Grao come pequeños moluscos, cangrejos, peces y otros bichos de su misma especie. Practica canibalismo para poder subsistir. —Hizo una pausa para reír su ocurrencia—. La sepia es la reina del camuflaje, puede imitar los colores del fondo marino. Además…

Monfort se desconectó de la conversación entre el camarero y su proveedor. No iban a conseguir que dejara de comer por mucha erudición que tuviera el hombre sobre los hábitos alimenticios de la especie. La perorata propició que en su mente se dieran cita dos conceptos: «Camuflaje y Grao de Castellón».

Tras apurar la cerveza y rebañar los restos del plato con un pedazo de pan, pidió la cuenta y se marchó satisfecho.

LLAMÓ A CAYETANA Alonso mientras prendía un cigarrillo en la puerta del hotel. Tuvo que parapetarse a conciencia para poder encenderlo por culpa del viento.

—No puedo seguir así —dijo ella nada más descolgar, con una extraña voz que parecía un susurro a gritos—. Me van a traicionar los nervios. Esto no está bien, debo informar, de lo contrario me van a echar del trabajo. ¿Sabe lo que me costó conseguir el puesto que ostento? ¡Estamos hablando de un cuadro de Goya! Lo miro y me vuelvo loca. No lo voy a poder soportar. Ya lo decía mi padre: Problemas es mi segundo nombre.

Monfort le confió que habían estado en Madrid, en el piso de Sergio Bayo, y lo que encontraron allí. Cayetana comprendió entonces la llamada que el inspector le había hecho a primera hora de la mañana.

—¿Cree que Sergio Bayo fue capaz de hacer la falsificación?

—Podría ser, sí —admitió ella—. Una vez nos enseñó una copia rápida que había hecho de *El aquelarre*. Era sensacional. Si en verdad lo ha hecho él, es un verdadero maestro. Cada vez que lo observo se me ponen los pelos de punta. Es una copia soberbia. Y lo del centrado de la cabeza del perro lo ha hecho aposta, estoy completamente segura de ello. Con semejante calidad de copia y dejar eso así. Me muero por tenerlo delante y poder preguntarle.

—No va a ser posible —soltó Monfort.

—¿Por qué?

—Está muerto.

Hubo un silencio prolongado. Quizá hubiera sido mejor ocultarle el dato por el momento, pero la noticia no tardaría en darse a conocer.

—¿Cayetana?

—Estoy aquí —su voz se convirtió en algo rudo que le salía de dentro— ¿Y ahora qué más va a pasar?

—Ojalá pudiera saberlo. —Apagó la colilla en el cenicero y accedió al interior del hotel.

—No creo que pueda concederle más tiempo, inspector.

—Debería hacerlo. Si convertimos esto en un circo entonces nunca daremos con los responsables.

Cayetana Alonso miró el cuadro con pesar.

—El sábado por la tarde termina la exposición. No puedo dejar que pongan en marcha toda la parafernalia del traslado a Madrid sabiendo lo que sé.

—Lo resolveré antes —dijo Monfort, y finalizó la llamada porque no tenía más que decir.

Sentado en el borde de la cama de la habitación, extrajo del bolsillo de la americana un pequeño trozo de cartón recortado de una caja de pizza, manchado de tomate y de ceniza de tabaco.

Tal vez Sergio Bayo fuera menos cuidadoso que los demás. Quizá los otros tuvieran la ocurrencia de utilizar teléfonos móviles de prepago que no dejaban huella, pero Bayo nunca se hubiera preocupado de eso. Miró el pedazo de cartón que se había llevado del piso de Madrid. Había una cifra escrita con lápiz, «300 000», y justo al lado un número de teléfono.

Marcó el número. Respondió una voz seductora desde su elegante puesto de trabajo.

—Azulejos Sorli-Sachs, ¿dígame?

Elvira Figueroa atendió la llamada al segundo tono.

—Dichosos los oídos.

—Te debo una disculpa.

—Me voy acostumbrando.

Monfort no quería que se acostumbrara a nada.

—Es este caso, que ya no sé si en realidad es uno o son dos.

—El segundo es el de los kamikazes.

No hizo falta que contestara a su afirmación.

—Si tienes algún indicio de que puedan estar conectados es porque seguramente lo están.

Era eso lo que necesitaba. Que alguien más lo creyera, aunque no tuviera ni idea de los detalles. No solía escuchar las alabanzas de sus semejantes, pero con Elvira era distinto, ella minaba sus sentimientos, los buenos y también los que no lo eran tanto.

—Lo que te hace dudar —prosiguió la jueza— es que te recuerda demasiado a tu mujer, y temes dejarte llevar por la venganza pura y dura.

«Venganza, maldita palabra», pensó. Durante años fue la razón de todo. Ahora un bicho repugnante había renacido en su interior.

Elvira decidió contarle la razón de sus llamadas.

—¿Recuerdas a la madre de aquel que viniste a buscar a Teruel?

—Sí, claro, ahora el hijo está muerto.

—Lo sé, soy jueza, estoy al tanto de lo que sucede en mi querido Castellón. El caso es que la mujer falleció anoche de un infarto. Los vecinos dicen que no ha podido soportar la noticia de la muerte del hijo, pero vete tú a saber. El caso es que uno que trabaja en el juzgado vive muy cerca, y me ha dicho que de vez en cuando la casa era frecuentada por su hijo y un tipo que le pareció de lo más extraño. Según él, coincide con una época en la que en la autovía Mudéjar tuvieron lugar algunos incidentes con vehículos que circulaban en dirección contraria.

—Esa era la ocupación de Herminio López.

—La cuestión es que mi compañero dice que en la casa se oían fuertes disputas entre los dos hombres.

—Y tu colega no sabrá por casualidad el nombre de ese tipo «extraño».

—Se lo he preguntado. —Monfort se la imaginó negando con la cabeza—. No sabe cómo se llama. El único detalle que ha sabido darme es que Herminio López lo llamaba El sordo.

Guardó silencio. La agenda de su cerebro empezaba a estar saturada.

—¿Qué vas a hacer el fin de semana? —preguntó Elvira para cambiar de tema.

Monfort volvió a quedar sumido en sus pensamientos.

—Ya veo que Teruel debe esperar —asumió ella.

—¿Cómo? —preguntó él sin acabar de salir del ensimismamiento.

Elvira regresó a donde él quería estar.

—Que Herminio López utilizaba la casa familiar para hacer de las suyas. Que a veces iba con un individuo que a mi compañero le parecía extraño y que López lo apodaba El sordo. ¿Se te ocurre alguna razón del porqué del mote sin meter a Francisco de Goya por medio?

Tras despedirse recapacitó sobre todo aquello que daba vueltas en su cerebro.

El cuadro expuesto en Castellón. Goya era sordo. ¿Qué habría querido decir Elvira? ¿Era solo una broma para crear cierto paralelismo entre ambos casos?

Carlos Sorli seguía desaparecido. Ernesto Frías estaba muerto. Lo mismo que Irenka Mazur, Herminio López y ahora Sergio Bayo, que había falsificado el cuadro con gran pericia salvo por un detalle que a la mayoría le hubiera pasado desapercibido, pero no a Cayetana Alonso.

El error del asesino consistía en que los había matado de la misma forma. A todos menos a Ernesto Frías, que había sido asesinado por otras personas que ya habían confesado. Si Morata confirmaba que Bayo había sido ejecutado con una cuerda de guitarra, sus sospechas sobre que ambos casos estaban vinculados era una realidad.

—¿Morata? —dijo cuando este atendió la llamada.

—¿Cuánto tiempo ha pasado desde que levantamos el cadáver? ¿Crees que es suficiente para que te diga lo que esperas saber? ¿Has descubierto algo más?

—Si vas a seguir con tantas preguntas tendré que hacer como esos políticos que toman apuntes para poder responder sin equivocarse.

—Ellos, los políticos, aun tomando notas contestan lo que les da la gana. El asunto es que hay suficientes restos metálicos en el cuello de la víctima para confirmar que el asesino utilizó una cuerda de guitarra. Lo hemos comparado con los otros casos y es lo mismo.

Monfort sintió cierta alegría, pero reprimió sacarla a relucir.

—Te alegras, lo sé —profirió el forense leyéndole el pensamiento.

—Vincula los dos casos.

—Pero eso tú ya lo sabías.

—El asesino ha cometido un error muy grave —afirmó—. Uno de los grandes. Él mismo se ha mordido la mano. A estas horas puede que esté arrepentido. Solo espero que no descargue su ira en una nueva víctima. —Monfort pensó en Cayetana Alonso.

Tras colgar llamó al agente Terreros.

—Está muy nerviosa —respondió este—. Va como pollo sin cabeza. Me dan ganas de quitarle el teléfono móvil. Lo lleva en la mano todo el tiempo y no deja de mirar la pantalla.

—Sácala de ahí si es necesario.

—Oído, jefe.

Oído era lo que le parecía faltar al socio o lo que fuera de Herminio López, según el compañero de Elvira Figueroa.

Mientras se duchaba se repetía a sí mismo el repertorio de horrores: Ernesto Frías había sido asesinado por la pareja polaca. Irenka Mazur, Herminio López y Sergio Bayo habían sido estrangulados con una cuerda de guitarra.

A Irenka Mazur y a Herminio López los unía su actividad ilícita en torno a las apuestas ilegales. Sin embargo, Ernesto Frías y Sergio Bayo pertenecían al entorno del cuadro de Goya y la desaparición de Sorli.

Matar también a Bayo con la cuerda de guitarra había sido su desliz.

Se echó en la cama y se quedó dormido, hasta que el impertinente zumbido del teléfono móvil lo trajo de vuelta de algún lugar tan paradisiaco como inexistente.

Era el doctor Morata.

—Me ha llamado un antiguo colega —dijo sin preámbulos y sin utilizar sus habituales bromas—. Es sobre el asunto de la cuerda de guitarra.

—¿Necesita clases particulares?

No hubo ni rastro de las chanzas del forense.

—Hace unos años tuvo un caso que podría ser similar.

—¿Cuánto de similar?

—Un hombre fue estrangulado con algo impreciso que acabaron registrando como un alambre fino.

Monfort guardó silencio. Esperaba no estar soñando todavía. Morata continuó.

—Se trataba de un empresario de la noche, por decirlo de forma elegante. Regentaba un club nocturno donde se apostaba fuerte y había mujeres a disposición de los clientes. No se encontró el arma homicida ni tampoco al culpable. El caso es que poco tiempo después el negocio volvió a ponerse en marcha. Y ahora viene lo mejor.

—¿Te hago un redoble? —bromeó Monfort pese a que no tenía el cuerpo para ello.

—La mujer que continuó el legado del que fuera su pareja asesinada era polaca.

LE GRITÓ AL comisario. El jefe podría haberle colgado el teléfono, pero no lo hizo. Recordaba el caso, tampoco habían pasado tantos años. También se acordaba del local y de los intentos fallidos de dar con el culpable, pero no de que hubiera sido con una cuerda de guitarra.

—Porque no quedó reflejado en el informe —explicó Monfort—. El forense dictaminó que había sido con un alambre. Pero el local volvió a abrir y una mujer polaca lo regentaba. ¿Tanto cuesta acordarse de eso?

—Cálmate, estoy con un agente y sus dedos vuelan en el teclado. Sí, aquí está… déjame que lea… Esto… ¿A ver eso otro…? Imprime esas páginas que dicen… —Monfort escuchó al comisario ordenar al subordinado, formular frases ininteligibles y luego unas palabrotas dirigidas a alguien de su propia estirpe.

—¿Cómo se llamaba la mujer polaca?

—Irenka Mazur —reconoció Romerales con el tono de voz de un soldado raso al que le ha sido denegado el pase de fin de semana.

—Hola, soy Silvia.

—Ya lo veo. —El humor de Monfort al teléfono había conocido tiempos mejores.

—Sabemos a qué tipo de ruedas pueden pertenecer las marcas en la tierra.

—¿Y cuántos cientos de ellas puede haber solo en la provincia de Castellón?

—Algunos —respondió la subinspectora con cierto pesar.

—Supongo que tenías la misma ilusión que yo; que fueran de un coche de lujo. ¿No es así?

Silvia había albergado aquella esperanza. Por un momento creyó que podían pertenecer al Maserati de Ricardo Sachs.

—De todas formas, envíame un listado del tipo de coche que puede calzar esas ruedas.

Volvió a sus pensamientos.

Carlos Sorli había organizado la exposición y desviado una importante suma de dinero hacia una cuenta opaca. Sergio Bayo había falsificado el cuadro. Sin la ayuda de Ernesto Frías, cualquier acción alrededor de la pintura habría sido imposible. Las tres patas del taburete estaban claras: Sorli, Bayo y Frías. El primero desaparecido y los otros dos muertos.

Y luego estaban Irenka Mazur y Herminio López, que ocupaban su lugar en las «neveras» del doctor Morata.

Las primeras hipótesis que le acudían a la mente eran que Sergio Bayo había falsificado el cuadro por encargo de alguien. Tal vez Carlos Sorli había sido extorsionado para que pagara el rescate del cuadro original y por eso transfirió la ingente suma. Pero no cuadraba, nada cuadraba, todo estaba allí delante de sus narices y no conseguía armar el puzle. ¿Cuál era el papel de Ernesto Frías? ¿De dónde pensaba sacar el conservador la suma que esperaba entregar a su hermana? Otra posibilidad era que alguien se hubiera aprovechado de la pericia del copista para dar el cambiazo del cuadro, y por ello había acabado con las vidas de Ernesto Frías y Sergio Bayo. ¿Y dónde estaba Carlos Sorli?

Como no dejaba de pensar en la familia del empresario decidió darse una vuelta por la mansión.

—Silvia, ¿puedes venir?

—¿A dónde?

—A Villa Enredo —respondió—. Nos vemos allí en quince minutos.

«Quizá tardemos menos», pensó Silvia. Era una de las ventajas de vivir en una ciudad pequeña.

38

La casa cercana a la Marjalería era una vivienda rústica requisada a un jugador al que se le fue la mano en una mala noche. No había vecinos ni agricultores cerca, tan solo un grupo de okupas en una casa abandonada que se pasaban los días y las noches fumando porros con la música a todo volumen.

No podía llevar el coche a un centro de lavado. El asiento trasero estaba demasiado manchado de sangre como para no levantar sospechas. En los últimos tiempos habían proliferado en la ciudad lugares en los que se ofrecían lavados integrales de automóviles, pero él no confiaba en que no dieran parte a la policía cuando vieran aquel desaguisado.

Lo estaba echando todo a perder. Los nervios lo estaban traicionando. ¿Cómo se le había ocurrido matar a Sergio Bayo con una cuerda de guitarra? Hasta el momento le había parecido el arma perfecta para pasar desapercibido, para no dejar huella; pero acabar con Bayo de la misma forma que lo había hecho con Irenka y Herminio era del todo imperdonable. El inspector aquel se aferraría a eso como un náufrago a su salvavidas, y ya no pararía hasta que lo tuviera delante. Aquello había vinculado el asunto del cuadro con el tema de las apuestas. No había vuelta atrás.

Se puso manos a la obra. Frotó el asiento trasero del coche hasta que la tapicería empezó a volverse de un tono blanquecino, pero la mancha seguía allí. No había forma de hacerla desaparecer.

Estaba desesperado, no encontraba la forma de tranquilizarse. Se había equivocado; él, que en los últimos años medía sus pasos con absoluta precisión. Hasta la fecha había cumplido de forma satisfactoria con todo lo que se había propuesto. En sus planes no estaba incluida la muerte; sin embargo, fue Irenka la que lo incitó a hacerlo a cambio de obtener su amor. Matar por amor, menudo sarcasmo. Irremediablemente, aquella primera muerte conllevó otras; la de ella había sido la siguiente, ¿Cómo se había atrevido a amenazarlo de tal forma? ¿Creía que extorsionándolo iba a caer de nuevo en sus brazos como un principiante enamoradizo? Cuando una pareja rebasaba los límites de lo racional, el amor desaparecía por arte de magia. Ella lo había obligado a matar al hombre que tenía a su lado y al que ya no quería. ¿Qué pretendía, que lo olvidara? Aquello no era la película de *El cartero siempre llama dos veces*. Cuando decidió acabar con la vida de Ernesto Frías, la utilizó. Ella le debía un favor, y por ese motivo le encargó la ejecución del conservador. Tras consumar los hechos, la rubia creyó que volvería a ganarse su compañía, pero al verse despechada trató de infundirle celos con Herminio López, al que él tenía verdadera inquina por haber continuado con las apuestas en la autopista. Irenka se equivocaba una y otra vez, y por eso no había tenido más remedio que matarla de la misma forma que ella misma le enseñó. Y a continuación le llegó el turno a Herminio López. Y la rueda de la fatalidad no hizo más que empezar a girar.

La muerte de Sergio Bayo podía costarle más caro de lo que había imaginado. Se había mostrado reticente cuando se subió al coche en la estación de autobuses. De haber llegado un poco más tarde, se habría marchado de Castellón para siempre. Forcejeó cuando se dio cuenta de que estaba perdido, trató de saltar del coche en marcha, y entonces no tuvo más remedio que golpearlo con la barra antirrobo del volante, que encontró debajo del asiento. Luego se detuvo en un lugar apartado y sacó la cuerda de guitarra que llevaba en el bolsillo. En cuanto Bayo dejó de respirar, se dio cuenta del enorme error, de la evidencia tan clara que había dejado en bandeja a la policía. Pensó en quemar su cuerpo, pero el miedo se adueñó de todo su ser y lo ocultó en aquel descampado entre la ciudad y el Grao, de camino a la casa de la Marjalería.

La sangre aportaba información valiosa en la resolución de un crimen. Los expertos aplicarían la técnica del Luminol y entonces no habría vuelta atrás.

Se maldijo una y otra vez; rascó con tanta fuerza la tapicería que llegó a rasgarla en algún punto. Pensó a toda prisa. No quedaba otro remedio. Quitaría el asiento y le prendería fuego.

Un sonido procedente de algún lugar de la vieja casa lo detuvo por un momento.

Tal vez había llegado la hora de perder una apuesta por primera vez.

En la lujosa casa de los Sorli solo se encontraban la esposa del desaparecido y una sirvienta de tez morena que se esfumó del salón tras una discreta señal de la señora.

Los invitó de mala gana a sentarse en un moderno sofá de piel. Ella hizo lo propio en un sillón a juego que, al igual que el enorme sofá, estaba dispuesto en torno a una chimenea que parecía no haberse encendido nunca. La casa, no obstante, estaba caldeada. Les ofreció un café que ellos rehusaron amablemente.

Estela Sachs presentaba un aspecto demacrado. Su belleza, sin duda obtenida a base de caros tratamientos, se había ajado de forma preocupante en los últimos días. Lo mismo ocurría con su vestimenta, que en otra ocasión hubiera cuidado con detalle para recibir una visita y que ahora había dejado de preocuparla, a la vista del pantalón vaquero desgastado y la camisa, alguna talla más holgada de lo que su esbelta figura necesitaba. Ella era consciente de aquella dejadez, y por ese motivo miraba más al suelo de baldosas hidráulicas que a los ojos de sus interlocutores.

—Se agota el tiempo, ¿verdad? —preguntó Estela Sachs mientras contemplaba las paredes del recargado salón, de las que pendían pinturas que debían de ser originales de artistas conocidos.

—Ayudaría mucho saber el destino final del dinero transferido a esa cuenta opaca —intervino Silvia Redó.

—No conseguimos averiguarlo —concedió—. Los administrativos de la empresa afirman que no hay forma de saberlo; dicen que para ustedes debería de ser más sencillo. Enrique Correa también está haciendo lo imposible.

—¿Dónde está su hermano? —preguntó Monfort.

—No lo sé. No controlo sus idas y venidas.

El repertorio de preguntas que se les ocurrían ya habían sido formuladas en las distintas ocasiones en que se habían visto, y la falta de comunicación provocó un silencio incómodo.

—¿Cuánto tiempo puede resistir un hombre secuestrado?

—Mucho más de lo que se imagina —argumentó—. En el caso de que se trate de un secuestro todo depende de su captor, pero me temo que lo de su marido podría ser otra cosa.

—¿Qué se les ocurre?

Tuvieron que morderse la lengua para no contarle que el cuadro que su marido había expuesto en Castellón era una mera falsificación, y que la desaparición se debía a ello sin lugar a dudas.

—¿Ya han encontrado a ese supuesto amigo de mi marido?

—Sí —respondió Monfort.

—Qué alivio. Ese hombre no me gusta. ¿Qué ha dicho?

—Por desgracia, no podrá decir nada. Lo han asesinado.

—Por el amor de Dios. Es una verdadera locura. Si esto no termina pronto voy a volverme loca.

Se oyeron voces en el recibidor de la casa y al momento accedieron al salón Enrique Correa y la hija de los Sorli.

—¿Qué tal? —les preguntó nerviosa Estela Sachs.

—Nada, no hay forma de rastrear el capital —respondió el hombre de confianza de la familia—. He mantenido una conversación telefónica con alguien del juzgado, pero no es tan sencillo. Se sabrá —añadió—, pero pueden tardar días.

A Monfort se le ocurrió una idea.

—Necesitamos que venga su hermano —le pidió a la esposa de Sorli.

—¿Ahora?

—Sí, ahora, usted misma ha dicho antes que el tiempo se agota.

La señora Sachs estiró el brazo hasta la mesita de mármol y cristal donde tenía el teléfono móvil. Envió un mensaje bastante extenso que fue contestado al instante.

—Diez minutos y estará aquí.

Silvia miró a Monfort y este le hizo un gesto afirmativo con la cabeza. Ella comprendió que iba a soltar la bomba de la falsificación. Hubiera sido genial disponer de una cámara para grabar el momento, la mutación de los rostros al conocer el detalle revelador.

DABA LA SENSACIÓN de estar al principio. Allí se encontraba el clan de los Sorli, todos sentados frente a ellos, expectantes por lo que el inspector tenía que decirles.

A Silvia no le pasó por alto cuando Estela Sachs buscó la mano de su hija y esta la esquivó. Ricardo Sachs decidió mantenerse callado en aquella ocasión; tal vez estaba asustado y era su forma de tratar de pasar desapercibido. Enrique Correa aconsejó a Monfort que hablara de una vez.

—El cuadro que su marido trajo a Castellón es falso —soltó con la vista puesta en la esposa de Sorli.

Todos se quedaron petrificados. Silvia escrutó los rostros, pero, a decir verdad, no daba abasto. Las reacciones fueron prácticamente las mismas en todos y cada uno de ellos. La estupefacción fue general. Monfort prosiguió.

—Sería conveniente que esto quedara entre nosotros. No se ha hecho público todavía. No podremos ocultarlo durante mucho tiempo. Si queremos dar con Carlos Sorli vivo, lo mejor será cerrar la boca. —Miró insistentemente a Ricardo Sachs.

Hizo una pausa para valorar lo que pensaban. Luego continuó:

—Creemos que fue Sergio Bayo el que realizó la falsificación.

—¡¿El muerto?! —gritó Estela Sachs, y los demás la miraron con sorpresa al no conocer el dato.

—El mismo —respondió Monfort—. Teníamos la esperanza de dar con él antes, pero el asesino ha sido más rápido. Sergio Bayo era un magnífico pintor, falto de imaginación para crear su propia obra, pero un excelente copista.

—¡Carlos! ¡Carlos! —sollozó la esposa—. ¡Maldita exposición! ¡Malditos cuadros!

Enrique Correa trató de calmarla, gesto que no secundaron ni su hija ni su hermano. Silvia y Monfort cruzaron una mirada.

—Señor Correa —comenzó el inspector—. Debe colaborar con nosotros. Se nos termina el tiempo. Deberíamos trabajar codo con codo, que nos aporte toda la información acerca de las compras y ventas de arte, si sabe con quién hace negocios en ese campo. Sería vital saber con quién negocia habitualmente.

—Carlos no comparte nada de eso —admitió Correa con pesar—. Es hermético con el asunto de las pinturas que compra o vende.

—¡Porque creéis que está chalado, por eso no os cuenta nada nunca! —irrumpió la hija del matrimonio dirigiéndose a su madre y a su tío—. Siempre os ha parecido que el arte no es una buena fuente de ingresos, y siempre lo habéis ignorado por ello.

—¿Lo ignoraban? —preguntó Monfort.

Ricardo Sachs hizo una mueca que podía indicar cualquier cosa. Sin embargo, Estela Sachs sí que tenía algo que decir.

—Puede que mi hija tenga razón —sentenció en voz baja—. Siempre he creído que es un pasatiempo como cualquier otro, un capricho caro en su caso, dadas las grandes sumas de dinero que maneja.

—Pero era su cuenta —intervino Correa en defensa del desaparecido y para disgusto de Estela Sachs—. Nunca ha tocado nada de la empresa.

—Hasta ahora —rompió su silencio Ricardo Sachs— que nos ha birlado un millón de euros.

Monfort levantó las manos para apaciguar los ánimos. Tomó la palabra.

—Albergamos la sospecha de que su marido ha podido ser extorsionado hasta que no le ha quedado más remedio que efectuar esa operación.

—¿Y entonces por qué no lo han soltado?

El silencio fue demasiado evidente. La imagen de la posible muerte del mecenas volvía a campar a sus anchas por el hogar familiar.

—Entiendan que no podemos darles más detalles, pero sí rogarles que no digan nada por el momento sobre lo que les hemos contado. Y a usted, señor Correa, le ruego que nos ayude, que trabaje de nuestro lado.

El abogado asintió con la cabeza y se mostró dispuesto a hacer lo que le pidieran. Ricardo Sachs se puso en pie con la intención de abreviar la despedida.

—¿Todavía no se le ha pasado la cojera? —preguntó Silvia.

—Ya le dije que no es nada —respondió molesto, haciendo el gesto de acompañarlos hasta la puerta.

Monfort se puso en pie y se despidió de los presentes. Cuando ya estaban al otro lado del umbral, lanzó una pregunta a Ricardo Sachs.

—¿Dejaría que un forense examinara esa pierna?

—Usted está loco —dijo, pero se arrepintió al instante de haberle hablado así a un policía como aquel.

A LAS SEIS y media de la tarde el ocaso se manifestaba en todo su esplendor. Soplaba el viento del norte, aquello que Monfort detestaba. Recordó a su padre y la creencia de que no traía nada bueno.

Silvia recibió en su teléfono móvil un listado de vehículos que podían utilizar los neumáticos cuyas huellas coincidirían con las marcas halladas en el lugar en que apareció el cadáver de Sergio Bayo. Miró a Monfort. Hubiera deseado que el corto trayecto desde la casa de los Sorli hasta la comisaría hubiera sido más largo. No verbalizó las preguntas que tenía en mente, pese a que él sabía que la reconcomían por dentro. Prefirió no preguntar; tal vez se lo confesara o ella misma llegara a una conclusión certera.

—¿Te paso el listado?

—No es necesario, basta con que me los enumeres.

Leyó despacio, uno a uno, todos los modelos de coches que los compañeros de la Científica habían cribado.

Hasta en tres ocasiones le pareció a Silvia que Monfort demudaba el gesto. Y entonces llegaron a la comisaría.

—Si me necesitas, tendré el teléfono conectado —le dijo cuando ella ya se había apeado del Volvo.

—NECESITO QUE ME hagas un favor —le pidió a Morata cuando este atendió la llamada.

—Cualquier cosa menos predecir el futuro.

—Ricardo Sachs, el cuñado del empresario desaparecido, está herido en una pierna. Supongo que lo habrá visitado un médico. Me inclino más por alguien privado que por la Seguridad Social, a juzgar por sus ínfulas.

—¿Quieres que lo encuentre y nos explique qué le pasa?

—Eres un lince leyendo la mente.

Silvia preguntó si todavía estaba en el taller de la comisaría el Porsche Cayenne con el que el kamikaze había acabado con la vida de la madre y su hijo.

—Han llamado para llevarlo mañana al desguace. No nos cabe ni uno más. O hacemos sitio o nos va a comer la chatarra.

—¿Puedo ver el informe pericial?

—Sí, claro, ¿a dónde se lo llevo?

—Al taller —respondió Silvia.

Cuando el agente llegó con el informe al espacio donde se almacenaban los vehículos incautados, la subinspectora permanecía sentada en el asiento del piloto, con la cabeza apoyada en el volante. El agente le tendió los cuatro folios grapados. Ella tenía la mirada completamente perdida mientras olfateaba el cuero donde el conductor había apoyado las manos.

Encerrado en la habitación del hotel, con su ordenador portátil en marcha y una permanente comunicación con el comisario Romerales, Monfort descubrió algunos datos que necesitaba acerca del hombre que había sido asesinado de la misma forma que los de los casos en los que se ocupaban.

Luego se dirigió a pie hasta la dirección del antiguo local, actualmente convertido en una franquicia de moda. Las dos mujeres de la tienda no sabían de qué les hablaba, pero los vecinos del inmueble no dudaron en irse de la lengua. Se trataba de un mafioso que dirigía su negocio haciéndolo pasar por un inocente bar nocturno, pero del que todos conocían su verdadera actividad.

En la tercera puerta a la que llamó le dijeron que el hombre iba siempre acompañado por una mujer que tenía acento ruso. La señora era mayor, pero tenía el oído fino, pensó Monfort. Un hombre de edad similar, que debía de ser su esposo, se asomó de repente para comentar que siempre se estaban peleando. Les mostró una fotografía de Irenka Mazur. No dudaron, era la misma. Monfort les aclaró que era de nacionalidad polaca, más que nada para que a partir de ese momento tuvieran algo más que comentar al respecto. No aportaron mucho más, salvo el trasiego de hombres trajeados y mujeres ligeras de ropa que aparecían cada noche por allí. Del día de la muerte del hombre dijeron que la policía se había encargado de que no salieran de sus casas. Aquello, sin duda, era lo que más les había molestado. Y no, no habían visto nunca a otro hombre amenazar a la víctima.

En el resto de pisos, o no sabían más o simplemente no vivían allí cuando sucedió aquello.

39

Silvia llamó a Monfort.

—El volante del Porsche Cayenne huele al perfume de Ricardo Sachs.

—¿Estás segura?

—Del todo. Ese tufo se queda impregnado en las fosas nasales.

El inspector recordó su cojera y la desmedida reacción cuando le propuso que lo examinara el patólogo.

—He hablado con el forense —la informó—. Le he pedido que busque al médico que lo visitó.

—Si es que ha ido a que lo vean.

—Seguro que sí. En el fondo tiene pinta de cobardica.

—Si pudiéramos detenerlo…

Monfort tuvo una idea.

—Llama a Terreros y García. Diles que lo sigan en todo momento cuando vaya con el coche. En cuanto se pase de la velocidad permitida, que lo detengan.

—Pero eso suena a abuso de autoridad.

—Qué responsable te has vuelto. Lo primero es averiguar la marca del perfume.

—Ya lo he hecho.

—Apuesto a que es una marca poco asequible para los mortales.

—Carísima —respondió ella con énfasis—. Me he permitido la licencia de llamar a casa de los Sorli. He mantenido una conversación banal con la criada, que, por cierto, tampoco venera excesivamente al señorito. Hemos hablado de esto y de aquello, y al final le he sonsacado la marca del perfume que ella tampoco soporta, y que coincide con el análisis de lo que hemos rescatado del coche.

—Ya veo que tampoco eres tan responsable como creía —sonrió Monfort.

Tal vez estuvieran a un pequeño paso de encerrar al asesino de la madre y su hijo en la autopista, a un ser despiadado capaz de poner en jaque la vida de los inocentes por un puñado de billetes. A uno como el que arrancó de cuajo sus esperanzas de una vida plena.

Sintió odio y rencor. Apretó dientes y puños. Fue a Violeta a quien vio.

NUNCA HABÍA FUMADO tanto. Se debatía entre llamar a Meike y contarle lo que había descubierto o cerrar la boca hasta que el atractivo inspector le dijera que podía soltar el aire de una vez. Así se sentía, como un pez globo que retenía las palabras en su interior. Ella, que siempre había sido ligera de vocabulario, a la que jamás le había dicho nadie lo que tenía que hacer, estaba allí, delante del cuadro falso, con una mezcla de admiración y rechazo. Goya la hubiera apedreado, o tal vez no; quizá la situación le hubiera parecido cómica. Lo preocupante de todo aquello era si con su silencio estaba contribuyendo a que la obra original desapareciera para siempre. Se escribiría su nombre en todos los periódicos: «Cayetana Alonso descubrió la falsificación y guardó silencio». «El mutismo de la conservadora de Patrimonio Nacional, clave para la irremediable desaparición del cuadro.»

Puede que algunos pensaran que estaba implicada en el robo. Porque se trataba de un robo, ¿verdad? ¿Y qué pintaban realmente Carlos Sorli y Ernesto Frías en todo aquello?

De pronto ató cabos. Se golpeó la frente con la palma de la mano. Era una tonta inocente. ¿Cómo no lo había visto antes de esa forma?

Carlos Sorli, Ernesto Frías y Sergio Bayo habían tramado robar el cuadro de Goya. La excusa perfecta para sacar la pintura del Prado y dar el cambiazo había sido la exposición en Castellón. Ernesto Frías había sido del todo imprescindible para llevar a buen término los movimientos en el museo. Y, por último, Sergio Bayo, el excelente copista, se había encargado de la falsificación.

Llamó a Monfort y le contó su hipótesis de forma atropellada. La cuestión era que el inspector ya sabía todo lo que ella le acababa de relatar. Lo que más extrañó a Cayetana fue su frase final, aunque no fuera la última de la llamada.

—Me falta descubrir otros nombres. Alguien que facilitara las cosas, tanto en el museo como durante el traslado.

Y, a continuación, con su tono grave y arrebatador, pronunció la última frase:

—Pasaré a recogerla e iremos a cenar. Le conviene estar acompañada en estos momentos.

No FUE NECESARIO detener a Ricardo Sachs. Su cojera no tenía nada que ver con lo que Silvia y Monfort creían sospechar. Herminio López había dicho que del vehículo kamikaze salió una persona que cojeaba, pero no era el cuñado de Sorli, tal como ellos en realidad hubieran deseado. Resultó que Ricardo había ido a esquiar y en una caída se había lastimado el tobillo. Al llegar a Castellón visitó a un médico y ahora el forense había dado con la solución, tal como Monfort sugirió que hiciera. El motivo de que Sachs ocultara el percance se debía a que no había ido solo a esquiar. Se trataba de una escapada furtiva con la esposa de un directivo de la empresa. Ricardo Sachs pidió que se guardara el secreto, pero el médico que lo visitó y el forense no sabían guardar secretos.

MONFORT PIDIÓ A Terreros y García que comprobaran, tanto en los inmuebles de la familia Sorli como en los vehículos de los trabajadores de la empresa, si existían coincidencias con las marcas de los neumáticos que el equipo de la Científica había encontrado en el lugar donde se halló el cadáver de Sergio Bayo. Sería un trabajo arduo, y por ello Romerales tuvo a bien poner a varios hombres a disposición de los veteranos agentes.

RESULTÓ QUE AL millonario le gustaba apostar. *Primero son las timbas entre especímenes de su propia casta, pudientes a los que perder un buen pico en una sola noche les supone poca cosa. No pasa demasiado tiempo hasta que lo engatusa con las apuestas de la autopista, al principio como simple apostador y luego como participante. Le amaña las jugadas para que gane. Le gusta conducir los ostentosos coches robados que tras las apuestas envían a Polonia, donde Irenka tenía una red de contactos para modificarlos y ponerlos a la venta.*

Sabe que no obra bien metiendo al millonario en todo aquello, pero el placer que le produce es indescriptible, tanto como el sentimiento de aborrecimiento que alberga en su interior.

Pese a todo necesita cambiar de vida de una vez por todas y ser una persona honesta. Ha trabajado sin descanso para conseguir llegar a lo que quería ser. Se ha convertido en alguien respetado por sus colegas de profesión. Nunca sabrán que el título que cuelga en la pared de su despacho está pagado con dinero manchado, que los que se lo otorgaron engrosaron sus cuentas bancarias gracias a él. Ha conseguido una posición privilegiada y un nombre que ahora todos respetan. Ojalá su abuelo, el militar siciliano, pudiera verlo. Su madre también se sentiría orgullosa.

El problema llega cuando le hablan del cuadro que un sordo como él pintó hace muchos años.

Y del dinero que alguien estaría dispuesto a ofrecer por él.

40

Viernes, 5 de diciembre

Sentía un miedo atroz. Una sensación lúgubre que lo paralizaba. La incertidumbre se cernía al caer la noche y se acentuaba al despuntar el día. Miedo de las sombras y las luces. Tenía miedo de no saber a qué temía. Terror al olvido y a la soledad. Miedo a lo desconocido.

No pensaba desvelar el nombre que su captor pretendía saber.

Dos ratas chirriaron enzarzadas en una férrea pelea por un pedazo de pan duro junto a sus pies. Un tercer roedor aprovechó la escaramuza para salir de su escondite y hacerse con el mendrugo. La humedad era tan grande que sentía los pulmones como una esponja empapada.

Lo peor no era estar atado, tampoco la comida: escasa, fría y de ínfima calidad. Lo más trágico de la situación era estar día y noche frente al cuadro original del *Perro semihundido* de Goya.

El sordo lo había atado a la silla con la esperanza de que confesara. Para lograr su propósito no se le había ocurrido otra cosa más cruel que colgar el cuadro en la pared que tenía enfrente. Luego había acercado la silla hasta que estuvo a apenas un metro y medio de la pintura. Y finalmente colocó un potente foco que iluminaba la obra, como una tortura despiadada. Lo siguiente que había hecho fue suministrarle drogas para que no pudiera dormir, para que mirara el cuadro de Goya a todas horas, para que lo viera hasta que le reventara el cerebro de una vez si no quería hablar.

Cuando cerraba los ojos, era al perro a quien seguía viendo tan claramente como cuando los tenía abiertos.

Sentía una soledad infinita.

¿Es que no había policía en Castellón? ¿Acaso su familia no estaba moviendo cielo y tierra para que lo encontraran? ¿Dónde estaba en realidad? ¿Por qué había tenido que pedirle ayuda? Buscaba las respuestas en el único ojo visible del perro, pero el can seguía allí, atrapado en el cuadro entre tonos de ocres.

No había sido una buena idea.

Solo le quedaba esperar a la muerte o confesar.

Los goznes de la puerta rechinaron una vez más.

PESE A LA hora temprana en la que habían convocado la reunión en la comisaría, el ambiente era tenso como si llevaran horas trabajando. Todos estaban concentrados y cada uno de ellos aportó los datos recopilados en las horas previas. La revelación del forense sobre la cojera de Ricardo Sachs había decepcionado más a Silvia que a Monfort, que a decir verdad hacía días que había dejado de sospechar de él. Que se lo podía haber dicho antes, lo reprendió ella, pero Monfort se limitó a encogerse de hombros, como si estuviera en otro lugar.

La cena con Cayetana Alonso había consistido en un bocado frugal en una cafetería del centro. Nada más lejos de lo que él hubiera deseado. Cada vez se le hacía más cuesta arriba trasegar con bocadillos elaborados con panes de escasa calidad y tapas que no merecían tal apelativo. Cayetana quería estar en la calle, sentada en una terraza, aunque el frío le atenazara los pensamientos y le encogiera el alma. La conservadora de Patrimonio Nacional no estaba para manteles de hilo y cubiertos pesados. Ella quería fumar, encadenar un cigarrillo tras otro, expulsar el humo de forma compulsiva y hablar a la vez en voz alta.

Su hipótesis no era descabellada, pensó Monfort. Cayetana Alonso había compuesto en su cabeza un desfile de personajes que orbitaban alrededor del cuadro de Goya: Carlos Sorli, Ernesto Frías, Sergio Bayo... Pero le faltaban piezas a su ajedrez, no conseguía hacer jaque, y Monfort no iba a decirle cómo avanzar por el tablero. A él le bailaban en la cabeza dos nombres más.

—¿Cree que van a venir a por mí? —preguntó con un cigarrillo apresado entre los labios.

—No lo creo —respondió Monfort tras acercar la llama de su mechero al pitillo de ella.

—¿Sospecha de mí?

—En ese caso ya estaría detenida. No, no sospecho de usted. No la veo capaz de semejante tontería.

—¿Tontería? ¿Robar un cuadro de Goya le parece una tontería?

—Sinceramente, sí. ¿Quién va comprar una obra de ese valor? ¿Por cuánto se podría vender en el mercado negro?

—Se sorprendería de la cantidad de locos millonarios que hay por el mundo capaces de adquirir obras que jamás se pondrán a la venta.

—¿Reciben ofertas?

Cayetana afirmó con la cabeza a la vez que levantaba el brazo para captar la atención de un camarero. Cuando el joven la miró levantó la taza de café e hizo una señal girando el dedo índice para indicar que quería otro. Era la tercera de la tarde, Monfort estaba convencido de que la noche se le haría larga.

—Jeques árabes, magnates del petróleo, inversores de toda índole… Sí, por desgracia es bastante habitual.

—Y ¿qué les contestan?

Cayetana levantó los hombros.

—Deben de tener a alguien con mucha paciencia y la clase suficiente para mandarlos al carajo sin que se ofendan, ¿no le parece?

Monfort no sabía nada de todo aquello, pero le interesaba averiguar más sobre Ernesto Frías, y también de los demás. La noche era desapacible y estaba harto de tener las posaderas empotradas en la incómoda silla de metal.

—No sospecho de usted, si me permite volver a lo de antes, pero no acabo de entender del todo su relación con los tres sospechosos que me apunta. Empiece por el que quiera —propuso, pese a que ya sabía el orden que iba a elegir. Cayetana bebió un sorbo del café que un instante antes el camarero había depositado sobre la mesa.

De Carlos Sorli solo conocía su implicación en el mundo del arte; el típico mecenas abducido por su devoción. Sergio Bayo era conocido en los pasillos del Museo del Prado por ser un gran experto del trabajo del genio aragonés, al que dedicaba gran pasión en su trabajo como guía acreditado. También por la destreza frente al lienzo, que había quedado manifiesta gracias a la escrupulosa falsificación. Añadió que Bayo debía de ser un tipo oscuro que con total seguridad escondía un pasado turbio que alimentaba el divertimento de los cotillas a la hora del café.

Cayetana titubeó antes de hablar del tercer nombre en discordia. De nuevo alzó el brazo para advertir al camarero. Monfort no pudo reprimir su asombro. Ella le leyó la mente.

—No voy a tomar más café, si eso es lo que le preocupa. Necesito un whisky, ¿quiere uno?

Cayetana conocía de sobra a Ernesto Frías. Los espirituosos tenían el don de soltar la lengua. No importaba tanto si se trataba de un licor excelso, si el vaso era el más adecuado o el entorno ayudaba o no a su óptima degustación, el caso es que el alcohol desataba las palabras oprimidas. Ernesto Frías había pretendido un acercamiento más serio hacia Cayetana desde aquella vez que ella sucumbió a sus deseos. Sabía que él solo buscaba su cuerpo, y de ninguna manera su intelecto, del que ella se sentía orgullosa. Le confió la estúpida obsesión de Frías por hacerle el amor frente al cuadro de Rubens. «El de *Las tres Gracias*», puntualizó cuando recordó que el inspector era un profano en materia de arte pictórico. Monfort dudaba de que en algún momento le hubiera parecido tan estúpido el deseo del conservador, pero no se lo dijo para que continuara. Hubo un segundo whisky, que contribuyó a la leyenda de que el licor escocés da rienda suelta a los amores traicionados y a la revelación de recuerdos que sería mejor olvidar. Cayetana había estado enamorada de Ernesto Frías, pero la licenciosa vida de su colega suponía una enorme barrera que ella no había estado dispuesta a cruzar. Y, sin embargo, algo de fuego quedaba en los rescoldos que habitaban su corazón. Y también un poco de inquina vengativa.

—¿Cree que Ernesto Frías fue capaz de tramar un plan para robar el cuadro?

Bebió un trago demasiado largo para tratarse de un whisky corriente y le sobrevino un ligero acceso de tos que remedió llevándose un nuevo cigarrillo a los labios.

—Él solo quizá no —dijo tras prender fuego—. Pero junto a su hermana serían capaces de cualquier cosa.

—¿Su hermana? ¿La conoce?

—Una verdadera arpía —argumentó como respuesta.

Cayetana había conocido a Eva Frías en Argentina, en el transcurso de un viaje de trabajo al Museo Nacional de Bellas Artes, que contaba con una de las más grandes colecciones de América del Sur. Había sido financiado por el Ministerio de Cultura de España, y entre los compañeros que se desplazaron se encontraba Ernesto Frías. Cayetana presenció una acalorada discusión entre los dos hermanos en una cena organizada por el prestigioso museo situado en Recoleta, tal vez el barrio más exclusivo de Buenos Aires, conocido también como el pequeño París de América Latina. Ella exigía una y otra vez que enviara más dinero, cosa que él parecía no estar dispuesto a hacer. La trifulca había continuado tras el ágape, cuando salieron al exterior a fumar. Sus palabras subieron de tono hasta que la hermana de Frías soltó una frase que en ese momento, con la cooperación del whisky, parecía haber recordado.

—¿Qué le dijo?

—Que robara un cuadro si hacía falta. Que necesitaba la plata, tal como ellos dicen.

—Y todo eso, ¿por qué motivo?

—Porque Ernesto Frías tenía un hijo en Argentina. Lo cuidaba su hermana desde que la madre se desentendió de la criatura.

Los resultados de la búsqueda de los neumáticos en el entorno de Carlos Sorli lo devolvieron a la sordidez de la comisaría a primera hora de la mañana. ¿Había pasado mucho tiempo pensando en lo que el par de whiskys consiguieron arrancar a Cayetana Alonso?

—Nos falta comprobar un buen número de vehículos de la empresa —advirtió el agente García—. Entre los trabajadores que van a turnos, los que salen, los que entran y los coches que estacionan allí, pero que no son de empleados sino de visitantes y comerciales puntuales, se hará complicado.

—¿Y entonces? —cuestionó el comisario Romerales.

—Pues que seguiremos en ello.

—¿Y los de la familia, están revisados?

—Sí —respondió Terreros.

—¿Y qué?

—Si quiere que le diga la verdad… —añadió el agente sin terminar la frase.

—¡Claro que quiero la verdad! —gritó Romerales en una reacción del todo previsible en él.

—Es como buscar una aguja en un pajar —concluyó Monfort.

En el receso necesario para desatascar el abotargamiento de todos y cada uno de los presentes, Monfort se hizo acompañar por los agentes Terreros y García hasta la calle con la excusa siempre recurrente de fumar.

—¿Todos los vehículos de la casa tienen las ruedas iguales?

—Obviamente, no —puntualizó Terreros—. Las de los coches de Ricardo Sachs son más anchas.

García soltó una risilla malintencionada.

—¿Cuántos coches tienen?

García los enumeró y Terreros los nombró.

—Uno de los dos Mercedes que Carlos Sorli utiliza habitualmente, porque el otro que falta todavía no ha sido localizado. Y un tercero de la misma marca, muy antiguo, que lo tiene tan bien cuidado como si se tratara de una reliquia. Según su esposa no es nada del otro mundo, pero su marido le tiene especial cariño. Luego tienen un coche pequeño, un Smart, que conduce la hija. La esposa de Sorli tiene dos vehículos, uno viejo que ya no usa y un Audi A3 muy nuevo a juzgar por la matrícula. Y para terminar está la escudería de Ricardo Sachs: el Maserati amarillo que todos conocemos, un Audi TT y un BMW descapotable. Si yo vendiera cualquiera de esos tres carros, quizá podría jubilarme.

Monfort se había perdido en la lista de coches pensando dónde podía estar el que Sorli había utilizado para viajar a Madrid en el traslado del cuadro, tal como Cayetana Alonso aseguraba que había hecho. Lanzó la colilla en una rendija de alcantarilla y Terreros lo secundó. García había dejado de fumar hacía poco y no paraba de mover las manos para apartar de su alrededor un humo que ya se había volatilizado.

—¿De qué marca es el coche que ya no utiliza la esposa de Sorli? —preguntó Monfort.

—Un Ford Focus —respondió Terreros.

—Pues tampoco debe de ser tan viejo —opinó el inspector.

—El primer modelo apareció en 1999 —aportó García, orgulloso de su sabiduría en esa materia. Los otros dos se lo quedaron mirando—. Mi padre era mecánico. Los primeros modelos del Focus le daban unos problemas terribles.

Monfort hizo cálculos.

—Pues como mucho puede tener ocho o nueve años. ¿Tan estropeado está?

—¡Qué va! —exclamó García—. Es que este es un exagerado. Lo que pasa es que tiene mucho polvo.

—Y que le falta el asiento trasero, no te jode —remató Terreros.

SE MARCHÓ DE la comisaría sin despedirse. Caminó hasta el hotel en el que se alojaba Eva Frías. Por el camino llamó a Silvia y le pidió que hiciera una inspección del Ford Focus de Estela Sachs, el coche que no utilizaba. Cuando la subinspectora le preguntó qué tenían que buscar fue directo: restos de sangre y el tipo de neumáticos.

—Pero necesitaré una orden del juzgado.

—A la mierda tanta burocracia —dijo antes de colgar.

Eva Frías desayunaba en la cafetería del hotel Jaime I.

—¿Me permite? —le preguntó al pillarla desprevenida mojando un cuerno de cruasán en el café con leche.

La hermana de Ernesto Frías sacó el cuerno de la taza y lo dejó en el plato. Su rostro mostró extrañeza. Se pasó la servilleta con suma delicadeza por los labios.

—Siéntese —concedió finalmente—. ¿Ha desayunado?

Monfort afirmó con un gesto breve.

—No voy a molestarla mucho tiempo.

Eva Frías ladeó la cabeza.

—Vos dirá.

—¿Por qué nos ha engañado?

—¿Yo? —respondió con todo el asombro del que fue capaz.

—Primero nos mintió al decir que apenas tenía contacto con su hermano, luego con que su marido jugador los había dejado arruinados, y ahora resulta que también cuida de un hijo de Ernesto.

Hubo un silencio prolongado. De no ser por el trajín de huéspedes y camareros, habría sido verdaderamente incómodo.

—Lo de mi marido es cierto —respondió al final, apartando el plato hacia un lado para dar por concluido el desayuno—. Y en cuanto a mi hermano… En un período de tiempo que pasó en Argentina dejó embarazada a una mujer. Luego regresó acá, y cuando el niño nació la madre desapareció del mapa y él no quiso hacerse cargo.

—¿Y usted se lo quedó a cambio de un sueldo vitalicio?

—Dejémoslo en que al principio Ernesto sufragaba los gastos.

—¿Dónde está ahora ese hijo de su hermano?

—Allá, con unos familiares.

—¿Y no pensaba traerlo? Según hemos deducido, su idea es quedarse aquí para hacerse cargo de lo que su hermano había conseguido trabajando, ya me entiende. Es usted una caja de sorpresas. No sé qué pensar.

—Mi hermano está en la morgue y el asesino de rositas. Piense en eso si no sabe qué pensar; piense en cómo dar con el que lo mató. El resto son asuntos familiares que a vos, si me lo permite, deberían importarle un carajo.

—Pero resulta que me importan. Parece ser que su hermano estaba implicado en un asunto muy grave.

—¿Un asunto de juego? No sería la primera vez. Menudos pájaros mi marido y él en temas de mesa con tapete verde.

—Es más que eso, créame.

Eva Frías se encogió de hombros, pero Monfort estaba cansado de tantas mentiras.

—¿Le obligaba a enviarle dinero?

—El pibe dejó de ser tan niño, y tiene demasiados gastos.

—Creo que optaré por no creerme nada más de usted.

—Es su elección.

Hizo ademán de ponerse en pie, pero Monfort la agarró por la muñeca y de un tirón la volvió a sentar en la silla.

—Le dijo que si era necesario podía robar un cuadro y pagarle con ello.

La hermana de Frías se echó a reír.

—¿Quién le ha contado eso?

—Da igual.

—Qué pelotudos son ustedes acá. ¿No saben distinguir una ironía?

—Puede que al final le hiciera caso.

—¿Ernesto, a mí? No me dore la píldora, caballero.

—Puede que al final ese comentario irónico le diera una idea.

—Mire, no me venga con milongas. Según el Instituto de Medicina Legal de esta ciudad, van a entregarme los restos de Ernesto en pocas horas. Le daré sepultura, solucionaré los asuntos legales y me marcharé a Buenos Aires en el primer vuelo que pueda conseguir.

—Usted no va a ir a ninguna parte hasta que yo lo autorice.

—¿Pero qué dice?

—Su hermano participó en el robo de una obra de arte de valor incalculable. Y por eso está muerto.

Sonó el teléfono móvil. Siempre lo hacía en el momento menos oportuno. El maldito portátil tenía esa virtud. Era Silvia Redó.

—No se vaya —advirtió a Eva Frías tras ponerse en pie—. La vamos a vigilar día y noche. Más vale que coopere contándonos la verdad si no quiere convertirse en la protagonista de un tango titulado *La mentirosa*.

A continuación, aceptó la llamada.

—Dime, Silvia.

—¿Dónde estás?

—En el psiquiatra.

—Qué gracioso.

—¿Dónde estás tú?

—En el garaje de los Sorli.

—¿Tan pronto?

—He venido rauda y veloz por si me salpica otro comentario escatológico.

—¿Y bien?

—Han tratado de limpiarlo. De hecho, creo que le falta el asiento trasero porque no deben de haber podido eliminar las señales. Hay restos de productos de limpieza en las alfombras traseras. También de otra cosa.

—¿Sangre?

—Como en las fiestas de *Bous al carrer* de Massalfassar.

Podía tratarse del coche en el que habían matado a Sergio Bayo. El mismo que Estela Sachs había dejado de utilizar por antiguo, pero que seguía en el garaje familiar.

—Hay más —añadió Silvia para resolver las cavilaciones del inspector—. La capa de polvo que cubre el coche, y que alguien ha tratado de eliminar sin éxito, juraría que procede de la tierra del lugar en el que dejaron tirado a Sergio Bayo tras su muerte.

41

MONFORT SALIÓ A toda prisa del hotel Jaime I. Detuvo un taxi que acababa de recoger a unos clientes y los mandó bajar de forma inmediata tras mostrarles la placa. En apenas seis o siete minutos llegó a la mansión de la familia Sorli. El revuelo era considerable. Silvia discutía acaloradamente con Estela Sachs. Su hermano salió a grandes zancadas al encuentro de Monfort y sin mediar palabra le propinó un puñetazo en la mandíbula que lo tumbó en el suelo. A continuación, se enzarzaron en una pelea en la que el cuñado de Sorli tenía mucho que perder.

—¡Qué cojones le pasa! —gritó Monfort con Sachs inmovilizado. Lo colocó de espaldas al suelo y se sentó a horcajadas sobre su estómago, sujetándole los brazos por las muñecas.

A Ricardo Sachs le sangraba la nariz y un oído. Monfort tenía la parte inferior del ojo izquierdo abultada a consecuencia del puñetazo inicial y un fuerte dolor en la zona de los riñones.

—Es Elisenda…, mi sobrina… No aparece.

A Monfort se le dibujó la imagen del pelo teñido de rosa.

—¿Cómo que no aparece?

—No sabemos nada de ella.

—Se habrá largado por ahí con sus amigos —opinó Monfort.

—¡Es imposible! —gritó la madre cuando llegó a donde estaban seguida por Silvia—. Sus cosas están en la habitación. Ella no va a ninguna parte sin documentación, y menos sin su teléfono móvil.

—Y su coche no está —aportó Ricardo Sachs.

Monfort lo liberó tras ponerse en pie; demasiado tiempo habían pasado en aquella absurda postura. Ambos evaluaron sus heridas superficiales. Ricardo Sachs trató de parar la hemorragia de la nariz con un pañuelo que le tendió su hermana. Sin duda era más preocupante el hilillo que le seguía emanando del oído izquierdo.

—Eso debería de verlo un médico —señaló Silvia.

Ricardo se llevó una mano al lugar del que brotaba la sangre y luego observó sus dedos manchados.

—¡Joder! —exclamó—. A ver si me voy a quedar como El sordo.

Silvia y Monfort intercambiaron una mirada del todo reveladora.

—Ahora que nombras a Enrique —intervino Estela Sachs mientras inspeccionaba a su hermano en busca de alguna herida oculta—. Está en su casa del Grao. Puede que haya sabido algo de Elisenda en las últimas horas.

«Camuflaje y Grao» fueron las palabras que afloraron en el cerebro de Monfort, como cuando comió la sepia en el bar cercano al hotel y el camarero bromeó con su proveedor. A continuación pensó en el otro vocablo que Ricardo había pronunciado un instante antes: «sordo». Sordo era la forma en que Herminio López llamaba al hombre que lo visitaba en Teruel.

—¿Enrique Correa es sordo? —preguntó.

—De un oído, sí —respondió Estela Sachs sin saber a qué venía aquella pregunta.

TUVO QUE ATAR y amordazar a Elisenda Sorli, la niñata entrometida. Debía de haber sospechado que actuaría de aquella forma. Siempre había sido una impertinente metomentodo. Debería haberse quedado en Estados Unidos. Cuando se enteró de que volaba hacia España para estar con los suyos, intuyó que se convertiría en un problema. Había estado a punto de descubrir la farsa montada alrededor de la transacción del dinero a un paraíso fiscal, pero con destreza y paciencia consiguió disuadirla de seguir indagando. Ahora había descubierto lo del coche de su madre. El Focus no se había movido del garaje en los últimos tiempos. Al fatídico error de matar a Sergio Bayo con la cuerda de guitarra se sumaba el haber utilizado el viejo automóvil de Estela Sachs, con la intención de no levantar sospechas con su vehículo particular.

Elisenda bajó al garaje cuando él acababa de regresar. Su Smart estaba aparcado junto al Focus. Por algún motivo tocó el capó, que estaba todavía caliente. Eso la extrañó y la puso en alerta. Haciendo pantalla con ambas manos, miró a través de la ventanilla. Dio un respingo al ver que faltaba el asiento trasero. Si la joven seguía con las pesquisas estaba perdido. Así que no tuvo más remedio que salir de su escondite, amenazarla con el arma, obligarla a subirse a su pequeño vehículo y salir disparado hacia el Grao. Allí se reencontraría con su padre. Quizá fuera la forma de que confesara de una vez quién era el contacto.

SORLI PASÓ DEL miedo a la soledad al horror de ver a su hija atada y amordazada a su lado. Ninguno de ellos podía hablar y ambos trataron de comunicarse con la vista. El potente foco que iluminaba el cuadro los hacía parpadear constantemente. A Sorli le habían suministrado alguna droga, pues cada vez que doblaba el cuello sobre el pecho en un intento por dormir se despertaba de forma instantánea. Elisenda lloraba sin parar.

La obra de arte colgaba de un gancho clavado en la inestable pared encalada. Para Carlos Sorli aquello era mucho más que un atentado. Sufría día y noche por lo que pudiera pasarle a la pintura por culpa de la humedad reinante. La hija lo miraba una y otra vez, cerraba los ojos y negaba con la cabeza. Trataba de decirle que se olvidara del cuadro, que se concentrara en pensar de qué forma podían salir vivos de allí. La soledad y el abandono habían hecho mella en su rostro, enflaquecido y macilento. Sin embargo, no podía apartar la vista de la pintura; la mirada recorría todos los rincones del lienzo, y cuando parecía haber terminado, volvía a empezar de nuevo. Su hija pretendía acaparar su atención.

En un piso superior de la casa sonó un teléfono.

—Hoy es el día —dijo una voz grave al otro lado de la línea.

—Ya lo sé —y añadió—: tengo a su hija.

—¿Te has vuelto loco?

—No he tenido más remedio. Podría estropearlo todo. La voy a utilizar para que hable. No tenemos mucho tiempo.

—Está bien. Haz que al menos sirva para algo. Córtale un dedo delante de él si es necesario, o un cacho de oreja. Que hable de una vez.

Colgó y bajó al sótano. El otro tenía razón, había que terminar de una vez por todas. Tal vez el contacto del comprador se desanimara en vista de la tardanza. En tal caso tendría serios problemas con aquel socio que nunca se habría buscado por voluntad propia.

Liberó a ambos de sus mordazas para que pudieran hablar. Elisenda Sorli empezó a gritar. Le propinó un bofetón tan fuerte que le giró la cabeza.

—Lo siento —alegó pese al violento arrebato—. Necesito que tu padre me confiese algo.

—¡No le digas nada, papá!

Le arreó otra bofetada en la mejilla contraria que le dejó los dedos marcados. Elisenda dejó escapar un quejido de dolor. Un alarido que lo devolvió al pasado.

—Cuando era solo un niño, mi padre me pegó tan fuerte que me destrozó el tímpano —dijo tras mirarse la palma de la mano—. Me dejó sordo de un oído. Eso ya lo sabías, pero no cómo había sucedido. Hice todo lo que pude por devolverle su función, pero fue inútil. Se lo conté a tu padre en una ocasión, cuando nos lo contábamos todo, cuando se podría decir que éramos amigos, ¿verdad? —se dirigió a él y lo agarró del pelo para que levantara la cabeza y mirara el cuadro—. ¡Dime de una vez quién es el contacto y os dejaré libres!

Pero Carlos Sorli sabía que aquel que había sido de su confianza no iba a dejarlos escapar, aunque revelara lo que tanto ansiaba saber. No le importaba perder la vida, pero su hija no, por Dios, su hija debía seguir viviendo.

—Te diré lo que hay que hacer si la dejas marchar.

—Habla primero.

—No le digas nada, papá, no me va a soltar. Nos matará de todas formas.

Sorli le mintió al jurar que desconocía la identidad del contacto. Sin embargo, desveló con detalle el lugar en el que debía realizarse la transacción. Tenía que hacerse en las próximas horas y no estaba tan cerca. El tiempo llegaba a su fin.

Tal vez dijera la verdad, pensó. Estaba demasiado nervioso. Debía mantener la compostura. Padre e hija lo conocían bien, se habrían dado cuenta de ello.

—Enseguida vuelvo —les comunicó, y su propia voz sonó insegura. Subió a toda prisa los escalones que daban a la planta superior y allí marcó el número.

—Sé dónde hay que llevar el cuadro.

—¿Y el nombre del contacto?

Guardó silencio.

—¡Me cago en la puta! Ha sido un error por mi parte confiar en un imbécil como tú.

El miedo y el desasosiego dieron paso a la rabia.

—Pero yo tengo el cuadro y tú no. Puedo matarlos a los dos, llamar a los polis, decirles que esto es cosa tuya y largarme con la pintura.

El otro se quedó callado. Sin el botín nada tenía sentido.

—¿Qué propones?

Calculó un horario mirando el reloj de pulsera y soltó lo que había tramado un momento antes.

—Dice que hay que llevar el cuadro a Fuendetodos, el pueblo donde nació Goya, en la provincia de Zaragoza. Allí acudirá el contacto. A ti, desde ahí, debería costarte tres horas y media. Yo llegaré un poco antes. Saldremos enseguida o será demasiado tarde.

—¿Y qué vas a hacer con esos dos?

—Llevármelos conmigo.

—Si me la juegas te mataré.

Pensó que aquella era la última baza que le quedaba por jugar.

Bajó de nuevo al sótano. Sin mediar palabra le puso la pistola en la cabeza a Sorli.

—Es tu última oportunidad —lo amenazó—. Solo quedamos nosotros dos y ese otro que metisteis por medio, el único que queda vivo y al que cometiste el error de decirle que yo lo sabía todo. Ayúdame a acabar con él y nos repartimos el dinero. Te prometo que no le haré nada a tu hija.

Carlos Sorli se quedó pensativo. El sordo continuó.

—Nos vamos ahora mismo a Fuendetodos. He quedado allí con él. Está más o menos a mitad de camino para ambos.

—¡Para matarnos, papá, quieren matarnos y quedarse con el cuadro!

Sorli agachó la cabeza. Había llegado el momento.

—Cuéntaselo todo —le exigió—. Dile la verdad a tu hija.

CARLOS SORLI LO llama por teléfono para que acuda a su despacho en la empresa. Necesita hacer una transacción muy importante. Se trata de un millón de euros. Está muy alterado. La transferencia debe hacerse a una cuenta opaca, un banco que no se vaya de la lengua, un paraíso fiscal. Él no está dispuesto a jugarse el pellejo si no sabe de qué va la historia. Sorli se niega. Se enzarzan en una discusión en la que el empresario deja patente quién es el que manda. Pero él se niega a hacer el trabajo si no le cuenta para qué diantres necesita evadir esa cantidad. Finalmente, Sorli le ofrece un buen pellizco, una comisión por transferir el dinero a un lugar seguro desde el que pagar después a los demás implicados. En principio solo le dice que debe saldar unas deudas; pero él, que a perseverante no le gana nadie, consigue saber que se trata de la venta de un cuadro. Sigue tirando del hilo hasta que le arranca toda la verdad.

Carlos Sorli y unos cuantos compinches habían tramado el robo de un cuadro valiosísimo por el que el empresario sentía una admiración inconmensurable.

El resto es un enorme rastro de sangre imposible de borrar.

Aun así, contempla como un mero espectador las imágenes del desenlace.

42

Ricardo Sachs guio a Monfort y a Silvia hasta la casa de Enrique Correa en la Marjalería, cerca del lugar donde apareció el cadáver de Ernesto Frías. Lo primero que vieron al llegar fue el pequeño Smart de Elisenda. La puerta de la casa estaba abierta y en el interior no había nadie. Silvia encontró la trampilla que llevaba hasta el sótano, un lugar húmedo y oscuro. Cuando dio con el interruptor, un potente foco iluminó exageradamente una de las paredes de la lúgubre estancia. Había dos sillas y una maraña de cuerdas.

—Hace poco tiempo que se han marchado —argumentó Silvia tras inspeccionar el lugar.

—¿Están vivos? ¿Carlos y Elisenda están vivos? —exclamó eufórico Ricardo Sachs.

—Esperemos que sea así —respondió Silvia.

Registraron la casa y pidieron refuerzos, que no tardaron en llegar.

—Carlos Sorli ha estado aquí todo el tiempo —confirmó Monfort—. Seguro que Enrique Correa escondió su coche y ahora se ha marchado con los dos como rehenes. ¿No registraron esta zona a conciencia cuando encontramos el cuerpo de Ernesto Frías?

La subinspectora pensó que las cagadas se sumaban a pares.

—¿Cómo ha sabido que Enrique Correa tenía secuestrado a mi cuñado? —preguntó Ricardo Sachs con el teléfono pegado a la oreja, hablando aún con su hermana, como si fuera ella la que hubiera formulado la pregunta.

—Es largo de explicar —puntualizó Monfort—. Pero tranquilo, todo llegará. También nuevas sorpresas.

EL MERCEDES DE Sorli circulaba por la autovía Mudéjar a la altura de Segorbe, de camino al lugar donde nació don Francisco de Goya. En el maletero reposaba el *Perro semihundido*, una obra de incalculable valor que se encontraba en serio peligro. Enrique Correa obligó a que Sorli condujera el vehículo pese a que se encontraba muy debilitado por los días del secuestro y las drogas suministradas. Elisenda permanecía atada en el asiento trasero.

—Lo siento mucho, hija —comenzó Sorli aferrado con fuerza al volante—. Espero que algún día puedas perdonarme. Me hubiera gustado no tener que contarte nada de esto.

Elisenda se revolvió en el asiento, pero prefirió guardar silencio y escuchar lo que su padre tenía que decir.

—Todo empezó como una apuesta. Conocí a Ernesto Frías, el conservador de Patrimonio Nacional del Museo del Prado. Solíamos vernos cuando iba a Madrid por temas de arte. Le gustaba apostar fuerte en los casinos de la capital y yo le acompañaba. En los últimos tiempos decía que necesitaba conseguir más dinero del que ya ganaba con su ilustre cargo; me comentó algo acerca de unos asuntos familiares en Buenos Aires, pero no le presté demasiada atención. Un día, como si tal cosa, me planteó que robáramos un cuadro juntos, que alguien se lo había propuesto casi en broma, pero que él sabía cómo hacerlo. Me pareció que estaba completamente loco; sin embargo, lo tenía todo planeado. Dijo que si organizaba una exposición en Castellón podríamos llevar a cabo el atraco. Fue entonces cuando recordé que, cuando estudiaba en Valencia, tuve un compañero que reproducía a la perfección algunos de los cuadros de Goya, en concreto los de la serie de las *Pinturas negras*. Cuando le dije su nombre, Ernesto Frías dio un brinco. Resultó que Sergio Bayo vivía en Madrid y era guía externo del museo. Uno de esos que no están en nómina en la institución, pero que entran y salen a su antojo gracias a la acreditación correspondiente. Yo no había terminado muy bien con él en la juventud, porque interpretó que lo había abandonado y se lo tomó mal.

»Un día, con motivo de una ponencia en el Reina Sofía, Ernesto Frías maquinó un encuentro con Sergio Bayo. Se llevó una gran sorpresa al verme, y creo que receló de mí, pero Frías se había tomado la libertad de crear el plan perfecto: yo me encargaría de organizar la exposición en Castellón. Eso me daba derecho a elegir la obra que él negociaría con el museo. —Sorli miró a su hija a través del retrovisor. Estaba perpleja, llena de odio y de indignación—. El caso es que Frías y yo pactamos una suma de dinero para que Sergio Bayo falsificara el cuadro del *Perro semihundido*. Y lo que hizo nos dejó con la boca abierta, era una auténtica genialidad.

—¿Y quién coño iba a comprar el cuadro original? —bramó su hija.

—En un viaje de trabajo que hice a Filipinas, contacté con un experto en arte que me llevó a una lujosa mansión de Ciudad Quezon, propiedad de un adinerado magnate del país. Lo que tenía allí era para volverse loco: Modigliani, Degas, Van Gogh, Matisse, Manet... La mayoría eran solo trabajos menores, pero otros eran verdaderas obras maestras que deberían estar en los mejores museos del mundo. Supimos luego que algunas de ellas podrían haber sido robadas, y con la ayuda de alguien que Ernesto Frías conocía bien le propusimos la posible venta del cuadro de Goya.

»La cifra inicial que pedimos fue tan alta que temí que no la aceptara; sin embargo, lo hizo, estuvo de acuerdo. El séquito del millonario filipino se encargó de establecer el modo en que se haría la transacción. El cuadro debía ser entregado al enlace en un lugar concreto el día anterior a la finalización de la exposición de Castellón. Pedimos un primer pago por adelantado, pero nos lo denegaron. Cuando insistimos nos amenazaron con echarse atrás y desvelar la trama a las autoridades. No tuvimos más remedio que seguir adelante. A partir de ahí todo salió mal. Sergio Bayo exigía cobrar su trabajo, igual que el hombre con el que nos vamos a encontrar en Fuendetodos, que nos facilitó la protección necesaria para hacer el cambio por la copia. El pago del cuadro se iba a demorar hasta que llegara a manos del comprador y certificara su autenticidad. Ernesto Frías se amedrentó y se puso de parte de los otros dos, dejándome en la estacada. Me hostigaron de tal manera que no tuve más remedio que claudicar. Entonces se me ocurrió que podía ingresar una suma en una cuenta opaca, desde donde pagar a los involucrados sin levantar sospechas, pero a última hora no fui capaz de hacerlo solo y se lo conté todo a Enrique, para que me ayudara. Estaba desesperado.

Enrique Correa carraspeó. No había sido exactamente así. Tuvo que obligarle a contárselo, de otra forma jamás lo habría hecho. Tampoco era tanto su hombre de confianza, como le gustaba decir. Pero aún estaba a tiempo de serlo si él quería.

—¡Acelera, joder! —le ordenó.

Sorli apenas podía continuar con el relato, estaba agotado. Conducir suponía una pesada carga en su estado. Elisenda había aflojado los hombros. Las lágrimas le caían por las mejillas.

—El resto te lo puedes imaginar —pronunció con voz triste.

—Un reguero de muertes —replicó la hija entre sollozos—. Y ahora, ¿qué pretendéis hacer? —les preguntó a ambos.

Los dos hombres cruzaron una mirada renovada, sagaz y del todo alarmante. Había dicho pretendéis.

Elisenda ató cabos. Cada vez sentía más desprecio por aquellos dos que ahora la miraban con expectación.

—¿Habéis decidido acabar con ese otro hombre y repartiros el dinero vosotros dos?

No fue necesaria ninguna aclaración.

HABÍA QUE DARSE prisa, no quedaba tiempo para las especulaciones. Pasar a la acción era primordial para que no se produjeran más muertes y el caso quedara saldado de una vez por todas. Mientras los compañeros de la Científica hacían su trabajo en la casa de la Marjalería, Monfort salió afuera y observó los caminos circundantes a la casa, encajados entre acequias de riego.

Recibió una llamada de Cayetana Alonso.

—Lo siento, pero voy a informar al museo.

—Sé que no tengo derecho a pedirle nada, pero, por favor, no lo haga todavía. Creo estar a punto de llegar al final de esta historia.

—No sé si creerle.

—No tengo motivos para engañarla. Comprendo su inquietud, aunque a veces esperar un poco es lo mejor. Se lo digo yo, que la paciencia no es una de mis mayores virtudes.

—Mañana por la tarde termina la exposición —su voz sonaba apagada—. Mi jefa, Meike Apeldoorn, no deja de llamarme para saber cómo va todo.

—No me extraña —replicó Monfort.

—¿Cómo dice?

—Nada, que me conceda un poco más de tiempo, tan solo unas horas. Lo solucionaré y usted habrá sido una ayuda imprescindible para conseguirlo.

Tras despedirse hizo una llamada.

—¡Mi superhéroe preferido! —bromeó la jueza Elvira Figueroa—. ¿Has estado en Krypton?

—No creo que al viejo Volvo le queden poderes para volar tan lejos. Le pasa como a mí, va perdiendo fuelle.

—A tu coche y a ti siempre os quedará Teruel como un lugar fuera de serie para jubilaros en paz cuando os llegue la hora.

—Creo que la hora ha llegado ya.

—¿De jubilarte o de cambiar de coche?

—No, de acabar con esto de una vez.

—Siempre pensando en el trabajo.

—¿Dónde llevarías un cuadro de Goya robado si estuvieras desesperada?

Elvira se echó a reír.

—¿Quieres que exploremos el hostal que me propuso el ligón del juzgado, el que estaba cerca de Fuendetodos, donde nació el pintor?

—Puede que me arriesgue alguna vez.

—Avísame, por si tengo que comprar algún modelito apropiado para el terregal.

—Dijiste algo sobre que el pueblo está a mitad de camino entre Madrid y Castellón, ¿verdad?

—Media hora arriba o abajo, sí. ¿Quieres que vaya hasta el Foro y comprobemos quién llega antes?

—No será necesario.

Se despidió de Elvira e hizo otra llamada. Esta vez a la Jefatura Superior de Policía Nacional de Madrid. Preguntó por el inspector Tello. El agente de la centralita le dijo que no estaba, que podía localizarlo en su teléfono móvil, pero Monfort ya lo habría hecho si hubiese querido.

Volvió a la casa y se acercó adonde estaba Silvia. Los agentes recopilaban evidencias de lo que había ocurrido allí.

—Hay marcas de los neumáticos del Mercedes de Sorli con el que supuestamente viajó a Madrid antes del traslado del cuadro. Lo escondió bajó una cubierta y lo tapó con cañas y ramas para que nadie lo viera desde el camino principal. La casa está a nombre de Enrique Correa. Es una edificación típica de la zona, como tantas otras, construidas por sus propietarios durante los fines de semana y las vacaciones.

—Una chapuza, vaya —exteriorizó Monfort.

—Exacto, pero que a un delincuente le va de perlas.

—Enrique Correa tramaba las apuestas en la autopista. Era el que estaba con Irenka Mazur y con quien regentaba mano a mano los locales de juego; el jefe de Herminio López y el que seguramente mandó matar a Enrique Frías y luego asesinó a Irenka, a Herminio y, por último, a Sergio Bayo.

—Cometiendo el tremendo error de matar a Bayo con una cuerda de guitarra, como hizo con la polaca y su amante, aunque el motivo no tuviera nada que ver.

Monfort arrastró la suela del zapato por la tierra del marjal.

—Es un auténtico depredador.

—¿Crees que también acabó con la vida del que fue el marido de Irenka Mazur, el que tenía el antiguo local de juego?

—Es posible. Faltaría aclarar si por iniciativa propia o si fue ella quien lo hostigó a hacerlo. A saber qué vida llevaba la mujer con alguien así. Tal vez Enrique Correa aprendió de ella lo de asesinar con una cuerda de guitarra. Recuerda que tenía una en su casa.

—Sin duda es un arma difícil de identificar.

—Menos para el forense, que nos contó lo del entorchado metálico de las cuerdas gruesas del instrumento que habían quedado marcadas en la piel de las víctimas.

—Le gustaría Paco de Lucía —bromeó Silvia.

—Pues podía haber optado por aprender a tocar en vez de a matar.

—¿Qué hacemos ahora?

Monfort consultó la hora en su reloj de pulsera.

—¿Está todo controlado aquí?

—Sí, en breve llegará Romerales con su aura interestelar.

—Pues entonces huyamos.

—¿Adónde?

—¿Sabes dónde nació Goya?

Silvia se encogió de hombros.

—¿Debería saberlo?

—¿A ti qué te enseñaron en ese colegio de monjas al que ibas?

ANTES DE SUBIR al coche hizo una llamada. Lo que tenía que preguntar se lo podía haber resuelto Cayetana Alonso; sin embargo, fue al Museo del Prado donde llamó.

—Soy el inspector Monfort, de la Policía Nacional de Castellón. Ya sé que debe de ser complicado, pero me gustaría hablar con un guardia de seguridad que se llama Juan Vilchez.

A la mujer de la centralita del museo no le pareció tan extraño.

—Un momento. Miraré si hay alguien de servicio hoy con ese nombre. Juan Vilchez, Juan Vilchez... —repitió mientras buscaba en algún listado—. Sí, aquí está. Ahora a ver si damos con él —planteó con simpatía y amabilidad.

Pasó tanto tiempo de espera que Monfort, enzarzado en una conversación con Silvia, casi se había olvidado.

—Juan Vilchez al aparato, ¿qué desea?

—Soy el inspector Monfort de...

—Sí, ya me lo han dicho.

—No sé sí me recordará, estuve ahí hace unos días, en la sala donde se exponen las *Pinturas negras*. Estuvimos hablando del cuadro del perro, el que se habían llevado para una exposición.

—Me acuerdo. Yo nunca olvido una cara, y menos con la pinta de poli que tiene usted.

¿No se podría librar nunca de aquel estigma? Cuándo ya no estuviera de servicio, ¿seguiría pareciendo un madero?

—¿Usted estaba de guardia en el museo el día que trasladaron el cuadro?

—Sí, al pie del cañón.

—¿Quién estaba al mando de la operación de traslado? ¿Lo recuerda?

—Sí, era Ernesto Frías, que en paz descanse el pobre. Menuda desgracia, no se habla de otra cosa por aquí. Parece que el dichoso cuadro está maldito desde que salió de su hogar, por decirlo de alguna forma.

—Lo que necesito saber es quién le daba a él las órdenes, quién era su superior en ese momento.

Juan Vilchez no tuvo que pensarlo. Pronunció un nombre y un apellido.

—Una cosa más.

—Usted dirá.

—¿Hubo alguien de la policía?

—Claro, es el procedimiento habitual.

Tras aclararle lo que necesitaba saber se pusieron en marcha. En los primeros kilómetros llamó a Romerales para exponerle lo que pensaba hacer. El comisario puso el grito en el cielo.

—¡Pero si acabo de llegar a la casa! ¿Dónde estáis ahora exactamente?

—En la nacional, a la altura de Vila-real. Tomaremos la autovía y luego nos desviaremos por la que va a Zaragoza.

Romerales se apartó el teléfono y empezó a gritar como solo él sabía hacer.

—¡Terreros, García, al coche! Monfort y Silvia van a... —volvió a ponerse el móvil en la oreja—. ¿Dónde has dicho que vais?

—A Fuendetodos.

—¿Y eso dónde está?

—Allí donde el sueño de la razón produce monstruos —respondió antes de colgar.

Aunque Luis Eduardo Aute no estaría nunca en la parte alta de un listado de canciones preferidas de Silvia, no pudo evitar entonar el estribillo.

Quinta del sordo. Casa de locos.
El sueño de la razón produce monstruos.

43

Era el inspector Tello, de la Policía Nacional de Madrid, el que los esperaba en Fuendetodos. Concretamente en la plaza de Goya, frente a la casa natal del pintor, donde se alzaba un busto en su honor. Dentro de su coche pensaba en lo que debía hacer cuando Correa llegara con Sorli y su hija, aquel estorbo de última hora. Según los planes, deberían de haber llegado antes que él. No había movimiento en el pueblo, tan solo una mujer extranjera, a juzgar por la matrícula del coche del que había salido, que observaba con curiosidad la modesta casa de piedra donde había nacido el pintor, con la ventana colmada de geranios rojos.

Ernesto Frías había dispuesto que fuera él quien comandara la vigilancia el día en que el cuadro original fue sustituido por la copia, el mismo día que la burda falsificación había viajado a Castellón, custodiada como si fuera la obra valiosa que todos creían. Había sido él también quien introdujo la pintura original en el coche de Sorli, estacionado en el aparcamiento privado del museo. Él no tenía la menor idea de arte, pero Frías le debía un buen puñado de favores de cuando en algunos casinos de la ciudad lo habían denunciado por no pagar sus deudas de juego. Para compensarlo le había prometido una importante suma, una cantidad a la que no se había podido resistir. Ya había cruzado la línea de lo legal en otras ocasiones, pero el montante prometido nunca había sido tan jugoso. El problema era que Frías no había cumplido su parte y ahora estaba muerto. Por eso había tratado de ponerse en contacto con Carlos Sorli, que había desaparecido por arte de magia. Llamó al domicilio de Sorli y, al decir que era policía, la esposa le había pasado a un abogado que trabajaba para la familia: Enrique Correa, con el que no le costó tanto conseguir que se pusiera de su lado. El poder del dinero es infinito.

Se los cargaría a los tres si era necesario, pero antes debía saber quién era el contacto y comprobar que el cuadro original estaba en el maletero del coche. Según Correa, la transacción debía efectuarse en aquel maldito lugar abandonado en tierra de nadie.

La extranjera regresó a su vehículo y se marchó dejando un rastro de turismo trasnochado en la pequeña población.

Llegó el Mercedes y sintió un cosquilleo en el estómago.

—¿Te lo ha dicho? —preguntó Tello a Correa, a quien no conocía personalmente.

El policía se había acercado al coche con sigilo. Iba armado y listo para cualquier eventualidad. Carlos Sorli, que había sido obligado a conducir hasta allí, acababa de ser atado y amordazado. Pensó que su hija lo habría estado durante todo el viaje.

—Sí —mintió el que fuera el hombre de confianza de Sorli.

—¿Y bien?

—Va a venir —consultó la hora—. No tardará.

—Dime su nombre.

—No puedo hacerlo.

—Pues no me quedará otro remedio que acabar contigo también.

—Entonces nunca recibirás tu parte. Te tendrás que conformar con colgar el cuadro en una pared de tu casa.

Tello se dejó llevar por los nervios y sacó su arma para apuntarle entre los ojos.

—Súbete al coche —ordenó a Correa a punta de pistola—. En el asiento de detrás.

Allí estaba Elisenda Sorli, aterrorizada.

Con la puerta abierta y Tello fuera del vehículo, apuntaba ora a uno ora a otro con su arma reglamentaria.

—¡Llama al contacto y dile que el cuadro está aquí!

Lo miró con recelo. Correa se mantuvo en silencio y Carlos Sorli no movió ni una pestaña. Era un silencio ensordecedor, un mutismo que escamó al policía.

—El cuadro está en el maletero, ¿no?

—Compruébalo tú mismo —lo retó Enrique Correa con nervios de acero.

Elisenda lloraba. ¿Cómo era posible que tuviera tal capacidad para llorar?

Tello rodeó el coche y abrió el maletero. Contempló el cuadro y dejó volar su imaginación por unos segundos. ¿Quién era capaz de jugarse la vida por aquello? ¿Tan valioso era en realidad? En aquel preciso instante, y sin que pudiera reaccionar, Carlos Sorli se liberó de las ataduras simuladas y puso en marcha el vehículo. Accionó la marcha atrás y con un violento acelerón arrolló al policía, que lanzó un alarido descomunal. A continuación, metió primera y volvió a atropellarlo, y luego marcha atrás, y de nuevo primera, y otra vez marcha atrás, y primera, y marcha atrás... Hasta que el crujido de huesos dejó de oírse y entonces se detuvo. De los bajos del coche afloró un reguero de sangre.

El maletero permanecía abierto. El marco del cuadro asomaba ligeramente a raíz de las sacudidas. Un silencio de muerte se adueñó de la pequeña plaza, tan solo interrumpido por una fuerte ráfaga de viento que arrancó las delicadas hojas de los geranios rojos que decoraban la ventana de la casa natal de Goya.

—Desata a tu hija —indicó Correa a Sorli mientras comprobaba que Tello estaba muerto.

Sorli saltó al asiento trasero y la liberó para asirla después en un abrazo fraternal que ella no secundó; dejó los brazos caídos junto a su cuerpo y la mirada perdida en un lugar inexistente.

La mujer extranjera que Tello había visto regresó a la plaza en su coche. Aparcó a cierta distancia de donde estaba el Mercedes con el charco de sangre y el bulto humano destrozado bajo las ruedas. Correa temió que la mujer alertara a alguien, pero contra todo pronóstico se quedó en el interior del vehículo.

—¡Ve a por ella, joder, no ves que va a llamar a la policía! —exigió Sorli, como si Correa todavía estuviera a su disposición, como cuando trabajaba para él como un esclavo que hubiera dado la vida por su amo, como un perro asustado que acata los gritos de aquel que le da de comer.

La mujer marcó un número en su teléfono móvil.

Correa no movió ni un dedo.

—Tendrás que hacerlo tú —le dijo al empresario—. Se ha derramado demasiada sangre ya.

Carlos Sorli le preguntó a Correa dónde había escondido su teléfono móvil.

—Está en la guantera, desconectado. ¿Te crees que soy tonto? Si estuviera encendido te habrían localizado.

—Ponlo en marcha —ordenó Sorli con voz estentórea.

—¿Estás loco?

—¡Haz lo que te digo!

Correa obedeció y tras sacar el dispositivo del receptáculo lo conectó. A continuación le pidió la contraseña y la introdujo.

—Mira las llamadas perdidas.

—Tienes un montón.

—Una de ahora mismo, imbécil.

Pero no hizo falta que comprobaran nada. En ese momento entró una nueva llamada y el teléfono empezó a sonar. Ambos miraron hacia el coche. La mujer se había llevado el aparato a la oreja. Sorli la reconoció.

—Ella es el contacto.

Sin que pudieran impedirlo, Elisenda abrió la puerta y salió del coche a toda prisa. Sacó el cuadro del maletero abierto y corrió con él todo lo que pudo para salir de la plaza.

El impacto de su cuerpo contra el capó del Volvo hizo que se le escapara de las manos y se elevara por encima de su cabeza. Monfort, Silvia y la propia Elisenda lo vieron ascender como a cámara lenta, para luego caer hasta dar con el duro pavimento de la calle. La parte superior del marco se despegó del armazón. Silvia se llevó las manos a la boca y dejó escapar un profundo suspiro. La pintura quedó bocarriba, con la mirada del perro hacia el ocaso del día en Fuendetodos.

Cuando Carlos Sorli y Enrique Correa llegaron al lugar, fueron encañonados por las armas de Monfort y Silvia. Los agentes Terreros y García, que ocupaban el vehículo que iba detrás, se encargaron de la mujer que trataba de huir por una de las estrechas calles de la población. Terreros le puso las esposas y García le requisó la documentación.

La llevaron junto a Monfort y Silvia, que ya habían hecho lo propio con Sorli y Correa.

—Su documentación —le dijo García a Silvia tras tenderle la cartera de la mujer.

Fuendetodos era un pueblo muy pequeño; si hasta el momento parecía deshabitado, ahora una miríada de vecinos se agolpaba a escasa distancia de los detenidos.

El comisario Romerales alertó a los compañeros de Zaragoza, que ya rodeaban la población con sus vehículos. Balizaron la zona para que los parroquianos no invadieran el lugar, por mucho que fueran sus calles y sus casas las que aquel puñado de delincuentes y policías habían ocupado. Una ambulancia llegó hasta la plaza. El cadáver del inspector Tello daría un arduo trabajo al equipo forense. Al encontrarse en la provincia de Zaragoza, Morata iba a librarse de recomponer en el tanatorio los huesos rotos del policía traidor madrileño.

Elisenda Sorli fue atendida en un principio por un vecino que dijo ser médico. Se encontraba bien, salvo por algunas leves contusiones y por el horror que había quedado tatuado en sus pupilas, quizá por mucho tiempo.

Monfort recogió el cuadro del suelo con sumo cuidado. Se sentía torpe, no sabía qué hacer. Miró a Carlos Sorli, él sí que sabría cómo actuar.

—Colóquelo con mucho cuidado en el asiento trasero del coche —le sugirió Sorli—. Bastante ha sufrido ya. Deberían informar al Museo del Prado para que les den las instrucciones oportunas —hablaba, pero ya no miraba a Monfort. Tenía la vista fija en la pintura, la observaba como se contempla algo por última vez, con desasosiego, pena y una soledad tan grande como la mirada del protagonista del cuadro.

Silvia se acercó con la documentación de la mujer.

Monfort acarició el marco antes de soltarlo en el asiento.

—¿A que no adivinas cómo se llama la mujer? Me juego una cena en...

—Nunca hagas apuestas que puedes perder —la interrumpió—. Se trata de Meike Apeldoorn, la jefa de Ernesto Frías y Cayetana

Alonso, la encargada de coordinar la salida de la obra hacia la exposición de Castellón y el enlace con el comprador del cuadro, cuya identidad espero que revele con complacencia y generosidad.

Eran las cinco y media de la mañana cuando Monfort llegó al hotel Mindoro de Castellón. Había resultado un caso complejo, con muchos presuntos culpables y demasiados damnificados. Era como una obra coral, pensó mientras fumaba antes de subir a la habitación, en referencia al tipo de cine o teatro en el que se representan distintas historias y variados personajes, cuyo vínculo se desvela de forma sorprendente al final.

El caso llenaría páginas de la prensa escrita, sesudos programas de radio y debates sensacionalistas de la pequeña pantalla. Los fiscales, abogados y demás fauna variopinta de los juzgados tendrían diversión asegurada en los meses venideros.

Apagó la colilla, entró al hotel y saludó al recepcionista del turno de noche. Subió en el ascensor hasta su planta.

La reconoció enseguida al verla en el pasillo. Se había olvidado de que Cayetana se alojaba allí. Estaba sentada en el suelo, dormida, con las piernas estiradas, la cabeza ladeada y la espalda apoyada en la puerta de la habitación del inspector. No tendría más remedio que despertarla si quería acceder a su estancia, y charlar no era precisamente lo que más le apetecía.

Se puso en cuclillas y la observó. Tenía unos rasgos distintos, una belleza particular. Era una lástima que a lo largo de su vida se hubiera topado con hombres del estilo de Ernesto Frías. Le movió con suavidad uno de los hombros y Cayetana abrió los ojos muy despacio. Los tenía enrojecidos, podía haberse hartado de llorar o de beber, o las dos cosas.

Monfort la había llamado desde Fuendetodos. Ella no daba crédito a sus palabras. Guardó silencio por un momento y a continuación soltó todo tipo de maldiciones hacia Meike Apeldoorn, Carlos Sorli, Ernesto Frías y Sergio Bayo. Hasta el mismísimo Goya recibió su ración de estopa.

—Hija de puta —fue lo primero que dijo al despertar, arrastrando las palabras de forma sibilina. Sí, había bebido y también llorado, ambas cosas en exceso, probablemente.

Era una situación incómoda. Monfort la ayudó a ponerse en pie y en la maniobra le pareció que se apretaba demasiado contra su cuerpo. Sus mejillas se rozaron levemente y Cayetana ahogó un suspiro.

—¡Hija de puta! —repitió con más énfasis.

Apoyó la frente en el pecho del inspector y lo abrazó, rodeándole el cuello con los brazos.

No iba a ser una buena idea dejarla entrar en la habitación.

—Tiene que descansar —la aconsejó Monfort. Y ella lo miró de forma extraña, con una mezcla de deseo y venganza, propiciada por los efectos secundarios del alcohol.

—No quiero dormir —musitó tropezándose en las consonantes.

—Entonces puede que comer algo le siente bien.

—¿Comer a estas horas? —protestó.

—Hagamos una cosa —propuso Monfort—. La acompañaré a su habitación y me encargaré de conseguirle un buen desayuno.

Accedió a regañadientes. Tuvo que llevarla casi en volandas tras salir del ascensor al llegar a su planta. La ayudó a abrir la puerta de la habitación y a recostarse en la cama. Cuando parecía haberse quedado profundamente dormida, comenzó a hablar.

—¿Cómo no me he dado cuenta antes? ¿Por qué ha tenido que ser ella? Vivimos entre obras de arte, ¿sabe? Pasamos más tiempo juntas en el museo que en nuestros respectivos hogares. Es nuestra vida, aquello por lo que nos dejamos la juventud estudiando. —Se detuvo un instante para añadir a continuación—: Todos los lujos que se permitía. La ropa, insultantemente cara, los restaurantes de postín, los repentinos viajes a destinos exóticos. Por no hablar de la casa tan ostentosa en la que vive. Puede que siempre me haya parecido una mujer ambiciosa, pero jamás hasta el extremo de cometer semejante locura.

Su propia locución se apagó poco a poco hasta quedarse dormida, como si le hubieran administrado un sedante de uso veterinario.

En el espejo de la pared de la habitación tenía pegada con celo una lámina de *Las tres Gracias* de Rubens, las mujeres que el polifacético artista pintó al óleo con gran maestría. Monfort observó la reproducción con detalle. Jamás se había fijado de aquella forma.

—¿Sabía que Rubens utilizó a su segunda esposa como modelo para una de las Gracias? —le preguntó Cayetana en un susurro, apoyando la cabeza sobre la palma de su mano, con el codo hundido en el colchón.

Monfort la miró y negó con la cabeza. El alcohol desata la lengua, pensó, remueve historias del pasado. Descorcha pensamientos ocultos.

—Es la de la izquierda —continuó—. Se casaron cuando ella tenía solo dieciséis años y él superaba por mucho los cincuenta. Dicen que lo pintó para contemplación propia. ¿Le parece erótico?

Cualquier respuesta hubiera sido del todo inadecuada. Así que se dispuso a salir de la habitación y dejarla con sus fantasías.

—Gracias, inspector —bisbiseó antes de que cruzara el umbral.

—¿Por pretender conseguirle el desayuno?

—No —respondió tras plegar el brazo para que su cabeza reposara de nuevo sobre la almohada—. Por resolver el caso en el tiempo que me aseguró que lo haría.

Monfort salió al pasillo.

La cuestión sería cómo explicar a los castellonenses que habían admirado una falsificación.

Bajó a recepción y pidió que subieran un desayuno completo a la habitación de la señorita Cayetana Alonso.

—Nada de fruslerías —precisó al que estaba a punto de concluir el turno de noche—. Dos huevos fritos, beicon crujiente, champiñones salteados, rodajas de tomate a la plancha y pan tostado; para beber, agua abundante, zumo de naranja y una jarra de café. Ah, y que no se olviden de llevarle un par de comprimidos de paracetamol.

Luego fue directamente a la vieja comisaría de la ronda de la Magdalena. Tiempo habría de ducharse y recobrar la compostura.

Tampoco es que Enrique Correa fuera el paradigma de la elegancia.

Ha llegado el final. El inspector es como un perro de presa, muerde y no suelta. Pregunta sin parar, impasible. ¿Para qué lo hace si ya conoce las respuestas? Quiere que salga de mi boca la confesión que tiene que quedar grabada. El abogado que me han adjudicado quiere vengarse, lo leo en sus ojos. Antes de entrar le deben de haber contado que mi título es una farsa. Los polis comentan entre ellos que Carlos Sorli está muy tranquilo y que se niega a hablar. El inspector me recomienda que confiese, que la postura del otro solo le acarreará más años de prisión.

Hablaré, pero no para contentarlo, sino por darme el placer de seguir siendo el protagonista de mi propia historia, la que empezó el día en que mi padre me arrancó de un guantazo la facultad de oír.

Ahora todo ha terminado. La película de mi propia vida ha llegado a su fin.

Yo, Enrique Correa, aposté que me quedaría con el dinero del cuadro de Goya, y perdí.

44

Sábado, 6 de diciembre

EN LOS RECESOS que acompañaron a los interrogatorios, Silvia tiraba de la lengua a Monfort para que le desvelara los detalles.

Enrique Correa y Carlos Sorli ocupaban sendos calabozos en la comisaría de Castellón, mientras que Meike Apeldoorn había sido trasladada a Madrid por orden expresa del juez. El célebre cuadro del *Perro semihundido* permanecía a buen recaudo en uno de los talleres de restauración del Museo del Prado. No había sufrido daño alguno, salvo un pequeño desperfecto en el marco. Nada que no se pudiera solucionar. La copia de Sergio Bayo sería analizada con detalle y tal vez pasara a formar parte de las rarezas extraordinarias del museo.

—¿Cuándo empezaste a sospechar de Correa?

—No encajaba en la escena —expuso Monfort—. No estaba con la familia porque se hubiera enamorado de la esposa de Sorli; tampoco por defender las extravagancias de Ricardo Sachs ni por lo que podían reportar los caprichos millonarios de Carlos Sorli y su afamada empresa. Habría sido más normal si hubiera babeado cada vez que Estela Sachs hablara, pero no era así. Simplemente no encajaba. También le traicionaron algunos detalles.

—¿Cómo por ejemplo?

—La sordera de uno de sus oídos. Movía la cabeza para que su oído sano captara las palabras de sus interlocutores. Al principio no le presté atención, pero luego, cuando supe que Herminio López llamaba sordo a alguien que debía de ser su jefe, caí en el detalle.

—¿A quién se le ocurre robar un cuadro de tal magnitud?

—A millonarios excéntricos. Caprichosos aburridos con un gran afán de protagonismo. Un coctel maravilloso para caer en la provocación.

—Las simulaciones de secuestro en las casas de Benicàssim y de Morella fueron un error inconcebible —aportó Silvia.

—Creo que Correa quiso ponerse a la altura de su patrón, imitarlo. Aquello de las camisas en el suelo con las letras bordadas fue una chapuza; estaban limpias, era del todo imposible que hubieran estado en el cuerpo de un secuestrado si no olían a sudor. Lo que pasa por la mente de estos psicópatas es asombroso.

—Descubriste que el inspector Tello estaba involucrado.

—Conocía demasiados detalles de la vida de Ernesto Frías que no eran relevantes para el caso; una investigación exhaustiva que nadie le había pedido. En una llamada posterior mencionó que volvía al Prado. No dijo que había estado allí. Me sonó extraño y averigüé que había estado presente el día del traslado. Disculpa, ¿tienes hambre?

A Silvia se le iban las ganas de comer cuando en su cerebro se conectaban los cables necesarios para que los casos adquirieran sentido, todo lo contrario que a Monfort, que, frente a aquel tipo de situaciones, el estómago le reclamaba sustento inmediato.

—Una cosa más —planteó Silvia—. Meike Apeldoorn…

—Llegué hasta ella por una sucesión de ideas —mientras hablaba buscó un número de teléfono en los contactos del móvil. Lo marcó y continuó con la conversación—. Meike Apeldoorn no dejaba de llamar a Cayetana Alonso con cualquier pretexto. Debía de estar nerviosa, preocupada en exceso. Piensa que la falsificación ha estado expuesta todo el tiempo. Sin duda recelaba que alguien la descubriera. Por otra parte, ¿cómo iba el comprador a confiar en la operación sin tener un contacto directo en el museo? Aunque, a decir verdad, fue un guardia de seguridad quien me dio la idea concluyente. Facilitó el nombre de la holandesa como la dirigente de Ernesto Frías el día de la salida del cuadro. Con la responsabilidad de su cargo, era del todo imposible que se le pasara por alto el cambiazo. Tampoco informó de que Carlos Sorli había estado presente. Sabía, como todo el mundo, que el mecenas había desaparecido, pero no se pronunció al respecto.

—¿Qué necesidad tendría de meterse en ese lío?

—Cayetana Alonso dejó caer que tal vez vivía por encima de sus posibilidades. La avaricia y el afán por aparentar, ya sabes. Quizá tenía deudas que la acuciaban de tal forma que pensó en obtener un dinero que le pareció fácil de conseguir, dada su posición y sus contactos. Puede que no fuera su primera vez y que las anteriores salieran bien. Decía Bodhidarma que la mente ignorante, con sus infinitas aflicciones, pasiones y males, tiene sus raíces en tres venenos: la codicia, la ira y el engaño.

—¿Bodhi… qué?

—Un momento —dijo cuando por fin atendieron su llamada—. Hola, soy… —lo reconocieron al instante—. Quisiera reservar una mesa para dos, dentro de media hora.

Recogió sus cosas nada más colgar.

—En la plaza del Real nos espera un exquisito pato cantonés, y el que llegue tarde se queda sin salsa de ciruelas.

—Jefe…

—Pregunta ahora, que en el restaurante seré como Carpanta.

—En la conexión del robo del cuadro con las apuestas en la autopista, el vínculo principal era Enrique Correa, eso es evidente, pero ¿la clave fue solo la cuerda de guitarra con la que Correa mató a Sergio Bayo?

La ayudó a ponerse el abrigo. Ella estiró los brazos para introducirlos por las mangas mientras él le sujetaba la prenda por la espalda. Luego Silvia se volvió, y por la diferencia de estatura tuvo que levantar ligeramente la cabeza para que sus miradas se encontraran.

—La falsedad es una práctica habitual que siempre acaba por descubrirse —respondió Monfort.

Epílogo

Martes, 9 de diciembre

AL FINAL ACCEDIÓ a la petición de su padre. Convenientemente abrigados, llegaron hasta la cumbre de la montaña. Por el camino, el anciano olvidó qué hacían allí y por qué vestían de aquella forma.

Desde aquel lugar el pueblo parecía una bestia dormida, recostada sobre el promontorio, con las casas arracimadas a ambos extremos del campanario. Villafranca del Cid componía una imagen de serenidad. Las primeras luces de la tarde titilaban tras las ventanas. El humo de las chimeneas creaba figuras en su lento ascenso hasta alcanzar las nubes que coronaban el cielo.

Sentados en el suelo, con las piernas cubiertas con una manta y la espalda apoyada en el muro de piedra en seco, oyeron el rumor del viento y contemplaron las casas de tejados irregulares.

Su padre interrumpió el silencio.

—Si te quitan estas vistas puedes despedirte de tu alma.

Ignacio Monfort había recuperado la dignidad, aunque solo fuera por unos instantes. El hijo no quiso entorpecer el momento. Las sombras se cernían sobre las montañas y los páramos, que pronto quedarían sumidos en la oscuridad. El ulular de un búho, tal vez demasiado cercano, le erizó la piel. Su padre retomó la palabra.

—Tengo miedo —anunció abruptamente—. La naturaleza me ha despojado de memoria y también de voluntad. Me asusta no saber qué habrá después. Temo a lo desconocido, a la soledad y al olvido.

El viejo alargó su mano hasta encontrar la del hijo.

—Nadie va a olvidarte, papá. Tampoco tu carácter.

El padre sonrió sin dejar de mirar los tejados.

—Supongo que no he sido un padre ejemplar.

—No hay nada que debas reprocharte. Todo lo bueno que mamá y tú me habéis enseñado vivirá por siempre en mí.

Recostó la cabeza en el recio hombro de su hijo. Un gesto que él nunca hubiera imaginado que su padre pudiera hacer. Aquel hombre testarudo, serio y cabal, tan dado a las costumbres tradicionales y poco amigo de zalamerías, era ahora un ser indefenso, quebrado por el miedo a la muerte.

—Es esta maldita enfermedad que aniquila los sentidos y envilece el alma. Los momentos de claridad son cada vez más escasos. La mayor parte del tiempo lo paso sumido en un vacío inmenso que ni siquiera puedo describir. Quiero morir mientras esté lúcido. Deseo pensar en todo lo bueno que me ha dado la vida, en tu madre y en ti.

Bartolomé no pudo contener las lágrimas. El tozudo empresario textil que había nacido en una de aquellas casas que ahora se confundían entre una maraña de nubes bajas estaba aterrorizado. Le rodeó los hombros con el brazo y lo atrajo hacia sí. Abrazados, lloraron en silencio.

Sin duda el miedo a lo desconocido era el peor temor posible. El viejo Monfort temía morir sin saber que moría. Le turbaba enfrentarse al último aliento sin recordar a sus seres queridos. Nada componía un escenario más terrible que el miedo a lo desconocido.

El atardecer dio paso al crepúsculo. El frío y el viento arreciaron con mayor intensidad. Una pléyade de sonidos invadió el lugar. Otra vida renacería al caer la noche. Roedores, aves nocturnas, alimañas; era su momento, la lucha por la supervivencia, el reto de seguir vivo.

—¿Qué demonios hacemos aquí? —protestó el padre incorporándose con una agilidad sorprendente.

—Tú has querido venir. Ha sido tu deseo.

—Pues hace un frío espantoso. Vámonos a casa.

Recogieron la manta y comenzaron a descender por la angosta senda que un rato antes habían recorrido en dirección contraria.

—Venir hasta aquí, qué ocurrencia —renegó.

—Papá.

—¿Qué quieres?

—Eso que me has contado antes…

—¿Qué?

—Lo del miedo a la muerte.

—¿La muerte? ¿Qué muerte ni qué narices? Lo que quiero es que me lleves a cenar a un buen restaurante.

—No sé yo si estás como para darte un atracón.

El viejo se encogió de hombros y replicó con una pregunta.

—¿Quién necesita vivir eternamente?

«Ojalá pudiera protegerlo de la trampa del tiempo», especuló en silencio Bartolomé Monfort.

Miércoles, 10 de diciembre

LA LLAMADA PRETENDÍA ser anónima, pero el acento y la premura delataron al interlocutor. Decía que sabía dónde estaba Ángel, que llevaba meses detrás de él y lo había descubierto. Su tono de voz no albergaba temor alguno, más bien la seguridad del que tiene la sartén por el mango.

—¿Y por qué me llamas a mí? —preguntó Monfort.

—No me joda, *pisha*. Usted es el jefe.

—La Policía de Sanlúcar de Barrameda se encarga del caso. Y de todos modos hubiera sido más lógico hablar con la subinspectora Redó. Ella estuvo allí.

—Ese tío es un *malaje*. Es capaz de *tó*.

—¿Temes que le haga daño a Silvia?

Hubo una pausa. El sonido de un encendedor. Una calada profunda. Inhalar, exhalar. Tabaco rubio americano, imaginó el inspector. De contrabando. Tan habitual en la tierra del agente Calleja.

—*Ea* —fue toda la respuesta.

—¿Y qué quieres que haga yo?

Ahora no hubo pausa alguna.

—Que venga. Solo. Y que no le diga nada a nadie.

—Sería saltarse las normas —argumentó Monfort.

Risas al otro lado del teléfono. Una nueva y profunda calada.

—Aquí le conocen bien, ¿sabe? Es famoso del copón. *Toa* una leyenda. Dicen que el protocolo no va con usted.

Si intentaba impresionarlo, estaba consiguiendo el efecto contrario. Si creía que iba a tragarse que hablaban de él en Cádiz, era un ingenuo. O demasiado joven e impulsivo. O con un fácil acceso al hachís. Lo último se le antojó más plausible.

—No puedo hacerlo.

—Pero ahora ya sabe que sé dónde se esconde.

—Hablaré con los colegas de allí.

—Ni se le ocurra.

—¿Por qué?

—Porque me da *canguelo* que se les escape.

—¿Y crees que a mí no me puede ocurrir lo mismo?

—Robert dijo que a usted no se le escapa nadie.

Robert… No tenía que haberlo nombrado. Formaban un buen equipo, con Silvia y los agentes Terreros y García. Un equipo escaso, con pocos recursos, pero eran unos compañeros como no había conocido hasta entonces. Lo había nombrado. No debía de haberlo hecho.

—Iré con una condición.

—Cuál.

—Que me digas dónde está.

—¿Ahora?

—Sí.

—Y una mierda, ¿se cree que soy un *sieso*?

Por un momento valoró la idea de colgar el teléfono y llamar de inmediato a los colegas de Cádiz para que lo detuvieran antes de que hiciera algo de lo que todos pudieran arrepentirse.

—No puede fallarle a Robert —dijo con tono abatido—. Tal vez se lo deba.

Maldito entrometido. No le debía nada a nadie.

—Él haría por usted lo que hiciera falta —añadió.

Iba a colgar, era lo mejor. No podía continuar con aquella conversación. Pero el mundo estaba plagado de criminales que merecían pudrirse en la cárcel por sus actos. Una interminable lista de seres indeseables con los que, encerrados, el mundo sería un lugar mejor para vivir.

—¿Qué quieres que haga? —inquirió finalmente.

—Que venga, ya se lo he dicho. Usted solo.

—¿Cuándo?

—Hoy, mañana, cuanto antes. Le esperaré en La Línea de la Concepción.

—¿En La Línea de la Concepción?

—*Ea*.

—¿Y qué hago cuándo llegue allí?

—Me llama. Y entonces le acompañaré hasta donde está Ángel.

Y colgó.

No PEGÓ OJO en toda la noche. A última hora se echó atrás en cuanto a ir solo. Discutió por teléfono con Elvira, que volvía a reclamarle más de lo que él era capaz de dar. Tiempo habría para arreglar las cosas, si es que aceptaba sus disculpas y perdonaba sus desplantes.

Era de noche aún, los primeros rayos del sol pronto alumbrarían las calles. Introdujo lo imprescindible en la pequeña maleta y salió en busca del coche. Sentía los nervios en el estómago. Una mezcla de temor y confianza, de valor e irresponsabilidad. «La sal de la vida», pensó cuando se detuvo frente a la casa de Silvia.

Aguardaba en la acera; abrió la puerta, puso el mínimo equipaje que llevaba en la parte de atrás y se acomodó en el asiento del copiloto. Tenía el pelo mojado y olía a ropa limpia. Hizo aquel gesto de llevarse un mechón de pelo tras la oreja y le dedicó una sonrisa que hubiera convertido las piernas de cualquier hombre en gelatina. Después se permitió subir el volumen de la radio. Sonaba una canción de Stevie Wonder: *Signed, sealed, delivered. I'm yours*. El interior del Volvo se impregnó de música *soul*, de buenas vibraciones. La ceguera no le impedía interpretar melodías llenas de vida, un torrente de energía donde no había cabida para la desesperanza.

—Trincaremos a ese hijo de puta —susurró la subinspectora. Y por su tono bien podía haber sido el mismísimo agente herido el que hablaba. Si el agresor del gaditano poseía un sexto sentido, barruntaría su propio final.

Al incorporarse a la autopista Monfort pisó a fondo el acelerador. Quedaba un largo trecho antes de reunirse con Óscar Calleja, el hermano de Robert, el que había descubierto la guarida del culpable.

Cantaron a dúo el pegadizo estribillo.

Aquí estoy, nena.
Firmado, sellado y entregado. Soy tuyo.
Tienes mi futuro en tus manos.

Banda sonora de la novela

«Just the Way You Are.» Diana Krall. *The Guru*. Billy Joel. Pág. 20

«Start Me Up.» The Rolling Stones. *Tattoo You*. Jagger/Richards. Pág. 45

«Tokyo Storm Warning.» Elvis Costello. *Blood & Chocolate*. O'riordan/Costello. Pág. 55

«Colgado.» Los Secretos. *Cambio de planes*. E. Urquijo/Redondo/Laguna. Pág. 64

«Pasa la vida.» Pata Negra. *Blues de la frontera*. Rojas/Sánchez. Pág. 67

«Walk on the Wild Side.» Lou Reed. Transformer. Lou Reed. Pág. 74

«Centro de gravedad permanente.» Franco Battiato. *Ecos de danzas sufi*. Battiato/Pio. Pág. 107

«Thing Called Love.» Bonnie Raitt. *Nick of Time*. John Hiatt. Pág. 128

«I'll Close My Eyes.» Dinah Washington. *(Jazz standard)*. Billy Reid. Pág. 136

«It's Raining Men.» The Weather Girls. *Success*. Jabara/Esty. Pág. 178

«Folsom Prison Blues.» Johnny Cash. *At Folsom Prison*. J. Cash. Pág. 187

«Sympathy for the Devil.» The Rolling Stones. *Beggars Banquet*. Jagger/Richards. Pág. 226

«Mannish Boy.» Muddy Waters. *Mannish Boy (Single).* Morgan-field/London/McDaniels. Pág. 241

«Everywhere.» Fleetwood Mac. *Tango in the Night.* C. McVie. Pág. 264

«Can't Help Falling in Love.» Elvis Presley. *Blue Hawaii.* Peretti/Creatore/Weiss. Pág. 285

«Long As I Can See the Light.» Creedence Clearwater Revival. *Cosmo's Factory.* J. Fogerty. Pág. 292

«Wonderwall.». Oasis. *(What's the Story) Morning Glory?* Noel Gallagher. Pág. 343

«Quinta del sordo.» Luis Eduardo Aute. *Nudo.* Aute. Pág. 391

«Signed, Sealed, Delivered (I'm Yours).» Stevie Wonder. *Signed, Sealed & Delivered.* Wonder/Garrett/Wright/Hardaway. Pág. 410

Banda sonora disponible en:

Spotify

Nota de autor y agradecimientos

Es JUSTO COMENTAR que esta novela no nació de unos hechos similares que me pudieran inspirar. Puede que algunos lectores encuentren un tanto inverosímil que un cuadro de tal relevancia sea trasladado como sucede en el texto. Sin embargo, durante el proceso de documentación, las fuentes consultadas aseguraron que en el mundo del arte casi todo es posible. En cuanto al personaje que trabaja como guía externo en el Museo del Prado, debo decir que es un fiel reflejo del papel que desempeñan estos profesionales que, debidamente acreditados, tienen libre acceso a la insigne pinacoteca.

No albergo la menor duda de que la realidad supera con creces a la fantasía. Recrear el libro de la forma en que lo he hecho ha servido para rendir tributo a una pintura que encierra un enigma fascinante. También para escribir sobre el oscuro asunto de las apuestas, incidir en la soledad del ser humano y abordar el miedo a lo desconocido.

Al contrario que algunos personajes de la novela, no sé casi nada de pintura. Lo aprendido es gracias al trabajo de investigación, a los museos visitados como mero espectador y a los conocimientos de mi esposa, y ahora también de nuestra hija, sin olvidar que he estado siempre unido al pintor Rai Escalé, y algo de poso tiene que quedar de esa amistad inquebrantable.

Quiero dar las gracias a mi editora, Mathilde Sommeregger, por el magnífico trabajo, una vez más. También por las conversaciones, que han sido de gran ayuda en los últimos tiempos.

Al magnífico equipo de Ediciones MAEVA, con Maite y Eva Cuadros al frente, sin olvidar a Francisco Cuadros, por convertir la serie del inspector Monfort en aquello que soñé que podía ser.

A Jaime Doncel, al que guardo un sincero afecto y con quien comparto afinidad lectora.

A Núria Ostáriz, por los buenos consejos para llegar al resultado final.

A Leticia García Olalla, por entender el mundo de Monfort y hacerlo suyo a través de las correcciones.

A Macarena Querejeta, del Museo Nacional del Prado, por responder tan amablemente a las preguntas y resolver las dudas.

A las librerías, por recomendar las novelas con tanto cariño a mis queridos lectores. Sin ellos, esto solo serían páginas emborronadas de tinta.

Por último, quiero dar las gracias a la familia y a los amigos de verdad, por estar siempre.

Este libro está dedicado a dos mujeres valientes de las que aprendo cada día: Esther y Julia.

Los posibles errores son de mi total autoría. Aunque cuando se apuesta, nadie es completamente responsable del desenlace final.

Los casos del inspector Monfort sitúan Castellón en el mapa de la novela negra

Un brutal asesinato sacude los cimientos de Castellón, una ciudad tranquila donde casi nunca pasa nada…

Los viejos rockeros a veces mueren. Sobredosis de intriga y flores muertas en un asesinato en el Auditorio de Castellón.

Unos extraños versículos bíblicos son la única pista para detener a un asesino en serie, en una carrera contrarreloj.

La perturbadora confesión de un pirómano es el eje central del quinto caso de la serie del inspector Monfort.

El Mercado Central de Castellón se convierte en el escenario de un crimen en una novela en la que confluyen presente y pasado.

Muertes y secretos relacionados con una famosa pintura de Goya expuesta en Castellón.